Gambito de dama

Walter Tevis

Gambito de dama

Traducción del inglés de Rafael Marín

ALFAGUARA

 Penguin
Random House
Grupo Editorial

Título original: *The Queen's Gambit*
Primera edición: enero de 2021

© 1983, 2014, Walter Tevis
© 2021, Penguin Random House Grupo Editorial, S. A. U.
Travessera de Gràcia, 47-49. 08021 Barcelona
© 2013, Rafael Marín Trechera, por la traducción
Derechos cedidos por Luis G. Prado, editor / Alamut

© Diseño: Penguin Random House Grupo Editorial, inspirado en un diseño original de Enric Satué

Printed in USA – Impreso en Estados Unidos

ISBN: 978-84-204-6028-4
Depósito legal: B-20620-2020

Compuesto en Negra

A L 6 0 2 8 4

Para Eleanora

Para que las torres sean quemadas
y los hombres recuerden ese rostro,
muévete lo más suavemente posible, si moverte debes
en este solitario lugar.
Ella piensa, en parte mujer, tres partes niña,
que nadie la mira; sus pies
ensayan un paso de baile
aprendido en la calle.
Como una mosca de largas patas sobre el río
su mente se mueve en el silencio.

W.B. YEATS, «Mosca de largas patas»

Nota del autor

El soberbio ajedrez de los grandes maestros Robert Fischer, Boris Spassky y Anatoly Karpov ha sido fuente de placer para jugadores como yo mismo durante años. Sin embargo, como *Gambito de dama* es una obra de ficción, me pareció prudente omitirlos del reparto de personajes, aunque solo fuera para evitar contradicciones en lo que se cuenta.

Me gustaría expresar mi agradecimiento a Joe Ancrile, Fairfield Hoban y Stuart Morden, todos excelentes jugadores, que me ayudaron con libros, revistas y reglas de torneos. Y tuve suerte de contar con la afectuosa y diligente ayuda del maestro nacional Bruce Pandolfini, que leyó las galeradas del texto y me ayudó a librarme de errores referidos al juego que practica tan envidiablemente bien.

Uno

Beth se enteró de la muerte de su madre por una mujer que llevaba un portapapeles. Al día siguiente su foto apareció en el *Herald-Leader*. La fotografía, tomada en el porche de la casa gris de Maplewood Drive, mostraba a Beth con un sencillo vestido de algodón. Incluso entonces, se la veía claramente poco agraciada. El pie de la foto decía: «Huérfana tras la colisión de ayer en New Circle Road, Elizabeth Harmon se enfrenta a un futuro problemático. Elizabeth, de ocho años, se quedó sin familia tras el accidente, donde murieron dos personas y resultaron heridas otras. Sola en casa en ese momento, Elizabeth se enteró del accidente poco antes de que se tomara la foto. Las autoridades dicen que será bien atendida».

En el Hogar Methuen de Mount Sterling, Kentucky, Beth recibía tranquilizantes dos veces al día. Igual que todos los otros niños, para «aliviar su carácter». El carácter de Beth era bueno, pero se alegraba de recibir la pequeña píldora. Aflojaba algo profundo en su estómago y la ayudaba a soportar las tensas horas en el orfanato.

El señor Fergussen les daba las píldoras en un vasito de plástico. Junto con la verde que aliviaba su carácter, había otras naranjas y marrones para crecer fuerte. Los niños tenían que ponerse en fila para recibirlas.

La niña más alta era la negra, Jolene. Tenía doce años. El segundo día Beth estaba con ella en la cola de las vitaminas y Jolene se volvió a mirarla con el ceño fruncido.

—¿Eres huérfana de verdad o bastarda?

Beth no supo qué decir. Estaba asustada. Estaban al final de la cola, y se suponía que tenía que esperar allí hasta que llegara a la ventana donde se hallaba el señor Fergussen. Beth había oído a su madre llamar bastardo a su padre, pero no sabía qué significaba.

—¿Cómo te llamas, niña? —preguntó Jolene.

—Beth.

—¿Tu madre está muerta? ¿Y tu padre?

Beth se la quedó mirando. Las palabras «madre» y «muerta» eran insoportables. Quiso huir, pero no había ningún sitio adonde hacerlo.

—Tus padres —dijo Jolene con un tono que no carecía de compasión—, ¿están muertos?

Beth no pudo encontrar nada que decir o hacer. Permaneció aterrorizada en la cola, esperando las píldoras.

—¡Sois todas unas chupapollas ansiosas!

Era Ralph en el pabellón de los chicos quien gritaba eso. Ella lo oyó porque estaba en la biblioteca, donde había una ventana que daba a ese pabellón. No tenía ninguna imagen mental para «chupapollas» y la palabra era extraña. Pero sabía por el sonido que le lavarían la boca con jabón. Se lo habían hecho a ella por decir «joder», aunque su madre decía «joder» todo el tiempo.

El barbero la hizo sentarse absolutamente quieta en la silla.

—Si te mueves, puedes perder una oreja.

No había nada jovial en su voz. Beth permaneció lo más quieta que pudo, pero era imposible permanecer completamente inmóvil. Tardó mucho tiempo en cortarle el pelo y darle el flequillo que llevaban todas. Trató de entretenerse pensando en aquella palabra, «chupapollas». Lo único que podía imaginar era un pájaro, como el pájaro carpintero. Pero le parecía que no era eso.

El bedel era más gordo por un lado que por el otro. Se llamaba Shaibel. Señor Shaibel. Un día enviaron a Beth al sótano a limpiar los borradores golpeándolos entre sí, y se lo encontró sentado en un taburete de metal cerca de la caldera contemplando con el ceño fruncido un tablero de damas de cuadros blancos y verdes que tenía delante. Pero donde deberían estar las damas había figuritas de plástico de formas curiosas. Algunas eran más grandes que otras. Había más de las pequeñas que de las demás. El bedel alzó la cabeza y la miró. Ella se marchó en silencio.

El viernes, todo el mundo comía pescado, fuera católico o no. Venía cortado en cuadritos, empanado con una corteza oscura, marrón y seca con densa salsa de naranja, como aderezo francés embotellado. La salsa era dulce y terrible, pero el pescado que había debajo era aún peor. El sabor casi la hacía vomitar. Pero había que comérselo todo, o la señora Deardorff se enteraría y no te adoptaría nadie.

Algunos niños eran adoptados inmediatamente. Una niña de seis años llamada Alice vino un mes después que Beth y la adoptó a las tres semanas una pareja de aspecto agradable y acento raro. Atravesaron el pabellón el día que vinieron a por Alice. Beth quiso echarse en sus brazos porque le parecieron felices, pero se dio la vuelta cuando la miraron. Había otros niños que llevaban allí mucho tiempo y sabían que no saldrían nunca. Los llamaban «perpetuos». Beth se preguntaba si lo sería ella.

La gimnasia era mala, y el voleibol era lo peor. Beth nunca podía darle bien a la pelota. La golpeaba ferozmente o la empujaba con los dedos tiesos. Una vez se lastimó tanto el dedo que se le hinchó después. La mayoría de las niñas se reían y gritaban cuando jugaban, pero Beth no lo hacía nunca.

Jolene era la mejor jugadora con diferencia. No solo porque era mayor y más alta, sino porque siempre sabía exactamente lo que había que hacer, y cuando la pelota pasaba alta por encima de la red, se colocaba debajo sin tener que gritarles a las demás que se apartaran, y entonces saltaba y la golpeaba con un largo y suave movimiento del brazo. El equipo que tenía a Jolene ganaba siempre.

La semana después de que Beth se lastimara el dedo, Jolene la detuvo cuando terminó la gimnasia y las demás corrían hacia las duchas.

—Déjame que te enseñe una cosa —dijo Jolene. Alzó las manos con los largos dedos abiertos y levemente flexionados—. Hazlo así.

Dobló los codos y empujó las manos hacia arriba suavemente, envolviendo una pelota imaginaria.

—Inténtalo.

Beth lo intentó, torpemente al principio. Jolene le hizo una nueva demostración, riendo. Beth lo intentó unas cuantas veces más y mejoró. Luego Jolene agarró la pelota e hizo que Beth la capturara con las yemas de los dedos. Después de unas cuantas veces, fue fácil.

—Ahora trabaja en eso, ¿me oyes? —dijo Jolene, y corrió a las duchas.

Beth practicó durante una semana, y después dejó de importarle el voleibol. No mejoró, pero ya no era algo que temiera.

Todos los martes, la señorita Graham, después de aritmética, enviaba a Beth abajo con los borradores. Era considerado un privilegio, y Beth era la mejor estudiante de la clase, aunque era la más pequeña. No le gustaba el sótano. Olía rancio, y el señor Shaibel le daba miedo. Pero quería saber más sobre aquel juego que jugaba solo en aquel tablero. Un día se acercó y se detuvo a su lado, esperando que moviera una pieza. La que estaba tocando era la de la cabeza de caballo en un pedestal. Un segundo después él la miró con gesto irritado.

—¿Qué quieres, niña? —dijo.

Normalmente ella huía de cualquier encuentro humano, sobre todo con los adultos, pero esta vez no retrocedió.

—¿Cómo se llama ese juego? —preguntó.

Él la miró.

—Deberías estar arriba con las demás.

Ella lo miró a la cara. Había algo en este hombre y en la firmeza con la que jugaba a este misterioso juego que la ayudó a aferrarse a lo que quería.

—No quiero estar con las demás —respondió—. Quiero saber a qué está jugando.

Él la miró con más atención. Luego se encogió de hombros.

—Se llama ajedrez.

Una bombilla pelada colgaba de un cable negro entre el señor Shaibel y la caldera. Beth tenía cuidado de no permitir que la sombra de su cabeza cayera sobre el tablero. Era domingo por la mañana. Tenían clase de catequesis arriba en la biblioteca, y ella había levantado la mano para ir al cuarto de baño y luego bajó aquí. Llevaba de pie mirando al bedel jugar al ajedrez diez minutos. Ninguno de los dos había hablado, pero él parecía aceptar su presencia.

El bedel miraba las piezas durante minutos seguidos, inmóvil, observándolas como si las odiara, y luego extendía la mano, tomaba una por la parte superior con las yemas de los dedos, la sostenía un instante como si fuera un ratón muerto por la cola y la colocaba en otra casilla. No miró a Beth en ningún momento.

Beth seguía de pie con la sombra negra de su cabeza sobre el suelo de hormigón a sus pies y miraba el tablero, sin apartar los ojos de él, observando cada movimiento.

Había aprendido a guardar los tranquilizantes para la noche. Así la ayudaban a dormir. Se metía la píldora oblonga en la boca cuando el señor Fergussen se la entregaba, se la colocaba debajo de la lengua, daba un sorbo al zumo de naranja de lata que venía con la píldora, tragaba, y cuando el señor Fergussen pasaba al niño siguiente, se sacaba la píldora de la boca y se la metía en el bolsillo de la blusa de marinerito. La píldora tenía una cobertura sólida y no se ablandaba en el tiempo que la tenía bajo la lengua.

Durante los dos primeros meses durmió muy poco. Lo intentaba, allí tendida con los ojos cerrados. Pero escuchaba a las niñas de las otras camas toser o darse la vuelta o murmurar, o el bedel del turno de noche recorría el pasillo y su sombra cruzaba su cama y ella la veía, incluso con los ojos cerrados. Sonaba un teléfono lejano, o descargaba una cisterna. Pero lo peor de todo era cuando oía voces hablar en el despacho al fondo del pasillo.

No importaba lo bajito que hablara el bedel a la encargada nocturna, no importaba lo suavemente que lo hiciera, Beth se encontraba de pronto tensa y completamente despierta. El estómago se le contraía, la boca le sabía a vinagre, y el sueño quedaba descartado por esa noche.

Ahora se acurrucaba en la cama, permitiéndose sentir la tensión en su estómago con un escalofrío de emoción, sabiendo que pronto la dejaría. Esperaba allí en la oscuridad, sola, observándose, esperando que el torbellino en su interior llegara a su culmen. Entonces se tragaba las dos píldoras y permanecía acostada hasta que la tranquilidad empezaba a extenderse por su cuerpo como las olas de un mar cálido.

—¿Quiere enseñarme?

El señor Shaibel no dijo nada, ni siquiera reconoció la pregunta con un movimiento de cabeza. A lo lejos, unas voces cantaban «Bringing in the Sheaves».

Ella esperó unos minutos. Casi se le quebró la voz con el esfuerzo de hablar, pero fue capaz de hacerlo, de todas formas:

—Quiero aprender a jugar al ajedrez.

El señor Shaibel extendió una mano regordeta hacia una de las piezas negras más grandes, la tomó con destreza por la cabeza y la colocó en una casilla al otro lado del tablero. Retiró la mano y se cruzó de brazos. Siguió sin mirar a Beth.

—No juego con desconocidos.

La voz átona tuvo el efecto de una bofetada en la cara. Beth se dio media vuelta y se marchó. Subió las escaleras con un regusto amargo en la boca.

—No soy una desconocida —le dijo dos días más tarde—. Vivo aquí.

Detrás de su cabeza una pequeña polilla revoloteaba en torno a la bombilla pelada, y su pálida sombra cruzaba el tablero a intervalos regulares.

—Puede usted enseñarme. Ya sé algo, de mirar.

—Las niñas no juegan al ajedrez —la voz del señor Shaibel no mostraba ninguna emoción.

Ella hizo acopio de valor y dio un paso adelante, señalando, pero sin tocar, una de las piezas cilíndricas que ya había etiquetado como un cañón en su imaginación.

—Esta se mueve de arriba abajo y adelante y atrás. Todo recto, si hay espacio para moverse.

El señor Shaibel guardó silencio durante un rato. Luego señaló la pieza que parecía tener un limón cortado encima.

—¿Y esta?

El corazón le dio un brinco.

—En diagonal.

Podías ir guardando píldoras tomándote solo una por la noche y quedándote con la otra. Beth guardaba las de sobra en la funda de su cepillo de dientes, donde no miraría nadie. Solo tenía que acordarse de secar el cepillo con papel higiénico después de usarlo, o no usarlo y lavarse los clientes con el dedo. Esa noche tomó por primera vez tres píldoras, una tras otra. Sintió un pinchacito en los pelos de la nuca: había descubierto algo importante. Dejó que la sensación se extendiera por todo su cuerpo, tendida en la cama con su ajado pijama azul en el peor sitio del pabellón femenino, cerca de la puerta del pasillo y frente al cuarto de baño. Había resuelto algo en su vida: conocía las piezas de ajedrez y cómo se movían y capturaban, y sabía cómo conseguir sentirse bien del estómago y de la tensión de las articulaciones de los brazos y las piernas, con las píldoras que le daban en el orfanato.

—De acuerdo, niña —dijo el señor Shaibel—. Podemos jugar al ajedrez. Yo llevo las blancas.

Ella tenía los borradores. Era después de aritmética, y geografía empezaba dentro de diez minutos.

—No tengo mucho tiempo —contestó. Había aprendido todos los movimientos el domingo anterior, durante la hora que catequesis le permitía pasar en el sótano. Nadie la echaba de menos en la capilla, mientras que firmara, debido al grupo de niñas que venían de la ciudad. Pero geografía era diferente. Le aterraba el señor Schell, aunque era de las mejores de la clase.

La voz del bedel carecía de emoción.

—Ahora o nunca —dijo.

—Tengo geografía...

—Ahora o nunca.

Ella se lo pensó solo un segundo antes de decidir. Había visto una vieja caja de leche tras la caldera. La arrastró hasta el otro extremo del tablero, se sentó y dijo:

—Mueva.

La derrotó con lo que ella descubriría más tarde que se llamaba el mate del pastor, después de solo cuatro movimientos. Fue rápido, pero no lo bastante rápido para impedir que llegara quince minutos tarde a geografía. Dijo que había estado en el cuarto de baño.

El señor Schell estaba de pie ante su escritorio con las manos en las caderas. Pasó la vista por toda la clase.

—¿Alguna de ustedes, señoritas, ha visto a esta joven en el servicio?

Hubo risitas tímidas. Nadie levantó la mano, ni siquiera Jolene, aunque Beth había mentido por ella dos veces.

—¿Y cuántas de ustedes han estado en el servicio antes de clase?

Hubo más risas y tres manos levantadas.

—¿Y alguna de ustedes vio a Beth allí? ¿Lavándose sus bonitas manos, tal vez?

No hubo respuesta. El señor Schell se volvió hacia la pizarra, donde había estado escribiendo la lista de exportaciones de Argentina, y añadió la palabra «plata». Durante un instante Beth pensó que ya se había acabado. Pero entonces habló, de espaldas a la clase.

—Cinco deméritos —dijo.

Con diez deméritos te golpeaban en el trasero con una correa de cuero. Beth había sentido aquella correa solo en su imaginación, pero su imaginación se expandió durante un momento con una visión de dolor como fuego en las partes blandas de su cuerpo. Se llevó una mano al corazón y sintió en el fondo del bolsillo de su blusa la píldora de esa mañana. El temor se redujo notablemente. Visualizó la funda de su cepillo de dientes, el largo contenedor rectangular de plástico. Tenía cuatro píldoras más allí dentro, en el cajón de la mesilla de metal junto a la cama.

Esa noche se tumbó en la cama. Todavía no tenía la píldora en la mano. Escuchó los ruidos nocturnos y advirtió cómo parecían hacerse más fuertes a medida que sus ojos se acostumbraban a la oscuridad. Al fondo del pasillo el señor Byrne empezó a hablar con la señora Holland, junto a la mesa. El cuerpo de Beth se tensó ante el sonido. Parpadeó y miró el oscuro techo y se obligó a ver el tablero con sus casillas blancas y verdes. Luego puso cada pieza en su casilla: torre, caballo, alfil, reina, rey, y la fila de peones delante. Entonces movió el peón del rey blanco hasta la cuarta fila. Subió el negro. ¡Podía hacerlo! Era sencillo. Continuó, comenzando a repasar la partida que había perdido.

Llevó el caballo del señor Shaibel a la tercera fila. Lo vio claramente en su mente, sobre el tablero verde y blanco del techo del pabellón.

Los ruidos ya se habían difuminado en un blanco y armonioso sonido de fondo. Beth yació feliz en la cama, jugando al ajedrez.

Al domingo siguiente bloqueó el mate del pastor con el caballo de su rey. Había repasado mentalmente el juego cien veces, hasta que purgó la furia y la humillación, dejando las piezas y el tablero despejados en su visión nocturna. Cuando fue a jugar con el señor Shaibel el domingo, todo estaba resuelto, y movió el caballo como en un sueño. Le encantaba el tacto de la pieza, la diminuta cabeza de caballo en su mano. Cuando la depositó en la casilla, el bedel frunció el ceño. Tomó a su reina por la cabeza y le hizo jaque al rey de Beth con ella. Pero Beth estaba preparada también para eso: lo había visto en la cama la noche anterior.

Él tardó catorce movimientos en atrapar a su reina. Ella trató de seguir jugando, sin reina, ignorar la pérdida mortal, pero él extendió la mano y le impidió que tocara el peón que iba a mover.

—Ahora te retiras —dijo. Su voz era áspera.

—¿Retirarme?

—Así es, niña. Cuando se pierde así la reina, te retiras.

Ella se lo quedó mirando, sin comprender. Él le soltó la mano, agarró el rey negro de Beth, y lo colocó de lado sobre el tablero. La pieza rodó de un lado a otro durante un instante y luego se quedó inmóvil.

—No —dijo ella.

—Sí. Te has retirado del juego.

Ella hubiera querido golpearlo con algo.

—No me dijo que así fueran las normas.

—No es una norma. Es deportividad.

Ella sabía lo que significaba eso, pero no le gustó.

—Quiero terminar —dijo. Tomó el rey y volvió a ponerlo en la casilla.

—No.

—Tiene que terminar —insistió ella.

Él alzó las cejas y se levantó. Nunca lo había visto de pie en el sótano, solo en los pasillos cuando estaba barriendo o en clase cuando limpiaba las pizarras. Tuvo que agacharse un poco para no golpearse la cabeza con las vigas del bajo techo.

—No —dijo—. Has perdido.

No era justo. Ella no tenía ningún interés en la deportividad. Quería jugar y ganar. Quería ganar más de lo que jamás había querido nada. Dijo algo que no había dicho desde que su madre murió.

—Por favor.

—El juego ha terminado —dijo él.

Ella lo miró lleno de furia.

—Avaricioso...

Él dejó caer los brazos a los costados y dijo lentamente:

—Se acabó el ajedrez. Sal.

Si ella fuera más grande... Pero no lo era. Se levantó y se dirigió a las escaleras mientras el bedel la miraba en silencio.

El martes, cuando bajó al sótano con los borradores, descubrió que la puerta estaba cerrada con llave. La empujó dos veces con la cadera, pero no cedió. Llamó, suavemente al principio, pero no se oía nada al otro lado. Fue horrible. Sabía que el bedel estaba allí dentro sentado ante el tablero, que estaba enfadado con ella por lo de la última vez, pero no había nada que pudiera hacer al respecto. Cuando volvió a clase con los borradores, la señorita Graham ni siquiera se dio cuenta de que no estaban limpios ni de que Beth regresaba más pronto que de costumbre.

El jueves estaba segura de que iba a ser igual, pero no lo fue. La puerta estaba abierta, y cuando bajó las escaleras, el señor Shaibel actuó como si no hubiera sucedido nada. Las piezas estaban colocadas. Ella limpió los borradores a toda prisa y se sentó ante el tablero. El señor Shaibel ya había movido el peón de su rey. Ella jugó con su peón de rey, avanzándolo dos casillas. No cometería ningún error esta vez.

Él respondió a su movimiento con rapidez, y ella replicó de inmediato. No se dijeron nada, sino que siguieron moviendo. Beth podía sentir la tensión, y le gustaba.

Al vigésimo movimiento el señor Shaibel avanzó un caballo cuando no debería haberlo hecho y Beth pudo llevar un peón hasta la sexta fila. Él retiró el caballo. Fue un movimiento desperdiciado y ella sintió un escalofrío de emoción cuando lo vio hacerlo. Cambió su alfil por el caballo. Luego, al siguiente movimiento, avanzó de nuevo el peón. Se convertiría en reina al siguiente movimiento.

Él miró la pieza allí sentado y luego extendió enfadado una mano y volcó su rey. Ninguno de los dos dijo nada. Era la primera victoria de Beth. Toda la tensión desapareció, y lo que ella sintió en su interior fue lo más maravilloso que había sentido en su vida.

Descubrió que podía saltarse el almuerzo los domingos y nadie se daba cuenta. Eso le permitía tres horas con el señor Shaibel, hasta que él se marchaba a casa a las dos y media. No hablaban, ninguno de los dos. Él siempre llevaba las piezas blancas, para mover primero, y ella las negras. Se le había ocurrido cuestionarlo, pero decidió no hacerlo.

Un domingo, después de una partida que había conseguido ganar a duras penas, el hombre le dijo:

—Deberías aprender la defensa siciliana.

—¿Qué es eso? —preguntó ella, irritada.

Todavía estaba molesta por haber perdido. Le había ganado dos partidas la semana pasada.

—Cuando las blancas mueven peón cuatro reina, las negras hacen esto.

Extendió la mano y movió el peón blanco dos casillas hacia arriba, su casi invariable primer movimiento. Entonces tomó el peón que estaba delante del alfil de la reina negra y lo colocó dos casillas hacia el centro. Era la primera vez que le enseñaba algo así.

—¿Y luego qué?

Él tomó el caballo del rey y lo colocó debajo y a la derecha del peón.

—Caballo 3AR.

—¿Qué es 3AR?

—Alfil del rey 3. Donde he puesto el caballo.

—¿Las casillas tienen nombre?

Él asintió, impasible. Beth notó que no estaba dispuesto a darle ni siquiera esta información.

—Si juegas bien, tienen nombres.

Ella se inclinó hacia delante.

—Enséñemelos.

Él la miró.

—No. Ahora no.

Esto la enfureció. Comprendía bien que a una persona le gustara guardar secretos. Ella guardaba los suyos. Sin embargo, quiso inclinarse por encima del tablero y darle una bofetada y obligarlo a decírselo. Tomó aire.

—¿Eso es la defensa siciliana?

Él pareció aliviado porque había dejado el tema de los nombres y las casillas.

—Hay más —dijo. Siguió enseñándole los movimientos básicos y algunas variantes. Pero no usó el nombre de las casillas. Le enseñó la variante Levenfish y la variante Najdorf y le dijo que las repitiera. Ella lo hizo, sin cometer un solo error.

Pero cuando después jugaron una partida de verdad, él movió el peón de su reina, y ella pudo ver de inmediato que lo que acababa de enseñarle era inútil en esta situación. Lo miró con mala cara, sintiendo que si tuviera un cuchillo podría haberlo apuñalado con él. Entonces miró de nuevo el tablero y avanzó su propio peón de reina, decidida a derrotarlo.

Él movió el peón situado junto al peón de su reina, el que estaba delante del alfil. A menudo hacía eso.

—¿Es una de esas cosas? —preguntó Beth—. ¿Como la defensa siciliana?

—Aperturas.

Él no la miró, estaba observando el tablero.

—¿Lo es?

El señor Shaibel se encogió de hombros.

—El gambito de dama.

Ella se sintió mejor. Había aprendido algo más de él. Decidió no aceptar el peón ofrecido, dejar la tensión en el tablero. Le gustaba así. Le gustaba el poder de las piezas, a lo largo de las filas y las diagonales. En mitad de la partida, cuando las piezas estaban por todas partes, las fuerzas que se cruzaban en el tablero la entusiasmaban. Sacó su caballo de rey, sintiendo extenderse su poder.

En veinte movimientos ella había ganado sus dos torres, y él se rindió.

Se dio la vuelta en la cama, se puso una almohada sobre la cabeza para bloquear la luz que se colaba por debajo de la puerta del pasillo y empezó a pensar cómo se podía usar un alfil y una torre juntos para hacer jaque por sorpresa al rey. Si movías el alfil, el rey estaría en jaque, y el alfil quedaría libre para hacer lo que quisiera en el siguiente movimiento, incluso tomar la reina. Permaneció allí acostada un rato, pensando emocionada en ese potente ataque. Luego retiró la almohada y se tendió de espaldas e imaginó el tablero en el techo y jugó de nuevo todas sus partidas contra el señor Shaibel, una a una. Vio dos lugares donde podría haber reproducido la situación torre-alfil que acababa de inventar. En una de ellas podría haberla forzado por una doble amenaza, y en la otra probablemente podría haberla colado. Repasó esas dos partidas en su mente con los nuevos movimientos, y las ganó. Sonrió feliz para sí y se quedó dormida.

La profesora de aritmética le encargó limpiar los borradores a otro alumno, diciendo que Beth necesitaba un descanso. No era justo, porque Beth seguía teniendo unas notas perfectas en aritmética, pero no había nada que pudiera hacer al respecto.

Se quedaba en clase cuando el pequeño pelirrojo salía del aula con los borradores, haciendo sus absurdas sumas y restas con mano temblorosa. Quería jugar al ajedrez más desesperadamente cada día.

El martes y el miércoles se tomó solo una píldora y guardó la otra. El jueves pudo dormir después de jugar mentalmente al ajedrez durante una hora, y se guardó las dos píldoras del día. Hizo lo mismo el viernes. Todo el sábado, mientras trabajaba en la cocina de la cantina y por la tarde durante la película cristiana en la biblioteca y la charla de mejora personal antes de la cena, pudo sentir un pequeño destello de emoción cada vez que quería, sabiendo que tenía seis píldoras en la funda de su cepillo de dientes.

Esa noche, después de que apagaran las luces, las tomó todas, una a una, y esperó. La sensación, cuando se produjo, fue deliciosa, una especie de cómoda dulzura en el vientre y una relajación de las partes tensas de su cuerpo. Se mantuvo despierta todo lo que pudo para disfrutar del calor interior, la profunda felicidad química.

El domingo, cuando el señor Shaibel le preguntó dónde había estado, le sorprendió que fuera algo que le preocupara.

—No me dejaron salir de clase —dijo.

Él asintió. El tablero estaba preparado, y ella vio para su sorpresa que las piezas blancas estaban de su lado y que la caja de leche ya estaba en su sitio.

—¿Muevo yo primero? —preguntó ella, incrédula.

—Sí. A partir de ahora lo haremos por turnos. Así es como hay que jugar.

Ella se sentó y movió el peón del rey. El señor Shaibel movió sin decir palabra el peón del alfil de su reina. Beth no había olvidado los movimientos. Nunca olvidaba los movimientos de ajedrez. Él jugó la variante Levenfish; ella tenía los ojos fijos en el dominio de su alfil sobre la diagonal larga, la manera en que esperaba para actuar. Y encontró un modo de neutralizarlo al séptimo movimiento. Pudo cambiar por él su propio alfil, más débil. Entonces movió el caballo, eliminó una torre, y le hizo mate en diez movimientos más.

Había sido sencillo: simplemente cuestión de mantener los ojos abiertos y visualizar el rumbo que podía seguir la partida.

El jaque mate tomó al señor Shaibel por sorpresa. Ella pilló al rey en la última fila, extendió el brazo por todo el tablero y colocó la torre en la casilla de mate.

—Mate —dijo fríamente.

El señor Shaibel parecía diferente hoy. No frunció el ceño como hacía siempre cuando ella lo derrotaba. Se inclinó hacia delante y dijo:

—Te enseñaré el sistema de anotaciones.

Ella lo miró.

—Los nombres de las casillas. Te los enseñaré ahora.

Ella parpadeó.

—¿Ya soy lo bastante buena?

Él empezó a decir algo y se detuvo.

—¿Qué edad tienes, niña?

—Ocho años.

—Ocho años. —Él se inclinó hacia delante todo lo que su enorme panza le permitía—. Si te tengo que ser sincero, niña, eres sorprendente.

Ella no entendió lo que estaba diciendo.

—Discúlpame. —El señor Shaibel extendió la mano hacia el suelo para agarrar una botella casi vacía. Echó atrás la cabeza y la apuró.

—¿Eso es whisky? —preguntó Beth.

—Sí, niña. Y no se lo digas a nadie.

—No lo haré. Enséñeme el sistema de anotaciones.

Él volvió a dejar la botella en el suelo. Beth la siguió un momento con la mirada, preguntándose a qué sabría el whisky y cómo se sentiría una al beberlo. Luego volvió la mirada y la atención al tablero con sus treinta y dos piezas, cada una ejerciendo su propia fuerza silenciosa.

Hacia la mitad de la noche se despertó. Había alguien sentado en el borde de la cama. Se puso rígida.

—Tranquila —susurró Jolene—. Solo soy yo.

Beth no dijo nada, solo se quedó allí acostada, esperando.

—Pensé que podría gustarte probar una cosa divertida —dijo Jolene. Metió una mano bajo la sábana y la colocó suavemente sobre el vientre de Beth, que estaba tendida de espaldas.

La mano permaneció allí, y el cuerpo de Beth continuó tenso.

—No te asustes —susurró Jolene—. No voy a lastimarte. —Soltó una suave risita—. Es que estoy cachonda. ¿Sabes lo que es estar cachonda?

Beth no lo sabía.

—Solo relájate. Voy a acariciarte un poco. Te gustará, si me dejas.

Beth volvió la cabeza hacia la puerta del pasillo. Estaba cerrada. La luz, como de costumbre, se filtraba por debajo. Podía oír voces lejanas junto al escritorio.

La mano de Jolene bajó. Beth negó con la cabeza.

—No... —susurró.

—Calla ahora —dijo Jolene. Su mano bajó más, y un dedo empezó a frotar arriba y abajo. No dolía, pero algo en Beth se resistía. Notó que empezaba a sudar.

—Ah, mierda —dijo Jolene—. Apuesto a que te gusta.

Se apretujó un poco más junto a Beth y le agarró la mano con la que tenía libre y la atrajo hacia sí.

—Ahora tócame tú también —dijo.

Beth dejó la mano flácida. Jolene la guio bajo su camisón hasta que sus dedos rozaron un lugar que parecía cálido y húmedo.

—Vamos, aprieta un poco —susurró Jolene. La intensidad del susurro daba miedo. Beth hizo lo que le decía y apretó con más fuerza.

—Vamos, nena —susurró Jolene—, muévela arriba y abajo. Así.

Empezó a mover su dedo sobre Beth. Era aterrador. Beth frotó a Jolene unas cuantas veces intentándolo con fuerza, concentrándose en hacer eso y nada más. Tenía la cara cubierta de sudor y con la mano libre se agarraba a la sábana, apretándola con todas sus fuerzas.

Entonces la cara de Jolene se apretó contra la suya y su brazo rodeó el pecho de Beth.

—Más rápido —susurró Jolene—. Más rápido.

—No —dijo Beth en voz alta, aterrada—. No, no quiero.

Retiró la mano.

—Hija de puta —dijo Jolene en voz alta.

Sonaron pasos en el pasillo, y la puerta se abrió. Entró luz. Era una de las encargadas nocturnas a la que Beth no conocía. La mujer se quedó allí de pie durante un largo minuto. Todo estaba en silencio. Jolene se había ido. Beth no se atrevió a moverse para ver si había vuelto a su propia cama. Finalmente, la mujer se marchó. Beth echó un vistazo y vio el contorno del cuerpo de Jolene en su cama. Beth tenía tres píldoras en el cajón. Las tomó todas. Luego se tendió de espaldas y esperó a que el mal sabor se fuera.

Al día siguiente en la cafetería, Beth se sentía hecha polvo por no haber dormido.

—Eres la niña blanca más fea del mundo —dijo Jolene, con un susurro ensayado. Se había acercado a Beth en la cola para las cajitas de cereales—. Tu nariz es fea y tu cara es fea y tu piel es como papel de lija. Eres una puta basura blanca.

Jolene continuó su camino, la cabeza alta, hacia los huevos revueltos.

Beth no dijo nada, sabiendo que era verdad.

Rey, caballo, peón. Las tensiones en el tablero eran suficientes para absorberlo todo. Luego, ¡zas! Abajo la reina. Torres al pie del tablero, contenidas al principio, pero preparadas, acumulando presión y luego eliminándola de un solo movimiento. En la clase de ciencias, la señorita Hadley había hablado de imanes, de «líneas de fuerza». Beth, casi dormida de aburrimiento, despertó de pronto. Líneas de fuerza: alfiles en las diagonales, torres en las filas.

Los asientos de una clase podían ser como los escaques. Si el niño pelirrojo llamado Ralph fuera un caballo, podría tomarlo y moverlo dos asientos adelante y uno al lado, colocándolo en el sitio vacío junto a Denise. Esto le haría jaque a Bertrand, que estaba sentado en la primera fila y que, decidió, era el rey. Sonrió al pensarlo. Jolene y ella no se hablaban desde hacía más de una semana, y Beth no se había permitido llorar. Tenía casi nueve años, y no necesitaba a Jolene. No importaba cómo se sintiera al respecto. No necesitaba a Jolene.

—Toma —le dijo el señor Shaibel. Le tendió algo envuelto en una bolsa de papel marrón. Era domingo a mediodía. Ella abrió la bolsa. Dentro había un grueso libro en rústica: *Aperturas de ajedrez modernas*.

Incrédula, ella empezó a pasar las páginas. Estaba lleno de largas columnas verticales con anotaciones de ajedrez. Había pequeños diagramas de tableros y títulos como «Aperturas con el peón de reina» y «Sistemas de defensa india». Alzó la cabeza.

Él la miraba con el ceño fruncido.

—Es el mejor libro para ti —dijo—. Te dirá lo que quieres saber.

Ella no contestó, sino que se sentó en su caja de leche tras el tablero, sujetando el libro con fuerza contra su regazo, y esperó para empezar a jugar.

La clase de lengua era la más aburrida, con la lenta voz del señor Espero y los poetas con nombres como John Greenleaf Whittier y William Cullen Bryant. «Dónde, entre la caída del rocío, / mientras brillan los cielos con los últimos pasos del día...» Era estúpido. Y él leía cada palabra en voz alta, con cuidado.

Tenía *Aperturas de ajedrez modernas* bajo la mesa, mientras el señor Espero leía. Repasaba las variantes una a una, jugando mentalmente. Pero al tercer día las anotaciones (P4R, C3AR) saltaron en su mente como piezas sólidas en escaques reales. Las veía con facilidad: no hacía falta ningún tablero. Podía permanecer allí sentada con *Aperturas de ajedrez modernas* en el regazo, sobre la falda azul de cuadros del Hogar Methuen, y mientras el señor Espero continuaba hablando monótonamente sobre el enriquecimiento del espíritu que la pobreza nos produce o leía en voz alta versos como «A aquel que en el amor de la naturaleza abraza / la comunión con sus formas visibles, ella le habla en un variado lenguaje», los movimientos de las partidas de ajedrez encajaban en su sitio ante sus ojos entrecerrados. Al final del libro había continuaciones hasta el final de algunas de las partidas clásicas, hasta llegar a la renuncia en el movimiento veintisiete o a las tablas en el cuarenta, y ella había aprendido a mover las piezas a través de todo aquel ballet, conteniendo a veces el aliento por la elegancia de un ataque combinado o de un sacrificio o el equilibrio de fuerzas en una posición. Y siempre su mente estaba puesta en la victoria, o en el potencial para la victoria.

—«Pues en sus horas más alegres ella tiene una voz de alegría / y una sonrisa y elocuencia de belleza...» —leyó el señor Espero, mientras la mente de Beth danzaba asombrada ante el geométrico rococó de ajedrez, encanto, embeleso, ahogándose en las grandiosas permutaciones mientras se abrían a su alma, y su alma se abría a ellas.

—¡Basura blanca! —le susurró Jolene cuando salían de la clase de historia.

—Negra —susurró Beth a su vez.

Jolene se detuvo en seco y se volvió a mirarla.

El sábado siguiente Beth se tomó seis píldoras y se entregó a su dulce química, posando una mano sobre su vientre y la otra sobre su coño. Conocía esa palabra. Era una de las pocas cosas que le había enseñado su madre antes de estrellar el Chevy.

—Lávate —le decía en el cuarto de baño—. Asegúrate de lavarte bien el coño.

Beth movió los dedos arriba y abajo, como había hecho Jolene. No le gustaba. A ella no. Retiró la mano y se sumergió en la tranquilidad mental de las píldoras. Tal vez era demasiado pequeña. Jolene era cuatro años mayor y tenía pelo rizado creciendo allí. Beth lo había notado.

—Buenos días, basura —dijo Jolene en voz baja. Su rostro mostraba calma.

—Jolene —dijo Beth. Jolene se acercó. No había nadie alrededor, solo ellas dos. Estaban en el vestuario, después de la clase de gimnasia.

—¿Qué quieres?

—Quiero saber qué es una chupapollas.

31

Jolene se la quedó mirando un momento. Luego se echó a reír.

—Mierda —dijo—. ¿Sabes lo que es una polla?

—Creo que no.

—Es lo que tienen los chicos. Al final del libro de ciencias. Como un pulgar.

Beth asintió. Conocía el dibujo.

—Bueno, nena —dijo Jolene gravemente—, hay chicas a las que les gusta chupar ese pulgar.

Beth reflexionó al respecto.

—¿No es por ahí por donde hacen pis?

—Supongo que lo limpian —dijo Jolene.

Beth se retiró sintiéndose sorprendida. Y seguía llena de asombro. Había oído hablar de asesinos y torturadores; en casa había visto a un vecino dejar a su perro sin sentido a golpes con un palo grueso. Pero no comprendía cómo alguien podía hacer lo que decía Jolene.

El domingo siguiente ganó cinco partidas seguidas. Llevaba ya tres meses jugando con el señor Shaibel, y sabía que él ya no podía derrotarla. Ni una sola vez. Preveía cada finta, cada amenaza que sabía hacer. Era imposible que pudiera confundirla con sus caballos, o dejar una pieza apostada en una casilla peligrosa, o avergonzarla bloqueando una pieza importante. Podía verlo venir e impedirlo mientras continuaba preparando su ataque.

—¿Tienes ocho años? —preguntó él cuando terminaron.

—Nueve en noviembre.

El señor Shaibel asintió.

—¿Vendrás el domingo próximo?

—Sí.

—Bien. Asegúrate.

Al domingo siguiente había otro hombre en el sótano con el señor Shaibel. Era delgado y llevaba una camisa a rayas y corbata.

—Este es el señor Ganz, del club de ajedrez —dijo el señor Shaibel.

—¿Club de ajedrez? —repitió Beth, mirándolo de arriba abajo. Se parecía un poco al señor Schell, aunque sonreía.

—Jugamos en un club —respondió el señor Shaibel.

—Y yo soy el preparador del equipo del instituto Duncan High —dijo el señor Ganz. Beth no había oído hablar nunca de esa escuela.

—¿Te gustaría jugar una partida conmigo? —preguntó el señor Ganz.

Por respuesta, Beth se sentó en la caja de leche. Había una silla plegable al otro lado del tablero. El señor Shaibel descansó su pesado cuerpo en ella, y el señor Ganz ocupó el taburete. Extendió la mano con un movimiento rápido y nervioso y escogió dos peones: uno blanco y uno negro. Los cubrió con las manos, los sacudió un momento y luego extendió ambos brazos hacia Beth, con los puños cerrados.

—Elige una mano —dijo.

—¿Por qué?

—Se juega con el color que se elige.

—Oh.

Extendió la mano y apenas tocó la mano izquierda del señor Ganz.

—Esta.

Él abrió la mano. En su palma apareció el peón negro.

—Lo siento —dijo, sonriendo. Su sonrisa la hizo sentirse incómoda.

El tablero tenía ya las negras delante de Beth. El señor Ganz volvió a colocar los peones en sus escaques, movió peón cuatro rey, y Beth se relajó. Había aprendido hasta la última línea de la defensa siciliana de su libro. Colocó su peón de reina en la cuarta casilla. Cuando él sacó el caballo, decidió usar la Najdorf.

Pero el señor Ganz era un poco demasiado listo para eso. Era mejor jugador que el señor Shaibel. Con todo, después de media docena de movimientos ella supo que sería fácil derrotarlo, y se dispuso a hacerlo, tranquila e implacablemente, hasta obligarlo a rendirse después de veintitrés movimientos.

Él colocó su rey de lado en el tablero.

—Ciertamente sabes jugar, jovencita. ¿Tenéis un equipo aquí?

Ella lo miró sin comprender.

—Las otras chicas. ¿Tienen un club de ajedrez?

—No.

—¿Entonces dónde juegas?

—Aquí abajo.

—El señor Shaibel dice que jugáis unas cuantas partidas cada domingo. ¿Qué haces en medio?

—Nada.

—¿Pero cómo te entrenas?

Ella no quiso decirle que jugaba mentalmente al ajedrez en clase y en la cama por la noche. Para distraerlo, preguntó:

—¿Quiere jugar otra partida?

Él se echó a reír.

—De acuerdo. Es tu turno de jugar con las blancas.

Lo derrotó aún más rápidamente, utilizando la apertura Réti. El libro decía que era un sistema «hipermoderno»; a ella le gustaba la forma en que usaba el alfil de rey. Después de veinte movimientos lo detuvo para indicar su inminente mate en tres. El tardó medio minuto en verlo. Sacudió la cabeza con incredulidad y derribó su rey.

—Eres sorprendente —dijo—. Nunca he visto nada igual.

Se levantó y se acercó a la caldera, donde Beth había advertido una pequeña bolsa de la compra.

—Ahora tengo que irme. Pero te he traído un regalo.

Le tendió la bolsa.

Ella miró en su interior, esperando ver otro libro de ajedrez. Había algo envuelto en papel de seda rosa.

—Deslíalo —dijo el señor Ganz, sonriendo.

Ella lo sacó y retiró el envoltorio. Era una muñeca rosa con un vestido azul estampado, el pelo rubio y la boca fruncida. La sostuvo un momento y la miró.

—¿Bien? —dijo el señor Ganz.

—¿Quiere jugar otra partida? —dijo Beth, sujetando a la muñeca por el brazo.

—Tengo que irme —respondió el señor Ganz—. Tal vez vuelva la semana próxima.

Ella asintió.

Al fondo del pasillo había un gran barril de petróleo que se usaba de papelera. Cuando pasó por su lado camino de la película de los domingos por la tarde, echó allí la muñeca.

En la clase de ciencias naturales encontró el dibujo al final del libro. En una página había una mujer y en la página de al lado un hombre. Eran dibujos lineales, sin sombras. Pero estaban allí de pie con los brazos en los costados y las palmas de las manos vueltas hacia fuera. En la V bajo su vientre plano la mujer tenía una simple línea vertical. El hombre no tenía esa línea, o si la tenía no podía verse. Lo que tenía era algo que parecía una bolsita con una cosa redonda colgando delante. Jolene decía que era como un pulgar. Eso era su polla.

El profesor, el señor Hume, estaba diciendo que había que tomar verdura al menos una vez al día. Empezó a escribir nombres de verduras en la pizarra. Ante las grandes ventanas situadas a la izquierda de Beth, empezaban a florecer las camelias. Ella estudió el dibujo del hombre desnudo, tratando en vano de descubrir algún secreto.

El señor Ganz volvió al domingo siguiente. Traía consigo su propio tablero de ajedrez. Tenía escaques blancos y negros, y las piezas estaban dentro de una caja de madera recubierta de fieltro rojo. Eran de madera pulida. Beth podía ver las vetas en las blancas. Extendió la mano mientras el señor Ganz las colocaba y tomó uno de los caballos. Era más pesado que los que había utilizado hasta entonces y tenía un círculo de fieltro verde en la base. Nunca había pensado en poseer cosas, pero quiso que este juego de ajedrez fuera suyo.

El señor Shaibel había colocado su tablero en el sitio de costumbre y colocó otra caja para el tablero del señor Ganz. Los dos tableros estaban ahora el uno al lado del otro, con un palmo de separación entre ambos. Era un día soleado, y la luz brillante que entraba por la ventana se filtraba entre los matorrales junto a la acera situada al borde del edificio. Nadie habló mientras colocaban las piezas. El señor Ganz le quitó amablemente de la mano el caballo y lo colocó en su escaque.

—Habíamos pensado que podrías jugar contra los dos —dijo.

—¿Al mismo tiempo?

Él asintió.

Habían colocado su caja entre los tableros. Iba con las blancas en las dos partidas, y en las dos jugó peón cuatro rey.

El señor Shaibel respondió con la siciliana; el señor Ganz con peón cuatro rey. Ella ni siquiera tuvo que detenerse a pensar en las continuaciones. Jugó sus dos movimientos y miró por la ventana.

Los derrotó a ambos sin esfuerzo. El señor Ganz colocó las piezas, y empezaron de nuevo. Esta vez ella movió peón cuatro reina en los dos tableros y siguió con peón alfil de reina cuatro, el gambito de dama. Se sentía profundamente relajada, casi como en un sueño. Había tomado siete tranquilizantes a eso de medianoche, y todavía conservaba algo de la languidez.

Hacia la mitad de las partidas estaba mirando por la ventana un seto con florecillas rosas cuando oyó la voz del señor Ganz diciendo:

—Beth, he movido mi alfil a alfil cinco.

Y ella respondió, como en sueños:

—Caballo 5R.

El seto parecía brillar con la luz de primavera.

—Alfil cuatro caballo —dijo el señor Ganz.

—Reina cuatro reina —respondió Beth, todavía sin mirar.

—Caballo tres alfil de reina —dijo enfurruñado el señor Shaibel.

—Alfil cinco caballo —dijo Beth, los ojos fijos en los capullos rosa.

—Peón tres caballo —el señor Ganz tenía una extraña suavidad en la voz.

—Reina cuatro torre, jaque —dijo Beth.

Oyó al señor Ganz inhalar profundamente. Después de un segundo, dijo:

—Rey uno alfil.

—Eso es mate en tres —dijo Beth, sin volverse—. El primer jaque es con el caballo. El rey tiene los dos escaques negros y el alfil le hace jaque. Entonces el caballo hace el mate.

El señor Ganz resopló lentamente.

—¡Madre de Dios! —dijo.

Dos

Estaban viendo la película de los sábados por la tarde cuando el señor Fergussen vino para llevarla al despacho de la señora Deardorff. Era una película sobre los modales a la mesa llamada «Cómo actuar a la hora de la cena», así que no le importó marcharse. Pero estaba asustada. ¿Habían descubierto que no iba nunca a la capilla? ¿Que se guardaba las píldoras? Le temblaban las piernas y sentía raras las rodillas cuando el señor Fergussen, con sus pantalones blancos y su camisa del mismo color, la acompañó por el largo pasillo de linóleo verde resquebrajado. Los gruesos zapatos marrones de Beth chirriaban sobre el linóleo, y entornó los ojos bajo la brillante luz fluorescente. El día anterior había sido su cumpleaños. Nadie se había acordado. El señor Fergussen, como de costumbre, no dijo nada: caminó por el pasillo delante de ella. En la puerta de cristal esmerilado y con las palabras HE-LEN DEARDORFF, SUPERINTENDENTE se detuvo. Beth abrió la puerta y entró.

Una secretaria vestida con una blusa blanca le dijo que continuara hasta el despacho del fondo. La señora Deardorff la estaba esperando. Abrió la gran puerta de madera y entró. En el sillón rojo estaba sentado el señor Ganz, con un traje marrón. La señora Deardorff estaba sentada ante un escritorio. Miró a Beth por encima de sus gafas de carey. El señor Ganz sonrió algo forzado y medio se levantó del sillón cuando ella entró. Luego volvió a sentarse torpemente.

—Elizabeth —dijo la señora Deardorff.

Beth había cerrado la puerta tras ella y esperaba a unos pocos palmos de distancia. Miró a la señora Deardorff.

—Elizabeth, el señor Ganz me dice que eres una... —se ajustó las gafas sobre la nariz—, una niña dotada.

La señora Deardorff la miró durante un instante como si esperara que lo negara. Como Beth no dijo nada, continuó:

—Tiene una petición inusual que hacernos. Le gustaría que fueras al instituto el... —Miró de nuevo al señor Ganz.

—El jueves —dijo este.

—El jueves. Por la tarde. Sostiene que eres una jugadora de ajedrez fenomenal. Le gustaría que jugaras ante el club de ajedrez.

Beth no dijo nada. Estaba todavía asustada.

El señor Ganz se aclaró la garganta.

—Tenemos una docena de miembros, y me gustaría que jugaras con ellos.

—¿Bien? —dijo la señora Deardorff—. ¿Te gustaría hacerlo? Puede considerarse una excursión. —Le sonrió sombría al señor Ganz—. Nos gusta darle a nuestras chicas una oportunidad para experimentar en el exterior.

Era la primera noticia que Beth tenía del tema. No conocía a nadie que hubiera ido a ninguna parte.

—Sí —dijo Beth—. Me gustaría.

—Bien —dijo la señora Deardorff—. Está zanjado, entonces. El señor Ganz y una de las chicas del instituto te recogerán el jueves después del almuerzo.

El señor Ganz se levantó para marcharse, y Beth se dispuso a seguirlo, pero la señora Deardorff la llamó.

—Elizabeth —dijo cuando estuvieron a solas—. El señor Ganz me informa que has estado jugando al ajedrez con nuestro bedel.

Beth no supo qué decir.

—Con el señor Shaibel.

—Sí, señora.

—Esto es muy irregular, Elizabeth. ¿Has ido al sótano?

Por un instante ella pensó en mentir. Pero a la señora Deardorff le resultaría muy fácil averiguarlo.

—Sí, señora —repitió.

Beth esperaba un arrebato de ira, pero la voz de la señora Deardorff sonó extraordinariamente relajada.

—No podemos consentir eso, Elizabeth —dijo—. En Methuen creemos en la excelencia, pero no podemos permitir que juegues al ajedrez en el sótano.

Beth sintió que su estómago se tensaba.

—Creo que hay tableros de ajedrez en el armario de juegos —continuó la señora Deardorff—. Haré que Fergussen lo investigue.

Un teléfono empezó a sonar en la oficina exterior y una lucecita empezó a destellar en el teléfono de la mesa.

—Eso será todo, Elizabeth. Vigila tus modales en el instituto y asegúrate de que tus uñas estén limpias.

En los cómics del Mayor Hoople, el personaje protagonista pertenecía al Club Búho. Era un sitio donde los hombres se sentaban en grandes sillones viejos y bebían cerveza y hablaban del presidente Eisenhower y de cuánto dinero se gastaban sus esposas en sombreros. El mayor Hoople tenía una panza enorme, como la del señor Shaibel, y cuando estaba en el Club Búho con una botella de cerveza negra en las manos, las palabras salían de su boca con pequeñas burbujas. Decía cosas como «Harrumph» y «¡Egad!» en un bocadillo en lo alto de las burbujas. Eso era un «club». Era como la sala de lectura de la biblioteca de Methuen. Tal vez jugaría con las doce personas en una habitación como esa.

No se lo había dicho a nadie. Ni siquiera a Jolene. Permaneció tendida en la cama después de que apagaran las luces y pensó en ello con un temblor de expectación en el estómago. ¿Podría jugar tantas partidas? Se tendió de espaldas y palpó nerviosa el bolsillo de su pijama. Había dos allí dentro. Faltaban seis días para el jueves. Tal vez el señor Ganz pretendía que jugara una partida con una persona y luego otra con otra, si era así como se hacía.

Había buscado «fenomenal». El diccionario decía: «extraordinario; destacado; notable». Repitió esas palabras en silencio ahora: «extraordinario; destacado; notable». Se convirtieron en una canción en su mente.

Trató de visualizar doce tableros de ajedrez a la vez, en fila en el techo. Solo cuatro o cinco estaban realmente claros. Se quedó con las piezas negras y dejó las blancas para «ellos» y luego hizo que «ellos» movieran peón cuatro rey, y respondió con la siciliana. Descubrió que podía mantener cinco partidas en marcha y concentrarse en una cada vez mientras las otras esperaban su atención.

Desde la mesa al fondo del pasillo escuchó una voz que decía: «¿Qué hora es ya?», y otra voz que respondía: «Las dos y veinte». Su madre solía hablar de las «horas tontas de la madrugada». Esta era una de ellas. Beth siguió jugando al ajedrez, manteniendo cinco partidas imaginarias a la vez. Se había olvidado de las píldoras que tenía en el bolsillo.

A la mañana siguiente el señor Fergussen le entregó el vasito de plástico como de costumbre, pero cuando ella miró había dos tabletas de vitaminas de color naranja y nada más. Lo miró, oculto tras la ventanita de la farmacia.

—Es todo —dijo—. Siguiente.

Ella no se movió, aunque la chica de atrás la empujaba.

—¿Dónde están las verdes?

—Ya no las hay —dijo el señor Fergussen.

Beth se puso de puntillas y se asomó al mostrador. Allí, detrás del señor Fergussen, estaba el gran frasco de cristal, todavía lleno hasta la tercera parte de píldoras verdes. Debía de haber cientos allí dentro, como gominolas diminutas.

—Están allí —señaló.

—Vamos a deshacernos de ellas —respondió él—. Es la nueva ley. No más tranquilizantes para los niños.

—Es mi turno —dijo Gladys, tras ella. Beth no se movió. Abrió la boca para hablar pero no pudo decir nada.

—Es mi turno para las vitaminas —dijo Gladys, más fuerte.

Había noches en que estaba tan concentrada en el ajedrez que dormía sin píldoras. Pero esta no fue una de ellas. No podía pensar en el ajedrez. Tenía tres píldoras en la funda de su cepillo de dientes, y nada más. Varias veces decidió tomarse una, pero luego decidió no hacerlo.

—He oído decir que vas a ir a exhibirte —dijo Jolene. Se rio, más para sí que para Beth—. Vas a jugar al ajedrez delante de la gente.

—¿Quién te lo ha dicho? —preguntó Beth. Estaban en los vestuarios después del voleibol. Los pechos de Jolene, que no existían un año antes, se agitaban bajo la camiseta de gimnasia.

—Niña, yo sé cosas —dijo Jolene—. ¿No es igual que las damas pero las piezas saltan como locas? Mi tío Hubert jugaba a eso.

—¿Te lo ha dicho la señora Deardorff?

—Nunca me acerco a esa señora —Jolene sonrió confiada—. Fue Fergussen. Me dijo que ibas al instituto del centro. Pasado mañana.

Beth la miró incrédula. El personal no intercambiaba confidencias con los huérfanos.

—¿Fergussen...?

Jolene se acercó y le habló en serio.

—Él y yo somos amigos de vez en cuando. No se lo digas a nadie, ¿eh?

Beth asintió.

Jolene retrocedió y se puso a secarse el pelo con la toalla blanca de gimnasia. Después de voleibol siempre se podía estirar el tiempo, duchándote y vistiéndote, antes de ir a la sala de estudios.

Beth pensó en algo. Después de un instante habló en voz baja.

—Jolene.

—¿Ajá?

—¿Te dio Fergussen píldoras verdes? ¿De más?

Jolene la miró con dureza. Entonces su rostro se suavizó.

—No, cariño. Ojalá. Pero tienen a todo el estado tras ellos por lo que han estado haciendo con esas píldoras.

—Siguen allí. En el frasco grande.

—¿Eso es cierto? —dijo Jolene—. No me había dado cuenta. —Siguió mirando a Beth—. He visto que andas nerviosa últimamente. ¿Tienes el mono?

Beth había tomado su última píldora la noche antes.

—No lo sé —respondió.

—Mira alrededor —dijo Jolene—. Aquí va a haber unos cuantos huérfanos muy nerviosos durante los próximos días.

Terminó de secarse el pelo y se desperezó. Con la luz a su espalda y el pelo rizado y los ojos grandes y muy abiertos, Jolene era preciosa. Beth se sintió fea, sentada allí en el banco junto a ella. Pálida y pequeña y fea. Y le daba miedo irse a la cama esta noche sin píldoras. Llevaba dos noches durmiendo solo dos o tres horas. Sentía los ojos irritados y la nuca sudada, incluso después de ducharse. No dejaba de pensar en aquel gran frasco de cristal tras Fergussen, lleno de píldoras verdes hasta la tercera parte..., suficiente para llenar la funda de su cepillo de dientes cien veces.

Ir al instituto fue su primer viaje en coche desde que llegara a Methuen. Catorce meses antes. Casi quince. Su madre había muerto en un coche, uno negro como este, con un afilado pedazo de volante en el ojo. La mujer del portapapeles se lo había dicho, mientras Beth miraba el lunar que tenía en la mejilla y no decía nada. Tampoco había sentido nada. Su madre había fallecido, dijo la mujer. El funeral sería dentro de tres días. El ataúd estaría cerrado. Pero Beth sabía lo que era un ataúd: Drácula dormía en uno. Su padre había fallecido el año anterior, por una «vida disoluta», como había dicho su madre.

Beth iba en la parte trasera del coche con una chica grande y vergonzosa que se llamaba Shirley y pertenecía al club de ajedrez. El señor Ganz conducía. Beth sentía un nudo tan tenso como un alambre en el estómago. Apretaba las rodillas y miraba al frente, a la nuca del señor Ganz, el cuello de rayas de su camisa y a los coches y autobuses que había delante del coche, moviéndose de un lado a otro ante el parabrisas.

Shirley intentó entablar conversación.

—¿Conoces el gambito de rey?

Beth asintió, pero tenía miedo de hablar. No había dormido nada esa noche, y muy poco las anteriores. Aquella noche había oído a Fergussen hablar y reír con la señora de recepción: su pesada risa había sonado por todo el pasillo y se había colado bajo la puerta del pabellón donde ella estaba tendida, tiesa como un palo, en su cama.

Pero había sucedido algo inesperado. Cuando estaba a punto de marcharse con el señor Ganz, Jolene vino corriendo, le dirigió al señor Ganz una de sus miradas de reojo y dijo:

—¿Podemos hablar un segundo?

El señor Ganz dijo que de acuerdo, y Jolene se llevó rápidamente a Beth a un lado y le entregó tres píldoras verdes.

—Toma, cariño —dijo—. Veo que las necesitas.

Y entonces le dio las gracias al señor Ganz y corrió a clase, con el libro de geografía bajo el brazo flaco.

Pero no había tenido ocasión de tomarse las píldoras. Beth las tenía en el bolsillo ahora mismo, pero sentía miedo. Tenía la boca seca. Sabía que podría tomárselas y probablemente nadie se daría cuenta. Pero estaba asustada. Llegarían pronto. La cabeza le daba vueltas.

El coche se detuvo en un semáforo. En el cruce había una gasolinera Pure Oil con un gran cartel azul. Beth se aclaró la garganta.

—Necesito ir al baño.

—Llegaremos en diez minutos —dijo el señor Ganz.

Beth sacudió firmemente la cabeza.

—No puedo esperar.

El señor Ganz se encogió de hombros. Cuando el semáforo cambió, se desvió y entró en la gasolinera. Beth fue al cuarto de baño que decía SEÑORAS y echó el cerrojo a la puerta. Era un lugar sucio, con churretes en las baldosas blancas y una taza descascarillada. Abrió un momento el grifo del agua fría y se metió las píldoras en la boca. Ahuecó las manos, las llenó de agua y las tragó. Ya se sintió mejor.

Era un aula grande con tres pizarras en la pared del fondo. En grandes letras mayúsculas con tiza blanca en la pizarra central aparecía escrito ¡BIENVENIDA, BETH HARMON!, y en la pared había fotos en color del presidente Eisenhower y el vicepresidente Nixon. Habían quitado la mayoría de los pupitres y los habían colocado fuera, en la pared del pasillo; los demás estaban arrinconados al fondo. Habían colocado tres mesas plegables formando una U en el centro del aula, y en cada una había cuatro tableros de papel verdes y beis con piezas de plástico. Dentro de la U había sillas metálicas situadas ante las piezas negras, pero no había ninguna silla delante de las piezas blancas.

Habían pasado veinte minutos desde la parada en la gasolinera Pure Oil y Beth ya no estaba temblando, pero los ojos le escocían y le dolían las articulaciones. Llevaba puesta su falda plisada azul marino y una blusa blanca con METHUEN bordado en letras rojas en el bolsillo.

No había nadie en el aula cuando entró. El señor Ganz había abierto la puerta con una llave que llevaba en el bolsillo. Un minuto después sonó un timbre y se oyó el ruido de pasos y gritos en el pasillo, y empezaron a llegar los estudiantes. Eran casi todos chicos. Chicos grandotes, casi hombres: eran los cursos superiores. Beth se preguntó por un momento dónde se suponía que iba a sentarse. Pero no podía hacerlo si iba a jugar contra todos a la vez: tendría que ir de tablero en tablero para mover las piezas.

—Eh, Allan. ¡Cuidado! —le gritó un chico a otro, señalando a Beth con el pulgar.

Ella se vio de pronto como una persona pequeña y sin importancia, una huérfana feúcha de pelo castaño vestida con poco atractivas ropas institucionales. Tenía la mitad del tamaño de aquellos estudiantes confiados e insolentes con sus voces fuertes y sus jerséis nuevos. Se sintió impotente y tonta. Pero entonces miró de nuevo los tableros, con las piezas colocadas en sus pautas familiares, y la sensación desagradable se redujo. Podía sentirse fuera de lugar en este instituto público, pero no estaba fuera de lugar con aquellos doce tableros de ajedrez.

—Tomad asiento y callaos, por favor —el señor Ganz habló con sorprendente autoridad—. Charles Levy ocupará el tablero número uno, ya que es nuestro mejor jugador. Los demás podéis sentaros donde queráis. No se hablará durante la partida.

De repente todo el mundo guardó silencio, y todos empezaron a mirar a Beth. Ella los miró a su vez, sin parpadear, y sintió surgir en su interior un odio tan negro como la noche.

Se volvió hacia el señor Ganz.

—¿Empiezo ya? —preguntó.

—Con el tablero número uno.

—¿Y luego paso al siguiente?

—Así es.

Beth advirtió que ni siquiera la habían presentado a la clase. Se acercó al primer tablero, donde Charles Levy estaba sentado tras las piezas negras. Extendió la mano, tomó el peón de rey y lo colocó en la cuarta fila.

Lo sorprendente fue lo mal que jugaban. Todos ellos. En las primeras partidas de su vida ella había comprendido más que ellos. Dejaban peones retrasados por todas partes, y sus piezas quedaban abiertas para hacer horquillas. Unos cuantos intentaron hacer burdos mates. Los apartó como si fueran moscas. Pasó rápidamente de un tablero a otro, el estómago tranquilo y la mano firme. En cada tablero solo necesitaba mirar un segundo para leer la posición y ver qué era necesario. Sus respuestas eran rápidas, seguras y letales. Se suponía que Charles Levy era el mejor de todos ellos; le inmovilizó las piezas irremediablemente en una docena de movimientos; en seis más le dio mate en la última fila con una combinación caballo-torre.

Su mente brillaba, y el alma le cantaba con los dulces movimientos del ajedrez. La clase olía a polvo de tiza y sus zapatos chirriaban cuando se movía entre las filas de jugadores. La sala permanecía en silencio; Beth sentía su propia presencia centrada allí, pequeña y sólida y al mando. Fuera, los pájaros cantaban, pero no los oía. Dentro, algunos de los alumnos la miraban atentamente. Entraban chicos desde el pasillo y se alineaban en la pared del fondo para ver a la chica del orfanato del extrarradio que se movía de jugador en jugador con la decidida energía de un César en el campo, una Pavlova bajo los focos. Había una docena observando. Algunos sonreían y bostezaban, pero otros podían sentir la energía de la sala, la presencia de algo que nunca, en la larga historia de esta vieja y cansada escuela, se había sentido antes.

Lo que ella hacía en el fondo era sorprendentemente trivial, pero la energía de su mente maravillosa chispeaba en la sala para aquellos que sabían escuchar. Sus movimientos de ajedrez. Sus movimientos ardían. Una hora y media después, los había derrotado a todos sin un solo movimiento falso o desperdiciado.

Se detuvo y miró alrededor: las piezas capturadas se apiñaban al lado de cada tablero. Unos cuantos estudiantes la miraban, pero la mayoría evitaron sus ojos. Hubo aplausos dispersos. Beth sintió que sus mejillas se ruborizaban; algo en su interior se volvió desesperadamente hacia los tableros, las posiciones muertas allí ahora. No quedaba nada ya. Era de nuevo solo una niña pequeña, sin poder.

El señor Ganz le regaló una caja de un kilo de bombones Whitman y la acompañó al coche. Shirley subió sin decir una palabra, cuidando de no rozarse contra Beth en el asiento trasero. Viajaron en silencio hasta el Hogar Methuen.

La clase de estudio de las cinco fue intolerable. Beth intentó jugar mentalmente al ajedrez, pero por una vez pareció algo flojo y sin sentido después de la tarde en el instituto. Intentó estudiar geografía, ya que había un examen al día siguiente, pero el libro grande era prácticamente solo de dibujos, y los dibujos significaban poco para ella. Jolene no estaba en la sala, y estaba desesperada por verla, por ver si quedaban más píldoras. De vez en cuando se palpaba el bolsillo de la blusa con una especie de supersticiosa esperanza de poder sentir la pequeña y dura superficie de una píldora. Pero no había nada.

Jolene estaba en la cena, comiendo spaghetti italianos, cuando Beth entró y recogió su bandeja. Se acercó a la mesa de Jolene antes de ir a por comida. Había otra chica negra con ella. Samantha, una nueva. Jolene y ella estaban charlando.

Beth se acercó directamente a ellas y le dijo a Jolene:

—¿Tienes más?

Jolene frunció el ceño y negó con la cabeza.

—¿Cómo fue la demostración? —preguntó—. ¿Lo hiciste bien?

—Bien —respondió Beth—. ¿No tienes aunque sea una?

—Cariño —dijo Jolene, dándose la vuelta—. No quiero saber nada de eso.

La película del sábado por la tarde en la biblioteca era *La túnica sagrada*. Salía Víctor Mature y era espiritual. Todo el personal estaba allí, sentados muy atentos en una fila especial de sillas al fondo, cerca del tembloroso proyector. Beth mantuvo los ojos entrecerrados durante la primera media hora: los tenía rojos e hinchados. No había dormido nada durante la noche del jueves y solo una hora o así la del viernes. Notaba un nudo en el estómago y la garganta le sabía a vinagre. Estaba sentada en la silla plegable con la mano en el bolsillo de la falda, palpando el destornillador que se había guardado por la mañana. Al entrar en el taller de los chicos después de desayunar, lo tomó de un banco. Nadie la vio hacerlo. Ahora lo apretó con fuerza hasta que los dedos le dolieron, inspiró profundamente, se levantó y se dirigió a la puerta. El señor Fergussen estaba sentado allí, vigilando.

—Tengo que ir al baño —susurró Beth.

El señor Fergussen asintió, los ojos puestos en Víctor Matute, el pecho desnudo en las arenas del circo romano.

Recorrió el estrecho pasillo con resolución, esquivando los bultos en el linóleo ajado, dejó atrás el lavabo de las chicas y bajó a la sala multiusos, con sus revistas *Christian Endeavour* y sus libros condensados del *Reader's Digest,* y, contra la pared del fondo, la ventanilla con candado que decía FARMACIA.

Había unos cuantos taburetes de madera en la sala. Se llevó uno. No había nadie. Podía oír los gritos de los gladiadores de la película de la biblioteca, pero nada más excepto sus pasos. Sonaban muy fuerte.

Colocó el taburete delante de la ventana y se subió encima. Esto puso su cara a la altura de la bisagra y el candado, en lo alto. La ventana en sí, hecha de cristal esmerilado con malla de alambre, estaba enmarcada en madera. La madera estaba pintada de esmalte blanco. Beth examinó los tornillos que sujetaban la bisagra pintada. Había pintura en las ranuras. Frunció el ceño, y su corazón empezó a latir con más fuerza.

Durante las raras ocasiones en que su padre estaba en casa, y sobrio, le gustaba hacer chapuzas por la casa. Que era vieja, en una parte más pobre de la ciudad, y había pintura en la madera. Beth, con cinco o seis años, le había ayudado a quitar las viejas placas de los interruptores y conectores con su gran destornillador. Era buena con eso, y su padre la alababa.

—Aprendes muy rápido, cariño —le decía. Ella no había sido más feliz en su vida. Pero cuando había pintura en las ranuras de los tornillos decía—: Deja que papá te arregle esto.

Y hacía algo para preparar la cabeza del destornillador de forma que ella solo tuviera que meter la punta del destornillador en la ranura y girarlo. ¿Pero qué hacía para quitar la pintura? ¿Y hacia qué lado había que girar el destornillador? Durante un instante casi se atragantó con un súbito arrebato de ineptitud. Los gritos del circo de la película se convirtieron en un rugido, y el volumen de la música frenética se alzó con él. Podía bajarse del taburete y volver a su asiento.

Pero si lo hacía, volvería a sentirse como se sentía ahora. Tendría que acostarse en la cama por la noche con la luz de debajo de la puerta en la cara y los sonidos del pasillo en los oídos y el mal sabor en la boca, y no habría alivio ninguno, ninguna tranquilidad en su cuerpo. Sujetó el mango del destornillador y golpeó con él los dos grandes tornillos. No sucedió nada. Apretó los dientes y pensó. Entonces asintió con tozudez, agarró con fuerza el destornillador, y usando la esquina de la hoja, empezó a arrancar la pintura. Eso era lo que había hecho su padre. Apretó con las dos manos, manteniendo los pies firmes en el taburete, y empujó por toda la ranura. Un poco de pintura se descascarilló, revelando el metal del tornillo. Siguió empujando con la esquina afilada y soltó más pintura. Luego cayó un gran copo y toda la ranura quedó al descubierto.

Agarró el destornillador con la mano derecha, puso la hoja cuidadosamente en la ranura y giró, a la izquierda, como le había enseñado su padre. Ahora lo recordaba. Se le daba bien recordar. Giró con todas sus fuerzas. No sucedió nada. Retiró el destornillador de la ranura, lo sujetó con las dos manos y volvió a introducir la hoja. Entonces encogió los hombros y giró hasta que le dolieron las manos. Y de repente algo chirrió, y el tornillo se aflojó. Siguió girando hasta que pudo sacar el resto con el dedo y metérselo en el bolsillo de la blusa. Luego la emprendió con el otro tornillo. La parte de la bisagra en la que estaba trabajando se hallaba supuestamente sujeta por cuatro tornillos, uno en cada esquina, pero solo habían colocado dos. Lo había advertido durante los días anteriores, igual que había comprobado cada día durante la hora de las vitaminas que las píldoras verdes estuvieran todavía en el frasco grande.

Se metió el otro tornillo en el bolsillo, y el extremo de la bisagra se soltó solo, con el gran candado colgando, el otro extremo sujeto por los tornillos que la sujetaban al marco de la ventana. No había tardado mucho en comprender que tendría que quitar solo media bisagra, no las dos mitades, como había parecido al principio.

Abrió la ventana, inclinándose hacia atrás para hacerle sitio, y metió la cabeza dentro. La gran bombilla estaba apagada, pero podía ver el contorno del frasco grande. Metió las manos en la abertura, y tras ponerse de puntillas se empujó lo más que pudo. Su vientre quedó en el alféizar de la ventana. Había un borde ligeramente afilado por todo el alféizar, y sintió como si la cortaran. Ignoró el dolor y siguió rebulléndose, metódicamente, arrastrándose hacia delante. Sintió y oyó su blusa desgarrarse. Lo pasó por alto también: tenía otra blusa en la taquilla y podía cambiarse.

Ahora sus manos tocaron la superficie fría y lisa de una mesa de metal. Era la mesita blanca y estrecha contra la que se apoyaba el señor Fergussen cuando les daba las medicinas. Se arrastró de nuevo hacia delante, y apoyó su peso en las manos. Había algunas cajas allí. Las apartó, haciéndose sitio. Ahora era más fácil moverse. Dejó que su peso avanzara con el alféizar bajo las caderas hasta que le rozó las piernas y pudo dejarse caer sobre la mesa, retorciéndose en el último momento para no caerse. ¡Estaba dentro! Inspiró profundamente un par de veces y bajó de la mesa. Había suficiente luz para poder ver. Se acercó a la pared del fondo de la diminuta habitación y se detuvo ante el frasco apenas visible. Lentamente, metió dentro ambas manos. Las yemas de sus dedos tocaron la suave superficie de decenas de píldoras, de cientos de píldoras. Introdujo más las manos, enterrándolas hasta las muñecas. Inspiró profundamente y contuvo la respiración durante largo rato. Finalmente, dejó escapar un suspiro y retiró la mano derecha con un puñado de píldoras. No las contó, simplemente se las metió en la boca y las tragó todas.

Luego se guardó tres puñados de píldoras en el bolsillo de la falda. En la pared a la derecha de la ventana había un dispensador de vasos de plástico. Pudo alcanzarlo poniéndose de puntillas y estirándose. Tomó cuatro vasos de plástico. Había decidido ese número la noche anterior. Los llevó a la mesa donde estaba el frasco de las píldoras y los fue llenando uno a uno. Entonces dio un paso atrás y miró el frasco. El nivel se había reducido casi a la mitad. El problema parecía imposible de solucionar. Tendría que esperar y ver qué pasaba.

Dejó los vasos y se dirigió a la puerta que utilizaba el señor Fergussen cuando iba a trabajar en la farmacia. Saldría por ahí, cerrando por dentro, y haría dos viajes para llevarse las píldoras a su mesilla de noche metálica. Tenía una caja de kleenex casi vacía donde guardarlas. Extendería por encima unos cuantos kleenex y guardaría la caja al fondo de su mesilla esmaltada, bajo la ropa interior y los calcetines limpios.

Pero la puerta no se abría. Estaba cerrada y bien cerrada. Examinó el pomo y el pestillo, palpando con cuidado. Notaba una sensación pastosa al fondo de la garganta mientras lo hacía, y sentía los brazos entumecidos, como si fueran los brazos de una persona muerta. Lo que había sospechado cuando la puerta no se abrió resultó ser cierto: hacía falta una llave incluso desde dentro. Y no podía volver a salir por la ventanita con cuatro vasos de plástico llenos de tranquilizantes.

Se puso frenética. La echarían en falta en la película. Fergussen la estaría buscando. El proyector se estropearía y todos los niños serían enviados a la sala multiusos, vigilados por Fergussen, y la encontraría aquí. Pero, aparte de eso, se sentía atrapada, la misma sensación aplastante y sobrecogedora que había sentido cuando se la llevaron de casa y la trajeron a esta institución y la hicieron dormir en un pabellón con veinte desconocidas y oír toda la noche ruidos que eran, en cierto modo, tan malos como los gritos en casa, cuando sus padres estaban allí; los gritos en la cocina encendida. Beth dormía en el comedor en una cama plegable. También entonces se sentía atrapada, con los brazos entumecidos. Había un gran espacio bajo la puerta que separaba el comedor de la cocina; la luz se colaba por debajo, junto con los gritos.

Agarró el pomo de la puerta y se quedó inmóvil durante largo rato, respirando entrecortadamente. Entonces su corazón empezó a latir de nuevo casi con normalidad y la sensación de tacto regresó a sus brazos y sus manos. Siempre podía salir por la ventana. Tenía un bolsillo lleno de píldoras. Podía dejar los vasos de papel en la mesa blanca junto a la ventana y luego, cuando estuviese por fuera, meter la mano y recuperarlos, uno a uno. Podía visualizarlo todo, como en una posición de ajedrez.

Llevó los vasos a la mesa. Había empezado a sentir una calma enorme, como la que había sentido el día del instituto cuando supo que era imbatible. Cuando terminó de colocar el cuarto vaso se dio media vuelta y miró el frasco de cristal. Fergussen sabría que habían robado las píldoras. Eso no se podía ocultar. A veces su padre decía: «De perdidos, al río».

Llevó el frasco a la mesa y volvió a introducir en él el contenido de los vasos, dio un paso atrás y comprobó. Sería sencillo inclinarse desde fuera y sacar el frasco. Sabía también dónde podía esconderlo, en el estante de un cuarto escobero sin usar que había en el vestuario de las chicas. Allí había un viejo cubo de metal que no se utilizaba nunca; el frasco cabría dentro. También había una escalera corta en el cuarto, y podía usarla sin peligro porque una persona podía cerrar la puerta de la habitación desde dentro. Entonces, si había una búsqueda de las píldoras perdidas, aunque las encontraran, no podrían relacionarlas con ella. Las iría sacando poco a poco y no se lo diría a nadie, ni siquiera a Jolene.

Las píldoras que se había tomado unos minutos antes empezaban a alcanzar su mente. Todo su nerviosismo se había desvanecido. Con clara decisión, se subió a la mesa blanca del señor Fergussen, asomó la cabeza por la ventana y contempló a su alrededor la habitación aún vacía. El frasco de las píldoras estaba solo a unos pocos centímetros de su rodilla izquierda. Se escurrió por la ventana y pasó al taburete. Allí de pie se sintió tranquila, poderosa, al mando de su vida.

Se inclinó hacia delante y agarró el frasco por el borde con las dos manos. Una hermosa relajación se había extendido por todo su cuerpo. Se dejó llevar, contemplando las profundidades de píldoras verdes. Una música majestuosa llegaba de la película de la biblioteca. Los dedos de sus pies estaban todavía en el taburete y su cuerpo se doblaba sobre el borde de la ventana: ya no sentía el borde afilado. Era como una muñeca de trapo flácida.

A medida que sus ojos perdían foco, el verde se convirtió en un brillante borrón luminoso.

—¡Elizabeth! —la voz parecía llegar de un lugar dentro de su cabeza—. ¡Elizabeth!

Parpadeó. Era una voz de mujer, áspera, como la de su madre. No se volvió a mirar. Sus dedos y pulgares se aflojaron. Los apretó y agarró el frasco. Se sintió moverse a cámara lenta, como cuando en las películas alguien se cae de un caballo en un rodeo y lo ves flotar suavemente hacia el suelo como si no doliera ni nada. Alzó el frasco con ambas manos y se volvió, y el fondo del frasco golpeó el borde de la ventana con un sonido sordo y sus muñecas se torcieron y el frasco se le cayó de las manos y explotó en el filo del taburete a sus pies. Los fragmentos, mezclados con cientos de píldoras verdes, cayeron en cascada al suelo de linóleo. Trozos de cristal captaron la luz como joyas falsas y se quedaron en el suelo estremeciéndose mientras las píldoras rodaban como una cascada brillante hacia la señora Deardorff, que estaba de pie a unos pocos pasos de ella, diciendo «¡Elizabeth!» una y otra vez. Después de lo que pareció mucho tiempo, las píldoras dejaron de moverse.

Detrás de la señora Deardorff estaba el señor Fergussen con sus pantalones blancos y su camiseta. Junto a él se encontraba el señor Schell, y tras ellos, apiñándose para ver qué había sucedido, los otros niños, algunos de ellos todavía parpadeando por la película que acababa de terminar. Todos en la habitación la miraban, allí en lo alto del escenario en miniatura del taburete con las manos separadas un palmo, como si todavía estuviera sujetando el frasco de cristal.

Fergussen fue con ella en el coche marrón del personal y la llevó al hospital hasta una sala donde las luces eran muy brillantes y le hicieron tragar un tubo de goma gris. Fue fácil. No importaba nada. Beth podía ver todavía el montón verde de píldoras en el frasco. En su interior sucedían cosas extrañas, pero no importaba. Se quedó dormida y despertó solo durante un momento cuando alguien le clavó una aguja hipodérmica en el brazo. No supo cuánto tiempo estuvo allí, pero no pasó la noche. Fergussen la llevó de vuelta la misma tarde. Ahora viajó en el asiento delantero, despierta y sin preocupaciones. El hospital estaba en el campus, donde Fergussen era estudiante; señaló el edificio de Psicología cuando pasaron por delante.

—Ahí es donde estudio —dijo.

Ella simplemente asintió. Imaginó a Fergussen de estudiante, haciendo exámenes de verdadero o falso y levantando la mano cuando quería salir del aula. Nunca le había caído bien antes, lo consideraba solo uno de los otros.

—Por Dios, chiquilla —dijo—. Creí que Deardorff iba a explotar.

Ella vio los árboles pasar ante la ventanilla del coche.

—¿Cuántas te tomaste? ¿Veinte?

—No las conté.

Él se echó a reír.

—Disfrútalas —dijo—. Mañana tendrás el mono.

En Methuen se fue directamente a la cama y durmió profundamente durante doce horas. Por la mañana, después del desayuno, Fergussen de nuevo distante como de costumbre le dijo que fuera al despacho de la señora Deardorff. Sorprendentemente, no tenía miedo. Las píldoras habían dejado de hacer su efecto, pero se sentía descansada y tranquila. Mientras se vestía había hecho un descubrimiento extraordinario. En el fondo del bolsillo de su falda de sarga, supervivientes de su captura, su viaje al hospital, del hecho de desnudarse y luego vestirse, había veintitrés tranquilizantes. Tuvo que sacar el cepillo de dientes de su funda para que cupieran todos.

La señora Deardorff la tuvo esperando casi una hora. A Beth no le importó. Leyó en el *National Geographic* acerca de una tribu de indios que vivían en agujeros en unos acantilados. Gente cobriza de pelo negro y mala dentadura. En las imágenes había niños por todas partes, a menudo acurrucados contra la gente mayor. Todo era extraño; nunca la había tocado mucha gente mayor, excepto para castigarla. No se permitió pensar en la correa de cuero de la señora Deardorff. Si iba a usarla, podría soportarlo. De algún modo, sentía que lo que la habían pillado haciendo era de una magnitud superior al castigo habitual.

Y, aún más profundo que eso, era consciente de la complicidad del orfanato que le había suministrado a ella y a todos las píldoras que los volvían menos inquietos, más fáciles de tratar.

La señora Deardorff no la invitó a sentarse. El señor Schell estaba sentado en el pequeño sofá de cretona azul, y en el sillón rojo lo hacía la señorita Lonsdale, la encargada de la catequesis. Antes de empezar a escaparse para jugar al ajedrez los domingos, Beth había escuchado algunas de las charlas de la señorita Lonsdale. Trataban del compromiso cristiano y lo malos que eran el baile y el comunismo, además de algunas otras cosas de las que no daba más detalles.

—Llevamos una hora discutiendo tu caso, Elizabeth —dijo la señorita Deardorff. Sus ojos, fijos en Beth, eran fríos y peligrosos.

Beth la miró sin decir nada. Sentía que estaba pasando algo como en el ajedrez. En el ajedrez no dejabas ver cuál iba a ser tu próximo movimiento.

—Tu conducta ha causado una profunda sorpresa en todos nosotros. Nada —durante un momento los músculos laterales de la mandíbula de Deardorff sobresalieron como cables de acero—, nada en la historia del Hogar Methuen ha sido tan deplorable. No debe volver a suceder.

—Estamos terriblemente decepcionados... —intervino el señor Schell.

—No puedo dormir sin las píldoras —dijo Beth.

Hubo un silencio sobresaltado. Nadie esperaba que hablara.

—Tanto más motivo para que no las tomes —dijo entonces la señora Deardorff. Pero había algo extraño en su voz, como si estuviera asustada.

—No tendrían que habérnoslas dado para empezar —dijo Beth.

—¡No consentiré que una niña me replique! —espetó la señora Deardorff. Se levantó y se inclinó hacia Beth desde el otro lado de la mesa—. Si vuelves a hablarme así, lo lamentarás.

El aliento se detuvo en la garganta de Beth. El cuerpo de la señora Deardorff parecía enorme. Beth se retiró como si hubiera tocado algo al rojo vivo.

La señora Deardorff se sentó y se ajustó las gafas.

—Se suspenden tus privilegios de juegos y biblioteca. No asistirás a las películas de los sábados y te acostarás a las ocho de la noche. ¿Entendido?

Beth asintió.

—¡Respóndeme!

—Sí.

—Llegarás a catequesis treinta minutos antes y serás responsable de colocar las sillas. Si de algún modo te muestras remisa en esto, la señorita Lonsdale tiene instrucciones de decírmelo. Si te ven susurrando con otro niño en catequesis o en cualquier otra clase, se te adjudicarán automáticamente diez deméritos. —Hizo una pausa—. ¿Entiendes el significado de diez deméritos, Elizabeth?

Beth asintió.

—Respóndeme.

—Sí.

—Elizabeth, la señorita Lonsdale me informa que a menudo has dejado la catequesis durante largos periodos. Eso se acabará. Permanecerás en catequesis los noventa minutos completos los domingos. Escribirás un resumen de cada charla del domingo y quiero tenerlo en mi mesa el lunes por la mañana.

La señora Deardorff se acomodó en la silla de madera y cruzó las manos sobre su regazo.

—Y, Elizabeth...

Beth la miró con atención.

—Sí, señora.

La señora Deardorff sonrió sombríamente.

—Se acabó el ajedrez.

A la mañana siguiente Beth fue a la cola de las vitaminas después de desayunar. Pudo ver que habían sustituido el pestillo de la ventana y esta vez había tornillos en los cuatro agujeros a cada lado del candado.

Cuando se acercó a la ventana, Fergussen la miró y sonrió.

—¿Quieres servirte tú misma? —dijo.

Ella negó con la cabeza y extendió la mano para recibir las píldoras de vitaminas. Él se las tendió.

—Tómatelo con calma, Harmon —dijo. Su voz era agradable. Ella nunca lo había oído hablar de esa forma en la hora de las vitaminas antes.

La señorita Lonsdale no era mala gente. Parecía cohibida porque Beth tenía que presentarse a ella a las nueve y media, y le enseñó nerviosa cómo desplegar y colocar las sillas, ayudándola con las dos primeras filas. Beth pudo hacerlo bastante fácilmente, pero escuchar a la señorita Lonsdale hablar sobre el comunismo ateo y la forma en que se estaba extendiendo por los Estados Unidos fue bastante horrible. Beth tenía sueño, y no había tenido tiempo de terminar el desayuno. Pero debía prestar atención para poder escribir un trabajo. Escuchó a la señorita Lonsdale hablarle con seriedad de cómo todos tenían que tener cuidado, que el comunismo era como una enfermedad y podía contagiarte. Beth no tenía claro qué era el comunismo. Algo en lo que creía la gente mala, en otros países, como ser nazis y torturar a los judíos a millones.

Si la señora Deardorff no se lo había dicho, el señor Shaibel la estaría esperando. Beth quería ir a jugar al ajedrez, a probar contra él el gambito de rey. Tal vez el señor Ganz volvería con alguien del club de ajedrez para que jugara con ella. Se permitió pensar esto solo durante un momento y su corazón pareció llenarse. Quiso correr. Sentía escozor en los ojos.

Parpadeó y sacudió la cabeza y siguió escuchando a la señorita Lonsdale, que hablaba ahora sobre Rusia, un lugar terrible.

—Tendrías que haberte visto —dijo Jolene—. En lo alto de aquel taburete. Flotando allí arriba y Deardorff gritándote.

—Fue muy raro.

—Mierda, me lo imagino. Debió de estar bien. —Jolene se acercó un poco más—. ¿Cuántas pirulas tomaste, por cierto?

—Treinta.

Jolene se la quedó mirando.

—¡La hostia!

Era difícil dormir sin las pastillas, pero no imposible. Beth guardó las pocas que tenía para emergencias y decidió que, si tenía que permanecer despierta durante varias horas cada noche, se pasaría el tiempo aprendiendo la defensa siciliana. Había cincuenta y siete páginas impresas sobre el tema en *Aperturas modernas de ajedrez,* con ciento setenta líneas distintas brotando de P-4AD. Las memorizaría y las jugaría todas mentalmente de noche. Cuando terminara y supiera todas las variantes, podría pasar a la Pirc y la Nimzovitch y la Ruy López. *Aperturas modernas de ajedrez* era un libro grueso y denso. Lo pasaría bien.

Al salir de clase de geografía un día, vio al señor Shaibel al fondo del largo pasillo. Llevaba un cubo de metal con ruedas y estaba fregando el suelo. Los alumnos iban hacia el otro lado, hacia la puerta que conducía al patio para pasar el recreo. Beth se acercó a él y se detuvo donde el suelo estaba mojado. Permaneció allí durante un minuto, hasta que él la miró.

—Lo siento —dijo—. Ya no me dejan jugar.

Él frunció el ceño y asintió, pero no dijo nada.

—Estoy castigada. Yo... —Lo miró la cara. No hubo ninguna reacción—. Ojalá pudiera seguir jugando con usted.

Durante un momento, pareció que el hombre iba a hablar. Pero en cambio miró al suelo, inclinó levemente el cuerpo regordete y siguió fregando. De repente, Beth saboreó algo amargo en la garganta. Se dio media vuelta y echó a andar pasillo abajo.

Jolene decía que siempre había adopciones hacia Navidad. El año después de que impidieran que Beth siguiera jugando al ajedrez hubo dos a principios de diciembre. Ambas niñas guapas, pensó Beth para sí.

—Las dos blancas —dijo Jolene en voz alta.

Las dos camas permanecieron vacías durante algún tiempo. Entonces, una mañana, antes del desayuno, Fergussen acudió al pabellón de las chicas. Algunas de las niñas se rieron al verlo allí con el gran manojo de llaves en el cinturón. Se acercó a Beth, que se estaba poniendo los calcetines. Se acercaba su décimo cumpleaños. Se puso el segundo calcetín y lo miró.

Él frunció el ceño.

—Tenemos un lugar nuevo para ti, Harmon. Sígueme.

Ella lo acompañó, cruzaron el patio y llegaron a la pared del fondo. Una de las camas vacías estaba allí, bajo la ventana. Era un poco más grande que las demás y tenía más espacio alrededor.

—Puedes poner tus cosas en la mesilla de noche —dijo Fergussen. La miró un momento—. Aquí estarás bien.

Ella se quedó allí, sorprendida. Era la mejor cama del pabellón. Fergussen tomaba notas en el portafolios. Ella extendió la mano y le tocó el antebrazo con los dedos, donde crecían los vellos oscuros, por encima de su reloj de pulsera.

—Gracias —dijo.

Tres

—Veo que cumplirás trece años dentro de dos meses, Elizabeth —dijo la señora Deardorff.

—Sí, señora.

Beth estaba sentada en la silla de respaldo recto delante de la mesa de la señora Deardorff. Fergussen había ido a buscarla a la sala de estudios. Eran las once de la mañana. No había estado en el despacho desde hacía más de tres años.

La señora sentada en el sofá habló de repente, con alegría forzada.

—¡Los doce son una edad tan maravillosa!

La señora llevaba una rebeca azul sobre un vestido de seda. Habría sido bonita de no ser por el colorete y el carmín y la forma nerviosa en que movía la boca cuando hablaba. El hombre que estaba sentado a su lado iba vestido con un traje de tweed grisáceo con chaleco.

—Elizabeth ha sacado buenas notas en sus estudios —continuó la señora Deardorff—. Es la primera de la clase en lectura y aritmética.

—¡Qué bien! —dijo la señora—. Yo era tan negada en aritmética... —Le sonrió alegremente a Beth—. Soy la señora Wheatley —añadió en tono confidencial.

El hombre se aclaró la garganta y no dijo nada. Parecía como si quisiera estar en otra parte.

Beth asintió ante la observación de la señora pero no se le ocurrió nada que decir. ¿Por qué la habían traído aquí?

La señora Deardorff continuó hablando sobre el trabajo escolar de Beth mientras la señora de la rebeca azul prestaba atención, embelesada. La señora Deardorff no dijo nada de las píldoras verdes ni del ajedrez: su voz parecía llena de una distante aprobación hacia Beth. Cuando terminó, se produjo un silencio embarazoso durante un rato. Entonces el hombre se aclaró la garganta, se agitó incómodo en el asiento y miró a Beth como si lo estuviera haciendo por encima de su cabeza.

—¿Te llaman Elizabeth? —hablaba como si hubiera una burbuja de aire en su garganta—. ¿O es Betty?

Ella lo miró.

—Beth —dijo—. Me llamo Beth.

Durante las semanas siguientes se olvidó de la visita al despacho de la señora Deardorff y se dedicó al trabajo escolar y la lectura. Había encontrado una colección de libros para chicas y los leía cada vez que tenía una oportunidad: en las clases de estudio, de noche en la cama, los domingos por la tarde. Trataban de las aventuras de la hija mayor de una familia grande y caótica. Seis meses antes, Methuen había traído una tele para la sala de estar, y la ponían una hora todas las tardes. Pero Beth había descubierto que prefería las aventuras de Ellen Forbes al show de *Te quiero, Lucy* y *La ley del revólver.* Se sentaba en la cama, sola en el dormitorio, y leía hasta que apagaban las luces. No la molestaba nadie.

Una noche a mediados de septiembre estaba sola leyendo cuando entró Fergussen.

—¿No deberías estar haciendo las maletas? —preguntó.

Ella cerró el libro, usando el pulgar para marcar por dónde iba leyendo.

—¿Por qué?

—¿No te lo han dicho?

—¿Decirme qué?

—Te han adoptado. Vendrán a recogerte tras el desayuno.

Beth se quedó sentada en el filo de la cama, mirando la ancha camiseta blanca de Fergussen.

—Jolene —dijo—. No encuentro mi libro.

—¿Qué libro? —preguntó Jolene, adormilada. Ya estaban a punto de apagar las luces.

—*Aperturas modernas de ajedrez,* uno de tapa roja. Lo guardo en mi mesilla de noche.

Jolene negó con la cabeza.

—Ni puñetera idea.

Beth no había consultado el libro desde hacía dos semanas, pero recordaba claramente haberlo puesto al fondo del segundo cajón. Tenía una maleta de nailon marrón en la cama junto a ella, con sus tres vestidos y cuatro conjuntos de ropa interior, su cepillo de dientes, un peine, una pastilla de jabón Dial, dos horquillas y unos cuantos pañuelos de algodón. Su mesilla de noche estaba ahora completamente vacía. Había buscado su libro en la biblioteca, pero no estaba allí. No había ningún otro sitio donde buscar. Hacía tres años que no jugaba una partida de ajedrez excepto mentalmente, pero *Aperturas modernas de ajedrez* era la única posesión que le importaba.

Miró a Jolene entornando los ojos.

—No lo has visto, ¿verdad?

Jolene pareció enfadarse durante un momento.

—Cuidado a quién acusas —dijo—. No me sirve para nada un libro como ese. —Entonces su voz se suavizó—. He oído decir que te marchas.

—Así es.

Jolene se echó a reír.

—¿Qué pasa? ¿No te quieres ir?

—No lo sé.

Jolene se metió bajo las sábanas y se tapó hasta los hombros.

—Solo tienes que decir «sí, señor» y «sí, señora» y todo saldrá bien. Diles que estás agradecida por tener un hogar cristiano como el suyo y tal vez te dejen tener una tele en tu cuarto.

Había algo extraño en la forma de hablar de Jolene.

—Jolene —dijo Beth—. Lo siento.

—¿Sientes qué?

—Siento que no te hayan adoptado.

Jolene hizo una mueca.

—Mierda —dijo—. Estoy bien aquí.

Se dio media vuelta y se hizo un ovillo en la cama. Beth empezó a extender la mano hacia ella pero justo entonces la señorita Furth apareció en la puerta y dijo:

—¡Luces apagadas, chicas!

Beth volvió a su cama, por última vez.

Al día siguiente la señorita Deardorff fue con ellos al aparcamiento y esperó junto al coche mientras el señor Wheatley ocupaba el asiento del conductor y la señora Wheatley y Beth se sentaban detrás.

—Sé una buena chica, Elizabeth —dijo la señora Deardorff.

Beth asintió y al hacerlo vio que había alguien detrás de la señora Deardorff en el porche del edificio de administración. Era el señor Shaibel. Tenía las manos metidas en los bolsillos del mono de trabajo y miraba hacia el coche. Quiso bajar y acercarse a él, pero la señora Deardorff estaba por medio, así que se acomodó en su asiento. La señora Wheatley empezó a hablar, y el señor Wheatley puso el coche en marcha.

Mientras se marchaban, Beth se volvió en su asiento y lo saludó agitando la mano tras el parabrisas trasero, pero él no respondió. No pudo saber con seguridad si la había visto o no.

—Tendrías que haberles visto la cara —dijo la señora Wheatley. Llevaba puesta la misma rebeca azul, pero esta vez tenía debajo un ajado vestido gris, y las medias enrolladas hasta los tobillos—. Miraron en todos mis cajones e incluso registraron el frigorífico. Me di cuenta enseguida de que les impresionó mi suministro de víveres. Toma un poco más de atún guisado. Me gusta ver comer a los jóvenes.

Beth se sirvió un poco más en el plato. El problema era que estaba demasiado salado, pero no había dicho nada. Era su primera comida en casa de los Wheatley. El marido ya se había marchado a Denver de negocios y estaría fuera durante varias semanas. Había una foto suya en el piano junto a la ventana del comedor. En el salón sonaba el televisor: una profunda voz masculina hablaba sobre Anacin.

El señor Wheatley los había llevado hasta Lexington en silencio y luego había subido inmediatamente al piso de arriba. Bajó unos minutos después con una maleta, besó distraídamente a la señora Wheatley en la mejilla, se despidió de Beth con un gesto y se marchó.

—Querían saberlo todo de nosotros. Cuánto dinero gana Allston al mes. Por qué no tenemos hijos propios. Incluso preguntaron —la señora Wheatley se inclinó sobre la fuente de cristal y habló con un susurro teatral—, incluso preguntaron si yo había recibido cuidados psiquiátricos. —Se echó hacia atrás y suspiró—. ¿Puedes imaginártelo? ¿Puedes imaginártelo?

—No, señora —dijo Beth, llenando el repentino silencio. Tomó otro bocado de atún y lo acompañó de un sorbo de agua.

—Son concienzudos —dijo la señora Wheatley—. Pero claro, supongo que tienen que serlo.

No había tocado nada en su plato. Durante las dos horas transcurridas desde que llegaron, la señora Wheatley se había pasado todo el tiempo saltando de la silla en la que se sentara a ir a comprobar el horno o a ajustar una de las láminas de Rosa Bonheur de las paredes, o a vaciar el cenicero. Charlaba casi constantemente mientras Beth intercalaba algún ocasional «sí, señora» o «no, señora». Beth no conocía todavía su habitación. La maleta marrón de nailon estaba todavía en la puerta de entrada, junto al revistero rebosante, donde la había dejado a las diez y media de la mañana.

—Sabe Dios —estaba diciendo la señora Wheatley—, sabe Dios que tienen que ser meticulosos para saber a quiénes entregan la custodia. No se puede consentir que unos canallas se encarguen de la responsabilidad de un niño.

Beth soltó con cuidado el tenedor.

—¿Puedo ir al cuarto de baño, por favor?

—Claro, por supuesto. —Señaló el salón con el tenedor. La señora Wheatley había tenido el tenedor en la mano durante todo el almuerzo, aunque no había comido nada—. La puerta blanca a la izquierda del sofá.

Beth se levantó, pasó apretujándose junto al piano que prácticamente ocupaba todo el pequeño comedor, entró en el salón y atravesó el montón de mesas de café y lámparas y el enorme televisor de madera, donde ahora daban una telenovela. Cruzó con cuidado la alfombra de pelo largo Orion y entró en el cuarto de baño. Era pequeño y todo azul claro, el mismo tono que la rebeca de la señora Wheatley. Tenía una alfombra azul y toallas azules y un asiento azul. Incluso el papel higiénico era azul. Beth levantó la tapa, vomitó el atún y tiró de la cadena.

Cuando llegaron a lo alto de la escalera la señora Wheatley descansó un momento, apoyando la cadera contra la balaustrada y respirando pesadamente. Luego dio unos cuantos pasos por el pasillo alfombrado y abrió teatralmente una puerta.

—Esta —dijo— será tu habitación.

Como era una casa pequeña, Beth había imaginado algo diminuto para ella, pero cuando entró se quedó sin aliento. Le pareció enorme. El suelo estaba desnudo y pintado de gris, con una alfombra ovalada de color rosa al lado de la cama doble. Nunca había tenido una habitación para ella sola. Había una cómoda, y una mesa de madera de color anaranjado a juego, con una lámpara de cristal rosa, y una colcha de felpilla rosa en la cama enorme.

—No tienes ni idea de lo difícil que es encontrar buenos muebles de arce —estaba diciendo la señora Wheatley—, pero creo que lo he hecho bien, si puedo decirlo.

Beth apenas la escuchaba. Esta habitación era suya. Miró la gruesa puerta pintada de blanco; tenía una llave, bajo el pomo. Podía echar la llave y no entraría nadie.

La señora Wheatley le enseñó dónde estaba el cuarto de baño al fondo del pasillo y luego la dejó sola para que deshiciera el equipaje, cerrando la puerta tras de sí. Beth soltó la maleta y caminó por la habitación, deteniéndose solamente a asomarse a cada una de las ventanas para ver la calle llena de árboles de abajo. Había un armario, más grande que el de su madre, y una mesilla de noche junto a la cama, con una lámpara para leer. Era una habitación preciosa. Si Jolene pudiera verla... Durante un momento le entraron ganas de llamar a Jolene, quería que estuviera allí, recorriendo la habitación con ella mientras miraban en todos los muebles y luego colgaban las ropas de Beth en el armario.

En el coche la señora Wheatley había dicho lo contentos que estaban por tener una niña mayor. ¿Entonces por qué no adoptaron a Jolene?, había pensado Beth. Pero no dijo nada. Miró al señor Wheatley con su sonrisa fija y sus dos pálidas manos al volante y luego miró a la señora Wheatley y supo que nunca habrían adoptado a Jolene.

Beth se sentó en la cama y se sacudió el recuerdo. Era una cama maravillosamente blanda, y olía a limpio y fresco. Se agachó y se quitó los zapatos y se tendió, estirándose en su grande y cómoda extensión, y giró feliz la cabeza para mirar a la puerta cerrada a cal y canto que le daba toda esta habitación para ella sola.

Permaneció despierta varias horas esa noche, sin querer dormir. Había una farola ante las ventanas, pero tenían buenas persianas que podía bajar para bloquear la luz. Antes de darle las buenas noches, la señora Wheatley le mostró su habitación. Estaba al otro lado del pasillo y era exactamente del mismo tamaño que la de Beth, pero tenía un televisor y sillas con fundas y una colcha azul en la cama.

—En realidad es un desván remodelado —dijo la señora Wheatley.

Tendida en la cama, Beth podía oír el sonido lejano de la señora Wheatley tosiendo y más tarde oyó sus pies descalzos recorriendo el pasillo para ir al baño. Pero no le importó. Su puerta estaba cerrada con llave. Nadie podría abrirla y dejar que la luz le cayera sobre la cara. La señora Wheatley estaba sola en su propio cuarto, y no habría sonidos de conversaciones o peleas: solo música y bajas voces sintéticas del televisor. Sería maravilloso que Jolene estuviera aquí, pero entonces no tendría la habitación para ella sola, no podría tumbarse sola en esta cama enorme, estirarse en el centro, tener las sábanas limpias y ahora el silencio solo para ella.

El lunes fue al colegio. La señora Wheatley la llevó en taxi, aunque estaba a menos de dos kilómetros. Beth entró en séptimo curso. Se parecía mucho al instituto público de aquella otra ciudad donde había hecho la exhibición de ajedrez, y sabía que sus ropas no eran adecuadas, pero nadie le prestó mucha atención. Unos cuantos estudiantes la miraron durante un momento cuando el profesor la presentó a la clase, pero eso fue todo. Le dieron los libros y le asignaron una tutoría. Por los libros y lo que los profesores dijeron en clase supo que sería fácil. Se achantó un poco con el ruido en los pasillos entre clase y clase, y se sintió avergonzada unas cuantas veces cuando los otros estudiantes la miraban, pero no fue difícil. Le parecía que podía enfrentarse a cualquier cosa que surgiera en esta soleada y ruidosa escuela pública.

A la hora del almuerzo intentó sentarse sola en la cafetería con su sándwich de jamón y su cartón de leche, pero otra chica vino y se sentó frente a ella. Ninguna de las dos habló durante un rato. La otra niña era fea, como Beth.

Cuando terminó su sándwich, Beth la miró.

—¿Hay club de ajedrez en la escuela? —preguntó.

La otra chica alzó la cabeza, sobresaltada.

—¿Qué?

—¿Hay club de ajedrez? Quiero unirme.

—Oh —dijo la chica—. No creo que tengan una cosa así. Puedes presentarte a animadora. —Beth terminó su sándwich.

—Desde luego, te pasas un montón de tiempo con tus estudios —dijo la señora Wheatley—. ¿No tienes ningún hobby?

En realidad, Beth no estaba estudiando: leía una novela de la biblioteca de la escuela. Estaba sentada en el sillón de su cuarto, junto a la ventana. La señora Wheatley había llamado antes de entrar; iba vestida con una bata de baño de felpa rosa y zapatillas de satén del mismo color. Entró y se sentó en el filo de la cama de Beth, sonriéndole distraída, como si estuviera pensando en otra cosa. Beth llevaba ya viviendo allí una semana y se había dado cuenta de que la señora Wheatley se comportaba a veces así.

—Antes jugaba al ajedrez —dijo.

La señora Wheatley parpadeó.

—¿Ajedrez?

—Me gusta mucho.

La señora Wheatley sacudió la cabeza como si se quitara algo del pelo.

—¡Oh, ajedrez! —dijo—. El juego de los reyes. Qué bien.

—¿Juega usted?

—¡Oh, Dios, no! —dijo la señora Wheatley con una risa irónica—. No tengo mente para ello. Pero mi padre sí jugaba.

Mi padre era cirujano y tenía gustos bastante refinados. Creo que en sus tiempos fue un jugador de ajedrez excelente.

—¿Podría jugar con él?

—Difícilmente —dijo la señora Wheatley-—. Mi padre falleció hace años.

—¿Hay alguien con quien pudiera jugar?

—¿Al ajedrez? No tengo ni idea. —La señora Wheatley la miró durante un momento—. ¿No es sobre todo un juego de chicos?

—También es un juego de chicas.

—¡Qué bien!

Pero la señora Wheatley estaba claramente a kilómetros de distancia.

La señora Wheatley se pasó tres días limpiando la casa para la señorita Farley, y luego envió a Beth a cepillarse el pelo tres veces la mañana de la visita.

Cuando la señorita Farley entró por la puerta la seguía un hombre alto con una chaqueta de fútbol americano. Beth se sorprendió al ver que era Fergussen. Parecía ligeramente cohibido.

—Hola, Harmon —dijo—. He decidido venir.

Entró en el salón de la señora Wheatley y se quedó allí de pie con las manos en los bolsillos.

La señorita Farley traía un juego de impresos y una lista. Quería saber la dieta de Beth y su calendario escolar y qué planes tenía para el verano. La señora Wheatley lo habló casi todo. Beth notó que se volvía más expansiva con cada pregunta.

—No tienen ni idea de lo maravillosamente bien que se ha ajustado Beth al entorno escolar —dijo la señora Wheatley—. Sus profesores están impresionados con su trabajo...

Beth no podía recordar que hubiera habido ninguna conversación entre la señora Wheatley y los profesores, pero no dijo nada.

—Esperaba ver también al señor Wheatley —dijo la señorita Farley—. ¿Vendrá pronto?

La señora Wheatley le sonrió.

—Allston llamó antes para decir que lo sentía muchísimo, pero que no podría venir. Ha estado trabajando muchísimo. —Miró a Beth, todavía sonriendo—. Allston se ocupa de que tengamos todo lo que necesitamos.

—¿Y le queda tiempo para pasarlo con Beth? —preguntó la señorita Farley.

—¡Por supuesto que sí! —dijo la señora Wheatley—. Allston es un padre maravilloso para ella.

Sorprendida, Beth se miró las manos. Ni siquiera Jolene podía mentir tan bien. Durante un momento lo había creído ella misma, había visto la imagen de un servicial y paternal Allston Wheatley: un Allston Wheatley que no existía fuera de las palabras de la señora Wheatley. Pero entonces recordó al verdadero, sombrío, distante y silencioso. Y no había habido ninguna llamada por su parte.

Durante la hora en que estuvieron allí, Fergussen casi no dijo nada. Cuando se levantó para marcharse, le tendió la mano a Beth y su corazón se le vino abajo.

—Me alegro de verte, Harmon —dijo. Beth extendió la mano para estrecharla, deseando que él pudiera de algún modo quedarse para estar con ella.

Unos cuantos días después la señora Wheatley la llevó al centro a comprar ropa. Cuando el autobús se detuvo en su esquina, Beth subió sin vacilación, aunque era la primera vez que montaba en autobús. Era una cálida tarde de sábado otoñal, y Beth se sentía incómoda con su falda de lana de Methuen y se moría de ganas de tener una nueva. Empezó a contar las manzanas hasta el centro.

Se bajaron en la séptima esquina. La señora Wheatley la tomó de la mano, aunque apenas era necesario, y la condujo durante unos cuantos metros de concurridas aceras hasta las puertas giratorias de los almacenes Ben Snyder. Eran las diez de la mañana y los pasillos estaban llenos de mujeres con grandes bolsos oscuros y bolsas de la compra. La señora Wheatley atravesó la multitud con la seguridad de una experta. Beth la siguió.

Antes de que miraran la ropa, la señora Wheatley la llevó por las amplias escaleras hasta el sótano, donde se pasó veinte minutos en un mostrador con un cartel que decía «Servilletas disparejas», para reunir seis del montón multicolor, mientras descartaba varias docenas. Beth esperó mientras la señora Wheatley reunía su juego en una especie de hipnótico ritual de prueba y error y luego decidía que en realidad no necesitaba servilletas. Pasaron a otro mostrador que decía «Libros de saldo». La señora Wheatley leyó en voz alta los títulos de muchos libros de treinta y nueve céntimos, levantó varios y los hojeó, pero no compró ninguno.

Finalmente, subieron en las escaleras mecánicas a la planta baja. Allí se detuvieron ante un mostrador de perfumes para que la señora Wheatley pudiera rociarse una muñeca con Noche en París y la otra con Esmeralda.

—Muy bien, querida —dijo por fin—, vamos a la cuarta planta. —Le sonrió a Beth—. Ropa para jovencitas.

Entre la tercera y la cuarta planta Beth se volvió a mirar y vio un cartel que decía LIBROS Y JUEGOS, y junto a él, en un mostrador de cristal, había tres juegos de ajedrez.

—¡Ajedrez! —dijo, tirando de la manga de la señora Wheatley.

—¿Qué pasa? —dijo la señora Wheatley, claramente molesta.

—Venden juegos de ajedrez. ¿Podemos volver?

—No tan fuerte. Iremos cuando bajemos.

Pero no lo hicieron. La señora Wheatley se pasó el resto de la mañana haciendo que Beth se probara abrigos de rebajas y se diera la vuelta para mostrarle el dobladillo y se acercara a la ventana para poder ver el tejido con «luz natural», y finalmente comprar uno e insistir en bajar por el ascensor.

—¿No vamos a mirar los juegos de ajedrez? —dijo Beth, pero la señora Wheatley no le respondió. A Beth le dolían los pies, y estaba sudando. No le gustaba el abrigo que llevaba en una caja de cartón. Era del mismo color azulino que la omnipresente rebeca de la señora Wheatley, y no le quedaba bien. Beth no sabía mucho de ropa, pero se dio cuenta de que esta tienda vendía género barato.

Cuando el ascensor se detuvo en la tercera planta, Beth empezó a acordarse de los juegos de ajedrez, pero la puerta se cerró y bajaron hasta la planta baja. La señora Wheatley la tomó de la mano y la condujo hasta la parada del autobús, quejándose de la dificultad de encontrar nada hoy en día.

—Pero, después de todo —dijo filosóficamente mientras el autobús se acercaba a la esquina—, tenemos lo que veníamos a buscar.

La semana siguiente, en clase de lengua, algunas niñas sentadas detrás de Beth charlaban antes de que entrara el profesor.

—¿Compraste esos zapatos en Ben Snyder o algo? —dijo una de ellas.

—No entro ni muerta en Ben Snyder —respondió la otra chica, riendo.

Beth iba caminando a clase todas las mañanas, por las calles en sombra de casas tranquilas con árboles en sus jardines. Otros estudiantes lo hacían también, y Beth reconocía a algunos, pero siempre caminaba sola. Había llegado dos semanas tarde en el trimestre de otoño, y después de la cuarta semana empezaron los exámenes parciales. El martes no tenía exámenes por la mañana y se suponía que iba a tutoría. En cambio, tomó el autobús para ir al centro, cargando con su cuaderno y los cuarenta céntimos que había ahorrado de su paga de un cuarto de dólar por semana. Tenía el cambio preparado cuando subió al autobús.

Los juegos de ajedrez estaban todavía en el mostrador, pero de cerca pudo ver que no eran muy buenos. Cuando agarró la reina blanca se sorprendió de lo liviana que era. Le dio la vuelta. Era hueca por dentro y estaba hecha de plástico. La dejó en su sitio cuando una vendedora se le acercó y dijo:

—¿Puedo ayudarte?

—¿Tienen *Aperturas modernas de ajedrez*?

—Tenemos ajedreces y damas y backgammon —respondió la mujer—, y diversos juegos infantiles.

—Es un libro —dijo Beth—, de ajedrez.

—El departamento de libros está al otro lado del pasillo.

Beth se dirigió a los estantes y empezó a mirarlos. No había nada sobre ajedrez. Tampoco había ninguna empleada a quien preguntar. Volvió a la mujer del mostrador y tuvo que esperar largo rato para conseguir su atención.

—Estoy intentando encontrar un libro sobre ajedrez —le dijo.

—No tenemos manuales en este departamento —dijo la mujer, y empezó a darse de nuevo la vuelta.

—¿Hay alguna librería cerca? —preguntó Beth rápidamente.

—Prueba en Morris. —Se dirigió a un montón de cajas y empezó a ponerlas derechas.

—¿Dónde está?

La mujer no dijo nada.

—¿Dónde está Morris, señora? —dijo Beth en voz alta.

La mujer se volvió y la miró con furia.

—En la calle Alta.

—¿Dónde está la calle Alta?

Durante un momento, pareció que la mujer iba a gritar. Entonces su cara se relajó y dijo:

—Dos manzanas calle Mayor arriba.

Beth bajó por las escaleras mecánicas.

Morris estaba en una esquina, junto a un almacén. Beth abrió la puerta y se encontró en una gran sala llena de más libros de los que había visto en su vida. Había un hombre calvo sentado en un taburete tras el mostrador, fumando un cigarrillo y leyendo. Beth se le acercó y le preguntó:

—¿Tiene *Aperturas modernas de ajedrez*?

El hombre dejó de leer y la miró por encima de las gafas.

—Ese es raro —dijo con voz agradable.

—¿Lo tiene?

—Creo que sí.

Se levantó del taburete y se dirigió a la parte trasera de la tienda. Un minuto más tarde volvió con el libro en la mano. Era el mismo libro grueso con la misma portada roja. Ella contuvo la respiración al verlo.

—Aquí lo tienes —dijo el hombre, tendiéndoselo. Ella lo tomó y lo abrió por la parte de la defensa siciliana. Era bueno ver de nuevo los nombres de las variantes: la Levenfish, la Dra-

71

gón, la Najdorf. Eran como encantamientos en su cabeza, o los nombres de los santos.

Después de un momento oyó al hombre hablarle.

—¿Vas en serio con el ajedrez?

—Sí.

Él sonrió.

—Creía que ese libro era solo para grandes maestros.

Beth vaciló.

—¿Qué es un gran maestro?

—Un jugador genial —dijo el hombre—. Como Capablanca, aunque eso fue hace mucho tiempo. Hoy en día hay otros, pero no conozco sus nombres.

Ella nunca había visto a nadie como este hombre. Se mostraba muy relajado, y le hablaba como si fuera otro adulto. Fergussen era lo que más se le acercaba, pero Fergussen era a veces muy oficial.

—¿Cuánto vale el libro? —preguntó Beth.

—Bastante. Cinco noventa y cinco.

Ella se temía que fuera algo así. Después de los dos billetes de autobús de hoy le quedarían diez centavos. Le devolvió el libro.

—Gracias. No puedo permitírmelo.

—Lo siento —dijo él—. Déjalo en el mostrador.

Ella lo puso allí.

—¿Tiene otros libros sobre ajedrez?

—Claro. En Juegos y Deportes. Ve a echar un vistazo.

Al fondo de la librería había un estante entero con títulos como *Paul Morphy y la edad de oro del ajedrez; Trucos para ganar al ajedrez; Cómo mejorar su ajedrez; Estrategias mejoradas de ajedrez*. Eligió uno titulado *Ataque y contraataque en el ajedrez* y empezó a leer las partidas, imaginándolas en su mente sin leer los diagramas. Se quedó allí largo rato mientras en la tienda entraban y salían unos cuantos clientes. Nadie la molestó. Leyó partida tras partida y en algunas de ellas la sorprendieron movimientos deslumbrantes: sacrificios de reinas y reyes ahogados. Había sesenta partidas, y cada una de ellas tenía un título en la parte superior de la página, como «V. Smyslov-I. Rudakavsky:

Moscú, 1945» o «A. Rubinstein-O. Duras: Viena, 1808». En esa, las blancas coronaron un peón en el movimiento treinta y seis amenazando un jaque descubierto.

Beth miró la portada del libro. Era más pequeño que *Aperturas modernas de ajedrez* y tenía una pegatina que decía «2,95 $». Empezó a repasarlo sistemáticamente. El reloj de la librería indicaba las diez y media. Tendría que marcharse dentro de una hora para llegar al examen de historia. El encargado no le prestaba atención, absorto en su propia lectura. Beth empezó a concentrarse, y a las once y media había memorizado doce partidas.

En el autobús camino del colegio empezó a jugarlas en su cabeza. Tras algunos de los movimientos (no los glamourosos como los sacrificios de reina, pero a veces en el avance de una sola casilla de un peón) podía ver sutilezas que le erizaban los vellos de la nuca.

Llegó cinco minutos tarde al examen, pero a nadie pareció importarle y terminó la primera de todas formas. En los cinco minutos hasta el final de la clase jugó «P. Keres-A. Tarnowski: Helsinki, 1952». Era la apertura Ruy López donde las blancas sacaban el alfil de un modo que Beth comprendió que implicaba un ataque indirecto al peón negro de rey. En el movimiento treinta y cinco las blancas colocaban la torre en la casilla siete de caballo de un modo tan sorprendente que Beth casi gritó en su asiento.

El instituto de secundaria Fairfield tenía clubes sociales que se reunían una hora después de clase y a veces durante las tutorías de los viernes. Estaban el Club Apple Pi y los Sub Debs y Chicas de Ciudad. Eran como las hermandades de una facultad, y había que pasar por una iniciación. Las chicas de Apple Pi eran de octavo y noveno curso; la mayoría llevaban brillantes jerséis de cachemira y zapatos oxford a la moda con calcetines de rombos. Algunas vivían en el campo y tenían caballos. Purasangres. Las chicas así nunca te miraban por los pasillos: siempre le sonreían a otra gente. Sus jerséis eran amarillo brillante y azul oscuro y verde pastel. Los calcetines les llegaban hasta debajo de las rodillas y eran cien por cien lana virgen de Inglaterra.

A veces cuando Beth se veía en el espejo del cuarto de baño de las chicas entre clase y clase, con el pelo marrón liso y los hombros estrechos y la cara redonda y los ojos castaños sin brillo y las pecas en el puente de la nariz, saboreaba el viejo regusto a vinagre. Las chicas que pertenecían a los clubes usaban lápiz de labios y sombra de ojos. Beth no usaba maquillaje y el flequillo le caía sobre la frente. No se le ocurrió que pudiera ingresar en ningún club, ni tampoco se le ocurrió a nadie.

—Esta semana —dijo la señora MacArthur—, empezaremos a estudiar el teorema del binomio. ¿Alguien sabe lo que es un binomio?

Desde la fila del fondo, Beth levantó la mano. Era la primera vez que lo hacía.

—¿Sí? —dijo la señora MacArthur.

Beth se levantó, sintiéndose cohibida de pronto.

—Un binomio es una expresión matemática que contiene dos términos. —Lo habían estudiado el año pasado en Methuen—. X más Y es un binomio.

—Muy bien —dijo la señora MacArthur.

La chica que se sentaba delante de Beth se llamaba Margaret; tenía el pelo rubio brillante y llevaba un jersey de cachemira de un caro color lavanda claro. Cuando Beth se sentaba, la cabeza rubia se volvió ligeramente hacia ella.

—¡Empollona! —susurró Margaret—. ¡Maldita empollona!

Beth estaba siempre sola en los pasillos; difícilmente se le ocurría que pudiera ser de otra forma. La mayoría de las chicas caminaban en parejas o en grupos de tres, pero ella no caminaba con nadie.

Una tarde cuando salía de la biblioteca la sorprendió el sonido de una risa lejana y miró pasillo abajo para ver, envuelta en un halo de luz vespertina, la espalda de una chica negra alta. Dos chicas más bajas la acompañaban, junto a la fuente de agua, y la miraban a la cara mientras reían. Ninguno de sus rasgos era claro, y la luz tras ellas hizo que Beth tuviera que entornar los ojos. La chica más alta se volvió un poco, y el corazón de Beth casi se detuvo ante la familiar inclinación de su cabeza. Beth dio una docena de pasos rápidos hacia ellas.

Pero no era Jolene. Beth se detuvo de repente y se dio media vuelta. Las tres niñas dejaron la fuente y atravesaron ruidosamente la puerta principal del edificio. Beth se las quedó mirando durante largo rato.

—¿Puedes ir a Bradley y traerme unos pitillos? —dijo la señora Wheatley—. Creo que estoy resfriada.

—Sí, señora —respondió Beth. Era sábado por la tarde y Beth tenía una novela en el regazo, pero no la estaba leyendo. Estaba repasando una partida entre P. Morphy y alguien llamado simplemente «gran maestro». Había algo peculiar en el decimooctavo movimiento de Morphy, de caballo a cinco alfil. Era un buen ataque, pero a Beth le parecía que Morphy podría haber sido más destructivo con su torre de reina.

—Te daré una nota, ya que eres un poco joven para fumar.

—Sí, señora.

—Tres paquetes de Chesterfield.

—Sí, señora.

Beth había estado en Bradley solo una vez antes, con la señora Wheatley, que ahora le dio una nota escrita a lápiz y un dólar y veinte centavos. Beth le entregó la nota al señor Bradley en el mostrador. Había un gran estante de revistas tras ella.

Cuando recibió los cigarrillos, se dio la vuelta y empezó a mirar. La foto del senador Kennedy aparecía en la portada de *Time* y *Newsweek:* se presentaba a la presidencia y probablemente no lo conseguiría porque era católico.

Había una fila de revistas femeninas que tenían todas en las portadas caras como las de Margaret y Sue Ann y las demás de Apple Pi. Sus cabellos brillaban; sus labios eran carnosos y rojos.

Acababa de decidir marcharse cuando algo llamó su atención. En la esquina inferior derecha, donde estaban las revistas de fotografía y vacaciones y bricolaje, había una revista con una foto de una pieza de ajedrez en la portada. Se acercó y la tomó. En la portada aparecía el título, *Chess Review,* y el precio. La abrió.

Estaba llena de partidas y fotografías de gente jugando al ajedrez. Había un artículo llamado «El gambito de rey reconsiderado», y otro llamado «Las genialidades de Morphy». ¡Ella acababa de repasar una de las partidas de Morphy! El corazón empezó a latirle más rápido. Siguió hojeando la revista. Había un artículo sobre el ajedrez en Rusia. Y la palabra que aparecía una y otra vez era «torneo». Había una sección entera llamada «Vida de torneo». Ella no sabía que existían torneos de ajedrez. Pensaba que el ajedrez era solo algo que hacías, igual que la señora Wheatley tejía alfombras y montaba rompecabezas.

—Jovencita —dijo el señor Bradley—, tienes que comprar la revista o dejarla en su sitio.

Se dio media vuelta, sobresaltada.

—¿No puedo...?

—Lee el cartel —dijo el señor Bradley.

Delante de ella había un cartel escrito a mano: SI QUIERE LEERLA... CÓMPRELA. Beth no tenía más que quince centavos. La señora Wheatley le había dicho hacía unos cuantos días que tendría que pasarse sin paga una temporada: andaban bastante justos y el señor Wheatley se había tenido que quedar en el oeste. Beth soltó la revista y se marchó de la tienda.

A media manzana se detuvo, pensó un momento y regresó. Había un puñado de periódicos en el mostrador, junto al codo del señor Bradley. Le tendió diez centavos y tomó uno. El señor Bradley estaba ocupado con una señora que pagaba una receta. Beth se dirigió al extremo donde estaba el revistero con el periódico bajo el brazo y esperó.

Después de unos minutos, el señor Bradley dijo:

—Lo tenemos en tres tamaños.

Lo oyó ir a la parte trasera de la tienda seguido por la señora. Beth agarró el ejemplar de *Chess Review* y lo metió dentro del periódico.

Una vez fuera, caminó una manzana con el periódico bajo el brazo. Se detuvo en la primera esquina, sacó la revista y se la guardó bajo la cintura de la falda, cubriéndola con el jersey azulón, hecho de lana reciclada y comprado en Ben Snyder. Se colocó el jersey sobre la revista y tiró el periódico en la papelera de la esquina.

Mientras regresaba a casa con la revista doblada y apretada contra el vientre pensó de nuevo en aquel movimiento con la torre que no había hecho Morphy. La revista decía que Morphy era «tal vez el jugador más brillante de la historia». La torre podía llegar a siete de alfil, y las negras sería mejor que no la comieran con su caballo porque... Se detuvo a media manzana. Un perro ladraba en alguna parte, y al otro lado de la calle en un césped bien cuidado dos niños pequeños jugaban a gritos al corre que te pillo. Después de que el segundo peón moviera a cinco alfil de rey, la torre restante podría moverse, y si el jugador de las negras comía el peón, el alfil podía quedar libre, y si no lo hacía...

Cerró los ojos. Si no lo comía, Morphy podía forzar un mate en dos, empezando con el sacrificio del alfil con un jaque. Si lo hacía, movería de nuevo el peón blanco, y entonces el alfil iría hacia el otro lado, y no habría nada que pudieran hacer las negras. Ahí estaba. Uno de los niños al otro lado de la calle empezó a llorar. No había nada que pudieran hacer las negras. La partida terminaría en veintinueve movimientos. Tal como estaba en el libro, Paul Morphy necesitó treinta y seis movimientos para ganar. No había visto el movimiento con la torre. Pero ella sí.

El sol brillaba en un despejado cielo azul. El perro seguía ladrando. El niño lloraba. Beth caminó despacio de vuelta a casa y repasó la partida. Tenía la mente lúcida como un diamante perfecto y brillante.

—Allston tendría que haber vuelto hace semanas —estaba diciendo la señora Wheatley. Estaba sentada en la cama, con una revista de crucigramas al lado y un pequeño televisor en la cómoda con el sonido apagado. Beth acababa de traerle de la cocina una taza de café instantáneo. La señora Wheatley llevaba puesta su bata rosa y tenía la cara cubierta de polvos.

—¿Volverá pronto? —preguntó Beth. En realidad no quería hablar con la señora Wheatley; quería volver a *Chess Review*.

—Se ha visto retrasado inevitablemente.

Beth asintió. Entonces dijo:

—Me gustaría buscar un trabajo después de clase.

La señora Wheatley parpadeó.

—¿Un trabajo?

—Tal vez podría trabajar en una tienda, o lavar platos en alguna parte.

La señora Wheatley se la quedó mirando largo rato antes de hablar.

—¿Con trece años? —dijo por fin. Se sonó la nariz suavemente en un pañuelo de papel y lo dobló—. Creía que estabas bien atendida.

—Me gustaría tener algún dinero.

—Para comprar ropa, supongo.

Beth no dijo nada.

—Las únicas chicas de tu edad que trabajan son de color.

La forma en que dijo «de color» hizo que Beth decidiera no decir nada más al respecto.

Unirse a la Federación de Ajedrez Americana costaba seis dólares. Con otros cuatro dólares podías suscribirte a la revista. Había algo aún más importante: en la sección llamada «Vida de torneo» había regiones numeradas, incluyendo una para Ohio, Illinois, Tennessee y Kentucky, y en la lista de debajo había un apartado que decía: «Campeonato estatal de Kentucky, fin de semana de Acción de Gracias, auditorio del instituto Henry Clay, Lexington, Vie., Sáb., Dom.», y debajo ponía: «185 dólares en premios. Inscripción: 5,00 $. Solo miembros de la FAA».

Necesitaba seis dólares para unirse y cinco para inscribirse en el torneo. Cuando ibas en el autobús por la calle Mayor pasabas ante el instituto Henry Clay; estaba a once manzanas de Janwell Drive. Y faltaban cinco semanas hasta Acción de Gracias.

—¿Puede decirlo alguien textualmente? —dijo la señora MacArthur.

Beth levantó la mano.

—¿Beth?

Ella se levantó.

—En todo triángulo equilátero el cuadrado de la hipotenusa es igual a la suma de los cuadrados de los catetos.

Se sentó.

Margaret le hizo una mueca de burla y se inclinó hacia Gordon, que estaba sentado a su lado y a veces le daba la mano.

—¡Es la empollona! —susurró con vocecita infantil radiante de desdén. Gordon se echó a reír. Beth contempló a través de la ventana las hojas de otoño.

—¡No sé adónde va el dinero! —dijo la señora Wheatley—. Apenas he comprado minucias este mes, y sin embargo mis reservas han quedado diezmadas. Diezmadas.

Se desplomó en el sillón forrado de cretona y miró al techo un momento, los ojos muy abiertos, como si esperara que cayera una guillotina.

—He pagado la factura de la luz y del teléfono y he comprado alimentos sencillos y sin complicación. Me he negado la leche en el café de por la mañana, no he comprado nada para mí, no he ido al cine ni al rastrillo de segunda mano de los Primeros Metodistas, y sin embargo me quedan siete dólares cuando debería haber al menos veinte.

Dejó los arrugados billetes de un dólar sobre la mesa que tenía al lado, tras haberlos sacado del bolso un momento antes.

—Tenemos esto hasta final de octubre. Apenas para comprar pescuezos de pollo y gachas.

—¿No le envían un cheque de Methuen? —dijo Beth.

La señora Wheatley dejó de mirar al techo y se volvió hacia ella.

—Durante el primer año —dijo fríamente—. Como si los gastos de mantenerte no lo agotaran.

Beth sabía que eso no era cierto. El cheque era de setenta dólares, y la señora Wheatley no gastaba tanto en ella.

—Nos hacen falta veinte dólares para vivir pasablemente hasta primeros de mes —dijo la señora Wheatley—. Necesito trece dólares. —Volvió brevemente la mirada hacia el techo y luego de nuevo hacia Beth—. Tendré que llevar mejor las cuentas.

—Tal vez sea la inflación —dijo Beth, y había algo de verdad en ello. Solo había sacado seis dólares, para hacerse miembro de la Federación.

—Tal vez sea eso —dijo la señora Wheatley, más tranquila.

El problema eran los cinco dólares para la inscripción en el torneo. En tutoría, el día después de la disertación de la señora Wheatley sobre el dinero, Beth tomó una hoja de su cuaderno de redacción y le escribió una carta al señor Shaibel, bedel, Hogar Methuen, Mount Sterling, Kentucky. Decía:

> *Querido señor Shaibel:*
> *Hay un torneo de ajedrez aquí y el primer premio son cien dólares y el segundo premio son cincuenta. Hay otros premios, también. Cuesta cinco dólares inscribirse, y no tengo ese dinero.*
> *Si me envía el dinero, le devolveré diez dólares si gano algún premio.*
> *Muy sinceramente suya,*
>
> > *Elizabeth Harmon*

A la mañana siguiente tomó un sobre y un sello del abarrotado escritorio del salón mientras la señora Wheatley estaba todavía en la cama. Echó la carta al buzón camino de clase.

En noviembre sisó otro dólar del monedero de la señora Wheatley. Había pasado una semana desde que le escribió al señor Shaibel, y no había habido ninguna respuesta. Esta vez, con parte del dinero, compró el nuevo número de *Chess Review*. Encontró varias partidas que podía mejorar, una de un joven gran maestro llamado Benny Watts. Benny Watts era el campeón de Estados Unidos.

La señora Wheatley parecía resfriarse a menudo.

—Soy proclive a los virus —decía—. O ellos a mí.

Le tendió a Beth una receta para que fuera a Bradley y diez centavos para que se comprara una Coca-Cola.

El señor Bradley le dirigió una mirada extraña cuando entró en su tienda, pero no dijo nada. Ella le dio la receta y él se dirigió a la parte trasera. Beth evitó cuidadosamente acercarse a las revistas. Cuando se llevó la *Chess Review* un mes antes, era el único ejemplar. Tal vez él se diera cuenta inmediatamente.

El señor Bradley trajo un frasco de plástico con una etiqueta escrita a máquina. Lo dejó sobre el mostrador mientras buscaba una bolsa de papel. Beth se quedó mirando el frasco. Las píldoras que contenía eran oblongas y verde brillante.

—Esta será mi medicina de la tranquilidad —dijo la señora Wheatley—. McAndrews ha decidido que necesito tranquilidad.

—¿Quién es McAndrews? —preguntó Beth.

—El doctor McAndrews —respondió la señora Wheatley, abriendo la tapa—. Mi médico de cabecera. —Sacó dos píldoras—. ¿Quieres traerme un vaso de agua, querida?

—Sí, señora —dijo Beth.

Mientras iba al cuarto de baño a por el agua, la señora Wheatley suspiró y dijo:

—¿Por qué solo llenan estos frascos hasta la mitad?

En el número de noviembre había veintidós partidas de un torneo por invitación en Moscú. Los jugadores tenían nombres como Botvinnik y Petrosian y Laev; parecían personajes de un cuento de hadas. Había una foto donde se veía a dos de ellos encorvados sobre un tablero, morenos de pelo y con labios tensos. Iban vestidos de negro. Fuera de foco, tras ellos, había un público enorme.

En una partida entre Petrosian y alguien llamado Benkowitz, en las semifinales, Beth vio una mala decisión por parte de Petrosian. Inició un ataque con peones pero no debería haberlo hecho. Había un comentario sobre la partida de un gran maestro americano, que pensaba que los movimientos de peón eran buenos, pero Beth veía más allá. ¿Cómo podía Petrosian haberse equivocado? ¿Por qué no había visto el americano la debilidad? Debieron de pasar mucho tiempo estudiándola, porque la revista decía que la partida duró cinco horas.

Margaret solo corrió el pestillo de la taquilla del gimnasio, pero no giró el dial después. Estaban juntas en las duchas ahora, y Beth podía ver los pechos llamativos de Margaret, como conos sólidos. El pecho de Beth era todavía como el de un niño y apenas había empezado a salirle el vello púbico. Margaret ignoró a Beth y tarareó mientras se enjabonaba. Beth salió de la ducha y se envolvió en una toalla. Todavía mojada, volvió a las taquillas. No había nadie allí.

Beth se secó rápidamente las manos y con mucho cuidado deslizó el pestillo de la taquilla, ahogando el sonido con su toalla. El pelo le goteaba sobre las manos, pero no importaba: había agua por todas partes de la gimnasia de los chicos. Beth descorrió el cerrojo y abrió la puerta de la taquilla, lentamente para que no chirriara. El corazón le latía como si tuviera algún animalillo en el pecho.

Era un bonito bolso marrón de cuero auténtico. Beth volvió a secarse las manos y lo tomó del estante, mientras escuchaba con atención. Había risitas y gritos en las duchas de las chicas, pero nada más. Ella había entrado la primera, para pillar la ducha más cercana a la puerta, y se había marchado rápidamente. Nadie más habría terminado todavía. Abrió el bolso.

Había postales en color y una barra de labios de aspecto nuevo y un peine de carey y un elegante pañuelo de lino. Beth rebuscó con la mano derecha. Al fondo, en un pequeño clip plateado, había billetes. Los sacó. Dos de cinco. Vaciló un momento y luego los tomó los dos, junto con el clip. Puso el bolso en su sitio y cerró la taquilla.

Había dejado su propia puerta cerrada, pero sin echar la llave. La abrió ahora y guardó los billetes en su libro de álgebra. Luego cerró la puerta, volvió a la ducha y se quedó allí lavándose hasta que las demás chicas salieron.

Cuando todas se marcharon, Beth estaba vistiéndose todavía. Margaret no había abierto su bolso. Beth suspiró profundamente, como la señora Wheatley. Su corazón seguía redoblando con fuerza. Sacó el clip de su libro de álgebra y lo empujó bajo la taquilla que Margaret había usado. Así podría haberse caído del bolso de Margaret y cualquiera podría haberse llevado el dinero. Dobló los billetes y se los metió en el zapato. Entonces sacó su bolso azul de la estantería, lo abrió y buscó el bolsillito donde guardaba el espejo. Sacó dos píldoras verdes, se las metió en la boca, se acercó a la fuente y las tragó con un vaso de agua.

La cena esa noche eran spaghetti con albóndigas de lata, con gelatina como postre. Mientras Beth fregaba los platos y la señora Wheatley estaba en el salón subiendo el volumen de la tele, esta dijo de pronto:

—Oh, se me olvidaba.

Beth siguió frotando la sartén de los spaghetti y un momento después la señora Wheatley apareció con un sobre en la mano.

—Ha llegado esto para ti —dijo, y volvió a la tele.

Era un sobre manchado escrito a lápiz. Beth se secó las manos y lo abrió. Dentro había cinco billetes de un dólar y ningún mensaje. Se quedó de pie ante el fregadero largo rato, sujetando los billetes.

Las píldoras verdes costaban cuatro dólares por frasco de cincuenta. La etiqueta decía: «Tres recetas». Beth pagó con cuatro billetes de un dólar. Volvió a casa rápidamente y guardó de nuevo la receta en la mesa de la señora Wheatley.

Cuatro

Habían emplazado una mesa a la entrada del gimnasio, y ante ella había sentados dos hombres con camisas blancas. Tras ellos, filas de largas mesas con tableros de ajedrez verdes y blancos. La sala estaba llena de gente hablando y unos pocos jugando: la mayoría eran hombres jóvenes o chicos. Beth vio a una mujer y a ninguna persona de color. Clavado a la mesa cerca del hombre de la izquierda había un cartel que decía INSCRIPCIONES AQUÍ. Beth se acercó a él con los cinco dólares.

—¿Tienes reloj? —preguntó el hombre.

—No.

—Tenemos un sistema de reloj compartido. Si tu oponente no tiene reloj, vuelve a la mesa. La partida empieza dentro de veinte minutos. ¿Cuál es tu puntuación?

—No tengo puntuación.

—¿Has jugado en algún torneo antes?

—No.

El hombre señaló el dinero de Beth.

—¿Seguro que quieres hacer esto?

Ella tan solo se lo quedó mirando.

—Te pondré en principiantes —dijo él.

—No —replicó Beth—. No soy una principiante.

El otro joven los había estado observando.

—Si eres una jugadora sin puntuación, vas a principiantes con la gente de menos de seiscientos puntos —dijo.

Beth apenas había prestado atención a las puntuaciones de las categorías en *Chess Review,* pero sabía que los maestros tenían al menos 2.200.

—¿Cuál es el premio para los principiantes?

—Veinte.

—¿Y la otra sección?

—El primer premio del Abierto son cien.

—¿Va en contra de alguna norma que esté en el Abierto?

Él negó con la cabeza.

—No hay ninguna regla, exactamente, pero...

—Entonces póngame ahí. —Beth tendió los billetes.

El hombre se encogió de hombros y le dio una tarjeta para que la rellenara.

—Hay tres tipos que tienen puntuaciones de más de mil ochocientos. Puede que aparezca Beltik, y es el campeón del estado. Te comerán viva.

Ella tomó un bolígrafo y empezó a rellenar la tarjeta con su nombre y dirección. Donde un espacio en blanco decía «Puntuación» puso un gran cero. Devolvió la tarjeta.

Empezaron con veinte minutos de retraso. Tardaron un rato en establecer las parejas. Cuando estaban poniendo los nombres en la pizarra, Beth le preguntó al hombre que tenía al lado si lo hacían al azar.

—No —respondió el hombre—. Lo hacen por puntuaciones en la primera ronda. Después, los ganadores juegan con los ganadores, y los perdedores con los perdedores.

Cuando por fin sacaron su tarjeta decía «Harmon-SP-Negras». La pusieron debajo de otra que decía «Packer-SP-Blancas». Las dos tarjetas estaban junto al número veintisiete. Resultaron ser las dos últimas.

Beth se dirigió al tablero veintisiete y se sentó ante las piezas negras. Estaba en el último tablero en la mesa más lejana.

Sentada a su lado había una mujer de unos treinta años. Un minuto más tarde llegaron dos mujeres más. Una tenía unos veinte años, y la otra era la contrincante de Beth: una chica de instituto alta y gruesa. Beth miró las demás mesas, donde los jugadores se estaban acomodando o, ya sentados, empezaban las partidas. Todos eran varones, la mayoría jóvenes. Había cuatro jugadoras en el torneo y todas estaban arrinconadas al fondo, jugando unas contra otras.

La contrincante de Beth se sentó con cierta incomodidad, puso su reloj de dos caras a un lado del tablero y le tendió la mano.

—Soy Annette Packer —dijo.

Beth notó que su mano era grande y húmeda.

—Soy Beth Harmon. No entiendo de relojes de ajedrez.

Annette pareció aliviada por tener algo que explicar.

—La cara del reloj a tu lado mide tu tiempo de juego. Cada jugador tiene noventa minutos. Después de mover, pulsas el botón de arriba, y tu reloj se para y empieza el de tu oponente. Hay banderitas rojas sobre el número doce de cada cara: la tuya caerá cuando se cumplan los noventa minutos. Si lo hace, has perdido.

Beth asintió. Le parecía mucho tiempo: nunca había tardado más de veinte minutos en una partida de ajedrez. Había una hoja cuadriculada junto a cada jugadora, para anotar los movimientos.

—Puedes poner mi reloj en marcha ahora —dijo Annette.

—¿Por qué todas las chicas están juntas? —preguntó Beth.

Annette alzó las cejas.

—No deberían. Pero si ganas, te ascienden.

Beth extendió la mano y pulsó el botón y el reloj de Annette empezó a andar. Annette agarró su peón de rey algo nerviosa y lo movió a cuatro rey.

—Oh —dijo—, es pieza tocada, ¿sabes?

—¿Qué es eso?

—No toques una pieza a menos que vayas a moverla. Si la tocas, tienes que moverla a alguna parte.

—De acuerdo —dijo Beth—. ¿No pulsas tu botón?

—Lo siento —dijo Annette, y pulsó su botón. El reloj de Beth empezó a correr. Extendió la mano con firmeza y movió su peón de alfil de reina a la cuarta casilla. La defensa siciliana. Pulsó el botón y luego colocó los codos sobre la mesa, a cada lado del tablero, como los rusos de las fotografías.

Empezó a atacar al octavo movimiento. Al décimo tenía uno de los alfiles de Annette, y al decimoséptimo su reina. Annette ni siquiera había enrocado todavía. Extendió la mano y puso el rey de costado cuando Beth se comió su reina.

—Ha sido rápido —dijo. Parecía aliviada de haber perdido. Beth miró las caras del reloj. Annette había consumido treinta minutos, y ella siete. Esperar a que Annette moviera había sido el único problema.

La siguiente ronda no sería hasta las once. Beth había registrado la partida con Annette en su hoja, rodeó su nombre como ganadora y se fue al mostrador y puso la hoja en la cesta con el cartel que decía GANADORES. Era la primera. Un joven que parecía estudiante universitario se acercó cuando ella se marchaba y dejó su hoja. Beth ya se había dado cuenta de que la mayoría de la gente que había allí no era atractiva. Un montón tenían el pelo grasiento y mala tez; algunos estaban gordos y mostraban aspecto nervioso. Pero este era alto y anguloso y relajado, y de cara despejada y guapa. Le asintió amistosamente a Beth, reconociéndola como otra jugadora rápida, y ella le devolvió el saludo.

Empezó a caminar por la sala, en silencio, mirando algunas de las partidas en curso. Otra pareja terminó la suya, y el ganador fue a entregar el registro. No vio ninguna posición que pareciera interesante. En el tablero número siete, cerca de la parte delantera de la sala, las negras tenían posibilidades de eliminar una torre con un movimiento en dos, y esperó a que el jugador moviera el necesario alfil. Pero cuando llegó el momento simplemente intercambió peones en el centro. No había visto la combinación.

Las mesas empezaban con el tablero número tres en vez del uno. Beth contempló la sala, las filas de cabezas inclinadas sobre los tableros, la sección de principiantes al otro lado del gimnasio. Los jugadores se levantaban de sus sillas a medida que iban terminando la partida. Al otro lado de la sala había una puerta que no había advertido antes. Encima había un cartel que decía: «Tableros superiores». Beth se acercó.

Era una sala más pequeña, no mucho mayor que el salón de la señora Wheatley. Había dos mesas separadas y en cada una se desarrollaba una partida. Las mesas estaban en el centro y una cuerda de terciopelo negro sujeta entre puntales de madera impedía que los espectadores se acercaran demasiado a los jugadores. Había cuatro o cinco personas observando en silencio las partidas, la mayoría congregadas en torno al tablero número uno, a su izquierda. El jugador alto y guapo era uno de ellos.

En el tablero uno había dos hombres sentados en total concentración. El reloj entre ellos era diferente a los otros que había visto Beth: más grande y más recio. Un hombre era gordo y calvete, de rasgos morenos como los rusos de las fotos, y llevaba un traje oscuro como el de los rusos. El otro era mucho más joven y llevaba un jersey gris sobre una camisa blanca. Se desabrochó las mangas de la camisa y se las recogió hasta los codos, un brazo cada vez, sin apartar los ojos del tablero. Algo en el estómago de Beth se estremeció. Esto era de verdad. Contuvo la respiración y estudió la posición del tablero. Tardó unos momentos en captarla: era equilibrada y difícil, como algunas de las partidas de los campeonatos de *Chess Review*. Sabía que le tocaba mover a las negras porque el indicador del reloj se estaba moviendo, y justo cuando vio que lo que hacía falta era caballo a cinco alfil, el hombre mayor extendió la mano y movió su caballo a cinco alfil.

El tipo guapo estaba ahora apoyado contra la pared. Beth se le acercó y susurró:

—¿Quiénes son?

—Beltik y Cullen. Beltik es el campeón estatal.

—¿Cuál es cuál?

El hombre alto se llevó un dedo a los labios. Luego contestó en voz baja:

—Beltik es el joven.

Eso fue una sorpresa. El campeón estatal de Kentucky parecía tener la edad de Fergussen.

—¿Es un gran maestro?

—Está trabajando en ello. Hace años que es maestro.

—Oh —dijo Beth.

—Hace falta tiempo. Hay que jugar con grandes maestros.

—¿Cuánto tiempo? —preguntó Beth. Un hombre que tenían delante junto a las cuerdas de terciopelo se volvió y la miró con furia. El hombre alto sacudió la cabeza, frunciendo los labios para indicar silencio. Beth volvió junto a las cuerdas y observó la partida. Otra gente fue llegando y la sala empezó a llenarse. Beth conservó su lugar en primera fila.

Había mucha tensión en la mitad del tablero. Beth lo estudió durante varios minutos tratando de decidir qué haría si le tocara mover, pero no estaba segura. Era el turno de Cullen. Esperó durante lo que le pareció una horrible eternidad. Estaba allí sentado con los puños en la frente, las rodillas juntas bajo la mesa, inmóvil. Beltik se echó hacia atrás en su silla y bostezó, mirando divertido la calva de Cullen que tenía delante. Beth pudo ver que tenía muy mal los dientes, con manchas oscuras y varios huecos, y que su cuello no estaba bien afeitado.

Finalmente Cullen movió. Intercambió caballos en el centro. Hubo varios movimientos rápidos y la tensión se redujo, con cada jugador perdiendo un caballo y un alfil. Cuando a Cullen le volvió a tocar mover miró a Beltik y dijo:

—¿Tablas?

—Demonios, no —respondió Beltik. Estudió el tablero con impaciencia, torció el rostro de un modo raro, se dio un puñetazo en la palma, y movió su torre a la séptima fila. A Beth le gustó el movimiento, y le gustó el modo en que Beltik agarraba firmemente sus piezas y las colocaba con una grácil floritura.

En cinco movimientos más Cullen se rindió. Le quedaban dos peones, su alfil restante estaba ahogado en la última fila, y casi se le había consumido el tiempo. Volcó su rey con una especie de elegante desdén, extendió la mano y le dio un apretón rápido a Beltik, se levantó y pasó por encima de la cuerda, rozó a Beth y salió de la habitación. Beltik se levantó y se desperezó. Beth lo miró de pie junto al tablero con el rey volcado, y algo en ella se hinchó de emoción. Sintió la carne de gallina en los brazos y piernas.

La siguiente partida de Beth fue con un hombre bajito y nervioso llamado Cooke; su puntuación era de 1.520. Lo escribió en lo alto de la hoja de anotaciones junto al tablero trece: «Harmon-SP: Cooke-1.520». Le tocó el turno de jugar con blancas. Movió peón cuatro reina y pulsó el reloj de Cooke, y este movió al instante peón cuatro reina. Parecía muy tenso y sus ojos no dejaban de mirar a todas partes. No podía quedarse quieto en la silla.

Beth jugó rápido también, contagiándose de parte de su impaciencia. En cinco minutos ambos habían desplegado sus pie-

zas, y Cooke empezó un ataque a su reina. Adelantó apresurada-
mente un peón, y ella vio con sorpresa que no podía comérselo
sin arriesgarse a un desagradable ataque doble. Vaciló. Cooke era
bastante bueno. La puntuación de 1.500 debía de significar
algo, después de todo. Era mejor que el señor Shaibel o el señor
Ganz, y daba un poco de miedo con su impaciencia. Movió su
torre hasta la casilla de salida del alfil, bajo el peón al acecho.

Cooke la sorprendió. Tomó su alfil de reina y se comió uno
de los peones que estaban junto al rey de Beth, le hizo jaque y
sacrificó la pieza. Ella se quedó mirando el tablero, súbitamente
insegura durante un momento. ¿Qué pretendía? Entonces lo
vio. Si picaba, él volvería a hacerle jaque con un caballo y eliminaría un alfil. Sería mejor dejarle el peón y alejar el rey. Su estómago se tensó durante un momento; no le gustaba que la sor-
prendieran. Tardó un minuto en ver qué hacer. Movió el rey
pero no se comió el alfil.

Cooke movió el caballo de todas formas. Beth intercambió
los peones al otro lado y abrió espacio a su torre. Cooke siguió
acosando a su rey con complicaciones. Ella se dio cuenta entonces de que en realidad no había ningún peligro todavía si no
dejaba que la engañara. Sacó la torre, y luego dobló con su reina. Le gustaba esa disposición: en su imaginación eran como
dos cañones, alineados y listos para disparar.

En tres movimientos pudo dispararlos. Cooke parecía obse-
sionado con las maniobras que estaba preparando contra su rey
y ciego a lo que Beth estaba haciendo realmente. Sus movimientos eran interesantes, pero ella vio que no tenían ninguna solidez porque no abarcaban todo el tablero. Si ella hubiera estado
jugando solamente para evitar el jaque mate, él la habría vencido al cuarto movimiento después de su primer jaque con el alfil.
Pero lo clavó al tercero. Sintió que la sangre se agolpaba en su
rostro cuando vio la forma de lanzar su torre. Tomó la reina y la
desplazó hasta la última fila, ofreciéndola a la torre negra que
estaba allí, todavía intacta. Cooke dejó de rebullirse un momento y la miró a la cara. Ella le devolvió la mirada. Entonces él estudió la posición, y siguió estudiándola. Finalmente, extendió la
mano y comió la reina con su torre.

Algo dentro de Beth quiso saltar y gritar. Pero se contuvo, extendió la mano, empujó su alfil una casilla y dijo tranquilamente:

—Jaque.

Cooke empezó a mover su rey y se detuvo. De pronto vio lo que iba a pasar: iba a perder su reina y esa torre con la que acababa de capturar también. La miró. Ella permaneció allí sentada, impasible. Cooke volvió su atención hacia el tablero y lo estudió durante varios minutos, rebulléndose en su asiento y frunciendo el ceño. Entonces miró a Beth y dijo:

—¿Tablas?

Beth negó con la cabeza.

Cooke volvió a hacer una mueca.

—Me has vencido. Abandono. —Se levantó y extendió la mano—. No lo he visto venir. —Su sonrisa era sorprendentemente cálida.

—Gracias —dijo Beth, estrechándole la mano.

Hicieron una pausa para almorzar y Beth compró un sándwich y leche en un drugstore cercano al instituto. Se lo comió sola en el mostrador y se marchó.

Su tercera partida fue con un hombre mayor que llevaba un chaleco de punto. Se llamaba Kaplan y su puntuación era de 1.694. Ella jugó con las negras, usó la defensa Nimzo-india, y lo derrotó en treinta y cuatro movimientos. Podría haberlo hecho más rápido, pero él era hábil defendiéndose, aunque con las blancas un jugador debería ir al ataque. Cuando abandonó ella había descubierto su rey y tenía un alfil a punto de ser capturado, y ella tenía dos peones adelantados. Él pareció aturdido. Algunos jugadores más se habían congregado para verlos.

Eran las tres y media cuando terminaron. Kaplan había jugado con enloquecedora lentitud, y Beth se había levantado de la mesa durante varios movimientos, para sacudirse la energía. Cuando llevó la hoja de anotaciones con su nombre rodeado por un círculo, la mayoría de las demás partidas habían terminado y el torneo hacía una pausa para la cena. Habría una ronda a las ocho esa noche, y luego tres más el sábado. La ronda final sería el domingo por la mañana, a las once.

Beth fue al cuarto de baño y se lavó la cara y las manos; era sorprendente lo pegajosa que estaba su piel después de tres partidas de ajedrez. Se miró en el espejo, bajo las duras luces, y vio lo que siempre había visto: la cara redonda y nada interesante y el pelo descolorido. Pero había algo diferente. Las mejillas estaban ahora sonrosadas, y sus ojos parecían más vivos que nunca. Por primera vez en su vida le gustó lo que veía en el espejo.

En la mesa de la entrada los dos jóvenes que la habían inscrito estaban colocando un cartel en el tablón de anuncios. Algunos jugadores se habían congregado alrededor, el guapo entre ellos. Beth se acercó. El título de la parte superior, escrito con rotulador, decía IMBATIDOS. Había cuatro nombres en la lista. Debajo del todo ponía HARMON; Beth contuvo la respiración al verlo. Y en lo alto de la lista aparecía BELTIK.

—Tú eres Harmon, ¿verdad? —Era el guapo quien preguntaba.

—Sí.

—Adelante, chica —dijo él, sonriendo.

En ese momento, el joven que había intentado ponerla en la sección de principiantes gritó desde la mesa:

—¡Harmon!

Ella se dio media vuelta.

—Parece que tenías razón, Harmon —le dijo el muchacho.

La señora Wheatley estaba comiendo carne con puré de patatas en una bandeja de comida preparada cuando Beth llegó. En la tele estaba puesto *Bat Masterson,* muy fuerte.

—La tuya está en el horno —dijo la señora Wheatley. Estaba sentada en el sillón de cretona con el plato de aluminio en una bandeja sobre el regazo. Tenía las medias enrolladas hasta el borde de las zapatillas negras.

Durante la publicidad, mientras Beth se comía las zanahorias de su comida precocinada, la señora Wheatley preguntó:

—¿Cómo te ha ido, querida?

—Gané tres partidas.

—Qué bien —dijo la señora Wheatley, sin apartar los ojos de un caballero mayor que hablaba del alivio que le producía el laxante Haley.

Esa noche Beth se enfrentó en el tablero seis a un joven feúcho llamado Klein. Su puntuación era de 1.794. Algunas de las partidas que aparecían en *Chess Review* eran de jugadores de niveles inferiores a ese.

Beth llevaba las blancas, y jugó peón cuatro rey, esperando la siciliana. Conocía la siciliana mejor que ninguna otra cosa. Pero Klein jugó peón cuatro rey y luego lanzó en *fianchetto* su alfil de rey, colocándolo en la esquina sobre su rey enrocado. No estaba segura, pero le parecía que este tipo de apertura se llamaba «Irregular».

A la mitad de la partida las cosas se complicaron. Beth no estaba segura de qué hacer y decidió retirar un alfil. Puso el índice sobre la pieza e inmediatamente vio que sería mejor mover peón cuatro reina. Extendió la mano hacia el peón de reina.

—Lo siento —dijo Klein—. Pieza tocada.

Ella lo miró.

—Tienes que mover el alfil —dijo él.

Ella notó en su rostro que se alegraba de decirlo. Probablemente había visto qué podía hacer ella si movía el peón.

Beth se encogió de hombros y trató de parecer despreocupada, pero por dentro estaba sintiendo algo que no había sentido antes en una partida de ajedrez. Estaba asustada. Movió el alfil a cuatro alfil, se echó hacia atrás y cruzó las manos sobre su regazo. Tenía un nudo en el estómago. Tendría que haber movido el peón.

Miró a Klein a la cara mientras este estudiaba el tablero. Después de un momento, vio una sonrisita maliciosa. Empujó su peón de reina hasta la quinta casilla, golpeó el reloj con fuerza y cruzó los brazos sobre el pecho.

Iba a eliminar uno de sus alfiles. Y bruscamente el miedo de Beth fue sustituido por la furia. Se inclinó hacia el tablero y apoyó las mejillas en sus palmas, estudiándolo intensamente.

Tardó casi diez minutos, pero lo encontró. Movió y se echó hacia atrás.

Klein apenas pareció darse cuenta. Comió el alfil como ella esperaba que hiciera. Beth avanzó su peón de torre de reina hasta el otro lado del tablero, y Klein soltó un gruñidito pero movió con rapidez, empujando de nuevo el peón de reina hacia delante. Beth sacó su caballo, cubriendo el siguiente paso del peón, y más importante, atacando la torre de Klein. Él movió la torre. En el estómago de Beth algo empezaba a desenroscarse. Su visión parecía enormemente aguda, como si pudiera leer la letra más pequeña al otro lado de la sala. Movió el caballo, atacando de nuevo a la torre.

Klein la miró, molesto. Estudió el tablero y movió la torre, a la misma casilla que Beth ya sabía que la movería desde dos jugadas antes. Colocó su reina en cinco alfil, justo sobre el rey enrocado de Klein.

Todavía con aspecto molesto y seguro de sí mismo, Klein sacó un caballo para defender. Beth tomó su reina, el rostro enrojecido, y comió el peón delante del rey, sacrificándola.

Él observó y tomó la reina. No había otra cosa que pudiera hacer para salir del jaque.

Beth sacó el alfil para otro jaque. Klein interpuso el peón, como ella ya sabía.

—Mate en dos —dijo Beth tranquilamente.

Klein la miró con expresión furiosa.

—¿Qué quieres decir?

La voz de Beth seguía muy tranquila.

—La torre hará el siguiente jaque y luego el caballo hará mate.

Él hizo una mueca.

—Mi reina...

—Su reina quedará clavada después de que mueva el rey.

Él miró de nuevo el tablero y estudió la posición.

—¡Mierda! —dijo entonces. No volcó su rey ni le ofreció la mano a Beth. Se levantó de la mesa y se marchó, metiéndose las manos en los bolsillos.

Beth tomó su lápiz y rodeó con un círculo HARMON en la hoja de anotaciones.

Cuando se marchó a las diez había tres nombres en la lista de IMBATIDOS. HARMON seguía estando abajo del todo. BELTIK seguía arriba.

Esa noche, en su habitación, no pudo dormir por la forma en que las partidas se repetían una y otra vez en su cabeza mucho después de que hubiera dejado de disfrutarlas.

Después de varias horas se levantó de la cama y con su pijama azul se acercó a las ventanas del dormitorio. Alzó una persiana y contempló los árboles recién pelados a la luz de la farola, y las casas oscuras más allá de los árboles. La calle estaba silenciosa y vacía. Había una rebanada de luna, parcialmente oscurecida por las nubes. El aire estaba helado.

Beth había aprendido a no creer en Dios durante su estancia en la capilla de Methuen, y nunca rezaba. Pero ahora dijo, en un susurro:

—Por favor, Dios, déjame jugar con Beltik y hacerle jaque mate.

En el cajón de su cómoda, en la funda del cepillo de dientes, había diecisiete píldoras verdes, y unas cuantas más en una cajita en el estante del armario. Había pensado antes en tomarse dos para que la ayudaran a dormir. Pero no lo hizo. Volvió a la cama, agotada ahora y con la mente en blanco, y durmió como un tronco.

El sábado por la mañana esperaba tener que jugar con alguien con una puntuación de más de 1.800. El hombre de la inscripción había dicho que había tres que tenían esa marca tan alta. Pero en los emparejamientos apareció jugando con negras contra alguien llamado Townes que tenía una puntuación de 1.724. Era menos que su última partida, la noche antes. Fue a la mesa y preguntó.

—Así son las cosas, Harmon —dijo el hombre de la camisa blanca—. Considérate afortunada.

—Quiero jugar con los mejores.

—Tienes que conseguir una puntuación antes de que eso suceda.

—¿Cómo consigo una puntuación?

—Juegas treinta partidas en torneos de la FAA y luego esperas cuatro meses. Así es como se consigue una puntuación.

—Es demasiado tiempo.

El hombre se inclinó hacia ella.

—¿Qué edad tienes, Harmon?

—Trece años.

—Eres la persona más joven de la sala. Puedes esperar por la puntuación.

Beth se puso furiosa.

—Quiero jugar contra Beltik.

El otro hombre de la mesa intervino.

—Si ganas tus siguientes tres partidas, cariño. Y si Beltik hace lo mismo.

—Las ganaré —dijo Beth.

—No, no lo harás, Harmon —dijo el primer joven—. Tendrás que jugar contra Sizemore y Goldmann primero, y no podrás derrotarlos a los dos.

—Sizemore y Goldmann, una mierda —dijo el otro hombre—. El tipo contra el que vas a jugar está infravalorado. Juega de primer tablero en el equipo de la universidad y el mes pasado quedó quinto en Las Vegas. No dejes que la puntuación te engañe.

—¿Qué hay en Las Vegas? —preguntó Beth.

—El Abierto de Estados Unidos.

Beth se dirigió al tablero cuatro. El hombre sentado tras las piezas blancas sonrió cuando la vio acercarse. Era el alto y guapo. Beth se sintió un poco nerviosa al verlo. Parecía una estrella de cine.

—Hola, Harmon —dijo, tendiendo la mano—. Creo que ya hemos hablado antes.

Ella estrechó con torpeza su manaza y se sentó. Hubo una pausa durante un largo minuto ante de que él dijera:

—¿Quieres poner en marcha mi reloj?

—Lo siento —respondió Beth. Extendió la mano, casi derribó el reloj pero lo detuvo a tiempo—. Lo siento —repitió, casi inaudiblemente. Pulsó el botón y el reloj empezó a sonar. Miró el tablero, las mejillas ardiendo.

Él movió peón cuatro rey, y ella respondió con la siciliana. Él continuó con movimientos de libro y ella siguió con la variante Dragón. Intercambiaron peones en el centro. Gradualmente,

Beth recuperó la compostura al ejecutar estos movimientos mecánicos, y lo miró por encima del tablero. Él estaba atento a las piezas, con el ceño fruncido. Pero incluso con el gesto torcido y el pelo ligeramente despeinado era guapo. Beth sintió algo extraño en el estómago mientras lo miraba, con sus hombros anchos y su tez clara y el ceño arrugado en gesto de concentración.

La sorprendió al sacar su reina. Era un movimiento arriesgado, y ella lo estudió durante un rato y vio que no había ninguna debilidad en él. Sacó su propia reina. Él movió un caballo a la quinta fila, y Beth movió un caballo a la quinta fila. Él le hizo jaque con un alfil, y ella defendió con un peón. El alfil se retiró. Beth se sentía animada ahora, y sus dedos eran ágiles con las piezas. Ambos jugadores empezaron a mover rápidamente, pero con tranquilidad. Ella hizo un jaque no amenazante, y él se retiró con delicadeza y empezó a avanzar peones. Ella lo detuvo con una clavada y luego hizo una finta con una torre en el lado de la reina. Él no se dejó engañar por la finta y, sonriendo, se salió de la clavada y en su siguiente movimiento continuó avanzando peones. Beth se retiró, ocultando su rey con una torre de reina. Se sentía despejada y divertida, aunque su rostro se mantenía serio. Continuaron su baile.

Se entristeció cuando vio cómo derrotarlo. Fue después del decimonoveno movimiento, y se resistió a ello cuando afloró en su mente: odiaba poner fin al agradable ballet que habían bailado juntos. Pero ahí estaba: cuatro movimientos y él tendría que perder una torre o algo peor. Beth vaciló e inició el primer movimiento de la secuencia.

Él no vio lo que estaba pasando hasta dos movimientos después, cuando frunció el ceño y dijo:

—¡Santo Dios, Harmon, voy a perder una torre!

A ella le encantó su voz, la forma en que lo dijo. Él sacudió la cabeza, con aturdimiento burlón; a ella le encantó también.

Algunos jugadores que habían terminado sus partidas se habían congregado alrededor del tablero, y un par susurraban comentando la maniobra que había hecho Beth.

Townes siguió jugando durante cinco movimientos más, y Beth lo lamentó de veras cuando se rindió, volcó su rey y dijo:

—¡Maldición!

Pero se levantó, extendió la mano y le sonrió.

—Eres una jugadora cojonuda, Harmon. ¿Qué edad tienes?

—Trece años.

Él silbó.

—¿A qué instituto vas?

—A Fairfield Junior.

—Sí —dijo él—. Sé dónde está.

Era todavía más guapo que una estrella de cine.

Una hora más tarde Beth se enfrentó a Goldmann en el tablero tres. Entró en la sala del torneo exactamente a las once, y la gente que estaba allí de pie dejó de hablar al verla. Todos la miraron. Oyó a alguien susurrar «trece puñeteros años», e inmediatamente en su mente, junto con la exultante sensación que el susurro le había provocado, surgió el pensamiento: *Podría haber hecho esto a los ocho.*

Goldmann era duro y silencioso y lento. Era un hombre bajo y grueso, y jugaba las piezas negras como un general arisco entrenado en la defensa. Durante la primera hora se escapó de todo lo que Beth intentaba. Todas las piezas que tenía estaban protegidas: parecía que había el doble de peones que de costumbre para protegerlo.

Beth se puso nerviosa durante las largas esperas para que moviese. Una vez, después de avanzar un alfil, se levantó y fue al cuarto de baño. Algo le dolía en el abdomen, y se sentía un poco débil. Se lavó la cara con agua fría y se la secó con una toallita de papel. Cuando se marchaba, entró la chica contra la que había jugado la primera partida. Packer. Pareció alegrarse de verla.

—Estás ascendiendo, ¿no? —dijo.

—Hasta ahora —respondió Beth, sintiendo otra punzada en el vientre.

—He oído que te enfrentas a Goldmann.

—Sí. Tengo que volver.

—Claro —dijo Packer—, claro. Dale una paliza, ¿quieres? Dale una buena paliza.

De repente, Beth sonrió.

—De acuerdo —dijo.

Cuando regresó, vio que Goldmann había movido y que su reloj estaba en marcha. Él estaba allí sentado, con aspecto aburrido. Beth se sintió refrescada y preparada. Se sentó y vació su mente de todo excepto de los sesenta y cuatro escaques que tenía delante. Después de un minuto vio que si atacaba por ambos flancos simultáneamente, como hacía a veces Morphy, Goldmann tendría dificultades para jugar sobre seguro. Movió peón cuatro torre de reina.

Funcionó. Después de cinco movimientos más abrió su rey un poco, y después de otros tres se lanzó a su yugular. No le prestó ninguna atención a Goldmann ni a la multitud ni a la parte inferior de su abdomen ni al sudor que había empezado a correrle por la frente. Jugaba solo contra el tablero, con líneas de fuerza marcadas para ella en su superficie: los pequeños campos tenaces para los peones, el enorme para la reina, las gradaciones intermedias. Justo antes de que el reloj de Goldmann estuviera a punto de agotarse, le dio mate.

Cuando rodeó su nombre en la hoja de anotaciones miró de nuevo la puntuación. Era 1.997. La gente aplaudía.

Fue directamente al lavabo de chicas y descubrió que había empezado a menstruar. Durante un momento, mientras miraba el agua teñida de rojo ahí abajo, sintió como si hubiera sucedido algo catastrófico. ¿Había sangrado en la silla del tablero tres? ¿Estaba la gente mirando las manchas de su sangre? Pero vio con alivio que sus bragas de algodón apenas estaban manchadas. Pensó bruscamente en Jolene. Si no hubiera sido por ella, no habría tenido ni idea de lo que estaba sucediendo. Nadie más le había dicho una palabra sobre esto, desde luego no la señora Wheatley. Sintió un súbito cariño por Jolene, y recordó que también le había dicho lo que había que hacer «en una emergencia». Beth empezó a tirar del rollo de papel higiénico y lo dobló en un rectángulo compacto. El dolor de su abdomen había menguado. Estaba menstruando, y acababa de derrotar a Goldmann: 1.997. Colocó el papel doblado dentro de sus bragas, se las subió, se alisó la falda y regresó confiada a la zona de juego.

Beth había visto a Sizemore antes; era un hombre pequeño, feo y de rostro fino que fumaba cigarrillos continuamente. Alguien le había dicho que fue campeón estatal antes de Beltik. Jugaría contra él en el tablero dos de la sala con el cartel que decía «Tableros superiores».

Sizemore no había llegado todavía, pero a su lado, en el tablero uno, Beltik miraba en su dirección. Beth lo miró y luego apartó la mirada. Faltaban unos minutos para las tres. Las luces de esta sala más pequeña (bombillas peladas bajo una lámpara de protección metálica) parecían más brillantes que por la mañana, y durante un instante el brillo del suelo encerado con sus líneas rojas pintadas le resultó cegador.

Sizemore llegó, peinándose el pelo de manera nerviosa. De sus labios finos colgaba un cigarrillo. Mientras echaba hacia atrás su silla, Beth sintió que se ponía muy tensa.

—¿Preparada? —preguntó Sizemore hoscamente, guardándose el peine en el bolsillo de la camisa.

—Sí —respondió ella, y pulsó el reloj.

Él jugó peón cuatro rey y luego sacó el peine y empezó a morderlo igual que la gente muerde el extremo del borrador de un lápiz. Apenas miraba a Beth, sino que se concentraba en el tablero, agitándose a veces en el asiento mientras se peinaba y dividía y volvía a recolocarse el pelo. La partida estaba igualada, y no había ninguna debilidad por ninguno de los dos bandos. No había nada que hacer sino buscar las mejores casillas para los caballos y alfiles y esperar. Beth movía, anotaba el movimiento en su hoja y se acomodaba en su silla. Después de un rato, la multitud empezó a congregarse ante las cuerdas. Ella los miraba de vez en cuando. Había más gente viéndola jugar a ella que a Beltik. Siguió mirando el tablero, esperando a que algo se despejara. Una vez cuando alzó la cabeza vio a Annette Packer de pie al fondo. Packer sonrió y Beth le asintió.

De vuelta al tablero, Sizemore sacó un caballo a cinco reina, el mejor lugar para situar un caballo. Beth frunció el ceño: no podía echarlo de allí. Las piezas estaban congregadas en el centro del tablero y durante un momento perdió la sensación de controlarlas. Sentía punzadas ocasionales en el abdomen. Podía sentir el grueso fajo de papel entre sus muslos. Se acomodó en la silla y miró con determinación el tablero. Esto no iba bien. Sizemore le estaba ganando terreno. Lo miró a la cara. Había guardado el peine y miraba las piezas que tenía delante con satisfacción. Beth se inclinó sobre la mesa, hundiendo los puños en sus mejillas, y trató de penetrar la posición. Algunas personas del público susurraban. Con esfuerzo, apartó las distracciones de su mente. Era hora de contraatacar. Si movía el caballo a la izquierda... No. Si abría la diagonal larga para su alfil blanco... Eso era. Adelantó el peón, y el poder de su alfil se triplicó. La imagen empezó a despejarse. Se acomodó en su silla e inspiró profundamente.

Durante los cinco movimientos siguientes Sizemore siguió adelantando piezas, pero Beth, viendo los límites de lo que podía hacerle, mantuvo su atención fija en la esquina superior izquierda del tablero, en el lado de la reina de Sizemore. Cuando llegó el momento colocó su alfil en mitad de las piezas agrupadas allí, plantándolo en la casilla dos del caballo de él. Desde donde estaba ahora, dos de las piezas de Sizemore podían comérselo, pero si alguna lo hacía tendría problemas.

Lo miró. Había vuelto a sacar el peine y se lo estaba pasando por el pelo. Su reloj corría.

Tardó quince minutos en hacer el movimiento, y cuando lo hizo fue una sorpresa. Comió el alfil con su torre. ¿No sabía que era una tontería sacar la torre de la fila de atrás? ¿No se daba cuenta? Miró de nuevo al tablero, comprobó otra vez la posición y sacó su reina.

Él no lo vio hasta después de su siguiente movimiento, y su juego se hizo pedazos. Todavía tenía el peine en la mano seis movimientos más tarde cuando ella movió su peón de reina, pasado, a la sexta fila. Él desplazó la torre bajo el peón. Ella la atacó con su alfil. Sizemore se levantó, se guardó el peine en el bolsillo, extendió la mano hacia el tablero y volcó su rey.

—Tú ganas —dijo sombrío. El aplauso fue estentóreo.

Después de entregar la hoja de anotaciones, Beth esperó mientras el joven la comprobaba, hacía una marca en una lista que tenía delante, se levantaba y se dirigía al tablón de anuncios. Le quitó las chinchetas a la tarjeta que decía SIZEMORE y la tiró a una papelera de metal verde. Luego quitó las chinchetas de la última tarjeta y la colocó donde estaba la de Sizemore. La lista de IMBATIDOS decía ahora: BELTIK, HARMON.

Cuando Beth se dirigía al lavabo de chicas, Beltik salió de «Tableros superiores» a paso rápido, con aspecto de estar satisfecho de sí mismo. Llevaba la hojita de puntuaciones, camino de la cesta de ganadores. No pareció ver a Beth.

Ella se asomó a la puerta de «Tableros superiores» y vio allí a Townes. Había arrugas de fatiga en su cara; se parecía a Rock Hudson, excepto en el cansancio.

—Buen trabajo, Harmon —dijo.

—Lamento que perdiera.

—Sí —dijo él—. A volver al tablero de dibujo.

Y entonces, indicando con la cabeza a Beltik, que se hallaba en la mesa de entrada rodeado por un grupito de personas, dijo:

—Es un asesino, Harmon. Un auténtico asesino.

Ella lo miró a la cara.

—Necesita descansar.

Él le sonrió.

—Lo que necesito, Harmon, es algo de tu talento.

Cuando pasaba ante la mesa de la entrada, Beltik dio un paso hacia ella y dijo:

—Mañana.

Cuando Beth entró en el salón después de cenar, la señora Wheatley parecía pálida y rara. Estaba sentada en el sillón de cretona con la cara hinchada y tenía una postal de brillantes colores en el regazo.

—He empezado a menstruar —dijo Beth.

La señora Wheatley parpadeó.

—Qué bien —dijo, como desde una gran distancia.

—Necesitaré compresas o algo.

La señora Wheatley pareció aturdida durante un momento. Luego sonrió.

—Es un momento importante para ti. ¿Por qué no subes a mi habitación y buscas en el cajón superior de mi chifonier? Llévate todas las que necesites.

—Gracias —dijo Beth, y se dirigió hacia las escaleras.

—Y, querida —dijo la señora Wheatley—, tráeme ese frasquito de píldoras verdes que hay junto a mi cama.

Cuando Beth regresó le dio las pastillas a la señora Wheatley, que tenía un vaso de cerveza al lado. Sacó dos pastillas y las tragó con la cerveza.

—Mi tranquilidad necesita refuerzos.

—¿Algo va mal? —preguntó Beth.

—No soy Aristóteles, pero podríamos considerar que sí. He recibido un mensaje del señor Wheatley.

—¿Qué decía?

—El señor Wheatley se ha quedado indefinidamente retenido en el suroeste. El suroeste americano.

—Oh.

—Entre Denver y Butte.

Beth se sentó en el sofá.

—Aristóteles era un filósofo moral —dijo la señora Wheatley—, mientras que yo soy un ama de casa. O lo era.

—¿Pueden enviarme de vuelta si no tiene usted marido?

—Lo expresas de manera concreta. —La señora Wheatley bebió su cerveza—. No lo harán si mentimos.

—Eso es bastante fácil.

—Eres una buena chica, Beth —dijo la señora Wheatley, terminando su cerveza—. ¿Por qué no calientas los dos pollos precocinados que están en el congelador? Pon el horno a 250.

Beth tenía en la mano derecha dos compresas.

—No sé cómo se colocan.

La señora Wheatley se irguió en su sillón.

—Ya no soy esposa —dijo—, excepto como ficción legal. Creo que puedo aprender a ser madre. Te enseñaré a ponértelas si me prometes no acercarte nunca a Denver.

Durante la noche, Beth se despertó con el ruido de la lluvia en el tejado y las intermitentes sacudidas contra los cristales del tragaluz. Había estado soñando con agua, que nadaba con facilidad en un tranquilo océano de aguas mansas. Se puso una almohada sobre la cabeza y se tendió de lado, tratando de volver a dormir. Pero no pudo. La lluvia sonaba con fuerza, y al cabo de un rato la triste languidez de su sueño fue sustituida por la imagen de un tablero de ajedrez lleno de piezas que exigían su atención, la claridad de su inteligencia.

Eran las dos de la mañana y no volvió a dormir durante el resto de la noche. Seguía lloviendo cuando bajó las escaleras a las siete; el patio trasero desde la ventana de la cocina parecía un pantano con montículos de hierba casi muerta asomando como si fueran islas. No estaba segura de cómo se freía un huevo, pero decidió que podía hervir algunos. Sacó dos del frigorífico, llenó un cazo con agua y lo puso en el fogón. Jugaría peón cuatro rey contra él, y esperaría a la siciliana. Pasó los huevos por agua cinco minutos y los puso a enfriar. Podía ver la cara de Beltik, juvenil, arrogante e inteligente. Sus ojos eran pequeños y negros. Cuando avanzó hacia ella ayer cuando se marchaba, llegó a pensar que iba a agredirla.

Los huevos salieron perfectos. Los abrió con un cuchillo, los puso en una taza y los comió con sal y mantequilla. Sentía los ojos irritados. La partida final sería a las once; eran las siete y veinte ahora. Deseó tener un ejemplar de *Aperturas modernas de ajedrez* para mirar las variantes de la siciliana. Algunos de los otros jugadores del torneo llevaban bajo el brazo ejemplares gastados del libro.

Chispeaba solamente cuando salió de casa a las diez, dejando a la señora Wheatley dormida arriba. Antes de marcharse, Beth entró en el cuarto de baño y comprobó el cinturón sanitario que la señora Wheatley le había dado para que llevara, y la gruesa compresa blanca. Todo estaba bien. Se puso las botas de goma y el abrigo azul, sacó el paraguas de la señora Wheatley del armario y se marchó.

Ya había advertido antes que las piezas del tablero uno eran diferentes. Eran de madera sólida, como las del señor Ganz, y no huecas y de plástico como las de los demás tableros del torneo. Cuando pasó junto a la mesa en la sala vacía a las diez y media, extendió la mano y tomó el rey blanco. Era satisfactoriamente pesado, con un sólido peso de plomo y fieltro verde en la parte inferior. Colocó la pieza en su escaque, pasó por encima de la cuerda de terciopelo y fue al cuarto de baño de chicas. Se lavó la cara por tercera vez ese día, tensó el cinturón sanitario, se peinó y volvió al gimnasio. Habían llegado más jugadores. Se metió las manos en los bolsillos de la falda para que nadie pudiera ver que le temblaban.

Cuando dieron las once estaba preparada tras las piezas blancas en el tablero número uno. Los tableros dos y tres ya habían comenzado sus partidas. No reconoció a los otros jugadores.

Pasaron diez minutos y Beltik no aparecía. El director del torneo, con su camisa blanca, se acercó a Beth un momento.

—¿No se ha presentado aún? —dijo en voz baja.

Beth negó con la cabeza.

—Mueve y pulsa el reloj —susurró el director—. Tendrías que haberlo hecho a las once.

Eso la molestó. Nadie se lo había dicho. Movió peón cuatro rey y puso en marcha el reloj de Beltik.

Pasaron diez minutos más antes de que Beltik apareciera. A Beth le dolía el estómago y le escocían los ojos. Beltik parecía tranquilo y relajado, llevaba una camisa rojo brillante y pantalones oscuros de pana.

—Lo siento —dijo con voz normal—. Una taza de café de más.

Los otros jugadores lo miraron irritados. Beth no dijo nada.

Beltik, todavía de pie, se soltó un botón más de la camisa y extendió la mano.

—Harry Beltik. ¿Cómo te llamas?

Él tenía que saber cómo se llamaba.

—Soy Beth Harmon —respondió ella, aceptando su mano pero evitando sus ojos.

Él se sentó tras las piezas negras, se frotó las manos con vigor y movió su peón de rey a la tercera casilla. Pulsó con fuerza el reloj de Beth.

La defensa francesa. Beth no la había jugado nunca. No le gustaba. Lo que había que hacer era mover peón cuatro reina. ¿Pero qué pasaba si él hacía lo mismo? ¿Intercambiaban peones, o avanzaba uno, o sacaba el caballo? Entornó los ojos y sacudió la cabeza: era difícil imaginar cómo sería el tablero después de dos movimientos. Miró de nuevo, se frotó los ojos, y movió peón cuatro reina. Cuando extendió la mano para pulsar el reloj, vaciló. ¿Había cometido un error? Pero ya era demasiado tarde. Pulsó el botón rápidamente y cuando el reloj echó a andar Beltik tomó inmediatamente su peón de reina, lo colocó en cuatro reina y dio un manotazo al botón de su reloj.

Aunque le costaba trabajo ver con su claridad habitual, Beth no había perdido su sensación de lo que precisaba una apertura. Sacó sus caballos y se implicó durante un rato en la pugna por las casillas centrales. Pero Beltik, moviendo rápido, eliminó a uno de sus peones y ella vio que no podía capturar al peón responsable. Trató de ignorar la ventaja que había concedido y siguió jugando. Sacó las piezas de la fila trasera, y enrocó. Miró a Beltik. Parecía completamente tranquilo: estaba mirando la partida que se desarrollaba al lado. Beth sintió un nudo en el estómago: no podía sentirse cómoda en su silla. La densa acumulación de piezas y peones en el centro del tablero pareció durante un rato no tener ninguna pauta, ningún sentido.

Su reloj corría. Inclinó la cabeza para mirarlo: habían pasado veinticinco minutos, y seguía con un peón de diferencia. Y Beltik había usado solo veintidós minutos, incluyendo el tiempo que había desperdiciado al llegar tarde. Los oídos de Beth zumbaban, y la luz brillante de la sala le lastimaba los ojos. Beltik se inclinó hacia atrás con los brazos extendidos, y bostezó, mostrando la negra parte inferior de sus dientes.

Beth encontró lo que parecía ser un buen escaque para su caballo, extendió la mano y se detuvo. El movimiento sería terrible: había que hacer algo con la reina de Beltik antes de que la pusiera en la fila de la torre y estuviera preparada para amenazar. Tenía que proteger y atacar al mismo tiempo, y no veía cómo. Las piezas que tenía delante seguían allí clavadas. Tendría que haberse tomado una píldora verde anoche, para poder dormir.

Entonces vio un movimiento que parecía sensato y lo ejecutó rápidamente. Acercó un caballo al rey protegiéndose de la reina de Beltik.

Él alzó las cejas de manera casi imperceptible y de inmediato movió un peón al otro lado del tablero. De pronto quedó abierta una diagonal para su alfil, que apuntaba directamente al caballo que ella había vuelto atrás inútilmente, y perdió otro peón. En la comisura de la boca de Beltik había una sonrisita taimada. Beth dejó de mirarlo rápidamente, asustada.

Tenía que hacer algo. Él se lanzaría sobre su rey al cabo de cuatro o cinco movimientos. Tenía que concentrarse, verlo con claridad. Pero cuando miró al tablero, todo le pareció denso, entremezclado, complicado, peligroso. Entonces se le ocurrió hacer algo. Con el reloj todavía corriendo se levantó, pasó por encima de la cuerda y se dirigió a través del grupito de silenciosos espectadores al gimnasio y de ahí al cuarto de baño de chicas. No había nadie dentro. Fue a un lavabo, se lavó la cara con agua fría, mojó un puñado de toallitas de papel y se las puso durante un minuto en la nuca. Después de tirarlas entró en uno de los pequeños cubículos y, tras sentarse, comprobó su compresa. Estaba bien. Permaneció allí sentada, relajándose, dejando que su mente se pusiera en blanco. Tenía los codos sobre las rodillas, la cabeza gacha.

Con esfuerzo, hizo que el tablero con la partida apareciera ante ella. Allí estaba. Pudo ver inmediatamente que era difícil, pero no tan difícil como algunas de las partidas que había memorizado en el libro de la librería Morris. Las piezas ante ella, en su imaginación, aparecían nítidas y enfocadas.

Se quedó donde estaba, sin preocuparse por el tiempo, hasta que lo caló y comprendió. Entonces se levantó, se lavó de nuevo la cara y volvió al gimnasio. Había encontrado su movimiento.

Había más espectadores que antes. A medida que las partidas iban terminando, la gente entraba a ver las finales. Se abrió paso entre ellos, pasó por encima de la cuerda y se sentó. Sus manos estaban perfectamente firmes, y no tenía problemas en el estómago ni en los ojos. Extendió la mano y movió; pulsó el reloj con firmeza.

Beltik estudió el movimiento durante unos minutos y eliminó a su caballo con el alfil, como ya sabía que haría. No retomó: sacó un alfil para atacar a una de sus torres. Beltik quitó la torre de la línea de fuego. Tenía que hacerlo. Beth sintió que la sangre se le agolpaba en las mejillas cuando movió la reina desde el fondo al centro del tablero. Ahora amenazaba con comerse la torre, clavaba el peón de alfil de rey y podía eliminar el alfil con un jaque. Miró a Beltik. Estaba estudiando el tablero y se subía las mangas. Su reloj corría.

Tardó casi quince minutos en encontrar el movimiento de torre que Beth, en el cuarto de baño, estaba segura de que iba a hacer. Estaba preparada. Su torre salió de detrás de la reina y oyó a Beltik contener bruscamente la respiración. Alguien del público empezó a susurrar. Beth esperó.

Al cabo de otros diez minutos, Beltik movió su reina a una posición defensiva. No funcionaría. Beth extendió la mano firme y con mente cristalina avanzó un peón, atacando a la reina.

Beltik miró el peón un momento como si fuera una cucaracha en el tablero. Si se lo comía, su reina quedaría clavada, incapaz de moverse. Si retiraba la reina, Beth comenzaría una serie de amenazas. Si la dejaba donde estaba, la perdería.

—¡La puta madre! —susurró.

Cuando decidió qué hacer, solo quedaban diez minutos más en su reloj. Beth tenía cincuenta. Él había perdido el tiempo estirando los brazos y rebulléndose en la silla y haciendo muecas y, de vez en cuando, poniendo cara de saber qué hacer y luego parándose, la mano en el aire sobre una pieza. Finalmente levantó su reina y la movió al otro lado del tablero, fuera de peligro.

Ella colocó un alfil detrás de su propia reina: la amenaza era jaque mate y él se vio obligado a evitarlo con su reina. Beth ignoró la reina y avanzó su torre a la tercera fila, donde podía moverse libremente a izquierda y derecha. Conseguiría la reina de Beltik o haría jaque mate, hiciera lo que hiciese él.

Beltik estaba inclinado sobre el tablero con la cara apoyada en las palmas. Beth podía oír su pie dando golpecitos en el suelo.

—La puta madre —dijo—. La puta madre.

Beth habló en voz baja.

—Creo que ya está.

—Puedo salir de esta.

—Me parece que no.

A él le quedaban cuatro minutos más de reloj. Siguió mirando el tablero como si fuera a destruirlo con la intensidad de su deseo por encontrar una salida a la trampa. Finalmente, con treinta segundos, tomó la reina y la colocó delante de la torre, interponiéndola y ofreciendo sacrificarla por la torre. Pulsó el botón de su reloj, se echó atrás en la silla y soltó un profundo suspiro.

—No funciona —dijo Beth—. No necesito tomar la reina.

—Mueve —dijo Beltik.

—Primero le haré jaque con el alfil...

—¡Mueve!

Ella asintió e hizo jaque con el alfil. Beltik, con el reloj en marcha, retiró rápidamente su rey y pulsó el botón. Entonces Beth hizo lo que había planeado todo el tiempo. Arrastró la reina hasta el rey, sacrificándola. Beltik la miró, aturdido. Ella le devolvió la mirada. Se encogió de hombros, comió la reina y detuvo su reloj golpeándolo con la base de la pieza capturada.

Beth pasó su otro alfil del fondo al centro del tablero y dijo:

—Jaque. Mate en el siguiente movimiento.

Beltik se quedó mirando un momento.

—¡La puta madre! —dijo, y se levantó.

—La torre da el mate —dijo Beth.

—La puta madre —dijo Beltik.

El público que llenaba ya la sala empezó a aplaudir. Beltik, todavía con el ceño fruncido, extendió la mano, y Beth se la estrechó.

Cinco

Cuando llegó al cajero estaban a punto de cerrar. Había tenido que esperar el autobús después de clase y esperar de nuevo un transbordo a la calle Mayor. Y este era el segundo banco.

Había llevado el cheque doblado en el bolsillo de la blusa todo el día, bajo el jersey. Lo tenía en la mano cuando el hombre que iba delante de ella en la cola tomó sus rollos de monedas de centavo y se los guardó en el bolsillo de la gabardina, dejándole libre la ventanilla. Beth puso la mano en el frío mármol, sujetando el cheque, de puntillas para poder ver la cara del cajero.

—Me gustaría abrir una cuenta —dijo.

El hombre miró el cheque.

—¿Qué edad tiene, señorita?

—Trece años.

—Lo siento. Necesita que la acompañe un padre o un tutor.

Beth volvió a guardarse el cheque en el bolsillo de la blusa y se marchó.

En casa, la señora Wheatley tenía cuatro botellas vacías de cerveza Pabst Blue Ribbon en la mesita junto a su sillón. La tele estaba apagada. Beth había recogido el periódico de la tarde del porche; lo desdobló al entrar en el salón.

—¿Qué tal las clases, querida? —la voz de la señora Wheatley era tenue y lejana.

—Bien.

Al colocar el periódico en el escabel de plástico verde junto al sofá, Beth vio con silencioso asombro que su foto aparecía en primera plana, abajo. En la parte superior se veía la cara de Nikita Jrushchov y abajo, con una columna de ancho, salía su cara, frunciendo el ceño bajo el titular: PRODIGIO LOCAL GANA EL TORNEO DE AJEDREZ. Debajo, en letras pequeñas, negrita: NIÑA DE DOCE AÑOS SORPRENDE A LOS EXPERTOS. Recordó al hombre que le había hecho la foto antes de que le entregaran el trofeo y el cheque. Le había dicho que tenía trece años.

Beth se inclinó para leer el periódico:

El mundo del ajedrez de Kentucky se quedó asombrado esta semana con el juego de una chica local, que triunfó sobre jugadores expertos ganando el campeonato estatal de Kentucky. Elizabeth Harmon, estudiante de séptimo curso en Fairfield Junior, mostró «una maestría en el juego sin igual en ninguna fémina», según declaró Harry Beltik, a quien la señorita Harmon derrotó en el trofeo estatal.

Beth hizo una mueca. Odiaba aquella foto suya. Mostraba sus pecas y su nariz pequeña demasiado claramente.

—Quiero abrir una cuenta bancaria —dijo.

—¿Una cuenta bancaria?

—Tendrá que venir conmigo.

—Pero, querida, ¿con qué vas a abrir una cuenta bancaria? —dijo la señora Wheatley.

Beth buscó en el bolsillo de la blusa, sacó el cheque y se lo entregó. La señora Wheatley se enderezó en su sillón y sostuvo el cheque como si fuera un manuscrito del mar Muerto. Guardó silencio un momento, observándolo.

—Cien dólares —dijo en voz baja.

—Necesito un padre o un tutor. En el banco.

—Cien dólares —repitió la señora Wheatley—. ¿Entonces ganaste?

—Sí. En el cheque pone «Primer premio».

—Comprendo. No tenía ni la más remota idea de que la gente ganara dinero jugando al ajedrez.

—Algunos torneos tienen premios mayores.

—¡Santo Dios! —La señora Wheatley seguía mirando el cheque.

—Podemos ir al banco mañana después de clase.

—Por supuesto.

Al día siguiente, cuando entraron en el salón al volver del banco, había un ejemplar de *Chess Review* en el reposapiés delante del sofá. La señora Wheatley colgó su abrigo en el armario de la entrada y recogió la revista.

—Estuve hojeando esto mientras estabas en clase —dijo—. Veo que hay un torneo importante en Cincinnati la segunda semana de diciembre. El primer premio son quinientos dólares.

Beth la estudió durante un momento.

—Tengo clases. Y Cincinnati está bastante lejos de aquí.

—El autobús Greyhound solo tarda dos horas —dijo la señora Wheatley—. Me tomé la libertad de llamar.

—¿Y las clases?

—Puedo escribir una justificación médica, diciendo que tienes mono.

—¿Mono?

—Mononucleosis. Es lo que pasa en tu grupo de edad, según la *Ladies' Home Journal*.

Beth siguió mirándola, tratando de no dejar que se le notara el asombro. La falta de honradez de la señora Wheatley parecía muy similar a la suya propia. Entonces dijo:

—¿Dónde nos alojaríamos?

—En el hotel Gibson, en una habitación doble a veintidós dólares la noche. Los billetes de autobús serán once con ochenta cada uno, y estará, naturalmente, el coste de la comida. Lo he calculado todo. Aunque ganaras el segundo o el tercer premio, habrá beneficios.

Beth tenía veinte dólares en metálico y una libreta con diez cheques en su bolso de plástico.

—Tendré que comprar algunos libros de ajedrez.

—Por supuesto —dijo la señora Wheatley, sonriendo—. Y si me extiendes un cheque por veintitrés dólares y sesenta centavos, compraré los billetes de autobús mañana.

Después de comprar *Aperturas modernas de ajedrez* y un libro sobre jugadas finales en Morris, Beth cruzó la calle hasta los almacenes Purcell. Sabía por la forma en que hablaban las chicas del instituto que Purcell era mejor que Ben Snyder. Encontró lo que quería en la cuarta planta: un juego de madera casi idéntico al que tenía el señor Ganz, con caballos tallados a mano, peones grandes y robustos, y torres que eran gruesas y sólidas. Tardó un rato en decidirse por un tablero y estuvo a punto de comprar uno de madera antes de escoger uno de cartón plegable con casillas verdes y beis. Sería más fácil de trasladar que el otro.

De vuelta a casa despejó su mesa, puso el tablero en ella y colocó las piezas. Apiló sus nuevos libros de ajedrez a un lado y puso el alto trofeo de ajedrez en forma de rey en el otro. Encendió su lámpara de estudio y se sentó ante la mesa, mirando las piezas, la forma en que sus curvas captaban la luz. Permaneció allí sentada durante lo que pareció mucho tiempo, la mente tranquila. Luego tomó *Aperturas modernas de ajedrez*. Esta vez empezó por el principio.

Nunca había visto nada parecido al hotel Gibson. Su tamaño y su bullicio, las lámparas brillantes del vestíbulo, la gruesa alfombra roja, las flores, incluso las tres puertas giratorias y el portero uniformado que esperaba junto a ellas eran abrumadores. La señora Wheatley y ella se dirigieron hasta el hotel desde la estación de autobuses, cargando con su equipaje. La señora Wheatley se negó a entregárselo al portero. Cargó con su maleta hasta el mostrador y las registró a ambas, impertérrita ante la mirada que el encargado les dirigió.

Después, en la habitación, Beth empezó a relajarse. Había dos grandes ventanas que daban a la calle Cuatro con su tráfico de hora punta. Era un día frío y claro. En la habitación tenían aquella gruesa alfombra con el gran cuarto de baño blanco y las toallas de felpa roja y el enorme espejo que cubría toda una pared. Había un televisor en color sobre la cómoda y cada una de las camas tenía una colcha rojo brillante.

La señora Wheatley inspeccionó la habitación, comprobó los cajones de la cómoda, encendió y apagó la tele, y alisó una arruga en la colcha.

—Bien —dijo—. Pedí una habitación agradable, y creo que me la dieron.

Se sentó en el sillón victoriano de respaldo alto junto a la cama, como si hubiera vivido en el hotel Gibson toda la vida.

El torneo era en el entresuelo, en el Salón Taft: Beth solo tenía que tomar el ascensor. La señora Wheatley encontró un bar calle abajo donde tomaron huevos con beicon para desayunar y luego se fue a la cama con un ejemplar del *Enquirer* de Cincinnati y un paquete de Chesterfields mientras Beth bajaba al torneo a inscribirse. Seguía sin tener puntuación, pero esta vez uno de los hombres de la mesa sabía quién era: no intentaron ponerla en el grupo de los principiantes. Habría dos partidas al día, y el control de tiempo sería 120/40, lo que quería decir que tenías dos horas para hacer cuarenta movimientos.

Mientras se inscribía, oyó una voz grave que surgía de una de las puertas dobles abiertas del Salón Taft, donde se desarrollarían las partidas. Miró en esa dirección y vio parte del gran salón de baile, con una larga fila de mesas vacías y unos cuantos hombres deambulando.

Cuando entró, vio a un tipo extraño tumbado en un sofá con las botas apoyadas en una mesa de café.

—... y la torre llega a la séptima fila —estaba diciendo—. Un hueso en la garganta, tío, aquella torre allí. —Le echó un vistazo y pagó. Echó atrás la cabeza contra el sofá y soltó una carcajada con tono grave de barítono—. Veinte pavos.

Como era temprano, solo había media docena de personas en la habitación, y nadie ante las largas filas de mesas con tableros de cartón. Todo el mundo escuchaba al hombre que estaba hablando. Tenía unos veinticinco años y aspecto de pirata. Llevaba unos tejanos sucios, jersey de cuello alto negro y una gorrita de lana negra encasquetada hasta las gruesas cejas. Tenía un espeso bigote negro y necesitaba claramente un afeitado; el dorso de sus manos era moreno y de aspecto gastado.

—La defensa Caro-Kann —dijo, riendo—. Un verdadero coñazo.

—¿Qué tiene de malo la Caro-Kann? —preguntó alguien, un joven elegante con un jersey de pelo de camello.

—Todo peones y ninguna esperanza. —El hombre de los tejanos sucios puso los pies en el suelo y se sentó. En la mesa había un tablero viejo beis y verde manchado, con piezas de madera cascadas. Al rey negro se le había caído la cabeza en al-

115

gún momento: estaba sujeta con un pedazo de cinta adhesiva sucia—. Os lo enseñaré —dijo, acercando el tablero.

Beth estaba ahora de pie a su lado. Era la única chica de la sala. El hombre extendió la mano hacia el tablero y con sorprendente delicadeza sujetó el peón de rey blanco con la punta de los dedos y lo dejó caer suavemente sobre cuatro rey. Entonces tomó el peón de alfil de la reina negra y lo puso en tres de alfil de reina, puso el peón de reina blanco en la cuarta fila e hizo lo mismo con el negro. Miró a la gente que lo rodeaba, que prestaba ahora toda su atención.

—La Caro-Kann. ¿De acuerdo?

Beth estaba familiarizada con estos movimientos, pero nunca los había visto jugar. Esperaba que el hombre moviera el caballo de la reina blanca a continuación, y así lo hizo. Movió el caballo de rey negro a tres alfil y sacó el otro caballo blanco. Beth recordó el movimiento. Al verlo ahora, parecía poca cosa. Casi sin darse cuenta, habló.

—Yo comería el caballo —dijo en voz baja.

El hombre la miró y alzó las cejas.

—¿No eres esa chica de Kentucky..., la que barrió a Harry Beltik?

—Sí —respondió Beth—. Si come el caballo, dobla sus peones...

—Qué cosa —dijo el hombre—. Todo peones y ninguna esperanza. Así es como se gana con las negras.

Dejó el caballo en el centro del tablero y movió peón cuatro rey. Entonces continuó trazando los movimientos de una partida, desplazando las piezas por el tablero con despreocupada destreza, señalando de vez en cuando una trampa potencial. La partida se acumuló hasta formar una fuga equilibrada en el centro. Era como ver esas escenas aceleradas de la tele donde un tallo verde brota del suelo, se ensancha, se hincha y explota para convertirse en una peonía o una rosa.

Algunas personas más habían entrado en la sala y estaban mirando. Beth sentía un nuevo tipo de emoción con esta exhibición, con la sabiduría, la claridad y la tranquilidad del hombre de la gorra negra. Empezó a intercambiar piezas en el centro, apartando las capturadas al lado del tablero con los dedos, como si fueran moscas muertas, comentando con voz suave las necesidades y debilidades, dificultades y fuerzas. Una vez, cuando él tuvo que alargar la mano sobre el tablero y mover una torre desde su casilla original, le sorprendió al verlo extender el cuerpo que llevaba una navaja en la cintura. El mango de cuero y metal asomaba por encima de su cinturón. Parecía tan salido de *La isla del tesoro* que la navaja no estaba fuera de lugar. Justo entonces dejó de mover y dijo:

—Ahora mirad esto.

Y desplazó la torre negra hasta su casilla cinco rey, colocándola con una floritura muda. Se cruzó de brazos sobre el pecho.

—¿Qué hacen ahora las blancas? —preguntó, mirando a su alrededor.

Beth estudió el tablero. Había dificultades por todas partes para las blancas. Uno de los hombres que miraban intervino.

—¿La reina come el peón?

El hombre de la gorra negó con la cabeza, sonriendo.

—Torre ocho rey, jaque. Y la reina cae.

Beth lo había visto. Parecía que todo estaba acabado para las piezas blancas y estuvo a punto de decirlo cuando otro hombre habló.

—Eso es la Mieses-Reshevsky. De los años treinta.

El hombre lo miró.

—Eso es —dijo—. Margate. 1935.

—Las blancas jugaron torre uno reina —dijo el primer hombre.

—Cierto —dijo el otro—. ¿Qué más tenemos?

Hizo el movimiento y continuó. Ahora estaba claro que las blancas perdían. Hubo algunos rápidos intercambios y luego un final de partida que por un momento pareció que podría ser lento, pero las negras hicieron el sorprendente sacrificio de un peón pasado y bruscamente la topología del peón-reina dejó claro que las negras tendrían una reina dos movimientos antes que las blancas. Era un juego deslumbrante, como algunos de los mejores que Beth había aprendido de los libros.

El hombre se levantó, se quitó la gorra y se desperezó. Miró a Beth un momento.

—Reshevsky jugaba así cuando tenía tu edad, pequeña. Más joven.

En la habitación, la señora Wheatley seguía leyendo el *Enquirer*. Miró a Beth por encima de sus gafas de leer cuando entró por la puerta.
—¿Ya has terminado?
—Sí.
—¿Cómo te ha ido?
—Gané.
La señora Wheatley sonrió cálidamente.
—Cariño, eres un tesoro.

La señora Wheatley había visto un anuncio de rebajas en Shillito, unos grandes almacenes a pocas manzanas del Gibson. Como faltaban cuatro horas hasta la siguiente partida de Beth, se acercaron allí, bajo la nieve que caía suavemente, y la señora Wheatley rebuscó en el sótano un rato, hasta que Beth dijo:
—Me gustaría mirar los jerséis.
—¿Qué clase de jerséis, querida?
—De cachemira.
La señora Wheatley alzó las cejas.
—¿De cachemira? ¿Estás segura de que podemos permitírnoslo?
—Sí.
Beth encontró un jersey gris claro de rebajas por veinticuatro dólares que le venía perfecto. Al mirarse en el espejo alto, trató de imaginarse a sí misma como miembro del Club Apple Pi, como Margaret; pero su cara seguía siendo la de Beth, redonda y pecosa, con el pelo castaño liso. Se encogió de hombros y pagó el jersey con un cheque de viaje. Habían pasado una elegante zapatería con oxfords en el escaparate camino de Shillito y llevó allí a la señora Wheatley y se compró un par. Luego compró calcetines de rombos para acompañarlos. La etiqueta decía: «Pura lana virgen. Fabricado en Inglaterra». Al regresar al hotel bajo una ventisca que le arrojaba diminutos copos de nieve a la cara, Beth no dejaba de mirar sus zapatos nuevos y sus

calcetines de rombos. Le gustaba cómo le quedaban, le gustaba la presión de los cálidos calcetines contra las pantorrillas, le gustaba el aspecto que tenían: calcetines caros y brillantes zapatos marrones y blancos. No dejaba de mirarlos.

Esa tarde se enfrentó a un tipo maduro de Ohio con una puntuación de 1.910. Ella jugó la siciliana y lo obligó a rendirse después de hora y media. Su mente estaba más despejada que nunca, y pudo usar algunas cosas que había aprendido en las últimas semanas al estudiar su nuevo libro del maestro ruso Boleslavski.

Cuando entregó la hoja de anotaciones Sizemore estaba de pie cerca de la mesa. Vio unas cuantas caras familiares de aquel torneo, y le agradó, pero en realidad solo quería ver a un jugador ante ella: a Townes. Miró varias veces, pero no lo encontró.

De vuelta en su habitación esa noche, la señora Wheatley vio *Granjero último modelo* y *El Show de Dick Van Dyke* mientras Beth emplazaba y revisaba sus dos partidas, buscando debilidades en su juego. No había ninguna. Luego sacó el libro de Reuben Fine sobre jugadas de cierre y empezó a estudiar. El juego final en ajedrez tenía su propia sensación; era como una competición completamente diferente, cuando quedaban una pieza o dos en cada bando y la cuestión era coronar un peón. Podía ser agónicamente sutil: no había ninguna posibilidad de efectuar el tipo de ataque violento que le gustaba a Beth.

Pero se aburrió con Reuben Fine, y después de un rato cerró el libro y se fue a la cama. Tenía dos píldoras verdes en el bolsillo del pijama, y se las tomó después de apagar las luces. No quería arriesgarse a no dormir.

El segundo día fue tan fácil como el primero, aunque Beth se enfrentó a jugadores más fuertes. Tardó un rato en despejarse la cabeza del efecto de las píldoras, pero cuando empezó a jugar su mente estaba concentrada. Incluso manejó las piezas con confianza, levantándolas y soltándolas con aplomo.

No había sala de «Tableros superiores» en este torneo. El tablero uno era simplemente el primer tablero de la primera mesa. Para la segunda partida Beth jugó en el tablero seis, y la gente se congregó a su alrededor cuando obligó al maestro a rendirse después de comerse una de sus torres. Cuando alzó la cabeza durante los aplausos, allí estaba Alma Wheatley al fondo de la sala, sonriendo de oreja a oreja.

En su última partida, en el tablero uno, Beth jugó contra un maestro llamado Rudolph, que consiguió empezar intercambiando piezas en el centro durante la mitad de la partida. Beth se alarmó al encontrarse acorralada en un extremo con una torre, un caballo y tres peones. Rudolph tenía lo mismo, excepto un alfil donde ella tenía un caballo. No le gustó, y el alfil era claramente una ventaja. Pero consiguió clavarlo e intercambiarlo con su caballo y luego jugó con gran cuidado durante una hora y media hasta que Rudolph cometió un error y ella se lanzó contra él. Hizo jaque con un peón, intercambió torres y logró hacer pasar uno de sus peones protegiéndolo con el rey. Rudolph pareció furioso consigo mismo y se rindió.

Sonó un fuerte aplauso. Beth miró a la multitud que rodeaba la mesa. Casi al fondo, con su vestido azul, estaba la señora Wheatley, aplaudiendo entusiásticamente.

De vuelta a la habitación, la señora Wheatley llevó el pesado trofeo y Beth el cheque en el bolsillo de su blusa. La señora Wheatley lo había escrito en una hoja de papel con membrete del hotel que había dejado encima del televisor: sesenta y seis dólares por tres días en el Gibson, más tres con treinta de impuestos, veintitrés con sesenta por el autobús, y el precio de cada comida, incluyendo la propina.

—He contado doce dólares para nuestra cena de celebración esta noche y dos dólares para un pequeño desayuno mañana. La suma total de gastos es de ciento setenta y dos con treinta.

—Eso deja trescientos dólares —dijo Beth.

Hubo un momento de silencio. Beth miró la hoja de papel, aunque la comprendía perfectamente bien. Se preguntó si debería ofrecerse a dividir el dinero con la señora Wheatley. No quería hacerlo. Lo había ganado ella sola.

La señora Wheatley rompió el silencio.

—Quizás deberías darme el diez por ciento —dijo amablemente—. Como comisión de agente.

—Treinta y dos dólares —dijo Beth—, y setenta y siete centavos.

—En Methuen me dijeron que eras maravillosa con las matemáticas.

Beth asintió.

—De acuerdo.

Tomaron algo que llevaba ternera en un restaurante italiano. La señora Wheatley se pidió una jarra de vino tinto y se la bebió y fumó Chesterfields durante la comida. A Beth le gustó el pan y la mantequilla fría y pálida. Le gustó el arbolito con naranjas que había en la barra, no lejos de su mesa.

La señora Wheatley se limpió la barbilla con la servilleta cuando terminó el vino y encendió un último cigarrillo.

—Beth, querida —dijo—, hay un torneo en Houston en vacaciones, a partir del veintiséis. Tengo entendido que es muy fácil viajar el día de Navidad, ya que la mayoría de la gente está comiendo pudín de pasas o lo que sea.

—Lo he visto —respondió Beth. Había leído el anuncio en *Chess Review* y tenía muchas ganas de ir. Pero Houston parecía horriblemente lejos para un premio de seiscientos dólares.

—Creo que podríamos ir a Houston en avión —dijo animosamente la señora Wheatley—. Podríamos pasar unas agradables vacaciones de invierno al sol.

Beth estaba terminando su *spumoni*.

—De acuerdo —dijo, y entonces, mirando su helado, repitió—: De acuerdo, mamá.

Su cena de Navidad fue pavo de microondas servido en el avión, con una copa de champán de regalo para la señora Wheatley y zumo de naranja de bote para Beth. Era la mejor Navidad que había vivido jamás. El avión voló sobre la nevada Kentucky, y al final del viaje, sobrevoló el golfo de México. Aterrizaron y el aire era cálido y hacía sol. En el coche desde el aeropuerto, pasaron ante una obra tras otra, las brillantes grúas amarillas y las excavadoras detenidas junto a ordenadas filas de vigas. Alguien había colgado una corona navideña en una de ellas.

Una semana antes de salir de Lexington llegó por correo un nuevo ejemplar de *Chess Review*. Cuando Beth lo abrió encontró una pequeña foto de Beltik y ella en la contraportada, y un titular: ESCOLAR ARREBATA CAMPEONATO DE KENTUCKY A MAESTRO. Se reproducía la partida y el comentario decía: «Los espectadores se sorprendieron ante su joven dominio de los detalles estratégicos. Muestra la seguridad de jugadores que le doblan la edad». Leyó el artículo dos veces antes de enseñárselo a la señora Wheatley, que se sintió encantada: había leído el artículo del periódico de Lexington en voz alta y luego dijo: «¡Maravilloso!». Esta vez leyó en silencio antes de decir con voz queda:

—Esto es reconocimiento nacional, querida.

La señora Wheatley había traído la revista consigo, y pasaron parte del tiempo en el avión marcando los torneos que Beth jugaría en los próximos meses. Acordaron uno al mes. La señora Wheatley temía quedarse sin enfermedades y «credibilidad» si escribía más justificantes. Beth se preguntó si no debería pedir permiso de manera directa (después de todo, a los chicos se les permitía faltar a clase para competir en baloncesto y fútbol americano), pero fue lo bastante inteligente para no decir nada. La señora Wheatley parecía sentir un placer inmenso al hacer esto. Era como una conspiración.

Ganó en Houston sin ningún problema. Estaba, como dijo la señora Wheatley, «pillándole el tranquillo». Se vio obligada a hacer tablas en su tercera partida pero ganó la última con una combinación deslumbrante, derrotando al campeón del suroeste, de cuarenta años, como si fuera un principiante. Se quedaron en Houston dos días más «por el sol» y para visitar el Museo de Bellas Artes y los Jardines Zoológicos. El día después del torneo la foto de Beth salió en el periódico, y esta vez le gustó verla. El artículo la llamaba «chica prodigio». La señora Wheatley compró tres ejemplares, diciendo:

—Creo que voy a empezar un álbum de recortes.

En enero, la señora Wheatley llamó al instituto para decir que Beth había tenido una recaída de mononucleosis, y se fueron a Charleston. En febrero fue Atlanta y un resfriado; en marzo, Miami y la gripe. A veces la señora Wheatley hablaba con el asistente del director y a veces con el decano de chicas. Nadie cuestionaba las excusas. Parecía probable que alguno de los estudiantes supiera de ella por los periódicos de fuera de la ciudad o algo por el estilo, pero nadie con autoridad dijo nada. Beth practicaba su juego durante tres horas cada noche entre torneos. Perdió una partida en Atlanta pero aun así quedó la primera, y permaneció invicta en las otras dos ciudades. Disfrutaba volando con la señora Wheatley, quien a veces se quedaba agradablemente achispada con los martinis de los aviones. Hablaban y reían juntas. La señora Wheatley hacía comentarios graciosos sobre las azafatas y sus chaquetas maravillosamente planchadas y su brillante maquillaje artificial, o hablaban de lo tontas que eran algunas de sus vecinas en Lexington. Era animosa y confidencial y divertida, y Beth se reía largo rato y miraba las nubes por la ventanilla y se sentía mejor que nunca, incluso que aquellos días en Methuen en que guardaba sus pastillas verdes y se tomaba cinco o seis de una vez.

Acabaron por gustarle los hoteles y restaurantes y la emoción de participar en un torneo y ganarlo, avanzar gradualmente partida a partida y ver cómo la gente alrededor de su mesa aumentaba con cada victoria. La gente de los torneos sabía ahora quién era. Siempre era la más joven, y a veces la única mujer. En el instituto, después, las cosas parecían más y más sosas. Algunos estudiantes hablaban de ir a la universidad después de la escuela superior, y algunos tenían profesiones en mente. Dos chicas que conocía querían ser enfermeras. Beth nunca participaba en estas conversaciones: ya era lo que quería ser. Pero no hablaba con nadie de sus viajes ni de la fama que empezaba a ganar en los torneos de ajedrez.

Cuando volvieron de Miami en marzo, había un sobre de la Federación de Ajedrez en el correo. Contenía un nuevo carnet de socio con su puntuación: 1.881. Le habían dicho que pasaría tiempo antes de que su puntuación reflejara su fuerza real; por el momento se contentó con ser, por fin, una jugadora puntuada. Pronto aumentaría la cifra. El siguiente paso era maestro, a los

2.200 puntos. Después de los 2.000 eras experto, pero eso no significaba mucho. El que a ella le gustaba era gran maestro internacional: eso sí tenía peso.

Ese verano fueron a Nueva York para jugar en el hotel Henry Hudson. Habían desarrollado el gusto por la buena mesa, aunque en casa casi todo era comida precocinada, y en Nueva York comieron en un restaurante francés, y cruzaron la ciudad en autobús para ir a Le Bistro y al Café Argenteuil. La señora Wheatley había ido a una estación de servicio en Lexington y comprado la *Guía de Viajes Mobil:* escogía los sitios con tres o más estrellas y luego los encontraban con el mapa. Era terriblemente caro, pero ninguna de las dos decía una palabra sobre el coste. Beth comía trucha ahumada pero nunca pescado fresco: recordaba el pescado que había tenido que comer los viernes en Methuen. Decidió que el año siguiente en el instituto escogería francés.

El único problema era que, en la carretera, se tomaba las píldoras de la receta de la señora Wheatley para que la ayudaran a dormir de noche, y a veces necesitaba una hora o así para despejarse la cabeza por la mañana. Pero las partidas de los torneos nunca empezaban antes de las nueve, y tenía cuidado de despertarse a tiempo y tomarse varias tazas de café del servicio de habitaciones. La señora Wheatley no sabía lo de las píldoras y no mostraba ninguna preocupación por el ansia de café de Beth: la trataba en todos los sentidos como si fuera una adulta. A veces parecía que Beth era la mayor de las dos.

A Beth le encantaba Nueva York. Le gustaba viajar en autobús, y le gustaba tomar el metro con su suciedad y sus sacudidas. Le gustaba ir de tiendas cuando tenía la oportunidad, y disfrutaba escuchando a la gente hablar en yiddish o en español. No le importaba la sensación de peligro de la ciudad ni la arrogante manera en que conducían los taxis o el sucio relumbre de Times Square. Fueron al Radio City Music Hall la última noche y vieron *West Side Story* y a las Rockettes. Sentada en el cavernoso teatro en un sillón de terciopelo, Beth se sentía en la gloria.

Esperaba que un periodista de *Life* fuera alguien que fumara como una chimenea y se pareciera a Lloyd Nolan, pero la persona que apareció en la puerta de la casa era una mujer bajita de pelo gris acero y vestido oscuro. El hombre que la acompañaba cargaba con una cámara. Se presentó como Jean Balke. Parecía mayor que la señora Wheatley, y caminó por el salón con movimientos breves y rápidos, comprobando rápidamente los libros de su estantería y estudiando algunos de los cuadros de las paredes. Entonces empezó a hacer preguntas. Sus modales eran agradables y directos.

—Me siento realmente impresionada, aunque no juego al ajedrez —dijo, sonriendo—. Dicen que eres un prodigio.

Beth se sintió un poco cohibida.

—¿Cómo se siente al ser una chica entre todos esos hombres?

—No me importa.

—¿No da miedo?

Estaban sentadas la una frente a la otra. La señorita Balke se inclinó hacia delante y la miró intensamente.

Beth negó con la cabeza. El fotógrafo se acercó al sofá y empezó a tomar medidas con un fotómetro.

—Cuando yo era niña —dijo la periodista—, nunca me permitían ser competitiva. Jugaba con muñecas.

El fotógrafo retrocedió y empezó a estudiar a Beth a través de su cámara. Ella recordó la muñeca que le había dado el señor Ganz.

—El ajedrez no es siempre competitivo —dijo.

—Pero se juega para ganar.

Beth quiso decir algo sobre lo hermoso que era el ajedrez en ocasiones, pero miró el rostro afilado e inquisidor de la señorita Balke y no pudo encontrar palabras para hacerlo.

—¿Tienes novio?

—No. Tengo catorce años.

El fotógrafo empezó a sacar fotos.

La señorita Balke había encendido un cigarrillo. Ahora se inclinó hacia delante y dejó la ceniza en uno de los ceniceros de la señora Wheatley.

—¿Te interesan los chicos? —preguntó.

Beth se sentía cada vez más incómoda. Quería hablar de aprender ajedrez y de los torneos que había ganado y de gente como Morphy y Capablanca. No le gustaba esta mujer y no le gustaban las preguntas.

—Me interesa sobre todo el ajedrez.

La señorita Balke sonrió animosamente.

—Háblame de eso. Cuéntame cómo aprendiste a jugar y qué edad tenías.

Beth se lo contó y la señorita Balke tomó notas, pero Beth sintió que en realidad no le interesaba nada. A medida que seguía hablando descubrió que en realidad tenía muy poco que decir.

La semana siguiente en clase, durante la hora de álgebra, Beth vio al chico que tenía delante pasar un ejemplar de *Life* a la chica que se sentaba a su lado, y ambos se volvieron y la miraron como si nunca la hubieran visto antes. Después de clase, el chico, que nunca había hablado con ella antes, la detuvo y le preguntó si le podía firmar la revista. Beth se sorprendió. Tomó la revista y allí estaba, ocupando una página entera. Había una foto suya mirando muy seria su tablero de ajedrez, y otra foto del edificio principal de Methuen. En la parte superior de la página el titular decía: UNA JOVEN MOZART SORPRENDE AL MUNDO DEL AJEDREZ. Firmó con el bolígrafo del chico, apoyando la revista en una mesa vacía.

Cuando llegó a casa, la señorita Wheatley tenía la revista sobre el regazo. Empezó a leer en voz alta:

—«Para algunas personas el ajedrez es un pasatiempo, mientras que para otras es una compulsión, incluso una adicción. Y de vez en cuando surge una persona para quien es un derecho de nacimiento. De vez en cuando aparece un niño pequeño y nos sorprende con su precocidad en lo que puede que sea el juego más difícil del mundo. ¿Pero y si el niño fuera una niña, una niña pequeña y seria de ojos marrones, pelo castaño y vestido azul oscuro?

»Nunca ha sucedido antes, pero ha sucedido hace poco. En Lexington, Kentucky, y en Cincinnati. En Charleston, Atlanta, Miami, y últimamente en Nueva York. En el mundo dominado por los varones de los principales trofeos de ajedrez de la nación aparece una niña de catorce años de ojos brillantes e intensos que cursa octavo en Fairfield Junior en Lexington, Kentucky. Es callada y educada. Y va a por todas...» ¡Es maravilloso! —dijo la señora Wheatley—. ¿Sigo leyendo?

—Habla del orfanato. —Beth había comprado un ejemplar—. Y reproduce una de mis partidas. Pero sobre todo habla de que soy una chica.

—Bueno, lo eres.

—No debería ser tan importante. No han reproducido la mitad de las cosas que les dije. No hablan del señor Shaibel. No dicen nada de cómo juego la siciliana.

—Pero, Beth, ¡esto te convierte en famosa!

Beth la miró pensativa.

—Por ser una chica, sobre todo —dijo.

Al día siguiente Margaret la paró en los pasillos. Margaret llevaba un abrigo de piel de camello y el pelo rubio le caía hasta los hombros; estaba aún más bonita que un año antes, cuando Beth le robó los diez dólares del bolso.

—Las otras chicas de Apple Pi me pidieron que te invitara —dijo Margaret respetuosamente—. Vamos a celebrar una fiesta de socias en mi casa el viernes por la noche.

Las Apple Pi. Era muy extraño. Cuando Beth aceptó y le preguntó la dirección se dio cuenta de que era la primera vez que hablaba con Margaret.

Se pasó más de una hora esa tarde probándose vestidos en Purcell antes de escoger uno azul marino con un sencillo cuello blanco de la línea más cara de la tienda. Cuando se lo enseñó a la señora Wheatley y le dijo que iba ir al club Apple Pi, la señora Wheatley se quedó claramente encantada.

—¡Pareces que vas a una puesta de largo! —dijo cuando Beth se probó el vestido para ella.

Los muebles de madera blanca del salón de Margaret brillaban preciosos y los cuadros de las paredes eran óleos, sobre todo de caballos. Aunque era una noche suave de marzo, un gran fuego ardía en la chimenea. Había catorce chicas sentadas en los sofás blancos y los sillones orejeros de colores cuando Beth llegó con su vestido nuevo. La mayoría de las otras llevaban suéteres y faldas.

—Fue genial —decía una de ellas— encontrar a una cara de Fairfield Junior en *Life*. ¡Casi flipé!

Pero cuando Beth empezó a hablar de los torneos, las chicas la interrumpieron para hablar de los chicos que había en ellos. ¿Eran guapos? ¿Salía con alguno de ellos?

—No hay mucho tiempo para eso —dijo Beth, y entonces las chicas cambiaron de tema.

Durante una hora o más hablaron de chicos y citas y vestidos, pasando erráticamente de la total sofisticación a las risitas, mientras Beth permanecía sentada incómoda en un extremo del sofá sujetando un vaso de cristal de Coca-Cola, incapaz de pensar en nada que decir. Entonces, a las nueve, Margaret encendió el enorme aparato de televisión que había junto a la chimenea y todas se quedaron muy calladas, a excepción de alguna risita ocasional, mientras empezaba *La película de la semana*.

Beth la aguantó entera, sin participar en los chismorreos y las risas durante los anuncios, hasta que terminó a las once. Le sorprendió lo aburrido de la velada. Este era el club Apple Pi, la élite que había parecido tan importante cuando entró en el colegio en Lexington, y esto era lo que hacían en sus sofisticadas fiestas: ver una película de Charles Bronson. La única interrupción en el aburrimiento fue cuando una chica llamada Felicia dijo «Me pregunto si está tan bien dotado como parece». Beth se rio, pero fue lo único que la hizo reír.

Cuando se marchó después de las once nadie la instó a quedarse, y nadie le dijo nada de unirse al club. Se sintió aliviada al subir al taxi y volver a casa, y cuando llegó se pasó una hora en su habitación con *El juego medio en ajedrez*, traducido de la obra rusa del doctor Luchenko.

En el instituto ya sabían de ella cuando llegó el siguiente torneo, y esta vez no tuvo que poner la excusa de ninguna enfermedad. La señora Wheatley habló con el director, y Beth quedó excusada de las clases. No se dijo nada de las enfermedades sobre las que había mentido. Escribieron sobre ella en el periódico del instituto, y la gente la señalaba por los pasillos. El torneo era en Kansas City, y después de que lo ganara el director las llevó a la señora Wheatley y a ella a cenar a un asador y les dijo que se sentían honrados por su participación. Era un joven serio, y las trató a ambas con cortesía.

—Me gustaría jugar en el Abierto de Estados Unidos —dijo Beth a los postres.

—Claro —respondió él—. Podrías ganarlo.

—¿Implicaría eso poder jugar luego en el extranjero? —preguntó la señora Wheatley—. ¿En Europa, quiero decir?

—No hay ningún motivo en contra —dijo el joven. Se llamaba Nobile. Llevaba gafas gruesas y no paraba de beber agua helada—. Tienen que conocerte antes de invitarte.

—¿Ganar el Abierto haría que me conocieran?

—Claro. Benny Watts juega en Europa todo el tiempo, ahora que tiene su título internacional.

—¿Cómo son los premios? —preguntó la señora Wheatley, encendiendo un cigarrillo.

—Bastante buenos, creo.

—¿Qué hay de Rusia? —preguntó Beth.

Nobile la miró un instante, como si hubiera sugerido algo ilícito.

—Rusia es la muerte —dijo por fin—. Se comen a los americanos para desayunar.

—Oh, vamos... —dijo la señora Wheatley.

—Es la verdad —respondió Nobile—. No creo que haya habido un americano que haya tenido nada que hacer contra los rusos en veinte años. Es como el ballet. Allí le pagan a la gente para que juegue al ajedrez.

Beth pensó en aquellas fotos de *Chess Review,* en los hombres de rostro sombrío inclinados sobre sus tableros: Borgov y Tal, Laev y Shapkin, los ceños fruncidos, vestidos con trajes oscuros. Finalmente, preguntó:

—¿Cómo participo en el Abierto de Estados Unidos?

—Envía la tasa de inscripción —respondió Nobile—. Es como cualquier otro torneo, excepto que la competencia es más dura.

Beth envió la tasa de inscripción, pero no jugó el Abierto de Estados Unidos ese año. La señora Wheatley contrajo un virus que la mantuvo dos semanas en cama, y Beth, que acababa de cumplir quince años, no tenía ganas de ir sola. Hizo lo que pudo por ocultarlo, pero estaba furiosa con Alma Wheatley por ponerse enferma, y con ella misma por tener miedo de hacer el viaje, pero era hora de que empezara a jugar en algo distinto a eventos donde solo le interesaba el dinero de los premios. Había un apretado mundillo de torneos como el Campeonato de Estados Unidos y el Merriwether por Invitación que conocía por conversaciones que había oído y por artículos que había leído en *Chess Review,* era hora de participar en ellos y luego pasar al ajedrez internacional. A veces se imaginaba lo que quería ser: una profesional auténtica y la mejor jugadora del mundo, viajando confiada ella sola en primera clase de los aviones, alta, perfectamente vestida, guapa y segura de sí misma: una especie de Jolene blanca. A menudo se decía a sí misma que tendría que enviarle a Jolene una postal o una carta, pero nunca lo hacía. En cambio, se estudiaba a sí misma en el espejo del cuarto de baño, buscando signos de aquella mujer hermosa y segura de sí misma en la que quería convertirse.

A los dieciséis años se había vuelto más alta y más bonita, había aprendido a cortarse el pelo de modo que sus ojos llamaran la atención, pero seguía pareciendo una escolar. Jugaba ahora cada seis semanas, en estados como Illinois y Tennessee, y a veces en Nueva York. Todavía elegían torneos que pagaban suficiente para obtener beneficios después de los gastos para las dos. Su cuenta bancaria creció, y eso suponía un placer considerable, pero de algún modo su carrera parecía estancada. Y era demasiado mayor ya para que la llamaran prodigio.

Seis

Aunque el Abierto se celebraba en Las Vegas, los demás inquilinos del hotel Mariposa parecían ajenos a ello. En el salón principal los jugadores de las mesas de dados, la ruleta y las mesas de blackjack llevaban chaqueta de cuadros y camisa; iban a lo suyo en silencio. Al otro lado del casino estaba la cafetería del hotel. El día antes del torneo Beth recorrió un pasillo entre jugadores de dados donde el principal sonido era el tamborileo de las fichas de arcilla y los dados sobre el fieltro. En la cafetería se sentó en un taburete ante la barra, se dio media vuelta para mirar las mesas medio vacías y vio a un joven guapo sentado solo ante una taza de café. Era Townes, de Lexington.

Se levantó y se acercó a la mesa.

—Hola —dijo.

Él alzó la cabeza y parpadeó, sin reconocerla al principio.

—¡Harmon! —dijo entonces—. ¡Por el amor de Dios!

—¿Puedo sentarme?

—Claro. Tendría que haberte reconocido. Estabas en la lista.

—¿La lista?

—La lista del torneo. Yo no juego. *Chess Review* me envió a cubrirlo. —La miró—. Podría escribir sobre ti. Para el *Herald-Leader*.

—¿De Lexington?

—Eso es. Has crecido mucho, Harmon. Vi el artículo en *Life*. —La miró con atención—. Te has vuelto guapa.

Ella se sintió cohibida y no supo qué decir. Todo en Las Vegas era extraño. En la mesa de cada reservado había una lámpara con una base de cristal llena de un líquido que burbujeaba bajo su brillante pantalla rosa. La camarera que le entregó el menú iba vestida con una minifalda negra y medias de red, pero tenía la cara de una profesora de geometría. Townes estaba guapo, sonriente, vestido con un jersey oscuro y una camisa de rayas desabrochada en el cuello. Ella eligió el Mariposa Especial: tortas calientes, huevos revueltos y pimientos con la Taza de Café Sin Fondo.

—Podría dedicarte media página en el periódico del domingo —estaba diciendo Townes.

Las tortas calientes y los huevos llegaron, y Beth se lo comió todo y se bebió dos tazas de café.

—Tengo una cámara en mi habitación —dijo Townes. Vaciló—. También tengo tableros de ajedrez. ¿Quieres jugar?

Ella se encogió de hombros.

—Vale. Subamos.

—¡Magnífico! —Su sonrisa era deslumbrante.

Las cortinas estaban abiertas y la habitación tenía vista al aparcamiento. La cama era enorme y estaba sin hacer. Parecía llenar la habitación. Había tres tableros de ajedrez preparados: uno en una mesa junto a la ventana, otro en el escritorio, y el tercero en el cuarto de baño junto al lavabo. Townes la hizo posar junto a la ventana y gastó un rollo de película mientras se sentaba ante el tablero y movía las piezas. Era difícil no mirarlo mientras caminaba a su alrededor. Cuando se acercó a ella y plantó un pequeño fotómetro cerca de su cara, contuvo la respiración ante la sensación del calor de su cuerpo. Su corazón latía con rapidez, y cuando extendió la mano para mover una torre vio que sus dedos temblaban.

Él disparó la última foto y empezó a rebobinar la película.

—Una debería valer —dijo. Dejó la cámara en la mesilla de noche junto a la cama—. Juguemos al ajedrez.

Ella lo miró.

—No sé cuál es tu nombre de pila.

—Todo el mundo me llama Townes —dijo él—. Por eso te llamo Harmon. En vez de Elizabeth.

Ella empezó a colocar las piezas sobre el tablero.

—Es Beth.

—Prefiero llamarte Harmon.

—Juguemos a ajedrez rápido —dijo ella—. Puedes llevar las blancas.

En el ajedrez rápido no había tiempo para mucha complejidad. Él sacó el reloj del escritorio y lo puso para que le concediera a cada uno cinco minutos.

—Debería darte solo tres —dijo.

—Adelante —respondió Beth, sin mirarlo. Deseaba que se acercara y la tocara... en el brazo, tal vez, o que le pusiera una mano en la mejilla. Parecía enormemente sofisticado, y su sonrisa era relajada. No podía estar pensando en ella del mismo modo que ella pensaba en él. Pero Jolene había dicho: «Todos lo piensan, nena. Es en lo único que piensan». Y estaban solos en su habitación, con la cama de tamaño gigantesco. En Las Vegas.

Cuando él colocó el reloj al lado del tablero, Beth vio que los dos tenían la misma cantidad de tiempo. No quería jugar esta partida con él. Quería hacer el amor con él. Pulsó el botón de su lado, y el reloj de él empezó a correr. Él movió peón cuatro rey y pulsó su botón. Beth contuvo la respiración un momento y empezó a jugar al ajedrez.

Cuando volvió a su habitación, la señora Wheatley estaba sentada en la cama, fumando un cigarrillo y con aspecto triste.

—¿Dónde has estado, querida? —dijo. Su voz era suave y tenía algo de la tensión que mostraba cuando hablaba del señor Wheatley.

—Jugando al ajedrez —respondió Beth—. Practicando.

Había un ejemplar de *Chess Review* sobre el televisor. Beth lo tomó y lo abrió por la página de colaboradores. El nombre de él no aparecía entre los redactores, pero debajo del todo, en «Corresponsales», había tres nombres: el tercero era D.L. Townes. Seguía sin saber su nombre de pila.

Después de un momento, la señora Wheatley dijo:

—¿Quieres traerme una lata de cerveza? En el aparador.

Beth se levantó. En una de las bandejas marrones que utilizaba el servicio de habitaciones había cinco latas de Pabst y una bolsa a medio comer de patatas fritas.

—¿Por qué no te tomas una? —dijo la señora Wheatley.

Beth tomó dos latas. Las notó frías y metálicas.

—Vale.

Se las tendió a la señora Wheatley y trajo un vaso limpio del cuarto de baño.

Cuando Beth le dio el vaso, la señora Wheatley dijo:

—Supongo que nunca has tomado cerveza antes.

—Tengo dieciséis años.

—Bueno... —La señora Wheatley frunció el ceño.

Levantó la tapa con un pequeño *pop* y sirvió con destreza en el vaso de Beth hasta que la corona de espuma blanca sobresalió por el borde.

—Toma —dijo, como si le ofreciera una medicina.

Beth sorbió la cerveza. Nunca la había probado antes pero sabía tal como esperaba, como siempre había sabido que sabría. Trató de no hacer una mueca y se terminó casi medio vaso. La señora Wheatley extendió la mano desde la cama y le sirvió el resto. Beth bebió otro sorbo. Le picó levemente en la garganta, pero entonces experimentó una sensación de calor en el estómago. Sintió la cara roja, como si se estuviera ruborizando. Apuró el vaso.

—Santo cielo —dijo la señora Wheatley—, no deberías beber tan rápido.

—Me gustaría otra —dijo Beth. Estaba pensando en Townes, qué cara tenía cuando terminaron de jugar y ella se levantó para marcharse. Le sonrió y le dio la mano. Solo estrecharle la mano durante aquel breve instante hizo que sus mejillas se sintieran como con la cerveza. Le había ganado siete partidas rápidas. Sujetó el vaso con fuerza y durante un momento quiso estrellarlo en el suelo con todas sus fuerzas y verlo romperse. En cambio, fue a por otra lata de cerveza, metió el dedo en la anilla y la abrió.

—En realidad no deberías... —dijo la señora Wheatley. Beth llenó su vaso—. Bueno —dijo la señora Wheatley, resignada—, si vas a hacerlo, tráeme otra también a mí. No quiero que te marees...

Beth chocó con el hombro contra el marco de la puerta al entrar en el cuarto de baño y apenas llegó a la taza a tiempo. La nariz le picó horriblemente mientras vomitaba. Después de terminar, se quedó junto a la taza durante un rato y empezó a llorar. Sin embargo, incluso mientras lloraba, sabía que había hecho un descubrimiento con las tres latas de cerveza, un descubrimiento tan importante como el que había hecho cuando tenía ocho años y guardó las píldoras verdes y se las tomó todas de una vez. Con las píldoras había una larga espera antes de que el efecto le llegara al estómago y aliviara la tensión. La cerveza le producía la misma sensación casi sin tener que esperar.

—No más cerveza, cariño —dijo la señora Wheatley cuando Beth volvió al dormitorio—. No hasta que tengas dieciocho años.

El salón estaba preparado para setenta jugadores, y la primera partida de Beth fue en el tablero nueve, contra un tipo pequeño de Oklahoma. Lo derrotó como en un sueño, en dos docenas de movimientos. Esa tarde, en el tablero cuatro, aplastó las defensas de un serio joven de Nueva York, jugando el gambito de rey y sacrificando el alfil como había hecho Paul Morphy.

Benny Watts tenía veintitantos años, pero parecía casi tan joven como Beth. Tampoco era mucho más alto. Beth lo vio de vez en cuando durante el torneo. Empezó en el tablero uno y se quedó allí: la gente decía que era el mejor jugador estadounidense desde Morphy. Beth estuvo cerca de él en una ocasión en la máquina de Coca-Cola, pero no hablaron. Él conversaba con otro jugador y sonreía mucho: debatían amigablemente sobre las virtudes de la defensa semieslava. Beth había estudiado la semieslava unos cuantos días antes, y tenía mucho que decir al respecto, pero permaneció callada, agarró su Coca-Cola y se marchó. Al escucharlos a los dos, sintió algo desagradable y familiar: la sensación de que el ajedrez era cosa de hombres, y ella era una advenediza. Odiaba esa sensación.

Watts llevaba una camisa blanca con el cuello desabrochado y las mangas subidas. Su cara era a la vez alegre y astuta. Con el pelo liso de color paja parecía tan americano como Huckleberry Finn, pero había algo en sus ojos que no transmitía confianza. También él había sido un niño prodigio y, aparte del hecho de que era campeón, hacía que Beth se sintiera inquieta. Recordaba un libro de partidas de Watts con unas tablas contra Borstmann y un titular que decía «Copenhague, 1948». Eso significaba que Benny tenía ocho años: la edad de Beth cuando jugaba con el señor Shaibel en el sótano. En la mitad de aquel libro había una foto suya a los trece años, de pie solemne ante una larga mesa con un grupo de guardiamarinas uniformados sentados ante tableros de ajedrez: había jugado contra el equipo de veintitrés hombres en Annapolis sin perder una sola partida.

Cuando volvió con la botella de Coca-Cola vacía, él estaba todavía junto a la máquina. La miró.

—Eh —dijo con simpatía—, tú eres Beth Harmon.

Ella puso la botella en la caja.

—Sí.

—Vi el artículo de *Life*. La partida que reprodujeron estaba bien.

Se refería a la partida que le había ganado a Beltik.

—Gracias.

—Soy Benny Watts.

—Lo sé.

—Pero no tendrías que haber enrocado —dijo él, sonriente.

Ella lo miró.

—Necesitaba sacar la torre.

—Podrías haber perdido tu peón de rey.

Ella no sabía bien de qué estaba hablando. Recordaba la partida y la había repasado mentalmente unas cuantas veces, pero no había encontrado nada de malo en ella. ¿Era posible que él hubiera memorizado los movimientos de *Life* y encontrado una debilidad? ¿O estaba solo alardeando? Allí de pie, Beth visualizó la posición tras el enroque: el peón de rey le parecía bien.

—No lo creo.

—Él coloca el alfil en 5A y tienes que romper la clavada.

—Espera un momento.

—No puedo —dijo Benny—. Tengo que jugar una partida aplazada. Coloca las piezas y piénsalo. Tu problema es su alfil de reina.

De repente, ella se enfureció.

—No tengo que colocar las piezas para verlo.

—¡Por Dios! —dijo él, y se marchó.

Ella se quedó unos minutos junto a la máquina de Coca-Cola repasando la partida y entonces lo vio. Había un tablero vacío en una mesa cercana; colocó las piezas en la posición antes de enrocar contra Beltik, solo para asegurarse, pero al hacerlo sintió un nudo en el estómago. Beltik podría haber hecho la clavada, y luego su caballo de reina se habría convertido en una amenaza. Tenía que romper la clavada y protegerse contra una picada con aquel maldito caballo, y después de eso tenía una amenaza con una torre y, bingo, allá iba su peón. Podría haber sido crucial. Pero lo peor era que no lo había visto. Y Benny Watts, solo con leer la revista *Life,* con leer sobre una jugadora de la que no sabía nada, lo había captado. Estaba de pie ante el tablero; se mordió los labios, extendió la mano y volcó el rey. Se había sentido muy orgullosa al descubrir un error en una partida de Morphy cuando estaba en séptimo. Ahora le habían hecho algo parecido, y no le gustaba. No le gustaba ni pizca.

Estaba sentada tras las piezas blancas del tablero uno cuando llegó Watts. Al estrecharle la mano, él dijo en voz baja:

—Caballo cinco caballo. ¿Cierto?

—Sí —respondió ella entre dientes. Un flash restalló. Beth colocó su peón de reina en cuatro reina.

Jugó el gambito de dama contra él y a la mitad de la partida pensó con desazón que había sido un error. El gambito de dama podía llevar a posiciones complicadas, y esta era bizantina. Había media docena de amenazas por cada lado, y lo que la ponía nerviosa, lo que la hacía extender la mano varias veces y luego detenerla antes de tocar la pieza y retirarla, era que no se fiaba de sí misma. No se fiaba de sí misma al ver de lo que era capaz Benny Watts. Él jugaba con precisión calmada y agradable, tomando sus piezas con delicadeza y depositándolas sin ruido, a veces sonriendo para sí al hacerlo. Todos los movimientos que hacía parecían sólidos como una roca. La gran fuerza de Beth estaba en el ataque rápido, y no encontraba ningún modo de atacar. Al decimosexto movimiento estaba furiosa consigo misma por haber empezado con el gambito.

Debía de haber unas cuarenta personas congregadas en torno a la mesa de madera, especialmente grande. Había una cortina de terciopelo marrón tras ellos con los nombres HARMON y WATTS sujetos con alfileres. La horrible sensación, después de la furia y el miedo, era que ella era la jugadora más débil, que Benny Watts sabía más de ajedrez que ella y que jugaba mejor. Era un sentimiento nuevo para ella, y parecía contenerla y constreñirla como no había estado contenida ni constreñida desde la última vez que estuvo en el despacho de la señora Deardorff. Durante un momento contempló a la multitud alrededor de la mesa, tratando de encontrar a la señora Wheatley, pero no estaba allí. Beth devolvió su atención al tablero y miró brevemente a Benny. Él le sonrió con serenidad, como si le estuviera ofreciendo una bebida en vez de una posición de ajedrez agobiante. Beth puso los codos sobre la mesa, apoyó las mejillas en los puños y empezó a concentrarse.

Después de un momento se le ocurrió una sencilla idea. No estoy jugando con Benny Watts: estoy jugando al ajedrez. Volvió a mirarlo. Sus ojos estudiaban ahora el tablero. No puede mover hasta que yo lo haga. Solo puede mover una pieza cada vez. Miró de nuevo el tablero y empezó a considerar los efectos de intercambiar, de imaginar dónde acabarían los peones si las piezas que bloqueaban el centro se intercambiaban. Si se comía su caballo de rey con su alfil y él retomaba con el peón de reina... No. Podía avanzar el caballo y forzar un intercambio. Eso estaba mejor. Parpadeó y empezó a relajarse, formando y reformando las relaciones de peones en su mente, buscando un modo de forzar una ventaja. Ahora no tenía nada delante excepto los sesenta y cuatro escaques y la cambiante arquitectura de los peones, una línea irregular de peones imaginarios, negros y blancos, que fluían y cambiaban mientras probaba variante tras variante, rama tras rama del árbol del juego que crecía a partir de cada conjunto de movimientos. Una rama empezó a parecerle mejor que las demás. La siguió durante varios semimovimientos hasta las posibilidades que crecían a partir de ahí, manteniendo en su mente todo el conjunto de posiciones imaginarias hasta que encontró la que buscaba.

Suspiró y se irguió. Cuando apartó la cara de los puños, tenía las mejillas enrojecidas y los hombros doloridos. Miró el reloj. Habían pasado cuarenta minutos. Watts bostezaba. Beth extendió la mano y movió, avanzando un caballo de un modo que forzaría el primer intercambio. Parecía bastante inocuo. Luego pulsó el reloj.

Watts estudió el tablero durante medio minuto e inició el intercambio. Durante un momento ella sintió pánico en el estómago: ¿podía ver él lo que estaba planeando? ¿Tan rápido? Trató de desprenderse de esa idea y tomó la pieza ofrecida. Él tomó otra, tal como había planeado. Beth comió. Watts extendió la mano para volver a comer, pero vaciló. ¡Hazlo!, ordenó ella en silencio. Pero él retiró la mano. Si veía lo que estaba planeando, todavía había tiempo de salir de allí. Se mordió los labios. Él estudiaba intensamente el tablero. El tictac del reloj sonaba muy fuerte. El corazón de Beth latía con tanta intensidad que durante un momento temió que Watts lo oyera y supiera que sentía pánico y...

Pero no lo oyó. Aceptó el intercambio tal como ella lo había planeado. Lo miró a la cara, casi incrédula. Era demasiado tarde para él ahora. Pulsó el botón que detenía su reloj e inició el de ella.

Beth avanzó el peón hasta cinco torre. Inmediatamente, él se envaró en su silla. De manera casi imperceptible, pero Beth lo vio. Empezó a estudiar intensamente la posición. Pero debió de darse cuenta de que iba a verse atrapado con peones doblados; después de dos o tres minutos se encogió de hombros e hizo el movimiento necesario, y Beth el suyo a continuación, y al siguiente movimiento el peón quedó doblado y el nerviosismo y la furia la habían abandonado. Ahora estaba dispuesta a ganar. Aplastaría su debilidad. Le encantaba. Le encantaba atacar.

Benny la miró impasible durante un momento. Entonces estiró la mano, tomó su reina, e hizo algo sorprendente. Capturó tranquilamente su peón central. Su peón protegido. El peón que había retenido a la reina en su esquina durante casi toda la partida. Estaba sacrificando su reina. No podía creerlo.

Y entonces vio lo que significaba, y el estómago le dio un vuelco. ¿Cómo lo había pasado por alto? Sin el peón, quedaba abierta a un mate torre-alfil por el alfil en la diagonal abierta. Podía protegerse retirando su caballo y moviendo una de sus torres, pero la protección no duraría, porque (lo vio ahora con horror) el caballo de aspecto inocente de Benny bloquearía la huida de su rey. Era terrible. Era lo que ella solía hacerle a otra gente. Era lo que Paul Morphy había hecho. Y ella pensando en peones doblados.

No tenía que comer la reina. ¿Qué pasaría si no lo hacía? Perdería el peón que él acababa de tomar. Su reina se quedaría en el centro del tablero. Peor, podría alcanzar la fila de su torre de rey y presionar a su rey enrocado. Cuanto más miraba, peor era. Y la había pillado completamente desprevenida. Puso los codos sobre la mesa y miró la posición. Necesitaba una contra-amenaza, un movimiento que lo detuviera en seco.

No había ninguna. Se pasó media hora estudiando el tablero y descubrió que el movimiento de Benny era aún más seguro de lo que había pensado.

Tal vez podría cambiar las tornas si él atacaba demasiado rápido. Encontró un movimiento con la torre y lo hizo. Si él acercaba la reina ahora, habría una oportunidad para intercambiar.

Watts no lo hizo. Desplegó su otro alfil. Ella movió la torre a la segunda fila. Entonces él movió la reina, amenazando con mate en tres. Beth tuvo que responder retirando su caballo a la esquina. Él siguió atacando, y con impotente desazón Beth vio cada vez más claro que tenía la partida perdida. Cuando él tomó su alfil de rey con su alfil, sacrificándolo, se acabó, y ella lo supo. No había nada que hacer. Quiso gritar, pero en cambio volcó su rey y se levantó de la mesa. Sentía las piernas y la espalda entumecidas y doloridas. Tenía un nudo en el estómago. Todo lo que necesitaba era unas tablas, y ni siquiera había podido conseguir eso. Benny ya había hecho tablas dos veces en el torneo. Ella había llegado a la partida con una puntuación perfecta, y unas tablas le habrían dado el título. Pero había salido a ganar.

—Una partida dura —estaba diciendo Benny. Extendió la mano. Ella se obligó a estrecharla. La gente aplaudía. No la aplaudía a ella, sino a Benny Watts.

Por la noche todavía podía sentirlo, pero había menguado. La señora Wheatley trató de consolarla. El dinero del premio se dividiría. Benny y ella serían cocampeones, cada uno con un pequeño trofeo.

—Sucede todo el tiempo —dijo la señora Wheatley—. He investigado, y el Abierto se comparte a menudo.

—No vi lo que estaba haciendo —dijo Beth, recordando el movimiento en el que la reina tomó su peón. Era como tocar con la lengua un diente dolorido.

—No puedes ser excelente siempre, querida —dijo la señora Wheatley—. Nadie puede.

Beth la miró.

—No sabe usted nada de ajedrez.

—Sé lo que es perder.

—Apuesto a que sí —dijo Beth, con toda la saña que pudo—. Apuesto a que sí.

La señora Wheatley la miró un instante, meditabunda.

—Y ahora tú también lo sabes —dijo en voz baja.

A veces, ese invierno, la gente de Lexington se volvía a mirarla por la calle. Apareció en el programa matinal de WLEX. La entrevistadora, una mujer con permanente y gafas de arlequín, le preguntó a Beth si jugaba al bridge; Beth dijo que no. ¿Le gustaba ser la campeona del Abierto americano de ajedrez? Beth dijo que era cocampeona. Estaba sentada en una silla de director con los focos brillantes en la cara. Estaba dispuesta a hablar de ajedrez, pero los modales de la mujer, su falsa apariencia de interés, lo dificultaban. Finalmente le preguntó qué le parecía la idea de que el ajedrez era una pérdida de tiempo y miró a la mujer del otro asiento y dijo: «No más que el baloncesto». Pero antes de que pudiera seguir, el programa se terminó. Había aparecido seis minutos.

El artículo de una página que Townes había escrito sobre ella apareció en el suplemento dominical del *Herald-Leader* con una de las fotos que él le había tomado en la ventana de su habitación de Las Vegas. Se gustó en esa foto, con la mano derecha sobre la reina blanca y la expresión despejada, seria e inteligente.

La señora Wheatley compró cinco ejemplares del periódico para el álbum de recortes.

Beth estaba ya en el bachillerato, y había un club de ajedrez, pero no pertenecía a él. Los chicos estaban perplejos por tener a una maestra de ajedrez caminando por los pasillos, y se la quedaban mirando con una especie de asombro embobado cuando pasaba. Una vez un chico de duodécimo curso se paró a pedirle nervioso si podía hacer una simultánea en el club de ajedrez en alguna ocasión. Ella jugaría contra treinta jugadores a la vez. Beth recordó el otro instituto, cerca de Methuen, y la forma en que la miraron después.

—Lo siento —dijo—. No tengo tiempo.

El chico era poco atractivo y de aspecto raro: hablar con él la hacía sentirse poco atractiva y rara.

Se pasaba una hora por las noches haciendo sus deberes y sacaba sobresalientes. Pero los deberes no significaban nada para ella. Las cinco o seis horas de estudiar ajedrez eran el centro de su vida. Se apuntó como estudiante especial en la universidad para un curso de ruso una noche a la semana. Eran los únicos deberes a los que prestaba atención seriamente.

Siete

Beth dio una calada, inhaló y contuvo el humo. No pasó nada. Le devolvió el porro al joven que tenía a la derecha.

—Gracias —dijo.

Él había estado hablando del pato Donald con Eileen. Estaban en el apartamento de Eileen y Barbara, a una manzana de la calle Mayor. Era Eileen quien había invitado a Beth a la fiesta, después de la clase nocturna.

—Tiene que ser Mel Blanc —decía Eileen ahora—. Todos son Mel Blanc.

Beth contenía ociosamente el humo, esperando que la relajara. Llevaba sentada en el suelo con estos colegas universitarios desde hacía media hora y no había dicho nada.

—Blanc hace a Silvestre, pero no al pato Donald —dijo el joven con determinación. Se volvió hacia Beth—. Soy Tim. Tú eres la jugadora de ajedrez.

Beth dejó escapar el humo.

—Así es.

—Eres la campeona femenina de Estados Unidos.

—Soy la cocampeona del Abierto de Estados Unidos.

—Lo siento. Debe de ser genial.

Era pelirrojo y delgado. Beth lo había visto sentado en mitad de la clase y recordaba su voz suave cuando recitaban frases en ruso al unísono.

—¿Juegas? —a Beth no le gustó la tensión en su voz. Se sentía fuera de lugar. Debería irse a casa o llamar a la señora Wheatley.

Él negó con la cabeza.

—Demasiado cerebral. ¿Quieres una cerveza?

Beth no había tomado una cerveza desde Las Vegas, un año antes.

143

—De acuerdo —dijo. Empezó a levantarse del suelo.

—Yo la traigo.

Él se levantó de la alfombra donde estaban sentados. Volvió con dos latas y le tendió una. Ella tomó un trago largo. Durante la primera hora la música había sonado tan fuerte que la conversación era imposible, pero cuando el último disco terminó nadie lo sustituyó por otro. El disco seguía dando vueltas, y ella podía ver lucecitas rojas en el amplificador del tocadiscos en la pared del fondo. Esperaba que nadie se diera cuenta y pusiera otro disco.

Tim volvió a sentarse a su lado con un suspiro.

—Yo jugaba mucho al Monopoly.

—Nunca he jugado a eso.

—Te convierte en esclavo del capitalismo. Sigo soñando con millones.

Beth se echó a reír. El porro había vuelto hasta ella, y lo sujetó entre los dedos y aspiró lo que pudo antes de pasárselo a Tim.

—¿Por qué estudias ruso si eres esclavo del capitalismo? —Tomó otro sorbo de cerveza.

—Tienes buenas tetas —dijo él, y dio una calada—. Nos hace falta otro porro —anunció al grupo en general. Se volvió hacia Beth—. Quería leer a Dostoievski en el original.

Ella terminó su cerveza. Alguien preparó otro porro y empezó a pasarlo. Había una docena de personas en la habitación. Habían tenido su primer examen en la clase nocturna, e invitaron a Beth a la fiesta posterior. Con la cerveza y la marihuana y la charla con Tim, que parecía muy accesible, se sentía mejor. Cuando volvió a llegarle el porro, le dio una calada larga, y luego otra. Alguien puso un disco. La música sonó mucho mejor, y el volumen no la molestó ahora.

De repente, se puso en pie.

—Tendría que llamar a casa —dijo.

—En el dormitorio, pasando la cocina.

En la cocina abrió otra cerveza. Dio un largo sorbo, abrió la puerta del dormitorio y palpó buscando el interruptor. No pudo encontrarlo. En el hornillo, junto a la sartén, había una caja de cerillas, y se la llevó al dormitorio. Siguió sin poder encontrar el interruptor, pero en la cómoda había un puñado de velas de diversas formas. Encendió una y sacudió la cerilla. Se quedó mirando un momento la vela. Era un erguido pene de cera de color lavanda con un par de brillantes testículos en la base. El pabilo surgía del glande, y la mayor parte de ese glande se había derretido ya. Algo en ella se escandalizó.

El teléfono estaba en una mesa junto a la cama sin hacer. Llevó la vela consigo, se sentó en el borde de la cama, y marcó.

La señora Wheatley se mostró un poco confundida al principio: estaba aturdida por la televisión o por la cerveza.

—Acuéstese —dijo Beth—. Tengo una llave.

—¿Dijiste que estabas en una fiesta con amigos de la facultad? ¿Universitarios?

—Sí.

—Bueno, ten cuidado con lo que fumas, querida.

Beth experimentó una maravillosa sensación en los hombros y en la nuca. Durante un momento quiso correr a casa y envolver a la señora Wheatley en un fuerte abrazo. Pero todo lo que dijo fue:

—De acuerdo.

—Te veo por la mañana —dijo la señora Wheatley.

Beth se quedó sentada al borde de la cama, escuchando la música del salón, y se terminó la cerveza. Apenas escuchaba música y nunca había ido a un baile escolar. Si no contabas a las Apple Pi, era la primera fiesta a la que acudía. Un momento después, Tim se sentó a su lado en la cama. Pareció perfectamente natural, como la respuesta a una petición que ella hubiera hecho.

—Toma otra cerveza —dijo él.

Ella la aceptó y bebió. Sus movimientos parecían lentos y seguros.

—¡Jesús! —susurró Tim con burlona alarma—. ¿Qué es esa cosa púrpura que está ahí ardiendo?

—Dímelo tú —dijo Beth.

Sintió un momento de pánico cuando él la penetró. Parecía aterradoramente grande, y se sintió indefensa, como si estuviera

145

en un sillón de dentista. Pero eso no duró. Él tuvo cuidado, y no le hizo demasiado daño. Ella rodeó su espalda con sus brazos, sintiendo la aspereza de su grueso jersey. Él empezó a moverse y a apretarle los pechos bajo la blusa.

—No hagas eso —dijo.

—Lo que tú digas —contestó él, y siguió entrando y saliendo. Ella apenas podía sentir su pene ahora, pero estaba bien. Tenía diecisiete años, y ya era hora. Él se había puesto un condón. Lo mejor había sido ver cómo se lo ponía, bromear al respecto. Lo que estaban haciendo era de verdad y no se parecía a los libros y las películas. Estaban follando. Bueno. Ojalá fuera con Townes.

Después, ella se quedó dormida en la cama. No en un abrazo de amante, ni siquiera tocando al hombre con el que acababa de hacer el amor, sino tendida en la cama con la ropa puesta. Vio que Tim apagaba la vela de un soplo y oyó la puerta cerrarse silenciosamente tras él.

Cuando despertó, vio en el despertador eléctrico que eran casi las diez de la mañana. La luz del sol entraba por los bordes de las persianas del dormitorio. El aire olía a rancio. Le picaban las piernas por la falda de lana, y tenía el cuello del jersey apretado contra la garganta, que notaba sudorosa. Sentía un hambre feroz. Se sentó un momento en el borde de la cama, parpadeando. Se levantó y abrió la puerta de la cocina. Había botellas y latas vacías de cerveza por todas partes. El aire apestaba a humo muerto. Habían pegado una nota en la puerta del frigorífico con un imán en forma de cabeza de Mickey Mouse. Decía: «Todo el mundo ha ido a Cincinnati a ver una película. Quédate todo lo que quieras».

El cuarto de baño estaba al lado del salón. Cuando terminó de ducharse y se secó, se envolvió el pelo en una toalla, volvió a la cocina y abrió el frigorífico. Había huevos en un cartón, dos latas de Budweiser y algunos pepinillos. En el estante de la puerta había una bolsita de plástico. La abrió. Dentro encontró un único porro enrollado. Lo sacó, se lo puso en la boca y lo encendió con una cerilla de madera. Inhaló profundamente. Luego sacó cuatro huevos y los puso a hervir. No había sentido tanta hambre en la vida. Limpió el apartamento de manera organizada, como si estuviera jugando al ajedrez, tras sacar cuatro grandes bolsas de la compra para meter todas las botellas y colillas y llevarlas luego al porche trasero. Encontró una botella medio llena de Ripple y cuatro latas sin abrir entre el desorden. Abrió una cerveza y empezó a pasar la aspiradora por la alfombra del salón.

Colgados de una silla en el dormitorio había un par de vaqueros. Cuando terminó de limpiar se los puso. Le encajaban a la perfección. Encontró una camiseta blanca en un cajón y se la puso. Luego se bebió el resto de la cerveza y abrió otra. Alguien había dejado una barra de labios en el fregadero. Fue al cuarto de baño, se estudió en el espejo y se pintó los labios con cuidado. Nunca había usado lápiz de labios antes. Empezaba a sentirse muy bien.

La voz de la señora Wheatley sonó débil y ansiosa.

—Podrías haber llamado.

—Lo siento —dijo Beth—. No quería despertarla.

—No me habría importado.

—De todas formas, estoy bien. Y voy a ir a Cincinnati a ver una película. Tampoco volveré a casa esta noche.

Silencio al otro lado de la línea.

—Volveré el lunes después de clase.

Finalmente, la señora Wheatley habló.

—¿Estás con un chico?

—Estuve anoche.

—Oh —la voz de la señora Wheatley sonó distante—. Beth...

Ella se echó a reír.

—Vamos —dijo—. Estoy bien.

—Bueno... —seguía pareciendo grave, pero luego su voz se hizo más ligera—. Supongo que está bien. Es que...

Beth sonrió.

—No me quedaré embarazada.

A mediodía puso el resto de los huevos en una olla a hervir y encendió el tocadiscos. En realidad nunca había escuchado música antes, pero la escuchó ahora. Bailó unos cuantos pasos en mitad del salón, mientras esperaba a que se hicieran los huevos. No se marearía. Comería con frecuencia y bebería una cerveza (o un vaso de vino) cada hora. Había hecho el amor la noche antes, y ahora era hora de aprender a emborracharse. Estaba sola, y le gustaba. Era así como había aprendido todas las cosas importantes de su vida.

A las cuatro de la tarde entró en Larry's Package, una licorería a una manzana del apartamento, y compró una botella de Ripple. Cuando el hombre la estaba metiendo en la bolsa, le preguntó:

—¿Tiene un vino como el Ripple que no sea tan dulce?

—Estos afrutados son todos iguales —respondió el hombre.

—¿Y burdeos? —A veces la señora Wheatley pedía burdeos cuando cenaban fuera.

—Tengo Gallo, Italian Swiss Colony, Paul Masson...

—Paul Masson —dijo Beth—. Dos botellas.

Esa noche a las once pudo desnudarse con cuidado. Había encontrado un pijama antes y había conseguido ponérselo y amontonar la ropa en una silla antes de meterse en la cama y quedarse fuera de combate.

Por la mañana no había regresado nadie. Se hizo huevos revueltos y se los comió con dos tostadas antes de tomar su primer vaso de vino. Era otro día soleado. En el salón encontró *Las cuatro estaciones* de Vivaldi. Lo puso. Entonces empezó a beber en serio.

El lunes por la mañana Beth fue en taxi al instituto Henry Clay y llegó diez minutos antes de la primera clase. Había dejado el apartamento vacío y limpio: los dueños no habían regresado todavía de Cincinnati. La mayoría de las arrugas habían desaparecido de su jersey y su falda, y había lavado sus calcetines de rombos. Se había bebido la segunda botella de burdeos el domingo por la noche y había dormido como un tronco durante diez horas. Ahora, en el taxi, notaba un leve dolor de cabeza y las manos le temblaban ligeramente, pero ante la ventanilla la mañana de mayo era exquisita, y el verde de las hojas nuevas de los árboles era delicado y fresco. Para cuando pagó el taxi y se bajó, se sentía ligera y animada, lista para continuar y acabar el instituto y dedicar su energía al ajedrez. Tenía tres mil dólares en su cuenta de ahorros; ya no era virgen; y sabía beber.

Hubo un silencio embarazoso cuando volvió a casa después de clase. La señora Wheatley, con una bata azul de casa, estaba fregando el suelo de la cocina. Beth se sentó en el sofá y tomó el libro de Reuben Fine sobre el juego final. Era un libro que odiaba. Había visto una lata de Pabst en el fregadero, pero no quería. Sería mejor no beber nada durante mucho tiempo. Ya había tenido suficiente.

Cuando la señora Wheatley terminó, dejó la fregona contra el frigorífico y entró en el salón.

—Veo que has vuelto —empezó a decir. Su voz era cuidadosamente neutral.

Beth la miró.

—Me lo he pasado bien —dijo.

La señora Wheatley parecía insegura respecto a qué actitud tomar. Finalmente, se permitió una leve sonrisa. Era sorprendentemente tímida, como una sonrisa de niña.

—Bueno —dijo—, el ajedrez no es lo único en la vida.

Beth se graduó en el instituto en junio, y la señora Wheatley le regaló un reloj Bulova. En el reverso ponía: «Con amor de tu madre». A ella le gustó, pero lo que más le gustó fue la puntuación que recibió por correo: 2.243. En la fiesta del instituto, algunos graduados le ofrecieron bebidas con disimulo, pero ella las rechazó. Tomó ponche de frutas y se fue a casa temprano. Necesitaba estudiar: jugaría su primer torneo internacional, en Ciudad de México, dos semanas más tarde, y después venía el Campeonato de Estados Unidos. La habían invitado al Remy-Vallon en París, a finales de verano. Las cosas empezaban a moverse.

Ocho

Una hora después de que el avión cruzara la frontera, Beth estaba absorta con un análisis de la estructura del peón, y la señora Wheatley bebía su tercera botella de cerveza Corona.

—Beth, tengo que hacerte una confesión.

Beth, reacia, soltó el libro.

La señora Wheatley parecía nerviosa.

—¿Sabes lo que es un amigo por correspondencia, querida?

—Alguien con quien te carteas.

—¡Exactamente! Cuando estaba en el instituto, nuestra clase de español recibió una lista de chicos de México que estaban estudiando inglés. Elegí uno y le envié una carta hablando de mí. —La señora Wheatley soltó una risita—. Se llamaba Manuel. Nos escribimos durante mucho tiempo... incluso mientras estuve casada con Allston. Nos intercambiamos fotos.

La señora Wheatley abrió su bolso y sacó una foto doblada que le entregó a Beth. Era la foto de un joven de cara delgada, sorprendentemente pálido, con un bigotito muy fino. La señora Wheatley vaciló y dijo:

—Manuel nos espera en el aeropuerto.

Beth no tuvo nada que objetar; tal vez incluso fuera bueno tener un amigo mexicano. Pero le sorprendió la actitud de la señora Wheatley.

—¿Lo ha visto antes en persona?

—Nunca. —Se inclinó hacia delante en el asiento y apretó el antebrazo de Beth—. ¿Sabes? Estoy bastante nerviosa.

Beth pudo ver que estaba un poco borracha.

—¿Por eso quería venir tan pronto?

La señora Wheatley se echó hacia atrás y alisó las mangas de su rebeca azul.

—Supongo que sí —dijo.

—Sí, ¿cómo no? —dijo la señora Wheatley—. Y va tan bien vestido, y me abre las puertas y pide la cena maravillosamente. —Tiraba de sus pantis mientras hablaba, pugnando ferozmente para hacerlos pasar por sus anchas caderas.

Probablemente estaban follando, la señora Wheatley y Manuel Córdoba y Serrano. Beth no se permitía imaginarlo. La señora Wheatley había vuelto al hotel a eso de las tres de la madrugada, y a las dos y media la noche anterior. Beth, que se hizo la dormida, había olido la mezcla de perfume y ginebra mientras la señora Wheatley tanteaba por la habitación, se desnudaba y suspiraba.

—Al principio pensé que era la altitud —dijo la señora Wheatley—. Dos mil doscientos cincuenta metros.

Sentada en el taburete de latón ante la cómoda, se inclinó hacia delante, apoyada en un codo, y empezó a aplicarse colorete.

—Te marea del todo. Pero ahora creo que es la cultura. —Se detuvo y se volvió hacia Beth—. No hay ni rastro de la ética protestante en México. Todos son católicos, y viven el presente. —La señora Wheatley había estado leyendo a Alan Watts—. Creo que me tomaré un margarita antes de salir. ¿Quieres pedirme uno, querida?

Allá en Lexington, la voz de la señora Wheatley a veces tenía cierta lejanía, como si hablara desde algún rincón solitario de una infancia interior. Aquí en México la voz era lejana pero el tono era teatralmente alegre, como si Alma Wheatley estuviera saboreando un gozo privado imposible de comunicar. A Beth la incomodaba. Levantó el teléfono y marcó el seis. El hombre respondió en inglés. Le pidió que enviara un margarita y una Coca-Cola grande a la 713.

—Podrías venir al Folklórico —dijo la señora Wheatley—. Tengo entendido que solo el vestuario merece el precio de la entrada.

—El torneo empieza mañana. Tengo que trabajar en los finales de juego.

La señora Wheatley estaba sentada en el borde de la cama, admirando sus pies.

—Beth, cariño —dijo lánguidamente—, tal vez necesitas trabajar en ti misma. El ajedrez no es lo único que hay.

—Es lo que sé.

La señora Wheatley dejó escapar un largo suspiro.

—Mi experiencia me ha enseñado que lo que sabes no es siempre importante.

—¿Qué es importante?

—Vivir y crecer —dijo la señora Wheatley con decisión—. Vivir la vida.

¿Con un vendedor mexicano con mala pinta?, quiso decir Beth. Pero guardó silencio. No le gustaban los celos que sentía.

—Beth —continuó la señora Wheatley con una voz rica en verosimilitud—. No has visitado Bellas Artes ni el parque Chapultepec. El zoo es delicioso. Has comido en esta habitación y te has pasado el tiempo con la nariz metida en esos libros de ajedrez. ¿No deberías relajarte el día antes del torneo y pensar en otra cosa que no sea el ajedrez?

Beth quiso golpearla. Si hubiera ido a esos sitios, habría tenido que ir con Manuel y escuchado sus interminables historias. Siempre estaba tocando a la señora Wheatley en el hombro o en la espalda, demasiado cerca de ella, sonriendo demasiado ansiosamente.

—Mamá, mañana a las diez juego con las negras contra Octavio Marenco, el campeón de Brasil. Eso significa que él mueve primero. Tiene treinta y cuatro años y es gran maestro internacional. Si pierdo, pagaremos este viaje, esta aventura, y nos quedaremos sin capital. Si gano, jugaré contra alguien esta tarde que será aún mejor que Marenco. Tengo que trabajar en mis juegos finales.

—Cariño, eres lo que se llama una jugadora «intuitiva», ¿no? —La señora Wheatley nunca había discutido de ajedrez con ella antes.

—Me han llamado así. Los movimientos se me ocurren a veces.

—He advertido que los movimientos que más aplauden son los que haces rápido. Y luego está esa expresión en tu cara.

Beth se sorprendió.

—Supongo que tiene razón.

—La intuición no viene en los libros. Creo que es porque no te cae bien Manuel.

—Manuel está bien —dijo Beth—, pero no viene a verme a mí.

—Eso es irrelevante. Tienes que relajarte. No hay otro jugador en el mundo tan dotado como tú. No tengo ni la más remota idea de las cualidades que usa una persona para jugar bien al ajedrez, pero estoy convencida de que la relajación solo puede mejorarlas.

Beth no dijo nada. Llevaba varios días furiosa. No le gustaba México D.F. ni aquel enorme hotel de hormigón con sus azulejos agrietados y sus grifos que goteaban. No le gustaba la comida del hotel, pero no quería comer sola en restaurantes. La señora Wheatley había salido a almorzar y cenar todos los días con Manuel, que tenía un Dodge verde y parecía estar siempre a su disposición.

—¿Por qué no almuerzas con nosotros? —dijo la señora Wheatley—. Podemos traerte después y podrás estudiar entonces.

Beth iba a contestar, pero entonces llamaron a la puerta. Era el servicio de habitaciones con el margarita de la señora Wheatley. Beth firmó mientras la señora Wheatley daba unos cuantos sorbos, pensativa, y miraba por la ventana.

—La verdad es que últimamente no me siento bien —dijo, entornando los ojos.

Beth la miró con frialdad. La señora Wheatley estaba pálida y tenía sobrepeso. Sostenía la copa por la base con una mano mientras con la otra mano se frotaba la gruesa barriga. Había algo profundamente patético en ella, y el corazón de Beth se ablandó.

—No quiero almorzar —dijo—, pero pueden dejarme en el zoo. Tomaré un taxi para volver.

La señora Wheatley apenas pareció escucharla, pero después de un momento se volvió hacia Beth, todavía sujetando la copa de aquella manera, y sonrió vagamente.

—Qué bien, querida —dijo.

Beth se pasó un buen rato mirando los galápagos, criaturas grandes y torpes en permanente cámara lenta. Uno de los cuidadores vació un cubo de lechuga mojada y tomates pasados en su corral y las cinco se lanzaron a la pila en grupo, mordisqueando y avasallando, las patas como las polvorientas patas de los elefantes y sus rostros estúpidos e inocentes concentrados en algo más allá de la visión o la comida.

Mientras estaba junto a la reja llegó un vendedor con un carrito de cerveza helada.

—Cerveza Corona, por favor —le dijo ella, y tendió un billete de cinco pesos. El hombre le abrió la botella y sirvió la bebida en un vaso de plástico con el logotipo del águila azteca—. Muchísimas gracias —dijo Beth.

Era la primera cerveza que tomaba desde el instituto; con el cálido sol mexicano, le supo maravillosa. La bebió rápidamente. Unos minutos después vio a otro vendedor junto a un círculo de flores rojas; compró otra botella. Sabía que no debía hacer esto: el torneo empezaba al día siguiente. No necesitaba licor. Ni tranquilizantes. No había tomado una píldora verde desde hacía varios meses ya. Pero bebió la cerveza. Eran las tres de la tarde, y el sol era feroz. El zoo estaba lleno de mujeres, la mayoría con rebozos oscuros e hijos pequeños de ojos negros. Los pocos hombres que había le dirigieron miradas significativas, pero Beth los ignoró, y ninguno de ellos trató de hablarle. A pesar de la fama de alegría y abandono de los mexicanos, era un lugar tranquilo, y la multitud parecía más bien la típica de un museo. Había flores por todas partes.

Se acabó la cerveza, compró otra y continuó caminando. Empezaba a sentirse colocada. Pasó ante más árboles, más flores, jaulas con chimpancés dormidos. Al doblar una esquina se encontró cara a cara con una familia de gorilas. Dentro de la jaula el enorme macho y el bebé dormían cabeza con cabeza, con los negros cuerpos apretujados contra los barrotes de delante. En mitad de la jaula, la hembra se apoyaba filosóficamente contra un enorme neumático de camión, el ceño fruncido, mordiéndose un dedo. Ante la jaula había una familia humana, también una madre, un padre y un hijo que observaban a los gorilas con atención. No eran mexicanos. Fue el hombre quien llamó la atención de Beth. Reconoció su cara.

Era un hombre bajo y grueso, no muy distinto al gorila, con el entrecejo sobresaliente, cejas tupidas, pelo negro ralo y aspecto impasible. Beth se envaró, el vaso de plástico en la mano. Sintió las mejillas coloradas. El hombre era Vasili Borgov, campeón mundial ruso. El sombrío rostro ruso, el ceño autoritario, eran inconfundibles. Ella lo había visto en la portada de *Chess Review* varias veces, una de ellas con el mismo traje negro y la llamativa corbata verde y dorada.

Beth se quedó mirando un buen rato. No sabía que Borgov participaba en el torneo. Ya había recibido su asignación de tablero: el nueve. Borgov estaría en el tablero uno. Sintió un súbito escalofrío en la nuca y miró la cerveza que tenía en la mano. Se la llevó a los labios y la apuró, decidida a que fuera la última hasta después del torneo. Al mirar de nuevo al ruso, sintió pánico: ¿la reconocería? No debía verla beber. Miraba la jaula como si esperara que el gorila moviera un peón. El gorila estaba claramente perdido en sus propios pensamientos, ignorando a todo el mundo. Beth lo envidió.

Beth no tomó más cerveza ese día y se acostó temprano, pero la despertó la llegada de la señora Wheatley, en algún momento en mitad de la noche. La señora Wheatley tosió bastante mientras se desnudaba en la habitación a oscuras.

—Encienda la luz —dijo Beth—, estoy despierta.

—Lo siento —jadeó la señora Wheatley entre toses—. Parece que tengo un virus.

Encendió la luz del cuarto de baño y cerró parcialmente la puerta. Beth miró el relojito japonés de la mesilla de noche. Eran las cuatro y diez. Los sonidos que la señora Wheatley hacía al desvestirse (los roces de la ropa y la tos contenida en parte) eran irritantes. La primera partida de Beth empezaría dentro de seis horas. Permaneció en la cama furiosa y tensa, esperando a que la señora Wheatley dejara de hacer ruido.

Marenco era un hombre cetrino y sombrío con una deslumbrante camisa amarillo canario. Casi no hablaba inglés y

Beth no sabía portugués, así que empezaron a jugar sin ninguna conversación preliminar. A Beth, de todas formas, no le apetecía hablar. Le picaban los ojos, y se sentía incómoda. Se había sentido así en general desde el momento en que su avión aterrizó en México, como si estuviera a punto de desarrollar una enfermedad que no llegaba a contraer, y no había vuelto a conciliar el sueño la noche anterior. La señora Wheatley había tosido dormida y murmuraba y jadeaba, mientras Beth trataba de obligarse a relajarse, a ignorar las distracciones. No tenía ninguna píldora verde. Le quedaban tres, pero estaban en Kentucky. Permaneció acostada boca arriba con los brazos a los costados como hacía cuando tenía ocho años y trataba de dormir junto a la puerta del pasillo en Methuen. Ahora, sentada en una silla recta de madera delante de una larga mesa llena de tableros de ajedrez en la sala de baile de un hotel mexicano, se sentía irritada y un poco mareada. Marenco acababa de abrir con peón cuatro rey. Su reloj corría. Beth se encogió de hombros y jugó peón cuatro alfil de reina, confiando en las maniobras formales de la siciliana para que la mantuvieran firme hasta que entrara en la partida. Marenco sacó el caballo de rey con educada ortodoxia. Ella avanzó el peón de reina hasta la cuarta fila; intercambiaron peones. Beth empezó a relajarse a medida que su mente se apartaba de su cuerpo y se sumergía en el cuadro de fuerzas que tenía delante.

A las once y media le había comido dos peones, y pasado el mediodía él se rindió. No se habían acercado a un juego final: cuando Marenco se levantó y le ofreció la mano, el tablero estaba todavía lleno de piezas sin capturar.

Los tres tableros principales estaban en una habitación separada al otro lado del pasillo, frente al salón principal. Beth la había visto esa mañana mientras llegaba, cinco minutos tarde, al lugar donde tenía que jugar, pero no se había asomado a mirar. Entró ahora, cruzando la sala alfombrada con sus filas de jugadores inclinados sobre los tableros: jugadores de las Filipinas y Alemania Occidental e Islandia y Noruega y Chile, la mayoría jóvenes, casi todos varones. Había otras dos mujeres: la sobrina de un dirigente mexicano, en el tablero veintidós, y una joven ama de casa de Buenos Aires, en el tablero diecisiete. Beth no se detuvo a mirar ninguna de las posiciones.

Había varias personas en el pasillo ante la sala de juegos más pequeña. Las dejó atrás y al otro lado de la habitación, en el tablero uno, llevando el mismo traje oscuro, con el mismo ceño fruncido, estaba Vasili Borgov, sus ojos inexpresivos clavados en el tablero que tenía delante. Una multitud respetuosamente silenciosa se interponía entre ellos, pero los jugadores estaban sentados en un escenario de madera y pudo verlo claramente. Tras él, en la pared, había un tablero con piezas de cartón; cuando Beth entró un mexicano colocaba uno de los caballos blancos en su nueva posición. Estudió el tablero un momento. Todo estaba muy ajustado, pero Borgov parecía llevar ventaja.

Miró a Borgov y rápidamente apartó la mirada. Su cara era alarmante en su concentración. Se dio media vuelta y se marchó, caminando despacio por el pasillo.

La señora Wheatley estaba en la cama, pero despierta. Miró parpadeando a Beth, subiéndose las sábanas hasta la barbilla.

—Hola, cariño.

—Pensé que podríamos almorzar juntas —dijo Beth—. No vuelvo a jugar hasta mañana.

—Almorzar —dijo la señora Wheatley—. Oh, cielos. —Y entonces preguntó—: ¿Cómo te ha ido?

—Se rindió después de treinta movimientos.

—Eres una maravilla —dijo la señora Wheatley. Se incorporó con cuidado en la cama hasta quedar sentada—. Me encuentro pachucha, aunque probablemente necesito algo en el estómago. Manuel y yo tomamos cabrito para cenar. Puede que haya sido el golpe de gracia.

Estaba muy pálida. Se levantó despacio de la cama y se dirigió al cuarto de baño.

—Supongo que podría tomar un sándwich, o uno de esos tacos menos picantes.

La competencia en el torneo era más consistente, vigorosa y profesional que ninguna que Beth hubiera visto antes, aunque sus efectos sobre ella, una vez superada la primera partida tras una noche casi sin dormir, no eran preocupantes. Todo estaba bien organizado, con los anuncios en español y en inglés. Todo estaba tranquilo. En su partida del día siguiente jugó el gambito de dama declinado contra un austríaco llamado Diedrich, un joven pálido y guapo que llevaba un chaleco de punto, y lo obligó a renunciar a media partida con una implacable presión en el centro del tablero. Lo hizo casi todo con peones y ella misma se sorprendió por las complicaciones que parecían surgir de sus dedos mientras tomaba el centro del tablero y empezaba a aplastar la posición como quien aplasta un huevo. Él había jugado bien, no había cometido torpezas ni nada que pudiera ser considerado un error, pero Beth movió con una precisión tan letal, con un control tan medido, que la posición de él ya era desesperanzada en el vigesimotercer movimiento.

La señora Wheatley la había invitado a cenar con ella y Manuel; Beth no había querido. Aunque en México no se cena hasta las diez, no esperaba encontrar a la señora Wheatley en la habitación cuando volvió de compras a las siete.

Estaba vestida pero en la cama, con la cabeza apoyada en una almohada. En la mesilla de noche había una bebida a la mitad. La señora Wheatley tenía cuarenta y tantos años, pero la palidez de su cara y las arrugas de preocupación en su frente la hacían parecer mucho mayor.

—Hola, querida —dijo.

—¿Está enferma?

—Un poco desmejorada.

—Podría llamar a un médico.

La palabra «médico» pareció flotar en el aire entre ellas hasta que la señora Wheatley dijo:

—No es tan grave. Solo necesito descanso.

Beth asintió y entró en el cuarto de baño para lavarse. El aspecto y la conducta de la señora Wheatley eran preocupantes. Pero cuando Beth volvió a la habitación, se había levantado de la cama y parecía bastante animada, alisando las colchas. Sonrió con sarcasmo.

—Manuel no vendrá.

Beth la miró con curiosidad.

—Tenía cosas que hacer en Oaxaca.

Beth vaciló un momento.

—¿Cuánto tiempo estará fuera?

La señora Wheatley suspiró.

—Al menos hasta que nos marchemos.

—Lo siento.

—Bueno —dijo la señora Wheatley—, nunca he estado en Oaxaca, pero sospecho que se parece a Denver.

Beth la miró un instante y luego se echó a reír.

—Podemos cenar juntas —dijo—. Puede llevarme a uno de los sitios que conoce.

—Pues claro —dijo la señora Wheatley. Sonrió con tristeza—. Fue divertido mientras duró. La verdad es que tenía un agradable sentido del humor.

—Qué bien. El señor Wheatley no parecía muy divertido.

—Dios mío —dijo la señora Wheatley—. Allston nunca creía que nada fuera gracioso, excepto Eleanor Roosevelt.

En este torneo cada jugador jugaba una partida al día. Duraría seis días. Las primeras dos partidas de Beth le resultaron bastante sencillas, pero la tercera fue una sorpresa.

Llegó cinco minutos antes y estaba sentada ante el tablero cuando su contrincante entró caminando con cierta torpeza. Tendría unos doce años. Beth lo había visto por la sala, había pasado junto a los tableros en los que estaba jugando, pero se hallaba distraída y no había reparado en su juventud. Tenía el pelo negro rizado y llevaba una anticuada camisa blanca informal, tan bien planchada que sus bordes destacaban en sus finos brazos. Era algo raro y se sintió incómoda. Se suponía que ella era la prodigio. El chaval parecía tan condenadamente serio.

Extendió la mano.

—Soy Beth Harmon.

Él se levantó, se inclinó ligeramente, tomó su mano con firmeza y la estrechó una vez.

—Soy Georgi Petrovich Girev —dijo. Entonces sonrió tímidamente, una sonrisita furtiva—. Me siento honrado.

Beth se ruborizó.

—Gracias.

Los dos se sentaron, y él pulsó el botón del reloj de Beth, que jugo peón cuatro reina, alegre por tener el primer movimiento contra este niño irritante.

Empezó como un gambito de dama aceptado rutinario: él tomó el peón de alfil ofrecido, y los dos se movieron hacia el centro. Pero, a medida que llegaban a la mitad del juego, se volvió más complejo que de costumbre, y ella se dio cuenta de que él ejecutaba una defensa muy sofisticada. Movía rápido, enloquecedoramente rápido, y parecía saber exactamente lo que iba a hacer. Ella intentó unas cuantas amenazas, pero él ni se inmutó. Pasó una hora, luego otra. Llevaban ya más de treinta movimientos, y el tablero estaba rodeado de gente. Ella lo miró cuando movía una pieza, el bracito huesudo sobresaliendo de la camisa absurda, y lo odió. Podría haber sido una máquina. Pequeño gusano, pensó, advirtiendo de pronto que los adultos contra los que había jugado de niña debían de haber pensado lo mismo de ella.

Ya era por la tarde, y la mayoría de las partidas habían terminado. Estaban en el movimiento treinta y cuatro. Ella quería acabar y volver con la señora Wheatley. La tenía preocupada. Se sintió vieja y agotada jugando con este niño incansable con sus brillantes ojos oscuros y sus movimientos rápidos: sabía que, si cometía una pequeña torpeza, se lanzaría a su garganta. Miró el reloj. Le quedaban veinticinco minutos. Tendría que acelerar y hacer cuarenta movimientos antes de que cayera su bandera. Si no tenía cuidado, se vería en serios aprietos de tiempo. Eso era algo que estaba acostumbrada a provocar en otra gente; la hizo sentirse incómoda. Nunca había sido tan consciente del reloj antes.

Durante los últimos movimientos había estado considerando una serie de intercambios en el centro: caballo y alfil por caballo y alfil, y un intercambio de torres unos cuantos movimientos más tarde. Eso simplificaría mucho las cosas, pero el problema era que implicaba un juego final y ella intentaba evitar los juegos finales. Ahora, al ver que iba con cuarenta y cinco minutos menos que él en el reloj, se sintió incómoda. Tendría que deshacerse de este atasco. Tomó su caballo y comió el alfil de rey. Él respondió inmediatamente, sin mirarla siquiera. Capturó su alfil de reina. Continuaron con los movimientos como si hubieran estado predeterminados, y cuando se acabó, el tablero quedó lleno de espacios vacíos. Cada jugador tenía una torre, un caballo, cuatro peones y el rey. Beth sacó el rey de la fila de atrás, y él hizo lo mismo. En esta etapa el poder del rey como atacante quedaba bruscamente de manifiesto: ya no era necesario esconderlo. La cuestión ahora era llevar un peón hasta la octava fila y coronarlo. Estaban en juego final.

Ella tomó aire, sacudió la cabeza para despejarla y empezó a concentrarse en la posición. Lo importante era tener un plan.

—Quizás deberíamos aplazar la partida ahora.

Era la voz de Girev, casi un susurro. Ella lo miró a la cara, pálida y seria, y entonces volvió a mirar el reloj. Ambas banderas habían caído. Eso nunca le había sucedido antes. Le sorprendió y se quedó estúpidamente sentada en la silla durante un momento.

—Debe sellar el movimiento —dijo Girev. De repente pareció incómodo y alzó la mano para llamar al director del torneo.

Uno de los directores se acercó, caminando lentamente. Era un hombre de mediana edad y gruesas gafas.

—La señorita Harmon debe sellar su movimiento —dijo Girev.

El director miró el reloj.

—Voy a traer un sobre.

Ella miró de nuevo el tablero. Parecía bastante despejado. Debería avanzar el peón de torre que ya había decidido, poniéndolo en la cuarta fila. El director le entregó un sobre y se retiró discretamente unos cuantos pasos. Girev se levantó y se dio la vuelta amablemente. Beth escribió «P-4TD» en su hoja de anotaciones, la dobló, la metió en el sobre y se lo dio al director del torneo.

Se levantó envarada y miró alrededor. No había más partidas en curso, aunque unos cuantos jugadores seguían allí, algunos sentados y otros de pie, examinando posiciones en los tableros. Unos pocos estaban encogidos sobre los tableros, analizando partidas que ya habían terminado.

Girev había vuelto a la mesa. Su cara era muy seria.

—¿Puedo preguntarle una cosa?

—Sí.

—En América —dijo—, me han dicho que se ven las películas desde el coche. ¿Es cierto?

—¿Autocines? ¿Te refieres a películas en autocines?

—Sí. Películas de Elvis Presley que se ven desde dentro de un coche. Debbie Reynolds y Elizabeth Taylor. ¿Eso ocurre?

—Claro que sí.

Él la miró, y de repente su serio rostro mostró una amplia sonrisa.

—Me gustaría verlo —dijo—. Me gustaría de verdad.

La señora Wheatley durmió profundamente toda la noche y seguía dormida cuando Beth se levantó. Beth se sentía descansada y alerta: se había acostado preocupada por la partida aplazada con Girev, pero por la mañana se sintió bien. El movimiento con el peón era fuerte. Se dirigió descalza desde el sofá donde había estado durmiendo hasta la cama donde yacía la señora Wheatley y le palpó la frente. Estaba fría. Beth la besó ligeramente en la mejilla y entró en el cuarto de baño y se dio una ducha. Cuando se marchó a desayunar, la señora Wheatley seguía dormida.

Su partida de por la mañana era contra un mexicano de veintipocos años. Beth llevaba las negras, jugó la siciliana y lo pilló desprevenido en el decimonoveno movimiento. Entonces empezó a agotarlo. Tenía la cabeza muy despejada, y pudo mantenerlo tan ocupado intentando responder a sus amenazas que fue capaz de comerle un alfil a cambio de dos peones y empujar su rey a una posición expuesta haciéndole jaque con un caballo. Cuando sacó a su reina, el mexicano se levantó, le sonrió fríamente y dijo:

—Basta, basta. —Sacudió con ira la cabeza—. Me retiro.

Durante un momento ella se sintió furiosa: quiso terminar, empujar su rey por el tablero y darle mate.

—Juegas de un modo... asombroso —dijo el mexicano—. Haces que un hombre se sienta indefenso. —Inclinó levemente la cabeza, se dio media vuelta y dejó la mesa.

En la partida contra Girev esa tarde, se encontró moviendo con sorprendente fuerza y velocidad. Girev llevaba esta vez una camisa azul claro, y le sobresalía de los codos como los filos de una cometa infantil. Ella permaneció sentada impaciente mientras el director del torneo abría el sobre y hacía el movimiento de peón que ella había sellado el día anterior. Se levantó y caminó por el salón casi vacío donde se estaban jugando otras dos partidas aplazadas, dando tiempo a Girev para mover. Se volvió a mirarlo varias veces y lo vio encogido sobre el tablero, los puñitos clavados en las pálidas mejillas; la camisa azul parecía brillar bajo las luces. Lo odiaba: odiaba su seriedad y odiaba su juventud. Quería aplastarlo.

Oyó el clic del botón del reloj desde la mitad de la sala y volvió inmediatamente a la mesa. No se sentó, sino que se quedó de pie mirando la posición. Él había colocado su torre en la fila del alfil de reina, como esperaba. Estaba preparada para eso y avanzó de nuevo su peón, se dio media vuelta y continuó caminando por la sala. Había una mesa con una jarra de agua y unos cuantos vasos de plástico. Cuando volvió al tablero, Girev había vuelto a mover. Ella movió inmediatamente, sin emplear la torre para defender, sino abandonando el peón y haciendo en cambio avanzar al rey. Tomó la pieza con la punta de los dedos como había visto hacer al hombre con pinta de pirata en Cincinnati años antes y la colocó en cuatro reina, se dio la vuelta y se marchó de nuevo.

Siguió así, sin sentarse. Tres cuartos de hora después, lo tuvo en sus manos. Fue realmente sencillo, casi demasiado fácil. Solo era cuestión de intercambiar las torres en el momento adecuado. El intercambio dejaba al rey de él una casilla atrás en la recaptura, lo suficiente para que el peón de ella avanzara y coronara. Pero Girev no esperó eso: se rindió inmediatamente después del jaque con la torre y el intercambio siguiente. El niño dio un paso hacia ella como para decirle algo, pero al verle la cara se detuvo. Por un momento ella se ablandó, recordando la niña que era tan solo unos años antes y lo devastada que se sentía al perder una partida.

Extendió la mano, y cuando él la estrechó forzó una sonrisa y dijo:

—Yo tampoco he estado nunca en un autocine.

Él sacudió la cabeza.

—No debería haberla dejado hacer eso. Con la torre.

—Sí —dijo ella, y añadió—: ¿Qué edad tenías cuando empezaste a jugar al ajedrez?

—Cuatro años. Fui campeón de distrito a los siete. Espero ser campeón del mundo algún día.

—¿Cuándo?

—Dentro de tres años.

—Tendrás dieciséis dentro de tres años.

Él asintió, tenaz.

—Si ganas, ¿qué harás después?

Él pareció aturdido.

—No comprendo.

—Si eres campeón del mundo a los dieciséis años, ¿qué harás con el resto de tu vida?

Él seguía aturdido.

—No comprendo.

La señora Wheatley se fue pronto a la cama y parecía mejor a la mañana siguiente. Se levantó antes que Beth, y cuando bajaron a desayunar juntas en la Cámara de Toreros, pidió una tortilla de patatas y dos tazas de café y se lo tomó todo. Beth se sintió aliviada.

En el tablón de anuncios junto a la mesa de inscripción había una lista de jugadores. Beth no la había mirado desde hacía varios días. Al entrar ahora en la sala diez minutos antes de la partida, se detuvo y comprobó las puntuaciones. Estaban listados en orden de sus valoraciones internacionales, y Borgov era el primero con 2.715. Harmon era la decimoséptima con 2.370. Detrás del nombre de cada jugador había una serie de recuadros con la puntuación de las partidas. «0» significaba una derrota, «1/2» tablas, y «1» una victoria. Había muchos «1/2». Tres nombres tenían una fila ininterrumpida de unos. Borgov y Harmon eran dos de ellos.

Las parejas estaban a unos pocos palmos a la derecha. En lo alto de la lista aparecían BORGOV-RAND, y debajo HARMON-SOLOMON. Si Borgov y ella ganaban hoy, no jugarían necesariamente el uno contra la otra en la final de mañana. Beth no estaba segura de querer jugar contra él o no. Jugar contra Girev la había afectado. Sentía una sombría inquietud por la señora Wheatley, a pesar de su aparente mejora: la imagen de su piel blanca, las mejillas con colorete y las sonrisas forzadas la incomodaba. Un zumbido de voces había empezado en la sala cuando los jugadores se dirigieron a sus tableros, pusieron los relojes en marcha, y se dispusieron a jugar. Beth se sacudió la inquietud lo mejor que pudo, buscó el tablero cuatro (el primer tablero de la gran sala) y esperó a Solomon.

Solomon no fue en modo alguno fácil, y la partida duró cuatro horas antes de que se viera obligado a renunciar. Sin embargo, en ningún momento durante todo ese tiempo perdió ella la delantera, la pequeña ventaja que el movimiento de apertura da a quien juega con blancas. Solomon no dijo nada, pero ella notó por la forma en que se marchaba después que estaba furioso por haber perdido contra una mujer. Lo había visto lo bastante a menudo como para reconocerlo. Normalmente la enfadaba, pero ahora no importaba. Tenía otra cosa en mente.

Cuando terminó fue a mirar en la sala más pequeña donde jugaba Borgov, pero estaba vacía. La posición ganadora (la de Borgov) aparecía en el gran tablero de la pared y era tan devastadora como lo había sido la victoria de Beth sobre Solomon.

En la sala grande miró el tablón de anuncios. Algunas de las parejas del día siguiente estaban ya establecidas. Eso fue una sorpresa. Se acercó más para mirar y el corazón se le atascó en la garganta: en lo alto de la última lista, en letras negras, estaba escrito: BORGOV-HARMON. Parpadeó y volvió a leer, conteniendo la respiración.

Beth había traído tres libros a México D.F. La señora Wheatley y ella cenaron en la habitación, y después Beth sacó *Partidas de grandes maestros,* que incluía cinco de Borgov. Lo abrió por la primera y empezó a jugarla, usando su tablero y las piezas. Rara vez hacía esto, pues generalmente confiaba en su habilidad para visualizar una partida cuando la repasaba, pero quería tener a Borgov delante de la manera más palpable posible. La señora Wheatley se quedó en la cama leyendo mientras Beth revisaba las partidas, buscando debilidades. No encontró ninguna. Las jugó de nuevo, deteniéndose en ciertas posiciones donde las posibilidades parecían casi infinitas, y las trabajó todas. Se quedó sentada mirando el tablero: ningún aspecto de su vida le robaba ni una pizca de atención mientras las combinaciones se ejecutaban en su cabeza. De vez en cuando un sonido por parte de la señora Wheatley o una tensión en el aire de la habitación la sacaban de su concentración un momento, y miraba alrededor confundida, sintiendo la tensión dolorida de sus músculos y el fino e intrusivo aguijón del miedo en su estómago.

Había habido unas cuantas veces antes en que se había sentido así, con la mente no solo deslumbrada sino casi aterrorizada por la infinitud del ajedrez. A medianoche la señora Wheatley había soltado su libro y se había quedado dormida. Beth continuó sentada en el sillón verde durante horas, sin oír los suaves ronquidos de la señora Wheatley, sin notar el extraño olor del hotel mexicano en la nariz, sintiendo de algún modo que podía caerse desde un precipicio, que sentada ante el tablero que había comprado en Purcell en Kentucky estaba en realidad ante un abismo, sostenida solo por el extraño equipamiento mental que la había dotado para este elegante y mortal juego. En el tablero había peligro por todas partes. No se podía descansar.

No se acostó hasta después de las cuatro y, dormida, soñó que se ahogaba.

Unas cuantas personas se habían congregado en el salón. Beth reconoció a Marenco, vestido con traje y corbata ahora; la saludó cuando entró, y ella se obligó a sonreír en su dirección. Era aterrador incluso ver a este jugador a quien ya había derrotado. Estaba nerviosa, lo sabía, y no sabía qué hacer al respecto.

Se había duchado a las siete de esa mañana, incapaz de librarse de la tensión con la que había despertado. Apenas pudo tomarse el primer café en la cafetería casi vacía y después se lavó la cara, con cuidado, tratando de concentrarse. Ahora cruzó la alfombra roja del salón y fue al cuarto de baño de señoras y se lavó de nuevo la cara. Se secó cuidadosamente con toallas de papel y se peinó, mirándose en el gran espejo. Sus movimientos parecían forzados, y su cuerpo imposiblemente frágil. La blusa cara y la falda no le sentaban bien. Su miedo era tan agudo como un dolor de muelas.

Al recorrer el pasillo, lo vio. Estaba allí de pie con dos hombres a quienes no reconoció. Todos llevaban trajes oscuros. Hablaban en voz baja, confidencialmente. Ella bajó los ojos y pasó de largo hacia la sala pequeña. Dentro esperaban algunos hombres con cámaras. Periodistas. Se colocó tras las piezas negras en el tablero uno. Miró el tablero durante un rato y oyó la voz del director del torneo diciendo:

—La partida comenzará dentro de tres minutos.

Alzó la cabeza. Borgov cruzaba la sala hacia ella. El traje le sentaba bien, con las perneras de los pantalones cayendo parejas sobre el empeine de sus brillantes zapatos negros. Beth devolvió la mirada hacia el tablero, cortada, sintiéndose incómoda. Borgov se había sentado. Oyó la voz del director como desde muy lejos:

—Puede iniciar el reloj de su oponente.

Y Beth extendió la mano, pulsó el botón del reloj y levantó la mirada. Él estaba allí sentado, oscuro y pesado, mirando fijamente el tablero, y ella vio como en un sueño que extendía una mano de dedos gruesos, tomaba el peón de rey y lo colocaba en la cuarta fila. Peón cuatro rey.

Lo miró un instante. Siempre jugaba la siciliana contra esa apertura, la más común para las blancas en el juego de ajedrez. Pero vaciló. En alguna revista llamaban a Borgov el «maestro de la siciliana». Casi por impulso movió también peón cuatro rey, esperando llevarlo a un terreno que fuera fresco para ambos, que no le diera a él la ventaja del conocimiento superior. Borgov sacó su caballo de rey a tres alfil, y ella llevó el suyo a tres alfil de reina, protegiendo al peón. Y entonces sin vacilación él puso su alfil en cinco caballo y el corazón de Beth se hundió. La Ruy López. La había jugado a menudo, pero en esta partida la asustó. Era tan compleja y tan concienzudamente analizada como la siciliana, y había docenas de líneas que apenas conocía, excepto por haberlas memorizado en los libros.

Alguien disparó otro flash para sacar una foto y Beth oyó el furioso susurro del director del torneo pidiendo que no molestaran a los jugadores. Colocó su peón en tres torre, atacando al alfil. Borgov lo retiró a torre cuatro. Beth se obligó a concentrarse, sacó su otro caballo, y Borgov enrocó. Todo esto era familiar, pero no suponía ningún alivio. Ahora tenía que decidir jugar la variante abierta o la cerrada. Miró la cara de Borgov y luego de nuevo al tablero. Le comió el peón con el caballo, iniciando la abierta. Él jugó peón cuatro reina, como ella sabía que haría, y ella movió peón cuatro caballo de reina porque tenía que hacerlo, para estar preparada cuando él moviera la torre. La lámpara que colgaba del techo era demasiado brillante. Y ahora Beth empezó a sentir pesar, como si el resto de la partida fuera inevitable..., como si estuviera encerrada en una especie de coreografía de fintas y contra-amenazas en las que era una necesidad fija que ella perdiera, como una partida de uno de los libros donde ya conocías el resultado y jugabas solo para ver cómo pasaba.

Sacudió la cabeza para despejarla. La partida no había llegado tan lejos. Todavía estaban efectuando viejos movimientos cansados y la única ventaja que tenían las blancas era la ventaja de siempre: el primer movimiento. Alguien había dicho que cuando los ordenadores realmente aprendieran a jugar al ajedrez y jugaran entre sí, las blancas ganarían siempre por el primer movimiento. Como el tres en raya. Pero no habían llegado a eso. Beth no estaba jugando contra una máquina perfecta.

Borgov devolvió su alfil a tres caballo, retirándose. Ella jugó peón cuatro reina, y él comió el peón y ella colocó su alfil en tres rey. Sabía esto ya en Methuen por las líneas que había memorizado en clase de *Aperturas modernas de ajedrez*. Pero la partida estaba ya lista para entrar en una fase completamente abierta, donde podía tomar giros inesperados. Alzó la cabeza justo cuando Borgov, el rostro tranquilo e inexpresivo, tomaba su reina y la colocaba delante del rey, en dos rey. Parpadeó un momento. ¿Qué estaba haciendo? ¿Iba a por el caballo de su cinco rey? Podía clavar el peón que protegía al caballo fácilmente con una torre. Pero el movimiento parecía de algún modo sospechoso. Sintió de nuevo la tensión en el estómago, un poco de mareo.

Se cruzó los brazos sobre el pecho y empezó a estudiar la posición. Por el rabillo del ojo pudo ver al joven que movía las piezas en el tablero de exposición colocando la gran reina blanca de cartón en la casilla dos rey. Contempló la sala. Había una docena de personas allí de pie mirando. Regresó al tablero. Tendría que deshacerse de su alfil. Caballo a cuatro torre parecía bueno para eso. También estaba caballo cuatro alfil o alfil dos rey, pero eso era muy complicado. Estudió las posibilidades durante un momento y descartó la idea. No se fiaba de sí misma contra Borgov con estas complicaciones. Poner un caballo en la fila de la torre cortaba su alcance a la mitad; pero lo hizo. Tenía que deshacerse del alfil. El alfil no buscaba nada bueno.

Borgov extendió la mano sin vacilación y jugó caballo a cuatro reina. Ella se quedó mirando; había esperado que fuera a mover la torre. De todas formas, no parecía haber ningún daño en ello. Colocar su peón de alfil de reina en el cuarto escaque parecía bien. Obligaría al caballo de Borgov a comer su alfil, y después de eso podría eliminar su alfil con su caballo y detener la molesta presión sobre su otro caballo, el que estaba un poco demasiado lejos tablero abajo en rey cinco y no tenía suficientes casillas libres a las que huir. Contra Borgov, la pérdida de un caballo sería letal. Movió el peón de alfil de reina, sujetando la pieza un momento entre los dedos antes de soltarla. Entonces se acomodó hacia atrás en su silla e inspiró profundamente. La posición parecía buena.

Sin vacilación, Borgov comió el alfil con su caballo, y Beth retomó con su peón. Entonces él movió su peón de alfil de reina a la tercera fila, como ella pensaba que iba a hacer, creando un lugar para que se ocultara el fastidioso alfil. Comió con alivio el alfil, deshaciéndose de él y sacando a su caballo de la molesta fila de la torre. Borgov permaneció impasible y comió el caballo con su peón. Sus ojos se dirigieron a los de ella y de vuelta a la posición.

Beth bajó nerviosa la mirada. Le había parecido bueno unos cuantos movimientos antes, pero no parecía tan bueno ahora. El problema era su caballo en cinco rey. Borgov podía mover su reina a cuatro caballo, amenazando con comerle el peón de rey con un jaque, y cuando ella se protegiera contra esto, podía atacar al caballo con su peón de alfil de rey, y no tendría ningún sitio al que ir. La reina de Borgov estaría allí para comérselo. Había otra molestia en el lado de su reina: él podía comer el peón con la torre, renunciando a la torre solo para contraatacar con un jaque de reina, ganando un peón y con una posición mejorada. No. Dos peones. Tendría que poner la reina en caballo tres. Reina a reina dos no era bueno porque el maldito peón de alfil podía atacar su caballo. No le gustaba ir a la defensiva y estudió el tablero durante largo rato antes de mover, intentando encontrar algo para contraatacar. No había nada. Tenía que mover la reina y proteger al caballo. Sentía que le ardían las mejillas y estudió de nuevo la posición. Nada. Colocó la reina en tres caballo y no miró a Borgov.

Sin ningún tipo de vacilación Borgov movió su alfil a tres rey, protegiendo a su rey. ¿Por qué no había visto ella eso? Había observado un buen rato. Ahora si movía el peón que pensaba mover, perdería su reina. ¿Cómo podía haberlo pasado por alto? Había planeado la amenaza del jaque descubierto con la nueva posición de su reina, y él la había anulado al instante con un movimiento que era escalofriantemente obvio. Beth miró su rostro ruso, imperturbable y bien afeitado, la corbata tan bien anudada bajo su duro mentón, y el miedo que sintió casi le paralizó los músculos.

Estudió el tablero con toda la intensidad de la que fue capaz, sentada rígida durante veinte minutos mirando la posición. Su estómago se vino abajo aún más cuando probó y rechazó una docena de continuaciones. No podía salvar al caballo. Finalmente, movió alfil dos rey, y Borgov, como era de esperar, puso su reina en cuatro caballo, amenazando de nuevo con comerse el caballo adelantando su peón de alfil de rey. Ahora ella tenía la oportunidad de rey dos reina o enrocar. De cualquier manera, el caballo estaba perdido. Enrocó.

Borgov inmediatamente movió el peón de alfil para atacar a su caballo. Beth tuvo ganas de gritar. Todo lo que él hacía era obvio, falto de imaginación, burocrático. Se sintió sofocada y jugó peón cinco reina, atacando al alfil, y entonces vio su inevitable movimiento de alfil seis torre, amenazando con mate. Tendría que sacar la torre para protegerse. Él se comería el caballo con la reina, y si ella tomaba el alfil, la reina se comería a la torre en el rincón y haría jaque, y todo se haría pedazos. Tendría que mover la torre para protegerse. Y mientras tanto le faltaría un caballo. Contra un campeón del mundo, cuya camisa era impecablemente blanca, cuya corbata tenía un hermoso nudo, cuya ceñuda cara rusa no admitía ninguna duda ni debilidad.

Vio su propia mano estirarse y, tomando al rey negro por la cabeza, volcarlo sobre el tablero.

Permaneció allí sentada un instante y oyó los aplausos. Entonces, sin mirar a nadie, se marchó de la sala.

Nueve

—Póngame un tequila sunrise —dijo. El reloj sobre la barra daba las doce y media, y había un grupo de cuatro mujeres estadounidenses en una de las mesas al fondo del comedor. Beth no había desayunado, pero no quería almorzar.

—Con mucho gusto —respondió el camarero.

La ceremonia de entrega de premios era a las dos y media. Ella prefería beber en el bar. Tendría el cuarto puesto, o tal vez el quinto. Los otros dos grandes maestros habían hecho tablas y estarían por delante de ella con cinco puntos y medio cada uno. Borgov tenía seis. Su puntuación era de cinco. Se tomó tres tequila sunrises, comió dos huevos duros y se pasó a la cerveza. Dos Equis. Hicieron falta cuatro para aliviar el dolor de su estómago, para nublar la furia y la vergüenza. Aunque empezaba a remitir, todavía podía ver el rostro oscuro y grueso de Borgov y podía sentir la frustración que había experimentado durante la partida. Había jugado como una novata, como una necia pasiva y cohibida.

Bebió mucho, pero no se mareó, ni la voz le sonó pastosa al pedir. Parecía haber una especie de aislamiento a su alrededor que lo mantenía todo a distancia. Se quedó sentada en una mesa al fondo del salón con su vaso de cerveza, y no se emborrachó.

A las tres, dos jugadores del torneo entraron en el bar, hablando en voz baja. Beth se levantó y se fue directa a su habitación.

La señora Wheatley estaba tendida en la cama. Tenía una mano en la cabeza con los dedos clavados en el pelo, como si tuviera jaqueca. Beth se acercó a la cama. La señora Wheatley no tenía buen aspecto. Beth extendió la mano y la tomó por el brazo. Estaba muerta.

Pareció que no sentía nada, pero pasaron cinco minutos antes de que Beth pudiera soltar el frío brazo y levantar el teléfono.

El director del hotel sabía exactamente qué hacer. Beth permaneció sentada en el sillón bebiendo café con leche del servicio de habitaciones mientras venían dos hombres con una camilla y el director del hotel les daba instrucciones. Ella lo oyó, pero no miró. Mantuvo la mirada fija en la ventana. Poco después se volvió y vio a una mujer de mediana edad con un traje gris, usando un estetoscopio con la señora Wheatley, que estaba en la cama, con la camilla debajo. Los dos hombres de uniforme verde estaban a los lados de la cama, con aspecto cohibido. La mujer se quitó el estetoscopio, le asintió al director del hotel y se acercó a Beth. Su rostro mostraba cansancio.

—Lo siento —dijo.

Beth apartó la mirada.

—¿Qué ha sido?

—Hepatitis, posiblemente. Lo sabremos mañana.

—Mañana —dijo Beth—. ¿Podría darme un tranquilizante?

—Tengo un sedante...

—No quiero un sedante. ¿Podría prescribirme Librium?

La doctora la miró un instante y luego se encogió de hombros.

—No hace falta receta para comprar Librium en México. Le sugiero meprobamato. Hay una farmacia en el hotel.

Usando un mapa de la *Guía de Viajes Mobil* de la señora Wheatley, Beth anotó los nombres de las ciudades entre Denver, Colorado, y Butte, Montana. El director del hotel le dijo que su asistente la ayudaría en todo lo relativo a llamar por teléfono, firmar papeles y tratar con las autoridades. Diez minutos después de que se llevaran a la señora Wheatley, Beth llamó al asistente y le leyó la lista de ciudades y le dio el nombre. Él dijo que la llamaría. Beth pidió una Coca-Cola grande y más café al servicio de habitaciones. Luego se desnudó rápidamente y se dio una ducha. Había un teléfono en el cuarto de baño, pero la llamada no se produjo. Seguía sin sentir nada.

Se vistió con unos vaqueros limpios y una camiseta blanca. En la mesita junto a la cama estaba el paquete de Chesterfields de la señora Wheatley, vacío, arrugado. El cenicero estaba lleno de colillas. Un cigarrillo, el último que había fumado, estaba en el borde de la pequeña bandeja, con una larga ceniza fría. Beth se lo quedó mirando un minuto. Luego entró en el cuarto de baño y se secó el pelo.

El chico que trajo la botella grande de Coca-Cola y la jarra de café fue muy respetuoso y rechazó su intento de firmar la factura. Sonó el teléfono. Era el director del hotel.

—Tengo su llamada —dijo—. De Denver.

Hubo una serie de clics en el receptor y luego una voz masculina, sorprendentemente fuerte y clara.

—Al habla Allston Wheatley.

—Soy Beth, señor Wheatley.

Una pausa.

—¿Beth?

—Su hija. Elizabeth Harmon.

—¿Estás en México? ¿Llamas desde México?

—Es por la señora Wheatley. —Miraba el cigarrillo, nunca fumado realmente, en el cenicero.

—¿Cómo está Alma? —dijo la voz—. ¿Está ahí contigo? ¿En México?

El interés parecía forzado. Beth pudo imaginarlo como lo había visto en Methuen, deseando estar en cualquier otra parte, todo en él decía que no quería hacer ninguna conexión, siempre quería estar en otra parte.

—Ha muerto, señor Wheatley. Murió esta mañana.

Silencio al otro lado de la línea. Finalmente, Beth dijo:

—Señor Wheatley...

—¿Puedes encargarte por mí? —dijo él—. No puedo ir a México.

—Van a hacer una autopsia mañana, y tengo que comprar nuevos billetes de avión. Quiero decir, un billete para mí... —su voz se había vuelto de pronto débil y sin rumbo. Levantó la taza de café y dio un sorbo—. No sé dónde enterrarla.

La voz del señor Wheatley volvió con sorprendente nitidez.

—Llama a Durgin Brothers, en Lexington. Hay un solar familiar a su nombre de soltera. Benson.

—¿Y la casa?

—Mira —la voz era más fuerte ahora—, no quiero nada. Ya tengo bastantes problemas aquí en Denver. Llévala a Kentucky y entiérrala y quédate con la casa. Basta con que cumplas con los pagos de la hipoteca. ¿Necesitas dinero?

—No lo sé. No sé qué costará.

—He oído que te va bien. La niña prodigio y todo eso. ¿No puedes pedir que te lo cobren luego o algo?

—Puedo hablar con el director del hotel.

—Bien. Hazlo. Ando corto de dinero ahora mismo, pero puedes quedarte con la casa y el patrimonio. Llama al Second National Bank y pregunta por el señor Erlich. E-r-l-i-c-h. Dile que quiero que te quedes la casa. Él sabe cómo ponerse en contacto conmigo.

De nuevo silencio. Entonces ella dijo, con toda la fuerza que pudo:

—¿No quiere saber de qué ha muerto?

—¿Qué ha sido?

—Hepatitis, creo. Lo sabrán mañana.

—Vaya —dijo el señor Wheatley—. Siempre estaba enferma.

El director del hotel y la doctora se encargaron de todo, incluso de la devolución del billete de avión de la señora Wheatley. Beth tuvo que firmar algunos papeles oficiales, tuvo que absolver al hotel de toda responsabilidad y rellenar impresos gubernamentales. Uno tenía por título «Aduana estadounidense: traslado de restos». El director contactó con Durgin Brothers en Lexington. El asistente llevó a Beth al aeropuerto al día siguiente, con el coche fúnebre discretamente siguiéndolos por las calles de México D.F. y la autopista. Beth vio el ataúd de metal solo una vez, al asomarse a la ventana de la sala de espera de la TWA. El coche fúnebre se había acercado hasta el 707 y unos hombres lo descargaban bajo el brillante sol. Lo colocaron en una carretilla elevadora, y Beth oyó el tenue gemido del motor a través del cristal mientras lo subían a la bodega de carga. Durante un momento tembló y ella tuvo una súbita y horrible visión de que se caía de la carretilla y se estrellaba contra el asfalto, desparramando el cuerpo embalsamado de la señora Wheatley por el suelo gris y caliente. Pero no sucedió. El ataúd fue trasladado sin problemas a la bodega de carga.

A bordo, Beth rechazó la bebida que le ofreció la azafata. Cuando se marchó pasillo abajo, Beth abrió su bolso y sacó uno de sus nuevos frascos de píldoras verdes. Se había pasado tres horas el día anterior, después de firmar los papeles, yendo de farmacia en farmacia, comprando el límite de cien píldoras en cada una de ellas.

El funeral fue sencillo y breve. Media hora antes de que empezara, Beth se tomó cuatro píldoras verdes. Permaneció sentada sola en la iglesia, en un estupor silencioso, mientras el pastor decía las cosas que dicen los pastores. Había flores en el altar, y le sorprendió un poco ver a un par de hombres de la funeraria acercarse y retirarlas en cuanto el pastor terminó. Había otras seis personas, pero Beth no conocía a ninguna. Una anciana la abrazó después y dijo:

—Pobrecita.

Esa tarde terminó de deshacer las maletas y bajó del dormitorio para hacerse un café. Mientras el agua hervía entró en el cuartito de baño de la planta baja para lavarse la cara y de repente, rodeada de azul, de la alfombra azul y las toallas azules y el jabón azul de la señora Wheatley, algo caliente explotó en su vientre y su cara se inundó de lágrimas. Tomó una toalla y se la llevó a la cara y dijo «Oh, Santo Dios» y se apoyó contra el lavabo y lloró durante largo rato.

Todavía se estaba secando la cara cuando sonó el teléfono.

La voz era de hombre.

—¿Beth Harmon?

—Sí.

—Soy Harry Beltik. Del torneo estatal.

—Lo recuerdo.

—Sí. He oído que perdiste con Borgov. Quería darte mis condolencias.

Mientras ponía la toalla en el sofá advirtió un paquete de cigarrillos de la señora Wheatley a medio terminar en el brazo.

—Gracias —dijo, agarrando el paquete y sujetándolo con fuerza.

—¿Con qué jugabas? ¿Blancas?

—Negras.

—Sí. —Hubo una pausa—. ¿Algo va mal?

—No.

—Es mejor así.

—¿Qué es mejor?

—Es mejor llevar las negras si vas a perder.

—Supongo.

—¿Qué jugaste? ¿La siciliana?

Ella volvió a dejar con cuidado el paquete sobre el brazo del sillón.

—La Ruy López. Le dejé que me la colara.

—Un error —dijo Beltik—. Mira, estoy pasando el verano en Lexington. ¿Te gustaría entrenarte?

—¿Entrenarme?

—Lo sé. Eres mejor que yo. Pero si vas a jugar con rusos, necesitarás ayuda.

—¿Dónde estás?

—En el hotel Phoenix. Me mudo a un apartamento el jueves.

Ella contempló la habitación durante un momento, y el puñado de revistas femeninas de la señora Wheatley en el taburete, las cortinas azul claro en las ventanas, las enormes lámparas de cerámica con el celofán aún envuelto en sus pantallas amarillentas. Tomó aire y lo dejó escapar lentamente.

—Pásate por aquí —dijo.

Él llegó veinte minutos más tarde conduciendo un Chevrolet del 55 con llamas rojas y negras pintadas en las defensas y un faro roto, y aparcó en la acera al final del camino de ladrillos. Ella lo había estado mirando desde la ventana y lo esperaba en el porche delantero cuando él salió del coche. La saludó y se dirigió al maletero. Llevaba una camisa roja brillante y pantalones grises de pana con un par de zapatos a juego con la camisa. Había algo oscuro y fugaz en él, y Beth, recordando sus malos dientes y su feroz manera de jugar al ajedrez, se tensó al verlo.

Él se inclinó sobre el maletero y sacó una caja de cartón, claramente pesada, se apartó el pelo de los ojos y subió por el camino de acceso. La caja tenía escrito HEINZ TOMATO KETCHUP en letras rojas; estaba abierta por arriba, llena de libros.

La dejó sobre la alfombra del salón y sin más ceremonias quitó las revistas de la señora Wheatley de la mesa de café y las puso en el revistero. Empezó a sacar libros de la caja uno a uno, leyendo los títulos y apilándolos sobre la mesa.

—A.L. Deinkopf, *Estrategia de medio juego;* J.R. Capablanca, *Mi carrera de ajedrecista;* Fornaut, *Partidas de Alekhine 1938-1945;* Meyer, *Finales con torre y peón.*

Algunos eran libros que Beth había visto antes, e incluso tenía unos cuantos. Pero la mayoría eran nuevos para ella, de aspecto grueso y deprimente. Sabía que había muchas cosas que necesitaba saber. Pero Capablanca no había estudiado casi nunca, había jugado por intuición y con sus dones naturales, mientras que jugadores inferiores como Bogolubov y Grünfeld memorizaban líneas de juego como alemanes pedantes. Había visto a jugadores en los torneos después de que terminaran sus partidas, sentados inmóviles en sillas incómodas ajenos al mundo, estudiando variaciones de aperturas o estrategias de medio juego o teoría de juego final. Era interminable. Al ver a Beltik sacar metódicamente un libro gordo tras otro, se sintió cansada y desorientada. Miró la tele: una parte de ella quería encenderla y olvidar el ajedrez para siempre.

—Mis lecturas de verano —dijo Beltik.

Ella sacudió la cabeza, irritada.

—Yo estudio libros. Pero siempre he intentado jugar de oído.

Él se detuvo, sosteniendo en las manos tres ejemplares de *Shakhmatni Byulleten,* las portadas gastadas por el uso, y la miró con el ceño fruncido.

—¿Como Morphy o Capablanca?

Ella se sintió cohibida.

—Sí.

Él asintió sombrío y dejó el puñado de revistas en el suelo junto a la mesa de café.

—Capablanca se habría comido a Borgov.

—No todas las partidas.

—Todas las partidas que contaran —dijo Beltik.

Beth estudió su rostro. Era más joven de lo que recordaba. Pero ella era mayor ahora. Era un joven intransigente: todo en él era intransigente.

—Crees que soy una *prima donna,* ¿no?

Él se permitió una sonrisita.

—Todos somos *prima donnas* —dijo—. Así es el ajedrez para nosotros.

Cuando ella metió la comida en el horno esa noche, tenían dos tableros preparados con posiciones de juego final: el tablero de él con las casillas verdes y crema y sus pesadas piezas de plástico, y el tablero de madera de ella con sus hombres de palisandro y arce. Ambos tableros cumplían la pauta Staunton que seguían todos los jugadores serios; ambos tenían reyes de diez centímetros. Beth no lo había invitado a cenar ni a almorzar; quedó implícito. Él fue a un almacén cercano a comprar comida mientras ella se quedaba allí reflexionando sobre un grupo de posibles movimientos con la torre, tratando de evitar tablas en una partida hipotética. Mientras hacía la comida él le dio unos consejos para mantenerse en buena forma física y dormir lo suficiente. También había comprado comida congelada para la cena.

—Tienes que tener mentalidad abierta —dijo Beltik—. Si te encierras en una idea (como peón de caballo de rey, digamos) es la muerte. Mira esto...

Ella se volvió hacia el tablero situado en la mesa de la cocina. Él tenía una taza de café en la mano y estaba de pie, mirando el tablero con el ceño fruncido, sujetándose la barbilla con la otra mano.

—¿Que mire qué? —dijo ella, irritada.

Él extendió la mano, tomó la torre blanca, la movió por el tablero hasta uno torre de rey: la esquina inferior derecha.

—Ahora su peón de torre está clavado.

—¿Y qué?

—Ahora tiene que mover el rey o tendrá problemas luego.

—Lo comprendo —dijo ella, con voz un poco más suave ahora—. Pero no veo...

—Mira a los peones del lado de la reina, aquí.

Beltik señaló el otro lado del tablero, a los tres peones blancos entrelazados. Ella se acercó a la mesa para verlo mejor.

—Puede hacer esto —dijo. E hizo retroceder dos escaques a la torre negra.

Beltik la miró.

—Inténtalo.

—De acuerdo.

Beth se sentó tras las piezas. En media docena de movimientos Beltik había llevado a su peón de alfil de reina a la séptima fila y era inevitable que acabara coronando. Detenerlo costaría la torre y la partida. Tenía razón: era necesario mover el rey cuando la torre cruzó el tablero.

—Tenías razón. ¿Lo has deducido tú?

—Es de Alekhine —dijo él—. Lo saqué de un libro.

Beltik volvió a su hotel después de medianoche, y Beth se quedó despierta durante varias horas leyendo el libro de medio juego, sin establecer las posiciones en el tablero, sino revisándolas en su imaginación. Una cosa la molestaba, pero no se permitió abundar en ello. No podía imaginar las piezas tan fácilmente como cuando tenía ocho y nueve años. Todavía era capaz de hacerlo, pero le costaba un esfuerzo mayor y a veces no estaba segura de dónde estaba un peón o un alfil y tenía que rehacer los movimientos en su mente para confirmarlo. Jugó obstinadamente hasta la madrugada, usando solo su mente y el libro, sentada en el viejo sillón donde la señora Wheatley veía la tele, vestida con su camiseta y sus vaqueros. De vez en cuando parpadeaba y miraba alrededor, casi esperando ver a la señora Wheatley sentada cerca, con las medias enrolladas y los zapatos negros en el suelo junto al sillón.

Beltik volvió a las nueve de la mañana siguiente, con media docena de libros más. Tomaron café y jugaron unas cuantas partidas de cinco minutos en la mesa de la cocina. Beth las ganó todas, decisivamente, y cuando terminaron la quinta partida Beltik la miró y sacudió la cabeza.

—Harmon, lo has pillado. Pero es improvisación.

Ella lo miró.

—Qué demonios —dijo—. Te he ganado cinco veces.

Él la miró fríamente y tomó un sorbo de café.

—Soy maestro y nunca he jugado mejor —dijo—. Pero no es a mí a quien vas a enfrentarte si vas a París.

—Puedo derrotar a Borgov con un poco más de trabajo.

—Puedes derrotar a Borgov con un montón más de trabajo. Años más de trabajo. ¿Qué demonios crees que es? ¿Otro excampeón de Kentucky como yo?

—Es campeón mundial, pero...

—¡Oh, cierra el pico! Borgov nos podría haber ganado a los dos cuando tenía diez años. ¿Conoces su carrera?

Beth lo miró.

—No, no la conozco.

Beltik se levantó de la mesa y caminó decidido hacia el salón. Sacó un libro con sobrecubierta verde de la pila junto al tablero de Beth, lo llevó a la cocina y se lo plantó delante. *Vasili Borgov: Mi vida en el ajedrez.*

—Léelo esta noche —dijo—. Lee las partidas de Leningrado 1962 y mira la forma en que juega los finales torre-peón. Mira las partidas con Luchenko y con Spassky. —Tomó su taza de café casi vacía—. Puede que aprendas algo.

Era la primera semana de junio y las camelias ardían como un coral brillante ante la ventana de la cocina. Las azaleas de la señora Wheatley habían empezado a florecer y la hierba necesitaba una poda. Había pájaros. Era una semana hermosa, de las mejores de la primavera de Kentucky. A veces, por la noche, bien tarde, después de que Beltik se hubiera marchado, Beth salía al patio trasero para sentir el calor en las mejillas e inspirar varias veces el cálido aire límpido, pero el resto del tiempo ignoraba el mundo exterior. Se había implicado en el ajedrez de una forma nueva. Sus frascos de tranquilizantes mexicanos permanecían intactos en su mesilla de noche; las latas de cerveza del frigorífico continuaban en el frigorífico. Después de permanecer en el patio cinco minutos, volvía a la casa y leía los libros de ajedrez de Beltik durante horas y luego subía las escaleras y caía agotada en la cama.

—Tengo que mudarme al apartamento mañana —dijo Beltik un jueves por la tarde—. La factura del hotel me está dejando pelado.

Estaban en mitad de la defensa Benoni. Ella acababa de jugar el P-5R que él le había enseñado, en el movimiento octavo, un movimiento que Beltik decía que procedía de un jugador llamado Mikenas. Alzó la cabeza.

—¿Dónde está el apartamento?

—En New Circle Road. No vendré tanto.

—No está tan lejos.

—Tal vez no. Pero estaré en clase. Debería conseguir un empleo a tiempo parcial.

—Podrías mudarte aquí —dijo ella—. Gratis.

Él la miró durante un instante y sonrió. No tenía tan mal los dientes después de todo.

—Creí que no me lo ibas a pedir nunca —dijo.

Beth no se había sumergido tanto en el ajedrez desde que era niña. Beltik estaba en clase tres tardes y dos mañanas a la semana, y ella se pasaba ese tiempo estudiando sus libros. Jugaba mentalmente partida tras partida, aprendiendo nuevas variantes, viendo diferencias estilísticas en ataque y defensa, mordiéndose a veces los labios de emoción por un movimiento sorprendente o una posición sutil, y en otros momentos agotada por la insondable profundidad del ajedrez, por su falta de fin, movimiento tras movimiento, amenaza tras amenaza, complicación tras complicación. Había oído hablar del código genético que podía dar forma a un ojo o una mano a partir de proteínas aleatorias. El ácido desoxirribonucleico. Contenía todo el conjunto de instrucciones para construir un sistema respiratorio y un sistema digestivo, además de la capacidad de agarre de la mano de un bebé. El ajedrez era así. La geometría de una posición podía ser leída y vuelta a leer sin que las posibilidades se agotaran. Observabas profundamente una capa, pero había otra capa debajo, y otra más.

El sexo, con su fama de complejidad, era refrescantemente sencillo. Al menos para Beth y Harry. Se acostaron la segunda noche de la estancia de él en la casa. Duró diez minutos y quedó recalcado por unas cuantas tomas profundas de aire. Ella no tuvo ningún orgasmo, y el de él fue contenido. Después se fue a su cama en la antigua habitación de Beth y ella durmió sin problemas, con imágenes no de amor sino de piezas de madera en un tablero de madera. A la mañana siguiente jugó contra él en el desayuno y las combinaciones surgieron de las yemas de sus dedos y se esparcieron solas sobre el tablero, hermosas como flores. Lo derrotó en cuatro partidas rápidas, dejándolo jugar con las blancas siempre y sin apenas mirar el tablero.

Mientras él fregaba los platos le hablaba de Philidor, uno de sus héroes. Philidor era un músico francés que había jugado con los ojos vendados en París y Londres.

—Leía a veces sobre esos jugadores antiguos, y todo me parece extraño —dijo ella—. No puedo creer que fuera realmente ajedrez.

—No lo desprecies —dijo Beltik—. Bent Larsen juega la defensa Philidor.

—Es demasiado retorcida. El alfil de rey queda inmovilizado.

—Es sólida. Lo que quería decirte de Philidor es que Diderot le escribió una carta. ¿Conoces a Diderot?

—¿De la revolución francesa?

—Sí. Philidor hacía exhibiciones con los ojos vendados y se quemaba los sesos, o lo que quiera que pensaban que uno hacía en el siglo XVIII. Diderot le escribió: «Es una tontería correr el riesgo de volverse loco por vanidad». Pienso eso a veces cuando me parto los cuernos analizando un tablero. —La miró en silencio durante un momento—. Lo de anoche estuvo bien —dijo.

Ella tuvo la impresión de que para él era una concesión hablar del tema, y experimentó sentimientos mezclados.

—¿No juega Koltanowski con los ojos vendados todo el tiempo? No está loco.

—Lo sé. Fue Morphy quien se volvió loco. Y Steinitz. Morphy creía que la gente intentaba robarle los zapatos.

—Tal vez pensaba que los zapatos eran alfiles.

—Sí —dijo él—. Juguemos al ajedrez.

Al final de la tercera semana ella ya había estudiado sus cuatro boletines *Shakhmatni* y la mayoría de los otros libros. Un día después de que él estuviera toda la mañana en clase de ingeniería estudiaron una posición juntos. Ella intentaba demostrarle por qué un movimiento de caballo concreto era más fuerte de lo que parecía.

—Mira aquí —dijo, y empezó a mover rápidamente las piezas—. El caballo come y luego interviene este peón. Si no lo saca, el alfil está encerrado. Cuando lo hace, el otro peón cae. Zas. —Eliminó el peón.

—¿Y el otro alfil? ¿El de allí?

—Oh, por el amor de Dios. Dará el jaque cuando el peón haya movido y haya intercambiado el caballo. ¿Es que no lo ves?

De repente, él se quedó inmóvil y la miró.

—No, no lo veo. No puedo verlo tan rápido.

Ella le devolvió la mirada.

—Ojalá pudieras —dijo tranquilamente.

—Eres demasiado aguda para mí.

Beth pudo ver el dolor bajo la ira, y se controló.

—Yo también me equivoco a veces.

Él negó con la cabeza.

—No. Ya no.

El sábado ella empezó a jugar con él con un caballo de menos. Él trató de no darle importancia, pero Beth notó que lo odiaba. No había otra manera de que pudiera jugar. Incluso con la ventaja y con las blancas de su lado, ella lo derrotó las dos primeras veces e hizo tablas la tercera.

Esa noche él no acudió a su cama, ni la siguiente tampoco. Beth no echaba de menos el sexo, que significaba muy poco para ella, pero sí notaba algo en falta. La segunda noche tuvo algunas dificultades para dormir y se despertó a las dos de la madrugada. Fue al frigorífico y sacó una de las latas de cerveza de la señora Wheatley. Luego se sentó ante el tablero y empezó a mover las piezas mientras bebía de la lata. Volvió a jugar algunas partidas de gambito de dama: Alekhine-Yates; Tarrasch-Von Scheve; Lasker-Tarrasch. La primera de ellas era una que había memorizado años antes en la librería Morris; las otras dos las había analizado con Beltik durante su primera semana juntos. En la última había un hermoso peón cuatro torre de reina en el decimoquinto movimiento, tan dulcemente letal como podía serlo un movimiento de peón. Lo dejó en el tablero el tiempo que tardó en beberse dos cervezas, mirándolo. Era una noche cálida y la ventana de la cocina estaba abierta; las polillas chocaban contra la pantalla y a lo lejos ladraba un perro. Se sentó a la mesa vestida con la bata de felpa rosa de la señora Wheatley y bebiendo su cerveza, sintiéndose relajada y en paz consigo misma. Se alegraba de estar sola. Había tres cervezas más en el frigorífico, y se las tomó todas. Luego volvió a la cama y durmió como un tronco hasta las nueve de la mañana.

—Mira —dijo él el lunes en el desayuno—, te he enseñado todo lo que sé.

Beth empezó a decir algo, pero guardó silencio.

—Tengo que empezar a estudiar. Se supone que voy a ser ingeniero eléctrico, no un vago del ajedrez.

—Vale —dijo ella—. Me has enseñado mucho.

Guardaron silencio durante unos minutos. Ella terminó sus huevos y llevó su plato al fregadero.

—Voy a mudarme a ese apartamento —dijo Beltik—. Está más cerca de la universidad.

—De acuerdo —dijo Beth, sin volverse.

Se marchó a mediodía. Ella sacó un plato preparado del congelador para almorzar, pero no encendió el horno. Estaba sola en la casa, tenía un nudo en el estómago, y no sabía adónde ir. No había películas que quisiera ver especialmente ni gente a la que quisiera llamar; no había nada que quisiera leer. Subió las escaleras y revisó los dos dormitorios. Los vestidos de la señora Wheatley todavía estaban colgados en los armarios y había medio frasco de tranquilizantes en la mesilla de noche junto a la cama sin hacer. La tensión que sentía no se disipaba. La señora

Wheatley estaba muerta, su cuerpo enterrado en un cementerio en las afueras de la ciudad, y Harry Beltik se había marchado con su tablero de ajedrez y sus libros, sin saludar siquiera con la mano cuando se iba. Durante un momento ella quiso gritarle que se quedara, pero no dijo nada mientras él bajaba los escalones y subía a su coche. Tomó el frasco de la mesilla de noche y se vació en la palma tres píldoras verdes, y luego una cuarta. Odiaba estar sola. Se tragó las cuatro píldoras sin agua, como hacía de niña.

Por la tarde se compró un filete y una patata grande para asar en Kroger. Antes de empujar el carrito hasta la caja, fue a la sección de vinos y compró una botella de burdeos. Esa noche vio la tele y se emborrachó. Se quedó dormida en el sofá, apenas capaz de levantarse para apagar el aparato.

En algún momento de la noche se despertó con la sensación de que la habitación daba vueltas. Tuvo que vomitar. Después, cuando subió a su dormitorio, descubrió que estaba completamente despierta y con la mente despejada. Sentía ardor de estómago, y en la oscuridad de la habitación tenía los ojos muy abiertos, como si buscara luz. Le dolía muchísimo la nuca. Extendió la mano, encontró el frasco y tomó más tranquilizantes. Al cabo de un rato, volvió a quedarse dormida.

Despertó a la mañana siguiente con un espantoso dolor de cabeza y la determinación de continuar con su carrera. La señora Wheatley estaba muerta. Harry Beltik se había ido. El Campeonato de Estados Unidos era dentro de tres semanas; la habían invitado a participar antes de ir a México, y si quería ganarlo, tenía que derrotar a Benny Watts. Mientras el café se calentaba en la cocina, vació el resto de burdeos de la noche anterior, tiró la botella vacía y encontró dos libros que había pedido a Morris el día en que llegó la invitación. Uno era el registro de las partidas del último campeonato estadounidense y el otro se llamaba *Benny Watts: Mis cincuenta mejores partidas de ajedrez*. En la solapa había una foto del rostro a lo Huckleberry Finn de Benny. Al verlo ahora, ella dio un respingo ante el recuerdo de la derrota, de su estúpido intento de doblar sus peones. Se sirvió una taza de café y abrió el libro, olvidando su resaca.

A mediodía había analizado seis de las partidas y empezaba a tener hambre. Había un pequeño restaurante a dos manzanas de distancia, el tipo de lugar que tenía hígado encebollado en el menú y expositores de encendedores junto a la caja. Se llevó el libro consigo y repasó dos partidas más mientras se comía su hamburguesa con patatas fritas de la casa. Cuando llegó el postre de limón y le pareció demasiado denso y dulce, sintió un repentino retortijón de añoranza por la señora Wheatley y los postres franceses que habían compartido en sitios como Cincinnati y Houston. Ignoró la sensación, pidió una última taza de café y acabó la partida que estaba estudiando: la defensa india del rey, con el alfil negro en *fianchetto* en la esquina superior derecha del tablero, mirando la diagonal larga en busca de una oportunidad de actuar. Las negras se movían por el lado del rey mientras las blancas lo hacían por el de la reina después de que el alfil se dirigiera a la esquina. Muy civilizado. Benny, jugando con negras, ganó sin problemas.

Pagó la cuenta y se marchó. Durante el resto del día y la noche hasta la una de la madrugada jugó todas las partidas del libro. Cuando terminó, sabía mucho más sobre Benny Watts y el ajedrez de precisión que antes. Se tomó dos de sus tranquilizantes mexicanos, se fue a la cama y se quedó dormida al instante. Despertó agradablemente a las nueve y media de la mañana siguiente. Mientras los huevos de su desayuno hervían, escogió un libro para estudiarlo: *Paul Morphy y la edad de oro del ajedrez.* Era un libro antiguo, en algunos aspectos obsoleto. Los diagramas estaban grisáceos y apiñados, y era difícil distinguir las piezas negras de las blancas. Pero algo dentro de ella todavía se estremecía con el nombre de Paul Morphy y la idea de aquel extraño prodigio de Nueva Orleans, bien educado, abogado, hijo de un juez de la corte suprema, que cuando era joven deslumbró al mundo con su ajedrez y luego dejó de jugar y se hundió en una paranoia susurrante y una muerte temprana. Cuando Morphy jugaba el gambito de rey sacrificaba caballos y alfiles con abandono y luego se lanzaba sobre el rey negro con deslumbrante velocidad. Nunca había habido nada como él ni antes ni después. Beth sintió un escalofrío solo con abrir el libro y ver la lista de partidas: Morphy-Lowenthal; Morphy-Harrwitz; Morphy-Anderssen, seguidas de fechas de la mitad del siglo XIX. Morphy se pasaba despierto toda la noche en París antes de sus partidas, bebiendo en cafeterías y hablando con desconocidos, y al día siguiente jugaba como un tiburón: bien educado, bien vestido, sonriente, moviendo las piezas con manos pequeñas de venas azules, casi femeninas, aplastando a un maestro europeo tras oro. Alguien lo había llamado «el orgullo y la vergüenza del ajedrez». ¡Ojalá Capablanca y él hubieran vivido al mismo tiempo y se hubieran enfrentado! Beth empezó a repasar una partida entre Morphy y alguien llamado Paulsen, jugada en 1857. El Campeonato estadounidense sería dentro de tres semanas. Ya era hora de que lo ganara una mujer. Ya era hora de que lo ganara ella.

Diez

Cuando entró en la sala, vio a un joven delgado con unos tejanos gastados y camisa a juego sentado ante una de las mesas. El pelo rubio le llegaba casi hasta los hombros. Solo cuando se levantó y le dijo «Hola, Beth» se dio cuenta de que era Benny Watts. El pelo era largo en la foto de portada de *Chess Review* de unos meses antes, pero no tanto. Se le veía pálido y delgado y muy tranquilo. Pero Benny había sido muy tranquilo siempre.

—Hola —dijo ella.

—Leí lo de la partida con Borgov. —Benny sonrió—. Debió de ser terrible.

Ella lo miró con recelo, pero su rostro era despejado y comprensivo. Y ya no lo odiaba por derrotarla: ahora solo había un jugador al que odiaba, y estaba en Rusia.

—Me sentí como una tonta.

—Lo sé. —Él sacudió la cabeza—. Impotente. Todo se desencadena y acabas solo empujando madera.

Ella lo miró. Los jugadores de ajedrez no hablaban fácilmente de humillaciones, no admitían debilidades. Iba a decir algo, pero el director del torneo habló en voz alta.

—La partida comenzará dentro de cinco minutos.

Beth le asintió a Benny, intentó una sonrisa, y buscó su mesa.

No había una cara sobre un tablero de ajedrez que no conociera de los salones de los hoteles donde se celebraban los torneos o de las fotografías de *Chess Review*. Ella misma había sido portada seis meses después de que Townes le hiciera la foto en Las Vegas. La mitad de los jugadores de este campus en la pequeña ciudad de Ohio habían aparecido también en portada en un momento u otro. El hombre contra el que se enfrentaba ahora en la primera partida, un maestro de mediana edad llamado

191

Phillip Resnais, aparecía en la portada del último número. Había catorce jugadores, muchos de ellos grandes maestros. Beth era la única mujer.

Jugaron en una especie de sala de conferencias con tableros verde oscuro en la pared de un extremo y luces fluorescentes en el techo. Había una fila de grandes ventanales en la pared azul, y a través de ellos podían verse los árboles, los matorrales y una buena extensión del campus. En un extremo de la sala había cinco filas de sillas plegables, y en el pasillo un cartel anunciaba la tarifa de entrada de cuatro dólares por sesión. Durante la primera partida tuvieron unas veinticinco personas mirando. Un tablero de exposición colgaba sobre cada una de las siete mesas de juego, y dos directores se movían silenciosamente entre las mesas, cambiando las piezas después de que se hicieran los movimientos en los tableros de verdad. Los asientos de los espectadores estaban en una plataforma de madera para permitirles ver las partidas.

Pero todo era de segunda fila, incluso la universidad en la que estaban jugando. Eran los mejores jugadores del país, reunidos en una sola sala, pero tenía el aspecto de un torneo de instituto. Si se tratara de golf o de tenis, Benny Watts y ella estarían rodeados de periodistas, no jugarían bajo esas luces fluorescentes en tableros de plástico con piezas baratas de plástico, observados por unas cuantas personas maduras y educadas sin nada mejor que hacer.

Phillip Resnais parecía tomárselo todo en serio, pero ella tuvo ganas de marcharse. Sin embargo, no lo hizo. Cuando él jugó peón cuatro rey, movió su peón de alfil de reina y comenzó la defensa siciliana. Ahora estaba en medio del ataque Rossolimo-Nimzovitch, consiguiendo igualar en el undécimo movimiento con peón tres reina. Era un movimiento que había repasado con Beltik, y funcionó como Beltik había dicho que funcionaría.

En el decimocuarto movimiento lo puso en fuga, y el vigésimo fue decisivo. Él se rindió en el vigesimosexto. Beth miró las otras partidas alrededor, todas ellas todavía en curso, y se sintió mejor. Sería bueno ser campeona de Estados Unidos. Si podía derrotar a Benny Watts.

Tenía una pequeña habitación privada en un dormitorio con el cuarto de baño al fondo del pasillo. Estaba austeramente amueblada, pero no daba la impresión de que nadie más hubiera vivido allí, y eso le gustaba. Durante los primeros días comió sola en el comedor y se pasaba las tardes bien ante la mesa de su cuarto, bien en la cama, estudiando. Había traído una maleta llena de libros de ajedrez. Estaban ordenadamente apilados al fondo de la mesa. También había traído tranquilizantes, por si acaso, pero ni siquiera abrió el frasco durante la primera semana. Sus partidas diarias fueron bien, y aunque algunas duraron tres o cuatro horas y fueron difíciles, nunca corrió peligro de perder. A medida que pasaba el tiempo, los otros jugadores empezaron a mirarla cada vez con más respeto. Parecía seria, profesional, suficiente.

A Benny Watts le iba tan bien como a ella. Cada noche las partidas se imprimían en fotocopias en la biblioteca de la facultad, y se repartían a los jugadores y espectadores. Ella las repasaba por la noche y por la mañana jugaba alguna de ellas en el tablero, pero repasaba mentalmente la mayoría. Siempre se tomaba la molestia de colocar las piezas de las partidas de Benny y moverlas, estudiando con atención cómo había jugado. En un todos contra todos, cada jugador se enfrentaba a cada uno de los otros una vez; ella se enfrentaría a Benny en la undécima partida.

Como había trece partidas y el torneo duraba dos semanas, había un día libre: el primer domingo. Ella durmió hasta tarde esa mañana, se duchó sin prisa, y luego dio un largo paseo por el campus. Era muy tranquilo, con jardines bien segados y olmos y algún parterre de flores: una serena mañana del medio oeste, pero ella echaba de menos la competición del encuentro. Durante un momento pensó en ir a la ciudad, donde había oído que había una docena de sitios donde tomar cerveza, pero se lo pensó mejor. No quería erosionar más neuronas. Miró la hora: las once. Se dirigió al edificio del sindicato de estudiantes, donde estaba el comedor. Tomaría un poco de café.

Había una agradable sala de estar con paneles de madera en la planta baja. Cuando entró, Benny Watts estaba sentado al fondo en un sofá de pana beis con un tablero y un reloj en la mesa que tenía delante. Había otros dos jugadores cerca, y él les sonreía, explicando algo sobre la partida.

Ella había empezado a bajar las escaleras para ir a la cafetería cuando la voz de Benny la llamó.

—Ven aquí.

Beth vaciló, se dio media vuelta y se acercó. Reconoció de inmediato a los otros dos jugadores: había derrotado a uno de ellos dos días antes con el gambito de dama.

—Mira esto, Beth —dijo Benny, señalando el tablero—. Mueven blancas. ¿Qué harías tú?

Ella miró un momento.

—¿La López?

—Eso es.

Se sintió un poco irritada. Quería una taza de café. La posición era delicada, y requería concentración. Los otros jugadores permanecieron en silencio. Finalmente, vio lo que hacía falta. Se inclinó sin decir nada, tomó el caballo en tres rey y lo colocó en cinco reina.

—¡Veis! —le dijo Benny a los otros, riendo.

—Tal vez tengas razón —dijo uno de ellos.

—Sé que tengo razón. Y Beth piensa igual que yo. El movimiento del peón es demasiado débil.

—El peón solo funciona si mueve el alfil —dijo Beth, sintiéndose mejor.

—¡Exactamente! —exclamó Benny. Llevaba vaqueros y una especie de camisa blanca suelta—. ¿Qué tal unas partidas rápidas, Beth?

—Iba a tomarme un café.

—Barnes te traerá el café. ¿Verdad, Barnes?

Un hombre grande de aspecto amable, un maestro, asintió.

—¿Con leche y azúcar?

—Sí.

Benny sacó un billete de un dólar del bolsillo de sus vaqueros. Se lo tendió a Barnes.

—Tráeme un zumo de manzana. Pero no en uno de esos vasos de plástico. En un vaso de leche.

Benny colocó el reloj junto al tablero. Sacó dos peones ocultos en sus manos, y la mano que Beth indicó contenía el blanco. Después de que colocaran las piezas, Benny dijo:

—¿Te gustaría apostar?

—¿Apostar?

—Podríamos jugar por cinco dólares la partida.

—No he tomado mi café todavía.

—Ahí viene.

Beth vio que Barnes cruzaba la sala con un vaso de zumo y un vaso de plástico blanco.

—De acuerdo —dijo—. Cinco dólares.

—Toma un poco de café y pondré en marcha el reloj.

Ella tomó el café que le ofrecía Barnes, dio un largo sorbo y dejó el vaso medio vacío sobre la mesa.

—Adelante —le dijo a Benny. Se sentía muy bien. El paseo primaveral al aire libre estaba muy bien, pero esto era lo que amaba.

Él la derrotó con solo tres minutos de reloj. Ella jugaba bien, pero él lo hacía de forma brillante, moviendo casi inmediatamente en cada ocasión, viendo siempre lo que ella intentaba hacerle. Beth le entregó un billete de cinco dólares que sacó de la billetera y colocó de nuevo las piezas, esta vez con las negras para ella. Había otros cuatro jugadores que se habían acercado a mirar a estas alturas.

Beth intentó la siciliana contra su peón cuatro rey, pero él la anuló con un gambito de peón y la metió en una apertura irregular. Era increíblemente rápido. Lo puso en un aprieto a mitad de la partida con torres dobladas en una fila abierta, pero él las ignoró y atacó el centro, dejándola hacerle dos veces jaque con las torres, exponiendo su rey. Pero cuando ella intentó mover un caballo para dar el mate, él se zafó y fue a por su reina y luego a por su rey, capturándola por fin en una red de mates. Ella se rindió antes de que él pudiera moverse para matar. Le dio esta vez un billete de diez dólares y él le devolvió el de cinco. Beth tenía sesenta dólares en el bolsillo y más dinero en la habitación.

A mediodía había cuarenta o más personas mirando. La mayoría de los jugadores del torneo estaban presentes con algunos de los espectadores que acudían regularmente a las partidas, estudiantes universitarios y un grupo de hombres que tal vez fueran profesores. Benny y ella siguieron jugando, sin hablar ahora siquiera entre partidas. Beth ganó la tercera con un movimiento maravilloso justo antes de que cayera su bandera, pero perdió la siguiente y empató la quinta. Algunas de las posiciones eran brillantemente complejas, pero no había tiempo para analizar. Era emocionante pero frustrante. Nunca en su vida había sido derrotada de manera tan sostenida, y aunque se trataba solo de ajedrez de cinco minutos, que no era serio, fue una inmersión en la humillación. Nunca se había sentido así antes. Jugó maravillosamente, siguió el juego con precisión y respondió con precisión a cada amenaza, montó poderosas amenazas propias, pero no significó nada. Benny parecía tener algún tipo de recurso más allá de su capacidad de comprensión, y le ganó partida tras partida. Beth se sintió impotente, y en su interior fue creciendo una silenciosa furia.

Finalmente, le dio sus últimos cinco dólares. Eran las cinco y media de la tarde. Junto al tablero había una fila de vasos de plástico vacíos. Cuando se levantó para marcharse, Benny le estrechó la mano. Ella sintió ganas de golpearlo, pero no dijo nada. Hubo aplausos dispersos en la sala.

Cuando salía, el hombre contra el que había jugado primero, Phillip Resnais, la detuvo.

—Yo no me preocuparía por eso —le dijo—. Benny juega al ajedrez tan bien como cualquiera. No significa mucho.

Beth asintió secamente y le dio las gracias. Cuando salió al sol ya moribundo, se sintió como una idiota.

Esa noche se quedó en su habitación y tomó tranquilizantes. Cuatro.

Por la mañana se sintió descansada, pero estúpida. La señora Wheatley había dicho en alguna ocasión que las cosas salían torcidas: así era como le parecían a Beth cuando despertó de su profundo sueño inducido por los tranquilizantes. Pero ya no sentía la humillación que sintió después de ser derrotada por Benny. Tomó el frasco de píldoras del cajón de la mesilla de noche y lo cerró con fuerza. No estaría bien tomar más. No hasta que terminara el torneo. Pensó de repente en el jueves, el día en que jugaría contra Benny, y se tensó. Pero guardó las píldoras en el cajón y se vistió. Desayunó temprano y bebió tres tazas de café fuerte. Luego dio un breve paseo por la parte principal del campus, repasando las partidas del libro de Benny Watts. Era brillante, se dijo, pero no imbatible. De todas formas, no jugaría contra él hasta tres días más tarde.

Las partidas empezaban a la una y continuaban hasta las cuatro o las cinco de la tarde. Las aplazadas se terminaban o bien por la tarde o por la mañana del día siguiente. A mediodía su cabeza estaba despejada y, cuando empezó su partida de la una contra un californiano alto y silencioso con una camiseta del Black Power, estaba preparada. Aunque tenía el pelo estilo afro, era blanco: todos lo eran. Respondió a su apertura inglesa con ambos caballos, convirtiéndola en una partida de cuatro caballos, y decidió contra su práctica habitual intercambiarlos para provocar un juego final. Funcionó a la perfección, y se sintió satisfecha con su manejo de los peones: tenía uno en la sexta fila y otro en la séptima cuando él se rindió. Fue más fácil de lo que había esperado: su estudio del juego final con Beltik había dado sus frutos.

Esa noche Benny Watts se sentó junto a ella en la mesa del comedor cuando estaba tomándose el postre.

—Beth, va a ser tú o yo.

Ella dejó de comer su arroz con leche.

—¿Intentas asustarme?

Él se echó a reír.

—No. Puedo vencerte sin eso.

Ella siguió comiendo y no dijo nada.

—Mira —dijo él—. Lamento lo de ayer. No intentaba timarte.

Beth tomó un sorbo de café.

—¿No?

—Solo quería un poco de acción.

—Y dinero —dijo Beth, aunque no se trataba de eso.

—Eres la mejor jugadora de aquí. He estado leyendo tus partidas. Atacas como Alekhine.

—Me contuviste bien ayer.

—Eso no cuenta. Sé jugar al ajedrez rápido mejor que tú. Lo practico mucho en Nueva York.

—Me derrotaste en Las Vegas.

—Eso fue hace mucho tiempo. Estabas demasiado concentrada en doblar mis peones. No podría librarme de esa forma otra vez.

Ella terminó su café en silencio mientras él tomaba su cena y se bebía su leche. Cuando terminó, ella le hizo la pregunta.

—¿Repasas las partidas en tu cabeza cuando estás solo? Quiero decir, ¿las juegas enteras?

Él sonrió.

—¿No lo hace todo el mundo?

Beth se permitió ver la tele en la sala de estar del sindicato de estudiantes esa noche. Benny no estaba allí, aunque sí algunos de los otros jugadores. Volvió a su habitación después, sintiéndose sola. Era su primer torneo desde la muerte de la señora Wheatley, y la echaba de menos. Sacó el libro de juego final de la colección de la mesa y empezó a estudiar. Benny tenía razón. Había sido amable por su parte al hablarle así. Y ella se había acostumbrado ya a su pelo: le gustaba largo, como estaba. Tenía un pelo muy bonito.

Ganó la partida del martes y la del miércoles. Benny estaba todavía jugando cuando ella terminó el miércoles y se acercó a su mesa y vio en un momento que prácticamente ya había ganado. Él la miró y sonrió. Entonces silabeó:

—Mañana.

Había un parque infantil en las afueras del campus. Beth se dirigió hacia allí a la luz de la luna y se sentó en uno de los columpios. Lo que quería realmente era un trago, pero eso quedaba fuera de toda cuestión. Una botella de vino tinto, con un poco de queso. Luego unas cuantas píldoras y a dormir. Pero no podía. Tenía que estar despejada por la mañana, tenía que estar preparada para la partida contra Benny Watts a la una. Tal vez podría tomarse una píldora y acostarse. O dos. Se tomaría dos. Se balanceó adelante y atrás unas cuantas veces, escuchando el chirrido de la cadena que sostenía el columpio, antes de regresar resueltamente al dormitorio. Se tomó las dos píldoras, pero pasó más de una hora antes de que pudiera dormirse.

Algo en los modales de los directores del torneo y la forma en que los otros jugadores la miraban le dijo que la atención del torneo se había concentrado en esta partida. Benny y ella eran los únicos jugadores que habían llegado hasta aquí sin unas tablas. En un todos contra todos no había prioridad de tableros: jugaban en la tercera mesa en la fila que empezaba en la puerta de la clase. Pero la atención estaba centrada en esa mesa, y los espectadores, que ya habían llenado los asientos y ahora incluían a una docena de personas de pie, guardaron silencio cuando ella se sentó. Benny llegó un minuto después que ella; hubo susurros cuando se acercó a la mesa y se sentó. Beth contempló a la multitud, y un pensamiento que estaba presente en su mente se solidificó de repente: los dos eran los mejores jugadores de Estados Unidos.

Benny llevaba su gastada camisa vaquera con un medallón en una cadena. Iba arremangado como un temporero. No sonreía, y parecía bastante más mayor de veinticuatro años. Miró brevemente al público, le asintió a Beth de manera casi imperceptible, y miró el tablero mientras el director del torneo indicaba que empezaran las partidas. Benny jugaba con blancas. Beth pulsó el reloj.

Él jugó peón cuatro rey, y Beth no vaciló; respondió con peón cuatro alfil de reina: la siciliana. Benny sacó el caballo de rey, y ella jugó peón tres rey. No tenía sentido usar una apertura rara contra Benny. Conocía las aperturas mejor que ella. El momento para pillarlo sería a mitad del juego, si podía montar un ataque antes que él. Pero primero tendría que igualar las cosas.

Experimentó una sensación que solo había sentido una vez antes, en México D.F. al jugar contra Borgov: se sintió como una niña que intentara ser más lista que un adulto. Cuando hizo su segundo movimiento, miró a Benny al otro lado del tablero y vio la silenciosa seriedad de su cara y no se sintió preparada para jugar contra él. Pero no era así. Sabía en su interior que no lo era, que en México había vencido a un puñado de profesionales antes de venirse abajo contra Borgov, que incluso cuando jugaba contra el bedel del Hogar Methuen a los ocho años jugaba con una solidez notable, profesional ya. Sin embargo, ahora se sentía ilógicamente inexperta.

Benny pensó unos minutos e hizo un movimiento poco habitual. En vez de mover el peón de reina, adelantó el peón de alfil de reina a la cuarta fila. Lo dejó allí, enfrentado al peón de alfil de reina de Beth, sin apoyo. Ella lo observó un momento, preguntándose qué planeaba. Podía estar preparando la atadura Maróczy, pero no en su secuencia normal. Era algo nuevo, probablemente planeado especialmente para esta partida. De repente se sintió cohibida, consciente de que, aunque había repasado el libro de partidas de Benny, no había preparado nada especial para ese día y abordaba la partida como siempre abordaba el ajedrez, dispuesta a jugar con intuición y ataque.

Y entonces empezó a ver que no había nada siniestro en el movimiento de Benny, nada que no pudiera manejar. Le quedó claro que no tenía que picar. Podía declinar la invitación. Si movía su caballo a tres alfil de reina, el movimiento de él quedaría desperdiciado. Tal vez solo estaba sondeando en busca de una ventaja, como si jugara ajedrez rápido. Ella sacó el caballo. Qué demonios, como diría Alma Wheatley.

Benny movió peón cuatro reina; ella comió el peón, y él retomó con su caballo. Sacó el otro caballo y esperó a que él sacara el suyo. Lo clavaría cuando lo hiciera y luego lo comería, consiguiendo peones doblados. Ese movimiento de peón de alfil de reina de él le estaba costando, y aunque la diferencia no era mucha, era segura.

Pero él no sacó el caballo. En cambio, comió el suyo. Claramente, no quería el peón doblado. Ella dejó pasar un momento antes de volver a comer. Era sorprendente: él estaba ya a la defensiva. Unos pocos minutos antes, se había sentido como una aficionada, y he aquí que Benny Watts había intentado confundirla al tercer movimiento y se había metido en problemas.

Lo obvio era tomar su caballo con su peón de caballo, capturando hacia el centro. Si lo hacía de la otra manera, con su peón de reina, él intercambiaría reinas. Eso impediría que Beth enrocara y le negaría la reina que tanto le gustaba para atacar rápido. Extendió la mano para comer el caballo con el peón de caballo y entonces la retiró. De algún modo la idea de abrir la fila de la reina, por sorprendente que fuera, parecía atractiva. Empezó a estudiarla. Y gradualmente empezó a tener sentido. Intercambiando pronto las reinas, el enroque sería irrelevante. Podría sacar el rey como se hacía en el juego final. Miró de nuevo a Benny y vio que él se estaba preguntando por qué tardaba tanto con esta recaptura rutinaria. De algún modo, le pareció más pequeño. Qué demonios, pensó de nuevo, y comió con el peón de reina, exponiendo a su reina.

Benny no vaciló: comió su reina con la de él y pulsó el reloj rápidamente. Ni siquiera dijo «Jaque». Ella la comió con su rey, como tenía que hacer, y él adelantó el otro peón de alfil para proteger su peón de rey. Era un sencillo movimiento de defensa, pero algo en su interior se llenó de júbilo al verlo. Se sentía desnuda sin reina tan pronto en la partida, y al mismo tiempo empezaba a sentirse fuerte sin ella. Ya tenía la iniciativa, y lo sabía. Movió el peón rey cuatro. No era un movimiento obvio a estas alturas, y su solidez la animó. Abría la diagonal para su alfil de reina y contenía el peón de rey contrario hasta la cuarta fila. Alzó la cabeza y miró alrededor. Todas las demás partidas continuaban en curso: los espectadores las seguían en silencio. Había más gente de pie, y estaban donde podían ver su partida con Benny. El director se acercó y repitió el movimiento en el tablero ante su mesa, colocando el peón de rey en cuatro rey. Los espectadores empezaron a asimilarlo. Beth miró al otro lado de la sala y vio la ventana. Era un día hermoso, con hojas frescas en los árboles y un impecable cielo azul. Se sintió expandirse, relajarse, abrirse. Iba a derrotarlo. Iba a derrotarlo claramente.

La continuación que encontró en el decimonoveno movimiento fue una maravilla sutil y hermosa. Saltó a su mente completa, con media docena de movimientos tan claros como si estuvieran proyectados en una pantalla ante ella: la torre, el alfil y el caballo bailando juntos en la esquina del rey opuesto. Sin embargo, no había ningún jaque mate ni ninguna ventaja material. Después de que su caballo llegara a cinco reina en el vigesi-moquinto movimiento y Benny se viera obligado a mover un peón porque no podía hacer nada para defenderse, ella inter-cambió torre y caballo por torre y caballo y plantó su rey en tres reina. Aunque las piezas y peones estaban igualadas, era solo cuestión de contar los movimientos. Él tardaría doce movi-mientos en poner un peón en la octava fila y coronar, mientras que ella podría hacerlo en diez.

Benny hizo unos cuantos movimientos, sacando su rey en un desesperado intento por eliminar sus peones antes de que ella se comiera los suyos, pero incluso su brazo cuando movió el rey mostraba su languidez. Y cuando ella comió su peón de alfil de reina, extendió la mano y volcó su rey. Hubo un mo-mento de silencio y luego un aplauso apagado. Beth había ga-nado en treinta movimientos.

Mientras se marchaban de la sala, Benny le dijo:

—No creí que fueras a permitirme intercambiar reinas.

—Yo tampoco —respondió ella.

Once

Después de la ceremonia el sábado por la noche, Benny la llevó a un bar de la ciudad. Se sentaron en una mesa al fondo y Beth se bebió su primera cerveza y pidió otra. Ambas le supieron deliciosas.

—Tranquila —dijo Benny—. Tranquila. —Todavía no se había terminado su primera.

—Tienes razón —respondió ella, y redujo el ritmo. Ya se sentía lo bastante colocada. Ninguna derrota. Ningunas tablas. Sus dos últimos oponentes le habían ofrecido tablas a mitad de partida, y ella se había negado.

—Una puntuación perfecta —dijo Benny.

—Sabe bien —dijo ella, refiriéndose a la victoria, pero la cerveza también sabía bien. Lo miró con atención—. Agradezco la forma en que te lo estás tomando.

—Una máscara. Ardo por dentro.

—No se nota.

—No tendría que haber movido ese maldito peón de alfil.

Permanecieron en silencio durante un rato. Él tomó un sorbo de cerveza, pensativo.

—¿Qué vas a hacer con Borgov? —preguntó.

—¿Cuando vaya a París? Ni siquiera tengo pasaporte.

—Cuando vayas a Moscú.

—No sé de qué estás hablando.

—¿No reparten el correo en Kentucky?

—Pues claro que sí.

—El torneo de Moscú por invitación. El ganador estadounidense está invitado.

—Quiero otra cerveza.

—¿No lo sabías? —Benny parecía sorprendido.

—Voy a por la cerveza.

—Adelante.

Beth fue a la barra y pidió otra cerveza. Había oído hablar del torneo de Moscú pero no sabía nada más. El camarero le trajo la cerveza, y le dijo que pusiera otra. Cuando volvió a la mesa, Benny dijo:

—Eso es demasiada cerveza.

—Probablemente. —Esperó a que la espuma se asentara y tomó un sorbo—. ¿Cómo llego a Moscú si voy?

—Cuando yo fui, la Federación me compró el billete y un grupo parroquial puso el resto.

—¿Tenías un segundo?

—Barnes.

—¿Barnes? —Ella se lo quedó mirando.

—Es duro estar en Rusia solo. —Frunció el ceño—. No deberías beber cerveza así. Estarás acabada a los veintiuno.

Ella soltó el vaso.

—¿Quién más jugará en Moscú?

—Otros cuatro países y los cuatro mejores rusos.

Eso significaría Luchenko y Borgov. Posiblemente Shapkin. No quiso pensarlo. Lo miró en silencio durante un momento.

—Benny, me gusta tu pelo.

Él la miró.

—Claro que sí. ¿Qué hay de Rusia?

Ella tomó otro sorbo de cerveza. Le gustaba de verdad el pelo de Benny y sus ojos azules. Nunca había pensado en él en términos sexuales antes, pero lo estaba haciendo ahora.

—Cuatro jugadores de ajedrez rusos —dijo— son un montón de jugadores de ajedrez rusos.

—Criminal. —Él alzó su vaso y apuró su cerveza. Solo había bebido una—. Beth, eres la única estadounidense que conozco que podría hacerlo.

—Me estrellé con Borgov en México...

—¿Cuándo vas a París?

—Dentro de cinco semanas.

—Entonces organiza tu vida en torno a eso y estudia. Búscate un entrenador.

—¿Qué tal tú?

Él se lo pensó un momento.

—¿Puedes venir a Nueva York?

—No lo sé.

—Puedes dormir en mi salón, y marcharte de allí a París.

La idea la sorprendió.

—Tengo una casa que cuidar en Kentucky.

—Deja que la maldita casa se pudra.

—No estoy preparada...

—¿Cuándo lo estarás? ¿El año que viene? ¿Dentro de diez?

—No lo sé.

Él se inclinó hacia delante y dijo lentamente:

—Si no lo haces, dilapidarás tu talento. Se irá por el desagüe.

—Borgov me hizo quedar como una idiota.

—No estabas preparada.

—No sé hasta qué punto soy buena.

—Yo sí lo sé. Eres la mejor de todos.

Ella tomó aire.

—Muy bien. Iré a Nueva York.

—Puedes venir conmigo desde aquí. Tengo coche.

—¿Cuándo?

Esto iba demasiado rápido. Se sintió asustada.

—Mañana por la tarde, cuando todo haya acabado aquí. Cuando podamos escaparnos. —Se levantó—. Y en cuanto al sexo...

Ella lo miró.

—Olvídalo —dijo Benny.

—La primavera es lo mejor —dijo Benny—. Absolutamente lo mejor.

—¿Cómo lo notas? —preguntó Beth. Iban siguiendo un largo tramo de asfalto en la autopista de Pensilvania, dando tumbos junto a furgonetas y coches polvorientos.

—Está ahí en alguna parte. Allá arriba en las montañas. Está incluso en Nueva York.

—Ohio fue agradable —dijo Beth. Pero no le gustaba esta discusión. El clima no le interesaba. No había hecho ningún plan para la casa de Lexington, no había logrado que el abogado se pusiera al teléfono y no sabía qué esperar en Nueva York. No le gustaba la despreocupación de Benny ante su incertidumbre, aquella soleada falta de expresión que aparecía en su rostro de vez en cuando. Tenía ese aspecto en la ceremonia de premios y durante el rato en que ella atendió las entrevistas y firmó autógrafos y les dio las gracias a los encargados y a la gente de la Federación que habían acudido desde Nueva York para hablar de la importancia del ajedrez. Su cara era inexpresiva ahora. Beth volvió los ojos hacia la carretera.

Después de un rato, él habló.

—Cuando vayas a Rusia quiero ir contigo.

Fue una sorpresa. No habían hablado de Rusia, ni de ajedrez, desde que subieron al coche.

—¿Como segundo mío?

—Lo que sea. No puedo permitirme pagar los gastos.

—¿Quieres que los pague yo?

—Ya saldrá algo. Mientras te entrevistaban para esa revista, hablé con Johanssen. Dijo que la Federación no pondría dinero para los segundos.

—Solo tengo París en mente —dijo ella—. No he decidido ir a Moscú todavía.

—Irás.

—Ni siquiera sé si voy a quedarme más de unos pocos días contigo. Tengo que sacarme el pasaporte.

—Podremos hacerlo en Nueva York.

Ella empezó a decir algo, pero al final no lo dijo. Miró a Benny. Ahora que la falta de expresión había abandonado su rostro, le caía mejor. Se había acostado con dos hombres en su vida, y difícilmente podía decir que había hecho el amor; si Benny y ella se iban a la cama juntos, se acercaría más a la idea. Ella se encargaría de que hubiera algo más. A medianoche estarían en su apartamento; tal vez allí sucedería algo. Tal vez en casa él pensaría de otra forma.

—Juguemos al ajedrez —dijo Benny—. Yo llevo las blancas. Peón cuatro rey.

Ella se encogió de hombros.

—Peón cuatro alfil de reina.

—C3AR —dijo él, usando las iniciales del caballo y el alfil.

—Peón tres reina.

Ella no estaba segura de que le gustara eso. Nunca había compartido su tablero interior antes, y había una especie de sensación de violación al abrirlo a los movimientos de Benny.

—P4D —dijo Benny.

—Peón come peón.

—Caballo come.

—Caballo. Tres alfil de rey.

En realidad era fácil. Podía mirar la carretera por delante y al mismo tiempo ver el tablero imaginario y las piezas en él sin dificultad.

—C3AD —dijo él.

—Peón tres caballo de rey.

—P cuatro A.

—P cuatro A.

—La Levenfish —dijo Benny secamente—. Nunca me gustó.

—Mueve tu caballo.

De repente la voz de él sonó como el hielo.

—No me digas qué tengo que mover—dijo. Ella dio un salto hacia atrás, como picada por una avispa.

Viajaron en silencio durante unos cuantos kilómetros. Beth miraba la mediana de acero gris que los separaba de los otros carriles. Entonces, cuando estaban a punto de entrar en un túnel, Benny dijo:

—Tenías razón en lo del caballo 3A. Lo pondré allí.

Ella vaciló un momento antes de responder.

—De acuerdo. Me comeré el caballo.

—Peón come.

—Peón cinco rey.

—Peón vuelve a comer —dijo Benny—. ¿Sabes lo que dice Scharz sobre esa? ¿La nota al pie?

—No leo las notas al pie.

—Ya es hora de que empieces.

—No me gusta Scharz.

—A mí tampoco —dijo Benny—. Pero lo leo. ¿Cuál es tu movimiento?

—Reina por reina. Jaque —ella notó el tono hosco de su propia voz.

—El rey come —dijo Benny, relajándose ahora al volante. Pensilvania quedó atrás. Beth lo obligó a rendirse en el vigesimoséptimo movimiento y se sintió algo mejor. Siempre le había gustado la siciliana.

Había bolsas de plástico llenas de basura en la entrada del apartamento de Benny y la luz del techo era solo una bombilla pelada y sucia. Era un pasillo de azulejos blancos tan deprimente a medianoche como el lavabo de una estación de autobuses. Había tres cerraduras en la puerta de Benny, que estaba pintada de rojo y tenía una palabra ininteligible como «Bezbo» escrita con spray negro.

Dentro había una sala de estar pequeña y abarrotada con libros apilados por todas partes. Pero la luz era agradable cuando él encendió las lámparas. En un extremo de la habitación estaba la cocina, y al lado había una puerta que daba al dormitorio. Había una alfombra de pelo, pero no sofá ni sillas: solo cojines negros para sentarse con las lámparas al lado.

El cuarto de baño era bastante ortodoxo, con un suelo de losetas blancas y negras y una manivela rota en el grifo de agua caliente. Había un baño y una ducha con una cortina de plástico negra. Beth se lavó las manos y la cara y volvió al salón. Benny había entrado en el dormitorio para desempacar. La maleta de Beth estaba todavía en el suelo del salón, junto a una estantería. Se acercó y miró sin ganas los libros. Todos eran de ajedrez: las cinco estanterías. Algunos estaban en ruso y en alemán, pero todos eran de ajedrez. Cruzó la dura alfombra y se dirigió al otro extremo de la habitación, donde había otra estantería, esta hecha de tablas sobre ladrillos. Más ajedrez. Una balda entera era de ejemplares de *Shakhmatni Byulleten* que se remontaban a los años cincuenta.

—Hay espacio en este armario —gritó Benny desde el dormitorio—. Puedes colgar aquí lo que quieras.

—Vale —respondió ella. En la autopista había pensado que podrían hacer el amor cuando llegaran aquí. Ahora todo lo que quería era dormir. ¿Y dónde se suponía que iba a hacerlo?—. Creía que iba a dormir en un sofá.

Él se asomó a la puerta.

—Dije «salón».

Volvió al dormitorio y regresó con algo que abultaba y una especie de bomba. Lo colocó en el suelo y empezó a pedalear la bomba, y después de un rato se hinchó y se convirtió en un colchón de aire.

—Voy a traer sábanas —dijo Benny. Las sacó del dormitorio.

—Yo lo haré —dijo ella, y se las quitó de las manos. No le gustaba el aspecto del colchón, pero sabía dónde estaban sus píldoras. Podría sacarlas después de que él se quedara dormido, si las necesitaba. No habría nada de beber en el apartamento. Benny no lo había dicho, pero ella lo sabía.

Debió de quedarse dormida antes que Benny, ya que se olvidó de las píldoras en su equipaje. Se despertó con el sonido de un claxon, una ambulancia o un camión de bomberos. Cuando intentó incorporarse no pudo hacerlo: no había borde en la cama de donde colgar las piernas. Se impulsó y se puso en pie, vestida con el pijama, y miró alrededor. Benny estaba delante del fregadero, de espaldas a ella. Beth sabía dónde estaba, pero de día parecía distinto. La sirena se desvaneció, sustituida por los sonidos generales del tráfico de Nueva York. Una persiana estaba abierta y pudo ver la cabina de un camión grande tan cerca como el propio Benny, y más allá los taxis pasando de largo. Un perro ladraba intermitentemente.

Benny se dio media vuelta y se acercó a ella. Le ofreció un gran vaso de cartón.

«Choco y Avellanas», decía el vaso. Algo parecía muy extraño en todo esto. Nadie le había ofrecido nunca nada por la mañana, desde luego no la señora Wheatley, que nunca estaba despierta antes de que Beth se tomara el desayuno. Le quitó la tapa de plástico al vaso y se bebió el café.

—Gracias.

—Vístete en el dormitorio —dijo Benny.

—Necesito una ducha.

—Es toda tuya.

Benny había preparado una mesa plegable con un tablero verde y beis. Estaba colocando las piezas cuando ella volvió al salón.

—Muy bien, empecemos con estos —dijo él. Le tendió un rollo de panfletos y revistas sujetas con una goma elástica. En lo alto de todo había un pequeño panfleto con una portada de papel barato que decía «Congreso de ajedrez en Navidad de Hastings-Salón Falaise, White Rock Gardens», y debajo «Registro de partidas». Las páginas interiores estaban repletas de letra impresa corrida. Había dos partidas de ajedrez por página, con títulos en negrita: Luchenko-Uhlmann; Borgov-Penrose. Benny le tendió otro, titulado simplemente *Ajedrez de grandes maestros*. Era muy parecido al folleto de Hastings. Tres de las revistas eran alemanas, y una rusa.

—Repasaremos las partidas de Hastings —dijo Benny. Entró en el dormitorio, volvió con dos sencillas sillas de madera y colocó una a cada lado de la mesa, cerca de la ventana. El camión seguía aparcado fuera y la calle estaba llena de coches moviéndose a cámara lenta—. Tú llevas las blancas y yo voy con las negras.

—No he desayunado...

—Hay huevos en el frigorífico. Jugaremos primero las partidas de Borgov.

—¿Todas?

—Estará en París cuando vayas.

Ella miró la revista que tenía en la mano y luego otra vez a la ventana, después al reloj. Eran las ocho y diez.

—Tomaré los huevos primero —dijo.

Trajeron sándwiches de un deli para almorzar y se los comieron ante el tablero. Pidieron la cena a un chino de la Primera Avenida. Benny no la dejó jugar rápido en las aperturas: la detenía cada vez que un movimiento era raro y le preguntaba por qué lo hacía. Le pedía que analizara todo lo que se saliera de lo habitual. A veces la detenía agarrándola por la mano para que no moviera una pieza y le preguntaba: «¿Por qué no avanza el caballo?» o «¿Por qué no se defiende contra la torre?» o «¿Qué va a pasar con el peón retrasado?». Era un trabajo riguroso e intenso, y él no cedía. Ella era consciente de esas preguntas desde hacía años, pero nunca se había permitido tratarlas con este tipo de rigor. A menudo su mente corría con las posibilidades de ataque inherentes a las posiciones que se desarrollaban ante ella, queriendo presionar a Luchenko o a Mecking o a Czerniak para que lanzaran ataques relámpago contra Borgov, cuando Benny la detenía con una pregunta sobre defensa o abrir los escaques claros u oscuros o disputar una fila con una torre. A veces eso la enfurecía, aunque se daba cuenta de lo acertado de sus preguntas. Había estado jugando en su cabeza las partidas de los grandes maestros desde que descubrió *Chess Review,* pero no había sido disciplinada. Las jugaba para solazarse en la victoria, para sentir la punzada de emoción ante un sacrificio o un mate forzado, sobre todo en las partidas que estaban reproducidas en los libros precisamente porque incorporaban ese tipo de drama, como los libros de partidas de Fred Reinfeld que estaban llenos de sacrificios de reinas y melodrama. Sabía por su experiencia en los torneos que no podías esperar que tu oponente estuviera dispuesto a sacrificar la reina o dar un mate por sorpresa con un caballo y una torre; con todo, le entusiasmaban ese tipo de partidas. Era lo que le encantaba de Morphy, no sus partidas de rutina y desde luego no las que perdía..., y Morphy, como todos los demás, perdía partidas. Pero siempre le había aburrido el ajedrez corriente incluso cuando lo jugaban grandes maestros, igual que le aburrían los análisis de juego final de Reuben Fine y los contra-análisis en sitios como *Chess Review* que señalaban errores en Reuben Fine. Nunca había hecho nada como lo que Benny la obligaba a hacer ahora.

Las partidas que jugaba eran ajedrez serio y de batalla jugado por los mejores del mundo, y la cantidad de energía mental en cada movimiento le parecía abrumadora. Sin embargo, los resultados eran a menudo monumentalmente aburridos e inconcluyentes. Un enorme poder de pensamiento podía estar implícito en un simple movimiento de peón blanco, como abrir una amenaza a largo plazo que solo quedaría de manifiesto al cabo de media docena de movimientos; pero las negras podían prever la amenaza y encontrar el movimiento que la cancelaba, y el momento de brillantez quedaba abortado. Era frustrante y anticlimático, y sin embargo (porque Benny la obligaba a detenerse y ver lo que estaba pasando) resultaba fascinante. Continuaron durante seis días, dejando el apartamento solo cuando era necesario y una vez, el miércoles por la noche, para ir al cine. Benny no tenía televisor, ni tocadiscos; su apartamento era para comer, dormir y jugar al ajedrez. Jugaron siguiendo el panfleto de Hastings y el ruso, sin saltarse una partida excepto las tablas de los grandes maestros.

El martes ella contactó por teléfono con su abogado de Kentucky y le pidió que se encargara de que todo fuera bien con la casa. Fue a la sucursal del Chemical Bank de Benny y abrió una cuenta con el cheque de ganadora conseguido en Ohio. Tardarían cinco días en validarlo. Tenía suficientes cheques de viaje para pagar su parte de los gastos hasta entonces.

Hablaron poco durante la primera semana. No sucedió nada sexual. Beth no se había olvidado de ello, pero estaba demasiado ocupada repasando partidas de ajedrez. Cuando terminaban, a veces a medianoche, se quedaba sentada durante un rato en un cojín en el suelo o daba un paseo por la Segunda o Tercera Avenida y se compraba un helado o una chocolatina. No entraba en ningún bar, y rara vez permanecía en la calle mucho tiempo. Nueva York podía ser sombrío y peligroso de noche, pero ese no era el motivo. Estaba demasiado cansada para hacer otra cosa sino volver al apartamento, inflar el colchón e irse a dormir.

A veces estar con Benny era como no estar con nadie. Durante horas seguidas él era completamente impersonal. Algo en ella respondía a eso, y se volvía también fría e impersonal, sin comunicar otra cosa que no fuera ajedrez.

Pero a veces cambiaba. Una vez, cuando ella estaba estudiando una posición especialmente compleja entre dos rusos, una posición que acababa en tablas, vio algo, lo siguió, y exclamó:

—¡Mira esto, Benny!

Y empezó a mover las piezas.

—Se le pasó por alto esto. Las negras hacen esto con el caballo...

Y mostró un modo para que las negras ganaran. Y Benny, sonriendo de oreja a oreja, se acercó adonde ella estaba sentada y le dio un fuerte abrazo.

La mayor parte del tiempo, el ajedrez era el único lenguaje entre ambos. Una tarde, cuando se habían pasado dos o tres horas analizando juegos finales, ella dijo, cansada:

—¿No te aburres a veces?

Él la miró sin expresión.

—¿Qué otra cosa hay?

Estaban jugando finales con torre y peón cuando llamaron a la puerta. Benny se levantó y la abrió. Eran tres personas. Una de ellas, una mujer. Beth reconoció a un hombre de un artículo de *Chess Review* de hacía unos meses y el otro parecía familiar, aunque no podía situarlo. La mujer era muy atractiva. Tenía unos veinticinco años, con pelo negro y tez pálida, y llevaba una falda gris muy corta y una especie de camisa militar con galones.

—Esta es Beth Harmon —dijo Benny—. Hilton Wexler, el gran maestro Arthur Levertov y Jenny Baynes.

—Nuestra nueva campeona —dijo Levertov, inclinando brevemente la cabeza. Tenía algo más de treinta años y se estaba quedando calvo.

—Hola —dijo Beth. Se levantó de la mesa.

—¡Enhorabuena! —dijo Wexler—. Benny necesitaba una lección de humildad.

—Ya soy el súmmum de la humildad —dijo Benny.

La mujer extendió la mano.

—Encantada de conocerla.

A Beth le pareció extraño tener a toda esta gente en la salita de estar de Benny. Era como si hubiera vivido la mitad de su vida en este apartamento con él, estudiando partidas de ajedrez, y era escandaloso que hubiera alguien más. Llevaba nueve días en Nueva York. Sin saber exactamente qué hacer, se sentó de nuevo ante el tablero. Wexler se acercó y se quedó de pie al otro lado.

—¿Hace problemas?

—No.

Había intentado unos cuantos de niña, pero no le interesaban. Las posiciones no parecían naturales. «Mueven blancas y mate en dos.» Era, como habría dicho la señora Wheatley, irrelevante.

—Déjeme enseñarle uno —dijo Wexler. Su voz era amistosa y tranquila—. ¿Puedo cambiar esto?

—Adelante.

—Hilton —dijo Jenny, acercándose a ellos—. No es una de tus chalados de los problemas. Es la campeona nacional.

—No importa —dijo Beth. Pero se alegró de que Jenny lo hubiera dicho.

Wexler fue colocando piezas sobre el tablero hasta que quedó una posición extraña con ambas reinas en las esquinas y las cuatro torres en la misma fila. Los reyes estaban casi centrados, cosa que sería improbable en una partida real. Cuando terminó, se cruzó de brazos sobre el pecho.

—Esta es mi favorita —dijo—. Blancas ganan en tres.

Beth miró la situación, molesta. Le parecía tonto tratar con algo así. Nunca sucedería en una partida. Avanzar el peón, jaque con el caballo, y el rey movía a la esquina. Pero entonces el peón coronaba en reina, y era punto muerto. Quizás si en vez de reina coronaba con un caballo haría el siguiente jaque. Eso funcionaba. Luego, si el rey no movía allí después del primer jaque... Volvió a eso un momento y vio qué hacer. Era como un problema de álgebra, y siempre había sido buena en álgebra. Miró a Wexler.

—Peón siete reina.

Él pareció sorprendido.

—Vaya, qué rápida.

Jenny sonreía.

—Ahí lo tienes, Hilton —dijo.

Benny lo había estado observando todo en silencio.

—Hagamos una simultánea —le dijo de repente a Beth—. Juega con todos nosotros.

—Conmigo no —dijo Jenny—. Ni siquiera conozco las reglas.

—¿Tenemos suficientes tableros y piezas? —preguntó Beth.

—En el estante del armario.

Benny entró en el dormitorio y regresó con una caja de cartón.

—Vamos a ponerlos en el suelo.

—¿Control de tiempo? —dijo Levertov.

A Beth se le ocurrió algo de pronto.

—Juguemos ajedrez rápido.

—Eso nos da ventaja —dijo Benny—. Podemos pensar en tu tiempo.

—Quiero intentarlo.

—No merece la pena. —El tono de Benny era severo—. No eres muy buena en el ajedrez rápido de todas formas. ¿Recuerdas?

Algo en ella respondió con fuerza a lo que él no estaba diciendo.

—Te apuesto diez a que te derroto.

—¿Y si renuncias a las otras partidas y usas todo tu tiempo contra mí?

Ella tuvo ganas de darle una patada.

—Te apuesto diez en cada una de ellas también.

Le sorprendió la firmeza de su propia voz. Hablaba como la señora Deardorff.

Benny se encogió de hombros.

—De acuerdo. Es tu dinero.

—Pongamos los tres tableros en el suelo. Yo me sentaré en el centro.

Así lo hicieron, usando tres relojes. Beth había estado muy concentrada durante los últimos días, y jugó con precisión y sin vacilaciones, atacando en todos los tableros a la vez. Los derrotó a los tres con tiempo de sobra.

Cuando se acabó, Benny no dijo nada. Se fue al dormitorio, cogió su cartera, sacó tres billetes de diez y se los entregó a Beth.

—Hagámoslo otra vez —dijo Beth. Había amargura en su voz; al oír las palabras, supo que podría haberse referido al sexo: «Hagámoslo otra vez». Si esto era lo que Benny quería, es lo que conseguiría. Empezó a colocar las piezas.

Se sentaron en el suelo, y Beth jugó con blancas de nuevo contra los tres. Los tableros estaban desplegados ante ella para que no tuviera que girarse, pero apenas los consultó de todas formas, excepto para mover. Jugaba con los tableros en la cabeza. Incluso el asunto mecánico de hacer los movimientos y pulsar los relojes carecía de esfuerzo. La posición de Benny era desesperada cuando cayó su bandera; ella tenía tiempo de sobra. Benny le entregó otros treinta, y cuando ella sugirió hacerlo de nuevo dijo que no.

Había tensión en la salita, y nadie sabía cómo manejarla. Jenny trató de no darle importancia.

—Es solo machismo —dijo. Pero no sirvió de nada. Beth estaba furiosa con Benny, furiosa con él por ser fácil de derrotar y furiosa con la forma en que se lo estaba tomando, intentando parecer impertérrito, como si nada lo afectara.

Entonces Benny hizo algo sorprendente. Estaba sentado con la espalda recta. De pronto se apoyó contra la pared, estiró las piernas en el suelo, relajándose.

—Bueno, chica —dijo—. Creo que estás lista.

Y todos se echaron a reír. Beth miró a Jenny, que estaba sentada en el suelo junto a Wexler. Jenny, que era hermosa e inteligente, la miraba con admiración.

Beth y Benny se pasaron los días siguientes estudiando *Shakhmatni Byulleten*, remontándose a los años cincuenta. De vez en cuando jugaban una partida y Beth ganaba siempre. Notaba cómo le tomaba la delantera a Benny de un modo que era casi físico. Resultaba sorprendente para ambos. En una partida ella descubrió un ataque a la reina en el decimotercer movimiento y le hizo volcar su rey en el decimosexto.

—Bueno —dijo Benny en voz baja—, nadie me ha hecho eso en quince años.

—¿Ni siquiera Borgov?

—Ni siquiera Borgov.

A veces el ajedrez la mantenía despierta por las noches durante horas. Era como en Methuen, excepto que se sentía más relajada y no temía no dormirse. Yacía en el colchón en el suelo de la sala de estar después de medianoche con los ruidos de las calles de Nueva York colándose por el ventanal y estudiando posiciones en su mente. Las veía con más claridad que nunca. No tomaba tranquilizantes, y eso ayudaba a la claridad. No eran las partidas enteras sino situaciones concretas, posiciones consideradas «teóricamente importantes» y «necesitadas de un estudio atento». Permanecía allí tumbada escuchando los gritos de los borrachos en la calle y dominaba las dificultades de unas posiciones de ajedrez que eran clásicas en su dificultad. Una vez, durante una pelea de novios donde la mujer no paraba de gritar «¡Me estás poniendo de los nervios! ¡De los nervios!» y el hombre decía «Como tu puñetera hermana», Beth siguió acostada en su colchón y vio una forma de coronar un peón que nunca había visto antes. Era hermoso. Funcionaría. Podría usarla.

—Vete a tomar por culo —gritó la mujer, y Beth se sintió exultante y luego se quedó agradablemente dormida.

Pasaron la tercera semana repitiendo las partidas de Borgov y acabaron la última pasada la medianoche del jueves. Cuando Beth terminó su análisis del abandono, señalando cómo Borgov podía evitar unas tablas, alzó la cabeza y vio que Benny bostezaba. Era una noche calurosa y las ventanas estaban abiertas.

—Shapkin se equivocó a mitad de la partida —dijo Beth—. Tendría que haber protegido su lado de la reina.

Benny la miró, muerto de sueño.

—Incluso yo me canso del ajedrez a veces.

Ella se levantó del tablero.

—Hora de acostarse.

—No tan rápido —dijo Benny. La miró un momento y sonrió—. ¿Te sigue gustando mi pelo?

—He estado intentando aprender a derrotar a Vasili Borgov —respondió Beth—. Tu pelo no entra en la ecuación.

—Me gustaría que te vinieras a la cama conmigo.

Llevaban juntos tres semanas y ella casi se había olvidado del sexo.

—Estoy cansada —dijo, exasperada.

—Yo también. Pero me gustaría que te acostaras conmigo.

Parecía muy relajado y agradable. De repente, sintió afecto hacia él.

—De acuerdo —dijo.

Se sobresaltó al despertar por la mañana con alguien a su lado en la cama. Benny se había puesto de lado en su parte y todo lo que podía ver de él era su espalda pálida y desnuda y un poco de pelo. Al principio se sintió cohibida y temió despertarlo; se sentó con cuidado, apoyando la espalda contra la pared. Acostarse con un hombre estaba bien. Hacer el amor había estado bien también, aunque no era tan excitante como había esperado. Benny no había dicho gran cosa. Fue amable y atento, pero seguía habiendo cierta distancia en él. Recordó una frase del primer hombre con el que había hecho el amor: «Demasiado cerebral». Se volvió hacia Benny. Su piel era bonita a la luz: parecía casi luminosa. Durante un momento le apeteció rodearlo con sus brazos y estrecharlo contra su cuerpo desnudo, pero se contuvo.

Al cabo de un rato Benny despertó, se dio media vuelta y la miró parpadeando. Ella se había cubierto los pechos con las sábanas. Tras un momento, dijo:

—Buenos días.

Él volvió a parpadear.

—No deberías intentar la siciliana contra Borgov —dijo—. Es demasiado bueno con ella.

Pasaron la mañana con dos partidas de Luchenko; Benny hizo énfasis en la estrategia en vez de en la táctica. Estaba de buen humor, pero Beth se sentía un poco resentida. Quería algo más de amor, o al menos de intimidad, y Benny le daba charlas.

—Eres una táctica nata —dijo—, pero tu planificación es chapucera.

Ella no dijo nada y controló su malestar lo mejor que pudo. Lo que él estaba diciendo era cierto, pero el placer que sentía al señalarlo resultaba irritante.

—Tengo que ir a una partida de póker —dijo Benny a Beth a mediodía.

Ella alzó la cabeza de la posición que acababa de analizar.

—¿Una partida de póker?

—Tengo que pagar el alquiler.

Era sorprendente. No pensaba que fuera jugador. Cuando le preguntó, él le dijo que sacaba más dinero del póker y el backgammon que del ajedrez.

—Deberías aprender —dijo, sonriendo—. Eres buena jugando.

—Entonces llévame contigo.

—Es solo de hombres.

Ella frunció el ceño.

—He oído decir eso del ajedrez.

—Ya me imagino. Puedes venir y mirar si quieres. Pero tendrás que estarte callada.

—¿Cuánto tiempo durará?

—Toda la noche, tal vez.

Ella empezó a preguntarle cuánto tiempo hacía que sabía lo de esta partida, pero se calló. Estaba claro que lo sabía desde antes de anoche. Lo acompañó en el autobús de la Quinta Avenida hasta la calle Cuarenta y cuatro y caminaron hasta el hotel Algonquin. Benny parecía tener la mente puesta en algo de lo que no quería hablar, y caminaron en silencio. Ella empezaba a sentirse furiosa de nuevo: no había venido a Nueva York para esto, y le molestaba la forma que tenía Benny de no ofrecer ninguna explicación ni ningún aviso con antelación. Su conducta era como su juego en el ajedrez: tranquila y controlada en la superficie, pero retorcida e irritante por debajo. No le gustó tener que acompañarlo pero no quería volver al apartamento y estudiar sola.

La partida era en una pequeña suite en la sexta planta y, como él había dicho, solo participaban hombres. Había cuatro sentados alrededor de una mesa con tazas de café y fichas y cartas. Un aparato de aire acondicionado zumbaba ruidosamente. Había otros dos hombres que parecían estar simplemente curioseando. Los jugadores alzaron la cabeza cuando Benny entró y lo saludaron entre bromas. Benny se mostró tranquilo y simpático.

—Beth Harmon —dijo, y los hombres asintieron sin reconocerla. Había sacado su cartera, y extrajo un fajo de billetes, los colocó ante un espacio vacío en la mesa y se sentó, ignorando a Beth. Sin saber cuál era allí su función, Beth entró en el dormitorio, donde había visto una cafetera y tazas. Se sirvió un café y volvió a la otra habitación. Benny tenía un puñado de fichas delante y sujetaba las cartas en la mano.

—Lo veo —dijo el hombre a su izquierda, y lanzó una ficha azul al centro de la mesa. Los otros lo imitaron. Benny fue el último.

Ella se mantuvo a distancia de la mesa, observando. Recordó cuando miraba en el sótano al señor Shaibel, y la intensidad de su interés en lo que él hacía, pero no sintió nada parecido ahora. No le importaba cómo se jugaba al póker, aunque sabía que sería buena en ello. Estaba furiosa con Benny, que seguía jugando sin mirarla. Manejaba las cartas con destreza y arrojaba fichas al centro de la mesa con tranquilo aplomo, diciendo a veces cosas como «me planto» o «te sigo». Finalmente, cuando uno de los hombres estaba repartiendo, Beth le dio un golpecito en el hombro y dijo en voz baja:

—Me marcho.

Él asintió.

—Vale —dijo, y devolvió su atención a las cartas. Al bajar en el ascensor, a Beth le apeteció golpearle en la cabeza con una tabla. Frío hijo de puta. Era sexo rápido con ella, y luego a correr con los chicos. Probablemente lo tenía planeado desde hacía una semana. Táctica y estrategia. Sintió ganas de matarlo.

Pero el paseo por la ciudad calmó su furia, y para cuando llegó el autobús de la Tercera Avenida para poder regresar al apartamento de la calle Setenta y ocho, estaba tranquila. Incluso le apeteció estar sola un rato. Pasó el tiempo con *Chess Informant*, una nueva serie de libros de Yugoslavia, repasando las partidas mentalmente.

Él volvió en algún momento de la madrugada. Beth se despertó cuando se metió en la cama. Se alegró de que volviera, pero no quería hacer el amor con él. Por fortuna él tampoco estaba interesado. Le preguntó cómo le había ido.

—Casi seiscientos —dijo, satisfecho consigo mismo. Ella se dio la vuelta y volvió a dormir.

Hicieron el amor por la mañana, y ella no disfrutó mucho. Sabía que seguía enfadada con él por la partida de póker; no por la partida en sí, sino por la manera en que la había utilizado cuando acababan de convertirse en amantes. Cuando terminaron, él se sentó en la cama y la miró durante un minuto.

—Estás cabreada conmigo, ¿verdad?

—Sí.

—¿Por la partida de póker?

—Por la forma en que no me lo dijiste.

Él asintió.

—Lo siento. Mantengo las distancias.

Ella se sintió aliviada cuando lo dijo.

—Supongo que yo también.

—Me he dado cuenta.

Después de desayunar ella sugirió una partida entre ambos, y él aceptó, reacio. Pusieron el reloj en media hora para cada uno, para que fuera breve, y ella lo derrotó fácilmente con su siciliana Levenfish, eliminando sus amenazas con calma y acosando a su rey sin piedad. Cuando acabaron, él sacudió la cabeza con tristeza.

—Necesitaba esos seiscientos —dijo.

—Tal vez, pero el momento no fue oportuno.

—No compensa enfadarte, ¿no?

—¿Quieres jugar otra?

Benny se encogió de hombros y se dio media vuelta.

—Resérvala para Borgov.

Pero Beth se dio cuenta de que habría jugado con ella si hubiera creído que podía ganar. Se sintió mucho mejor.

Continuaron como amantes y no jugaron más partidas, excepto las de los libros. Él se marchó unos cuantos días después a otra partida de póker y volvió con doscientos en ganancias y tuvieron uno de los mejores momentos juntos en la cama, con el dinero al lado en la mesilla de noche. Ella lo apreciaba, pero eso era todo. Y una semana antes del viaje a París empezó a considerar que tenía ya poco que enseñarle.

Doce

La señora Wheatley siempre había llevado consigo los documentos de adopción y el certificado de nacimiento de Beth cuando viajaban, y Beth había continuado la práctica, aunque hasta ahora nunca habían sido necesarios. Durante su primera semana en Nueva York, Benny la llevó al Rockefeller Center, y ella los utilizó para solicitar el pasaporte. Para México solo había hecho falta un visado turístico, y la señora Wheatley se había encargado de eso. El librito de portadas verdes con su foto de labios apretados dentro llegó dos semanas más tarde. Aunque no estaba segura de que fuera a ir, había enviado la aceptación a París unos cuantos días antes de salir de Kentucky para ir a Ohio.

Cuando llegó el momento, Benny la llevó al aeropuerto Kennedy y la dejó en la terminal de Air France.

—No es imposible —dijo—. Puedes derrotarlo.

—Ya veremos. Gracias por la ayuda.

Beth había sacado la maleta del coche y estaba de pie junto a la ventanilla del conductor. Estaban en una zona donde no se podía aparcar, y él no podía bajar del coche para despedirla.

—Nos vemos la semana que viene —dijo Benny.

Durante un instante ella quiso asomarse a la ventanilla abierta y besarlo, pero se contuvo.

—Nos vemos entonces.

Levantó la maleta y entró en la terminal.

Esta vez esperaba sentir la oscura hostilidad que incluso verlo al otro lado de la sala podía provocarle, pero estar preparada para ello no le impidió contener bruscamente la respiración. Estaba allí de espaldas, hablando con los periodistas. Ella apartó la mirada, nerviosa, como hizo la primera vez que lo vio en el zoo de México D.F. Era solo otro hombre de traje oscuro, otro ruso que jugaba al ajedrez, se dijo. Uno de los hombres le hacía una foto mientras el otro hablaba con él. Beth los miró a los tres durante un momento, y su tensión se relajó. Podía derrotarlo. Se dio media vuelta y fue a inscribirse. La partida empezaría al cabo de veinte minutos.

Era el torneo más pequeño que había visto, en un elegante edificio antiguo cerca de la École Militaire. Había seis jugadores y cinco rondas: una ronda al día durante cinco días. Si Borgov o ella perdían pronto, no jugarían entre sí, y la competencia era fuerte. Sin embargo, pese a todo, no le parecía que ninguno de los dos pudiera ser derrotado por nadie más. Entró en la sala donde se celebraba el torneo propiamente dicho, sin sentir ninguna ansiedad por la partida que iba a jugar esta mañana ni por las de los días siguientes. No jugaría contra Borgov hasta una de las últimas rondas. Se enfrentaría contra un gran maestro holandés diez minutos más tarde y llevaría las negras, pero no sentía ninguna aprensión.

Francia no era famosa por su ajedrez, pero la sala en la que jugaban era preciosa. Dos lámparas de cristal colgaban de su alto techo azul, y la alfombra azul del suelo era gruesa y cara. Había tres mesas de nogal pulido, cada una con un clavel rosa en un jarroncito al lado del tablero. Los sillones antiguos estaban tapizados en terciopelo azul, a juego con el suelo y el techo. Era como un restaurante caro, y los directores del torneo parecían camareros con pajarita bien entrenados. Todo era silencioso y eficiente. Beth había llegado de Nueva York la noche anterior, casi no había visto nada de París todavía, pero se sentía cómoda aquí. Había dormido bien en el avión y luego había vuelto a dormir en el hotel; antes había disfrutado de cinco sólidas semanas de prácticas. Nunca se había sentido más preparada.

El holandés jugó la apertura Réti, y ella la trató como lo hacía cuando la jugaba Benny, igualando al noveno movimiento. Empezó a atacar antes de que él tuviera posibilidad de enrocar, al principio sacrificando un alfil y luego obligándolo a renunciar a un caballo y dos peones para defender a su rey. Al decimosexto movimiento le amenazaba con combinaciones por todo el tablero y, aunque nunca pudo hacer efectiva ninguna, la amenaza fue suficiente. Él se vio obligado a ceder poco a poco hasta que, atrapado e irrecuperablemente retrasado, se rindió. A mediodía Beth caminaba feliz por la Rue de Rivoli, disfrutando del día soleado. Miraba las blusas y zapatos en los escaparates y, aunque no compró nada, fue un placer. París era un poco como Nueva York, pero más civilizado. Las calles estaban limpias y los escaparates brillaban; había cafés de verdad en las aceras y gente sentada en ellos disfrutando, hablando en francés. Había estado tan concentrada en el ajedrez que solo entonces se dio cuenta: ¡estaba en París! Esto era París, esta avenida por la que estaba paseando; aquellas mujeres maravillosamente vestidas que caminaban hacia ella eran francesas, *parisiennes,* y ella misma tenía dieciocho años y era la campeona estadounidense de ajedrez. Sintió durante un momento una alegre presión en el pecho y redujo el paso. Dos hombres pasaron ante ella, conversando, y oyó a uno decir: «... *avec deux parties seulement*». ¡Franceses, y entendía lo que decían! Dejó de andar y se quedó donde estaba un momento, contemplando los bellos edificios grises al otro lado de la avenida, la luz en los árboles, los olores dispersos de esta ciudad humana. Tal vez tuviera aquí un apartamento algún día, en el Boulevard Raspail o la Rue des Capucines. Para cuando tuviera veintipocos años sería campeona del mundo y viviría donde quisiera. Podría tener un *pied à terre* en París y asistir a conciertos y obras de teatro, almorzar cada día en un café diferente, y vestirse como estas mujeres que paseaban por la calle, tan seguras de sí mismas, tan elegantes con sus ropas bien hechas, con la cabeza alta y el cabello impecablemente cortado y peinado y cardado. Ella tenía algo que ninguna de ellas tenía, y podía ofrecerle una vida que cualquiera envidiaría. Benny había tenido razón al instalarla a jugar aquí y luego, el verano siguiente, en Moscú. No había nada que la retuviera en Kentucky, en su casa: tenía ante ella posibilidades infinitas.

Deambuló durante horas por los bulevares, sin detenerse a comprar nada, solo mirando a la gente y los edificios y las tiendas y los restaurantes y los árboles y las flores. Una vez chocó accidentalmente con una anciana mientras cruzaba la Rue de la

Paix y se encontró diciendo «*Excusez-moi, madame*» con tanta facilidad como si hubiera hablado francés toda la vida.

A las cuatro y media había una recepción en el edificio donde tenía lugar el torneo; Beth tuvo dificultades para encontrar el camino de vuelta y llegó diez minutos tarde y sin aliento. Las mesas de las partidas habían sido retiradas a un lado de la sala, y las sillas colocadas en torno a las paredes. La condujeron a un asiento cerca de la puerta y le ofrecieron una tacita de *café filtre*. Pasó un carro de postres con los pasteles más maravillosos que había visto en su vida. Sintió un momento de tristeza, deseando que Alma Wheatley estuviera allí para verlos. Justo cuando cogía un napoleón del carro oyó una fuerte risa al otro lado de la sala y se volvió a mirar. Allí estaba Vasili Borgov, con una taza de café en la mano. La gente que lo rodeaba se inclinaba hacia él, expectante, compartiendo la diversión. Su rostro estaba distorsionado por una alegría pesada. Beth sintió que el estómago se le helaba.

Volvió al hotel esa tarde y jugó tenazmente una docena de partidas de Borgov, partidas que ya sabía a conciencia por haberlas estudiado con Benny, y se acostó a las once. No tomó píldoras y durmió maravillosamente. Borgov llevaba once años como gran maestro internacional y cinco como campeón del mundo, pero ella no se mostraría pasiva contra él esta vez. Pasara lo que pase, no se dejaría humillar. Y tendría una clara ventaja: él no llegaría tan preparado para ella como ella para él.

Siguió ganando, derrotando a un francés al día siguiente y a un inglés el posterior. Borgov ganó también sus partidas. El penúltimo día, cuando jugó contra otro holandés (mayor y más experimentado) se encontró en una mesa junto a Borgov. Verlo tan de cerca la distrajo unos instantes, pero pudo librarse de la sensación. El holandés era un jugador fuerte, y Beth se concentró en el juego. Cuando terminó, obligándolo a claudicar después de casi cuatro horas, alzó la cabeza y vio que las piezas del tablero de al lado habían desaparecido y Borgov se había marchado.

Al irse, se detuvo en la mesa y preguntó contra quién jugaría por la mañana. El director rebuscó entre sus papeles y sonrió débilmente.

—Contra el gran maestro Borgov, *mademoiselle.*

Beth se lo esperaba, pero se quedó sin aliento cuando el hombre lo dijo.

Esa noche tomó tres tranquilizantes y se fue temprano a la cama, sin saber si podría relajarse lo suficiente para dormir. Pero durmió maravillosamente y se despertó relajada a las ocho, sintiéndose confiada, fuerte y preparada.

Cuando entró y lo vio sentado ante la mesa, no le pareció tan formidable. Llevaba su habitual traje oscuro, y el áspero pelo negro peinado hacia atrás desde la frente. Su rostro era, como siempre, impasible, pero no le resultaba amenazante. Se levantó amablemente, y cuando ella le ofreció la mano la estrechó, pero no sonrió. Ella jugaría con blancas; cuando se sentaron, él pulsó el botón del reloj.

Ya había decidido qué hacer. A pesar de los consejos de Benny, jugaría peón cuatro rey y esperaría la siciliana. Había estudiado todas las partidas sicilianas publicadas de Borgov. Lo hizo, tomó el peón y lo colocó en la cuarta fila, y cuando él movió su peón de alfil de reina sintió un agradable escalofrío. Estaba preparada. Plantó el caballo en tres alfil de rey; él puso el suyo en tres alfil de reina, y al sexto movimiento estaban en la Boleslavski. Ella conocía, movimiento a movimiento, ocho partidas en las que Borgov había jugado esta variante, las había repasado todas con Benny, analizándolas implacablemente. Él inició la variante de peón cuatro rey al sexto movimiento; ella jugó caballo a tres caballo con la certeza de saber que tenía razón, y luego lo miró. Él tenía la mejilla apoyada en un puño, mirando el tablero como cualquier otro jugador de ajedrez. Borgov era fuerte, imperturbable y artero, pero no había ninguna magia en su juego. Colocó su alfil en dos rey sin mirarla. Ella enrocó. Él enrocó. Beth miró a su alrededor, contemplando la sala bellamente amueblada en la que estaba con las otras dos partidas de ajedrez que continuaban en silencio.

Al decimoquinto movimiento empezó a ver combinaciones abrirse a ambos lados, y al vigésimo se sorprendió por su propia claridad. Su mente funcionaba con calma, abriéndose paso delicadamente entre la combinación de movimientos. Empezó a presionar en la fila del alfil de reina, amenazando con un ataque doble. Él lo esquivó, y ella reforzó sus peones centrales. Su posición se abrió más y más, y las posibilidades de atacar aumentaron, aunque Borgov parecía esquivarla justo a tiempo. Sabía que eso podía suceder y no la desanimó; sentía en su interior una inagotable capacidad para encontrar movimientos fuertes y amenazantes. Nunca había jugado mejor. Lo obligaría a comprometer su posición con una serie de amenazas, y luego montaría amenazas que fueran dobles y triples y él no podría evitar. El alfil de reina de él estaba ya bloqueado por unos movimientos que ella había forzado, y su reina atada protegiendo a una torre. La habilidad de Beth para encontrar amenazas no parecía tener fin.

Miró de nuevo alrededor. Las otras partidas habían terminado. Eso fue una sorpresa. Miró el reloj. Más de la una. Llevaban jugando más de tres horas. Volvió su atención al tablero, lo estudió durante unos minutos y llevó su reina al centro. Era hora de aplicar más presión. Miró a Borgov.

Se mostraba tan sereno como siempre. No la miraba a los ojos, sino que continuaba concentrado en el tablero, estudiando su movimiento con la reina. Entonces se encogió de hombros de manera casi imperceptible y atacó la reina con una torre. Ella sabía que podría hacer eso, y tenía la respuesta preparada. Interpuso un caballo, amenazando un jaque que eliminaría a la torre. Él tendría que mover el rey ahora y ella adelantaría la reina hasta la fila de la torre. Se le ocurrían media docena de formas para amenazarlo a partir de ahí, con amenazas más urgentes que las que había estado haciendo.

Borgov movió inmediatamente, y no lo hizo con su rey. Simplemente avanzó un peón de torre. Ella tuvo que estudiarlo durante cinco minutos antes de ver qué pretendía. Si ella le hacía jaque, le dejaría comer la torre y luego colocaría el alfil delante del peón que acababa de mover, y ella tendría que mover su reina. Contuvo el aliento, alarmada. Su torre en la fila de atrás caería, y con ella dos peones. Sería desastroso. Tenía que retirar la reina a un lugar desde donde pudiera escapar. Apretó los dientes y la movió.

De todas formas, Borgov colocó el alfil donde el peón lo protegía. Ella se lo quedó mirando un momento antes de comprender lo que eso significaba; cualquiera de los diversos movimientos que pudiera hacer para eliminarlo le costaría, y si lo dejaba allí, la posición de él quedaba reforzada en todo. Lo miró a la cara. Él la contemplaba ahora con un atisbo de sonrisa. Beth miró de nuevo rápidamente el tablero.

Trató de contraatacar con uno de sus propios alfiles, pero él lo neutralizó con un movimiento de peón que bloqueaba la diagonal. Ella había jugado maravillosamente, seguía jugando maravillosamente, pero él la estaba superando. Tendría que esforzarse más.

Así lo hizo y encontró movimientos excelentes, los mejores que había encontrado jamás, pero no bastó. Al trigesimoquinto tenía la garganta seca, y lo que veía ante ella en el tablero era el desorden de su posición y la creciente fuerza de la de Borgov. Era increíble. Ella estaba jugando su mejor ajedrez, y él la estaba derrotando.

En el trigesimoctavo movimiento él plantó su torre en la segunda fila de Beth para hacer la primera amenaza de mate. Ella vio con suficiente claridad cómo evitarlo, pero detrás venían más y más amenazas que le darían mate o acabarían con su reina o le proporcionarían a Borgov una segunda reina. Se sintió desfallecer. Durante un momento le mareó solo mirar el tablero, la manifestación visible de su propia impotencia.

No volcó su rey. Se levantó y miró la cara inexpresiva de Borgov.

—Me rindo.

Borgov asintió. Ella se dio media vuelta y salió de la habitación, sintiéndose físicamente enferma.

El avión de regreso a Nueva York era como una trampa. Beth permaneció sentada en su asiento de ventanilla y no podía escapar al recuerdo de la partida, no podía dejar de volver a jugarla mentalmente. Varias veces la azafata le ofreció una bebida, pero ella se obligó a rechazarla. Quería una bebida con todas sus ganas; era aterrador. Tomó tranquilizantes, pero el nudo en su estómago no se aflojó. No había cometido ningún error. Había jugado extraordinariamente bien. Al final de la partida su posición era un desastre, y Borgov la miraba como si no hubiera sido nada.

No quería ver a Benny. Se suponía que tenía que llamarlo para que acudiera a recogerla, pero no quería volver a su apartamento. Habían pasado ocho semanas desde que dejó la casa de Lexington; volvería allí a lamerse las heridas durante un tiempo. El dinero obtenido con el tercer premio en París había sido sorprendentemente bueno; podía permitirse un viaje de ida y vuelta rápido a Lexington. Y todavía habría papeles que firmar con su abogado. Se quedaría una semana y luego volvería y seguiría estudiando con Benny. ¿Pero qué más había que aprender con él? Al recordar durante un momento todo el trabajo que había hecho preparándose para París, se sintió de nuevo enferma. Con esfuerzo, se recuperó. Lo principal era prepararse para Moscú. Todavía había tiempo.

Llamó a Benny desde el aeropuerto Kennedy y le dijo que había perdido la última partida, que Borgov la había superado. Benny se mostró compasivo pero un poco distante, y cuando le dijo que iba a irse a Kentucky unos días pareció irritado.

—No te rindas —dijo—. Una partida perdida no demuestra nada.

—No me estoy rindiendo.

En la pila de correo que la estaba esperando en casa había varias cartas de Michael Chennault, el abogado que se había encargado de las escrituras de la casa. Parecía que había algún tipo de problema; Beth no tenía todavía la titularidad en regla o algo. Allston Wheatley estaba poniendo pegas. Sin abrir el resto del correo, se dirigió al teléfono y llamó al despacho de Chennault.

Lo primero que él dijo cuando se puso al teléfono fue:

—Intenté contactar con usted ayer tres veces. ¿Dónde ha estado?

—En París. Jugando al ajedrez.

—Qué bonito debe de ser. —Hizo una pausa—. Se trata de Wheatley. No quiere firmar.

—¿Firmar qué?

—Las escrituras—dijo Chennault—. ¿Puede pasarse por aquí? Tenemos que resolverlo.

—No comprendo por qué me necesita. El abogado es usted. Él me dijo que firmaría lo que fuera necesario.

—Ha cambiado de opinión. Tal vez pueda hablar con él.

—¿Está ahí?

—En el despacho, no. Pero está en la ciudad. Creo que si pudiera mirarlo a la cara y recordarle que es su hija legal...

—¿Por qué no quiere firmar?

—Dinero —dijo el abogado—. Quiere vender la casa.

—¿Pueden pasarse por aquí los dos mañana?

—Veré qué puedo hacer.

Después de colgar ella contempló el salón. La casa pertenecía todavía al señor Wheatley. Era sorprendente. Apenas lo había visto en ella, y sin embargo era suya. No quería que la tuviera.

Aunque era una tarde de julio calurosa, Allston Wheatley llevaba un traje de tweed gris oscuro, y cuando se sentó en el sofá se subió las perneras de los pantalones, mostrando las finas espinillas blancas por encima de sus calcetines marrones. Había vivido en la casa durante dieciséis años, pero no mostraba ningún interés en su contenido. Entró en ella como un extraño, con una expresión que podría haber sido de ira o de disculpa, se sentó en un extremo del sofá, se subió las perneras de los pantalones dos centímetros y no dijo nada.

Algo en él hizo que Beth se sintiera asqueada. Tenía exactamente el mismo aspecto que la primera vez que lo vio, cuando fue con la señora Wheatley al despacho de la señora Deardorff para examinarla.

—El señor Wheatley tiene una propuesta, Beth —dijo el abogado. Ella miró la cara de Wheatley, que estaba vuelta levemente—. Usted puede vivir aquí mientras encuentra algo permanente.

¿Por qué no se lo decía el propio Wheatley?

La incomodidad de Wheatley la hizo de algún modo sufrir por él, como si ella misma estuviera incómoda.

—Creí que podía quedarme con la casa si hacía los pagos —dijo.

—El señor Wheatley dice que usted lo malinterpretó.

¿Por qué hablaba su propio abogado en nombre de él? ¿Por qué no podía buscarse su propio abogado, por el amor de Dios? Lo miró y vio que estaba encendiendo un cigarrillo, el rostro todavía apartado de ella, una expresión dolorida en sus rasgos.

—Dice que solo le permitía quedarse en la casa hasta que encontrara alojamiento.

—Eso no es cierto —dijo Beth—. Dijo que podía quedármela... —De repente algo la golpeó con todas sus fuerzas y se volvió hacia Wheatley—. Soy su hija. Me adoptó usted. ¿Por qué no me habla?

Él la miró como un conejo asustado.

—Alma —dijo—. Alma quería un hijo...

—Firmó usted los papeles —dijo Beth—. Aceptó una responsabilidad. ¿No puede ni siquiera mirarme?

Allston Wheatley se levantó y cruzó la habitación y se dirigió a la ventana. Cuando se dio la vuelta, se había controlado de algún modo y parecía furioso.

—Alma quería adoptarte. No yo. No tienes derecho a nada mío porque yo firmara unos malditos papeles para hacer callar a Alma. —Se volvió hacia la ventana—. Y no se puede decir que funcionara.

—Me adoptó usted —dijo Beth—. No le pedí que lo hiciera. —Notó una sensación de ahogo en la garganta—. Usted es mi padre legal.

Cuando él se dio la vuelta y la miró, a ella le sorprendió ver lo torcida que era su expresión.

—El dinero de esta casa es mío, y ninguna huérfana sabelotodo va a quitármelo.

—No soy ninguna huérfana. Soy su hija.

—No, no para mí. Me importa una mierda lo que diga tu maldito abogado. Me importa una mierda lo que dijera Alma. Esa mujer no sabía tener la boca cerrada.

Nadie habló durante un rato. Por fin, Chennault preguntó en voz baja:

—¿Qué quiere usted de Beth, señor Wheatley?

—Quiero que se marche de aquí. Voy a vender la casa.

Beth lo miró un momento antes de hablar.

—Entonces véndamela a mí.

—¿De qué estás hablando? —dijo Wheatley.

—Yo la compraré. Le pagaré lo que diga la hipoteca.

—Ahora vale mucho más.

—¿Cuánto más?

—Necesitaría siete mil.

Ella sabía que la hipoteca era inferior a cinco mil.

—De acuerdo —dijo.

—¿Tienes esa cantidad?

—Sí. Pero voy a restar lo que pagué por enterrar a mi madre. Le mostraré las facturas.

Allston Wheatley suspiró como un mártir.

—De acuerdo —dijo—. Pueden ustedes dos preparar los papeles. Me vuelvo al hotel. —Se dirigió a la puerta—. Aquí dentro hace demasiado calor.

—Podría haberse quitado la chaqueta —dijo Beth.

Se quedó con dos mil dólares en el banco. No le gustaba tener tan poco, pero no importaba. En el correo había invitaciones para jugar en dos torneos fuertes, con buenos premios. Mil quinientos en uno y dos mil en otro. Y estaba el grueso sobre de Rusia, invitándola a Moscú en julio.

Cuando volvió con su copia de los papeles firmados dio varias vueltas al salón, pasando la mano suavemente por los muebles. Wheatley no había dicho nada de los muebles, pero eran suyos. Se lo había pedido al abogado. Wheatley ni siquiera había aparecido, y Chennault le llevó los papeles al hotel Phoenix para que los firmara mientras ella esperaba en el despacho y leía un *National Geographic*. Ahora que era suya, la casa parecía diferente. Compraría algunos muebles nuevos, un buen sofá bajo y dos silloncitos modernos. Ya los estaba viendo, con tapizado celeste y bordados azul oscuro. No en el azul de la señora Wheatley, sino en el suyo propio. Azul Beth. Quería borrar la semirreal presencia de la señora Wheatley de la casa. Compraría una alfombra nueva para el suelo y limpiaría las ventanas. Compraría un tocadiscos y algunos discos, una colcha nueva y almohadas para la cama de arriba. En Purcell. La señora Wheatley había sido una buena madre; no había sido su intención morirse y abandonarla.

Beth durmió bien y despertó sintiéndose enfadada. Se puso la bata de felpa, bajó las escaleras en zapatillas (las zapatillas de la señora Wheatley) y se encontró pensando furiosamente en los siete mil dólares que le había pagado al señor Wheatley. Le encantaba el dinero; la señora Wheatley y ella siempre habían abierto juntas los estadillos bancarios de Beth para ver cuántos intereses se habían acumulado en la cuenta. Y después de su muerte se había consolado sabiendo que podría seguir viviendo en la casa, comprando la comida en el supermercado y acudiendo al cine cuando quisiera sin sentirse corta de dinero ni tener que pensar en buscar un trabajo o ir a la universidad o encontrar torneos que ganar.

Se había traído de Nueva York tres de los panfletos de ajedrez de Benny; mientras los huevos hervían colocó el tablero en la mesa de la cocina y sacó el folleto con las partidas del último torneo de Moscú. No había dominado el ruso en aquel cursillo nocturno en la universidad, pero podía leer los nombres y las anotaciones con facilidad. Sin embargo, los caracteres cirílicos eran irritantes. La enfurecía que el gobierno soviético pusiera tanto dinero en el ajedrez, y que incluso usaran un alfabeto distinto al suyo. Cuando los huevos estuvieron listos, los sirvió en un cuenco con mantequilla y empezó a jugar una partida entre Petrosian y Tal. La defensa Grünfeld. Variante semieslava. Puso el caballo de rey negro en dos reina en el octavo movimiento y entonces se aburrió. Había movido las piezas demasiado rápidamente para analizarlas, sin detenerse como la habría obligado a hacer Benny para asimilar todo lo que estaba sucediendo. Terminó la última cucharada de huevo y salió al jardín trasero.

Era una mañana calurosa. La hierba del jardín estaba demasiado crecida, casi cubría el pequeño camino de ladrillo que conducía al seto de rosas de té. Volvió a entrar en la casa y movió la torre blanca a uno reina y luego se quedó mirando el tablero. No quería estudiar ajedrez. Era aterrador: una enorme cantidad de estudio la esperaba si quería evitar la humillación en Moscú. Contuvo el miedo y subió a darse una ducha. Mientras se secaba el pelo, vio con alivio que necesitaba cortárselo. Sería algo que hacer ese día. Después podría ir a Purcell y buscar sofás para el salón. Pero no sería aconsejable comprar: no hasta que tuviera más dinero. ¿Y cómo podría cortar el césped? Un chico lo hacía para la señora Wheatley, pero no sabía su número de teléfono ni su dirección.

Necesitaba limpiar la casa. Había telarañas y sábanas y almohadas sucias. Podría comprar otras nuevas. Y ropa nueva también. Harry Beltik se había olvidado su cuchilla en el lavabo; ¿debería enviársela por correo? La leche se había agriado y la mantequilla estaba rancia. El congelador estaba lleno de cristales de hielo con un montón de pollo congelado en el fondo. La alfombra del dormitorio estaba sucia, y las ventanas tenían huellas de dedos en los cristales y mugre en el alféizar.

Beth se libró de la confusión que la embargaba como pudo y pidió hora con Roberta para cortarse el pelo a las dos. Preguntaría dónde encontrar a una mujer de la limpieza para unas cuantas semanas. Iría a Morris, encargaría algunos libros de ajedrez y almorzaría en Toby.

Pero la empleada habitual no estaba ese día en Morris, y la mujer que la sustituía no sabía cómo pedir libros de ajedrez. Beth consiguió que encontrara un catálogo y pidió tres sobre defensa siciliana. Necesitaba libros de partidas de grandes maestros y ejemplares de *Chess Informant*. Pero no sabía qué editorial yugoslava lo publicaba, y tampoco lo sabía la nueva empleada. Era irritante. Necesitaba una biblioteca tan buena como la de Benny. Mejor. Al pensar en esto, al final comprendió enfurecida que podía volver a Nueva York y olvidar toda esta confusión y continuar con Benny donde lo había dejado. ¿Pero qué podría enseñarle Benny ahora? ¿Qué podría enseñarle ningún americano? Los había superado a todos. Dependía de sí misma. Tendría que cubrir ella sola la distancia que separaba el ajedrez americano del ruso.

En Toby el *maître* la conocía y le dio una buena mesa cerca de la parte delantera. Pidió *asperges à la vinaigrette* como entrante y le dijo al camarero que lo tomaría antes de pedir el plato principal.

—¿Le apetece un cóctel?

Ella contempló el tranquilo restaurante, la gente que almorzaba, la mesa con los postres cerca de la cuerda de terciopelo a la entrada del comedor.

—Un Gibson —dijo—. Con hielo.

Se lo sirvieron casi inmediatamente. Era maravilloso mirarlo. El vaso era claro y límpido; la ginebra en su interior cristalina; las cebollitas blancas eran como dos perlas. Cuando lo saboreó, le picó el labio superior y luego la garganta con un dulce cosquilleo al bajar. El efecto en su estómago tenso fue notable; todo en el cóctel era agradable. Se lo terminó despacio, y la profunda furia que sentía empezó a remitir. Pidió otro. Al fondo del salón, en las sombras, alguien tocaba el piano. Beth miró la hora. Las doce menos cuarto. Era bueno estar viva.

Nunca llegó a pedir el plato principal. Salió de Toby a las dos, entornando los ojos contra la luz del sol, y cruzó imprudentemente la calle Mayor hasta la licorería de David Manly. Usando dos de sus cheques de viaje de Ohio compró una caja de burdeos Paul Masson, cuatro botellas de ginebra Gordon's y una botella de vermut Martini & Rossi, y dijo al señor Manly que le pidiera un taxi. Hablaba de forma clara y nítida; su paso era firme. Se había comido seis espárragos y bebido cuatro Gibsons. Llevaba años flirteando con el alcohol. Era hora de consumar la relación.

Cuando llegó a casa el teléfono estaba sonando, pero no lo atendió. El taxista la ayudó con la caja de vino, y ella le dio un dólar de propina. Cuando se marchó, sacó las botellas una a una y las colocó bien ordenadas en el mueble sobre el tostador, delante de las latas de spaghetti y chili de la señora Wheatley. Luego abrió una botella de ginebra y le quitó la tapa al vermut. Nunca se había preparado un cóctel antes. Sirvió ginebra en el vaso y añadió un poco de vermut, removiéndolo con una de las cucharas de la señora Wheatley. Se llevó con cuidado la bebida al salón, se sentó y dio un largo trago.

Las mañanas eran horribles, pero se manejaba. Al tercer día fue a Kroger y compró tres docenas de huevos y un montón de comida precocinada congelada. Después de eso siempre se tomaba dos huevos antes del primer vaso de vino. A mediodía normalmente se había quedado sin sentido. Despertaba en el sofá o en una silla con los miembros entumecidos y el cuello húmedo de sudor caliente. A veces, con la cabeza dándole vueltas, sentía en lo más profundo de su estómago una ira tan intensa como el dolor de un flemón reventado en la mandíbula, un dolor de muelas tan potente que solo la bebida podía aliviarlo. A veces la bebida tenía que imponerse al rechazo de su cuerpo, pero lo hacía. La tragaba y esperaba y los sentimientos remitían un poco. Era como bajar el volumen de un aparato de música.

El sábado por la mañana derramó el vino en el tablero de ajedrez que tenía en la cocina, y el lunes chocó contra la mesa por accidente, tirando algunas piezas al suelo. Las dejó allí y solo las recogió el jueves, cuando por fin vino el joven a cortar el césped. Se quedó tumbada en el sofá bebiendo la última botella de la caja y escuchando el rugido de la segadora, oliendo la hierba cortada. Cuando le pagó, salió a oler la hierba y miró el césped con sus montículos de recortes. La enterneció verlo tan alterado, tan distinto a lo que había sido. Volvió a entrar, agarró el bolso y llamó a un taxi. La ley no permitía las entregas de alcohol a domicilio. Tendría que comprar otra caja. Dos estaría mejor. Y probaría Almaden. Alguien había dicho que el burdeos Almaden era mejor que el Paul Masson. Lo probaría. Tal vez unas cuantas botellas de vino blanco también. Y necesitaba comida.

Almorzaba de lata. El chili estaba bastante bueno si le añadías pimienta y lo comías con un vaso de burdeos. El Almaden estaba mejor que el Paul Masson, menos astringente en la lengua. Los Gibsons, sin embargo, podían golpearla como un palo, y lo tuvo en cuenta, reservándolos hasta justo antes de caer desmayada o, a veces, para el primer trago de la mañana. A la tercera semana se llevaba un Gibson a la cama las noches en que se acostaba. Lo ponía en la mesilla de noche con un *Chess Informant* encima para impedir que el alcohol se evaporara, y se lo bebía cuando despertaba en mitad de la noche. O, si no entonces, por la mañana, antes de bajar.

A veces sonaba el teléfono, pero lo atendía solo cuando su cabeza y su voz estaban despejadas. Siempre hablaba en voz alta para comprobar su nivel de sobriedad antes de levantar el receptor. Decía «Tres tristes tigres triscaban trigo en un trigal» y si le salía bien atendía el teléfono. Una mujer llamó de Nueva York, porque querían que saliera en *Tonight Show.* Lo rechazó.

Hasta la tercera semana bebiendo no repasó la pila de revistas que habían llegado mientras estaba en Nueva York y encontró el *Newsweek* con su foto. Le habían dado una página entera bajo el epígrafe «Deportes». La foto la mostraba jugando con Benny, y recordó el momento en que la tomaron, durante la apertura de la partida. La posición de las piezas en el tablero de exposición era visible en la foto, y vio que no le fallaba la memoria: acababa de hacer su cuarto movimiento. Benny parecía pensativo y distante, como de costumbre. El artículo decía que era la mujer con más talento desde Vera Menchik. Beth, al leerlo medio borracha, se molestó por el espacio que le daban a Menchik y su muerte en un bombardeo en Londres en 1944 antes de señalar que Beth era mejor jugadora. ¿Y qué tenían que ver las mujeres con todo esto? Ella era mejor que ningún jugador varón en América. Recordó a la entrevistadora de *Life,* con sus preguntas sobre ser una mujer en un mundo de hombres. Al infierno con ella; no sería un mundo de hombres cuando terminara con él. Era mediodía, y puso una sartén de spaghetti en lata a calentar antes de leer el resto del artículo. El último párrafo era el más fuerte.

A los dieciocho años, Beth Harmon se ha establecido como la reina del ajedrez estadounidense. Puede que sea la jugadora más dotada desde Morphy o Capablanca: nadie sabe su capacidad, cuál es el potencial que hay en el cuerpo de esa joven de cerebro deslumbrante. Para averiguarlo, para mostrar al mundo que Estados Unidos ha superado su estatus inferior en el mundo del ajedrez, tendrá que ir adonde están los peces grandes. Tendrá que ir a la Unión Soviética.

Beth cerró la revista y se sirvió un vaso de Almaden Mountain Chablis para beberlo con los spaghetti. Eran las tres de la tarde y hacía un calor infernal. Y el vino empezaba a agotarse: solo quedaban dos botellas más en el estante sobre la tostadora.

Una semana después de leer el artículo de *Newsweek,* un jueves por la mañana se despertó demasiado enferma para levantarse de la cama. Cuando trató de sentarse, no pudo. Le dolían la cabeza y el estómago. Todavía llevaba puestos los vaqueros y la camiseta de la noche anterior, y sentía que se ahogaba con ellos. Pero no podía quitárselos. Tenía la camisa pegada al cuerpo, y estaba demasiado débil para sacársela por encima de la cabeza. Había un Gibson en la mesilla de noche. Consiguió rodar por la cama y sujetarlo con las dos manos, y se había bebido la mitad cuando empezó a tener arcadas. Durante un momento pensó que se ahogaba, pero logró recuperar la respiración y se terminó la bebida.

Se sintió aterrorizada. Estaba sola en aquel horno de habitación y tenía miedo de morir. Le dolían el estómago y todos los órganos. ¿Se había envenenado a sí misma con vino y ginebra? Trató de sentarse de nuevo, y con la ginebra en su interior lo consiguió. Permaneció allí sentada unos instantes recuperando la calma antes de dirigirse tambaleándose al cuarto de baño y vomitar. Eso pareció purgarla. Logró quitarse la ropa, y temiendo resbalar en la ducha y romperse la cadera como les sucedía a las ancianas, llenó la bañera de agua tibia y se dio un baño. Debería llamar a McAndrews, el antiguo médico de la señora Wheatley, y pedir una cita para mediodía. Si podía llegar a la consulta. Esto era más que resaca: estaba enferma.

Pero en el piso de abajo, después del baño, se sintió mejor y se tomó dos huevos sin ninguna dificultad. La idea de descolgar el teléfono y llamar a alguien parecía ahora lejana. Había una barrera entre ella y el mundo al que podía unirla el teléfono; no podía penetrar esa barrera. Se pondría bien. Bebería menos, se controlaría. Tal vez le apetecería llamar a McAndrews después de una copa. Se sirvió un vaso de chablis y empezó a beberlo, y el vino la calentó como la medicina mágica que era.

A la mañana siguiente, mientras desayunaba, sonó el teléfono y lo atendió sin pensar. Alguien llamado Ed Spencer habló al otro lado; tardó un momento en recordar que era el director del torneo local.

—Es por lo de mañana —dijo.

—¿Mañana?

—El torneo. Nos preguntábamos si podría venir una hora antes. El periódico de Louisville va a enviar un fotógrafo y creemos que WLEX traerá a alguien. ¿Podría venir a las nueve?

El corazón de Beth se vino abajo. Estaba hablando del campeonato estatal de Kentucky, lo había olvidado por completo. Se suponía que ella debía defender su título. Se suponía que debía ir al instituto Henry Clay al día siguiente por la mañana y comenzar un torneo de dos días como campeona vigente. Le dolía la cabeza y la mano con la que sostenía la taza de café temblaba.

—No lo sé —dijo—. ¿Podría llamar dentro de una hora?

—Claro, señorita Harmon.

—Gracias. Se lo diré dentro de una hora.

Se sentía asustada, y no quería jugar al ajedrez. No había mirado un libro de ajedrez ni tocado las piezas desde que le compró la casa a Allston Wheatley. Ni siquiera quería pensar en el ajedrez. La botella de la noche anterior estaba todavía en la encimera junto a la tostadora. Se sirvió medio vaso, pero cuando lo bebió le picó la boca y le supo horrible. Dejó el vaso sin terminar en el fregadero y sacó del frigorífico zumo de naranja. Si no despejaba su cabeza y jugaba el torneo, mañana estaría más borracha y más enferma. Terminó el zumo de naranja y subió al piso de arriba, pensando en todo el vino que había estado bebiendo, recordándolo en la boca del estómago. Por dentro se sentía asqueada y maltratada. Necesitaba una ducha caliente y ropa limpia.

Sería un desperdicio. Beltik no estaría en el campeonato, y no había nadie tan bueno como él. Kentucky no era nada en el ajedrez. Desnuda en el cuarto de baño, empezó a repasar la variante Levenfish de la siciliana, entornando los ojos y visualizando las piezas en un tablero imaginario. Hizo la primera docena de movimientos sin un solo error, aunque las piezas no destacaban con tanta claridad como un año antes. Vaciló después del movimiento dieciocho, donde las negras jugaban peón a cuatro rey e igualaban. Smyslov-Botvinnik, 1958. Trató de terminar la partida, pero le dolía la cabeza y después de parar para tomarse dos aspirinas no estuvo segura de dónde se suponía que debían estar los peones. Pero había hecho bien los primeros dieciocho movimientos. Permanecería sobria hoy y jugaría al día siguiente. Cuando ganó el campeonato estatal por segunda vez dos años antes, fue sencillo. Después de ella misma y tal vez de Harry, no había ningún jugador fuerte en Kentucky. Goldmann y Sizemore no eran ningún problema.

Cuando sonó de nuevo el teléfono le dijo a Ed Spencer que estaría allí a las nueve y media. Media hora sería tiempo más que suficiente para unas fotos.

En el fondo de su mente había esperado que Townes apareciera con una cámara, pero no había ni rastro de él. El hombre de Louisville no estaba allí tampoco. Posó ante el tablero uno para una fotógrafa del *Herald-Leader*, hizo una entrevista de tres minutos con un tipo de una emisora local de televisión, y se excusó para ir a dar un paseo por la manzana antes de que empezara el torneo. Había conseguido superar el día anterior sin beber y había dormido profundamente con la ayuda de tres píldoras verdes, pero sentía el estómago inquieto. Todavía era de día pero el sol brillaba demasiado; empezó a sudar después de una vuelta a la manzana. Le dolían los pies. Dieciocho años y parecía que tenía cuarenta. Tendría que dejar de beber. Su primer oponente sería alguien llamado Foster, con una puntuación en torno a 1.800. Ella jugaría con negras, pero debería ser fácil... sobre todo si él intentaba peón cuatro rey y la dejaba iniciar la siciliana.

Foster parecía bastante tranquilo, considerando que jugaba contra la campeona estadounidense en su primera ronda. Tuvo el buen sentido de no abrir con el peón de rey contra ella. Jugó peón cuatro reina, y Beth decidió evitar el gambito de dama y tratar de empujarlo hacia el terreno desconocido de la defensa holandesa. Eso significaba peón cuatro alfil de rey. Ejecutaron los movimientos de libro durante un rato hasta que, de algún modo, ella se encontró adoptando la formación Stonewall. Era una posición que no le gustaba especialmente, y después de considerar el aspecto que tenía el tablero empezó a sentirse molesta consigo misma. Lo que tenía que hacer era romperla y lanzarse a la garganta de Foster. Había estado tonteando con él, y quería acabar con esto de una vez. La cabeza seguía doliéndole, y se sentía incómoda incluso en el sillón giratorio. Había demasiados espectadores en esta sala. Foster era un rubio pálido de veintitantos años; hacía sus movimientos con un cuidado lleno de remilgos que resultaba enloquecedor. Después del duodécimo ella miró la tensa posición del tablero y rápidamente adelantó un peón al centro para sacrificarlo; así abriría el juego y empezaría a amenazar. Debía de llevarle a este gusano 600 puntos de ventaja en el ranking; lo aniquilaría, tomaría un buen almuerzo y un poco de café, y estaría lista para Goldmann o Sizemore por la tarde.

De algún modo, el sacrificio del peón había sido apresurado. Después de que Foster lo comiera con un caballo en vez de con el peón que ella esperaba, descubrió que tenía que pasar a la defensiva o perder otro peón. Se mordió los labios, molesta, y buscó algo con lo que aterrorizarlo. Pero no encontró nada. Y su mente trabajaba con maldita lentitud. Retiró un alfil para proteger al peón.

Foster alzó levemente las cejas ante eso y plantó una torre en la fila de la reina, la que ella había abierto con el sacrificio de su peón. Beth parpadeó. No le gustaba el cariz que estaba tomando esto. Su dolor de cabeza empeoraba. Se levantó del tablero, acudió al director y le pidió aspirinas. Él las encontró en alguna parte y Beth se tomó tres, ayudándolas con agua de un vaso de papel, antes de volver con Foster. Mientras atravesaba la sala principal del torneo la gente alzaba la vista de sus partidas para mirarla. De repente se enfureció por haber accedido a jugar en aquel torneo de tercera fila, y por tener que volver a lidiar con Foster. Odiaba la situación: si lo derrotaba, carecía de significado para ella, y si perdía, sería terrible. Pero podía perder. Benny Watts no podía derrotarla, y un estudiante remilgado de Louisville no iba a arrinconarla. Encontraría una combinación en alguna parte y lo haría pedazos con ella.

Pero no pudo encontrar ninguna combinación. Siguió mirando la posición a medida que cambiaba gradualmente de movimiento en movimiento, y no se le aclaraba. Foster era bueno (claramente mejor de lo que indicaba su puntuación), pero no tanto. La gente que llenaba la pequeña sala observaba en silencio a medida que ella iba pasando cada vez más a la defensiva, tratando de impedir que su rostro reflejara la alarma que empezaba a dominar sus movimientos. ¿Y qué pasaba con su mente? No había bebido desde hacía un día y dos noches. ¿Qué pasaba? En la boca del estómago empezó a sentirse aterrada. Si de algún modo había estropeado su talento...

Y entonces, en el vigesimotercer movimiento, Foster comenzó una serie de intercambios en el centro del tablero, y ella fue incapaz de detenerlo, viendo sus piezas desaparecer con una sensación enfermiza en el estómago, viendo cómo su posición quedaba cada vez más y más pelada en su deterioro. Se encontró jugando una partida perdida, abrumada por la ventaja de dos peones de un jugador con una valoración de 1.800. Y no podía hacer nada al respecto. Coronaría un peón y la humillaría con la reina resultante.

Beth levantó su rey del tablero antes de que él lo hiciera y abandonó la sala sin mirarlo, abriéndose paso entre una multitud de gente, evitando sus ojos, casi conteniendo la respiración, salió a la sala principal y se dirigió a la mesa.

—Me siento mal —le dijo al director—. Voy a tener que retirarme.

Recorrió la calle Mayor, con los pies pesándole y llena de confusión, tratando de no pensar en la partida. Fue horrible. Había permitido que este torneo fuera una prueba para ella, el tipo de examen trucado que un alcohólico se hace a sí mismo, y sin embargo había fracasado. No podía beber cuando llegara a casa. Debía leer y jugar al ajedrez y recuperarse. Pero la idea de ir a la casa vacía le daba miedo. ¿Qué otra cosa podía hacer? No había nada que quisiera hacer y nadie a quien llamar. La partida que había perdido era irrelevante y el torneo no era nada, pero la humillación resultaba abrumadora. No quería oír discusiones sobre cómo había perdido ante Foster, no quería volver a ver a

Foster. No podía beber. Tenía un torneo de verdad en California dentro de cinco meses. ¿Y si ya se lo había hecho a sí misma? ¿Y si ya había recortado de la superficie de su cerebro las interconexiones sinápticas que habían formado su don? Recordó haber leído en alguna parte que un artista pop compró una vez un dibujo original de Miguel Ángel... y había cogido un trozo de goma de borrar y lo había borrado, dejando el papel en blanco. El desperdicio la dejó boquiabierta. Ahora sintió un shock similar mientras imaginaba la superficie de su propio cerebro con el talento para el ajedrez eliminado.

En casa probó con un libro ruso, pero no pudo concentrarse. Empezó a repasar la partida con Foster, colocando el tablero en la cocina, pero los movimientos eran demasiado dolorosos. Aquella maldita Stonewall, y el peón apresurado. Un movimiento de aficionada. Mal juego. Ajedrez de resaca. Sonó el teléfono, pero no lo atendió. Permaneció sentada ante el tablero y deseó durante un momento, dolorosamente, tener a alguien a quien llamar. Harry Beltik estaría de vuelta en Louisville. Y no quería hablarle de la partida con Foster. Lo descubriría muy pronto. Podía llamar a Benny. Pero Benny se había mostrado frío después de París, y no quería hablar con él. No había nadie más. Se levantó cansinamente y abrió el mueble junto al frigorífico, sacó una botella de vino blanco y se sirvió un vaso. Una voz en su interior gritó escandalizada, pero la ignoró. Se bebió la mitad de un largo trago y se quedó esperando hasta que pudo sentirlo. Entonces apuró el vaso y se sirvió otro. Se podía vivir sin el ajedrez. La mayoría de la gente lo hacía.

Cuando despertó en el sofá a la mañana siguiente, todavía con el vestido de París que llevaba puesto cuando perdió ante Foster, se asustó como nunca antes. Podía sentir su cerebro nublado físicamente por el alcohol, su comprensión de las posiciones entorpecida, su penetración ahogada. Pero después del desayuno se duchó y se cambió y luego se sirvió un vaso de vino. Fue casi mecánico: había aprendido a no pensar mientras lo hacía. Lo importante era comer algo primero, para que el vino no le quemara el estómago.

Siguió bebiendo durante días, pero el recuerdo de la partida que había perdido y el miedo de lo que le estaba haciendo a su aguzado don no desaparecían, excepto cuando estaba tan borracha que no podía ni siquiera pensar. Había un artículo sobre ella en el periódico del domingo, con una de las fotos que le tomaron esa mañana en el instituto, y un titular que decía CAMPEONA DE AJEDREZ RENUNCIA AL TORNEO. Tiró el periódico sin leer el artículo.

Entonces, una mañana, tras una noche de sueños oscuros y confusos, despertó con desacostumbrada claridad: si no dejaba de beber inmediatamente arruinaría lo que tenía. Se había permitido a sí misma hundirse en esta oscuridad terrorífica. Tenía que encontrar ayuda. Con gran sensación de alivio, de repente supo a quién tenía que buscar.

Trece

Jolene no aparecía en la guía telefónica de Lexington. Beth probó en información de Louisville y Frankfort. No había ninguna Jolene DeWitt. Podía haberse casado y cambiado de nombre. Podía estar en Chicago o en Klondike a ese respecto; Beth no la había vuelto a ver ni había tenido noticias suyas desde el día en que se marchó de Methuen. Y solo podía hacer una cosa si quería seguir adelante con esto. Los papeles de su adopción estaban en un cajón en el escritorio de la señora Wheatley. Sacó la carpeta y encontró una carta con el nombre y el membrete de Methuen en la parte superior, en rojo. Allí estaba el número de teléfono. En la parte inferior aparecía firmado con letra menuda y clara: Helen Deardorff, superintendente.

Era casi mediodía y todavía no había tomado una copa. Durante un momento pensó en darse fuerzas con un Gibson, pero no pudo ocultarse a sí misma la estupidez de esa idea. Puede que fuera alcohólica, pero no era tonta. Subió al piso de arriba, encontró su frasco de Librium mexicano y se tomó dos píldoras. Esperando a que la tensión remitiera, salió al patio que el muchacho había segado el día antes. Las rosas de té habían florecido por fin. Los pétalos se habían caído de la mayoría, y en el extremo de cada tallo había frutos esféricos de aspecto hinchado donde antes estaban las flores. Nunca los había advertido cuando florecían en junio y julio.

De vuelta en la cocina, se sintió más firme. Los tranquilizantes hacían su efecto. ¿Cuántas neuronas mataban con cada miligramo? No podía ser tan malo como el licor. Se dirigió al salón y marcó el número del Hogar Methuen.

La operadora la hizo esperar. Beth extendió la mano hacia el frasco, sacó una píldora verde y la engulló. Finalmente, sorprendentemente nítida, sonó una voz en el receptor.

—Al habla Helen Deardorff.

Durante un momento Beth no pudo hablar y quiso colgar, pero tomó aire y dijo:

—Señora Deardorff, soy Beth Harmon.

—¿De veras? —la voz parecía sorprendida.

—Sí.

—Vaya.

Durante la pausa que siguió Beth pensó que la señora Deardorff tal vez no tuviera nada que decir. Podía resultarle tan difícil hablar con Beth como a Beth hablar con ella.

—Vaya —dijo la señora Deardorff—, hemos leído cosas de ti.

—¿Cómo está el señor Shaibel? —preguntó Beth.

—Sigue todavía con nosotros. ¿Llamas por eso?

—Llamo por Jolene DeWitt. Necesito ponerme en contacto con ella.

—Lo siento —dijo la señora Deardorff—. Methuen no puede dar las direcciones ni los números de teléfono de sus pupilos.

—Señora Deardorff —dijo Beth, la voz rota de pronto—. Señora Deardorff, haga esto por mí. Tengo que hablar con Jolene.

—Hay leyes...

—Señora Deardorff, ¡por favor!

La voz de la señora Deardorff adquirió un tono distinto.

—Muy bien, Elizabeth. DeWitt vive en Lexington. Aquí tienes su número de teléfono.

—¡La madre que me parió! —dijo Jolene al teléfono—. ¡La puñetera madre que me parió!

—¿Cómo estás, Jolene? —Beth tenía ganas de llorar, pero mantuvo el temblor apartado de su voz.

—Oh, Dios mío, niña —dijo Jolene, riendo—. Cómo me alegro de escuchar tu voz. ¿Sigues siendo fea?

—¿Sigues siendo negra?

—Soy una dama negra. Y tú has perdido tu fealdad. Te he visto en más revistas que a Barbra Streisand. Mi amiga famosa.

—¿Por qué no llamaste?

—Celos.

—Jolene —dijo Beth—, ¿llegaron a adoptarte?

—Mierda, no. Me gradué en ese lugar. ¿Por qué demonios no me enviaste una postal o una caja de galletas?

—Te invito a cenar esta noche. ¿Puedes estar en Toby en la calle Mayor a las siete?

—Me saltaré una clase —dijo Jolene—. ¡Hija de puta! Campeona americana en el histórico juego del ajedrez. Una auténtica ganadora.

—De eso quiero hablar.

Cuando se encontraron en Toby la espontaneidad había desaparecido. Beth se había pasado el día sin beber, se había cortado el pelo en Roberta y había limpiado la cocina, casi abrumada por la emoción de volver a hablar con Jolene. Llegó al restaurante un cuarto de hora antes de tiempo y rechazó nerviosa el ofrecimiento del camarero para traerle una copa. Tenía una Coca-Cola delante cuando llegó Jolene.

Al principio Beth no la reconoció. La mujer que se acercó a la mesa ataviada con lo que parecía ser un vestido de Coco Chanel y un abundante pelo afro era tan alta que Beth no pudo creer que fuera Jolene. Parecía una estrella de cine, o una princesa del rock and roll: de figura más rotunda que Diana Ross y tan segura de sí misma como Lena Horne. Pero cuando Beth vio que era de verdad Jolene, que la sonrisa y los ojos eran los de la Jolene que recordaba, se levantó torpemente, y se dieron un abrazo. El perfume de Jolene era fuerte. Beth se sintió cohibida. Jolene le dio palmaditas en la espalda mientras se abrazaban.

—Beth Harmon —dijo—. La vieja Beth.

Se sentaron y se miraron la una a la otra, incómodas. Beth decidió que tenía que tomar una copa para seguir adelante. Pero cuando llegó el camarero, rompiendo afortunadamente el silencio, Jolene pidió agua con gas y Beth hizo que le trajera otra Coca-Cola.

Jolene llevaba algo en un sobre marrón y lo dejó en la mesa delante de Beth, que lo tomó. Era un libro, y supo inmediatamente cuál. Lo sacó del sobre. *Aperturas modernas de ajedrez*. Su viejo ejemplar manoseado.

—Lo tuve yo todo el tiempo —dijo Jolene—. Cabreada contigo porque te adoptaron.

Beth hizo una mueca y abrió el libro por la página del título donde estaba escrito con letra infantil: «Elizabeth Harmon, Hogar Methuen».

—¿Quién podría olvidarlo? —dijo Jolene.

—¿Y no sería por ser blanca?

Beth miró el hermoso rostro de Jolene con su pelo llamativo y las largas pestañas negras y los labios carnosos, y la incomodidad desapareció con un alivio que resultó físico de tan sencillo. Sonrió de oreja a oreja.

—Me alegro de verte.

Lo que realmente quería decir era «Te quiero».

Durante la primera mitad de la comida Jolene habló de Methuen: de dormir en catequesis y odiar la comida y sobre el señor Schell, la señorita Graham y las películas cristianas de los sábados. Fue hilarante al hablar de la señora Deardorff, pues imitó su tensa voz y su forma de agitar la cabeza. Comía despacio y se reía mucho, y Beth rio con ella. Había pasado mucho tiempo desde la última vez que Beth se había reído, y nunca se había sentido tan cómoda con nadie..., ni siquiera con la señora Wheatley. Jolene pidió un vaso de vino blanco con su ternera y Beth vaciló antes de pedirle al camarero agua helada.

—¿No eres lo bastante mayor? —preguntó Jolene.

—No es eso. Tengo dieciocho años.

Jolene alzó las cejas y continuó comiendo. Después de unos momentos, empezó a hablar de nuevo.

—Cuando te marchaste a tu hogar feliz, empecé a tomarme el voleibol en serio. Me gradué a los dieciocho y la universidad me dio una beca en Educación Física.

—¿Cómo te va?

—Me va bien —dijo Jolene, demasiado rápido—. No, no es verdad. Es un coñazo, eso es lo que es. No quiero ser profesora de gimnasia.

—Podrías hacer otra cosa.

Jolene negó con la cabeza.

—No me puse al día hasta que me saqué el bachiller el año pasado —había estado hablando con la boca llena. Entonces tragó y se inclinó hacia delante, apoyando los codos en la mesa—. Debería haber estudiado derecho. Es el momento adecuado, y he perdido el tiempo aprendiendo la voltereta lateral y los músculos principales del abdomen —su voz se volvió más grave y más fuerte—. Soy negra. Soy huérfana. Debería estar en Harvard. Mi foto debería salir en *Time,* como tú.

—Lo harías muy bien con Barbara Walters —dijo Beth—. Podrías hablar de la privación emocional de los huérfanos.

—Anda que no —respondió Jolene—. Me gustaría hablar de Helen Deardorff y sus malditos tranquilizantes.

Beth vaciló un momento.

—¿Sigues tomando tranquilizantes? —preguntó.

—No —dijo Jolene—. Demonios, no. —Se echó a reír—. Nunca podré olvidar cuando mangaste aquel frasco lleno. Allí en la sala multiusos delante de todo el puñetero orfanato, con la vieja Helen a punto de convertirse en estatua de sal y todos los demás con la boca abierta. —Volvió a reírse—. Te convertiste en una heroína, ¿sabes? Se lo contaba a las nuevas después de que te marcharas.

Jolene había terminado su comida; se apartó de la mesa y empujó el plato hacia el centro. Entonces se echó hacia atrás, sacó un paquete de Kents del bolsillo de su chaqueta y lo miró un instante.

—Cuando salió tu foto en *Life,* fui yo quien la puso en el tablón de anuncios de la biblioteca. Por lo que sé todavía sigue allí. —Encendió un cigarrillo, usando un pequeño encendedor negro, e inhaló profundamente—. «Chica Mozart sorprende al mundo del ajedrez.» Vaya, vaya.

—Todavía tomo tranquilizantes —dijo Beth—. Demasiados.

—Oh, pobrecita —dijo Jolene con ironía, mirando su cigarrillo.

Beth permaneció callada durante un rato. El silencio entre ellas fue palpable. Entonces dijo:

—Tomemos postre.

—Mousse de chocolate —dijo Jolene. Tras comérsela la miró y dijo—: No tienes buen aspecto, Beth. Estás abotargada.

Beth asintió y se terminó la mousse.

Jolene la llevó a casa en su Volkswagen plateado. Cuando llegaron a Janwell, Beth dijo:

—Me gustaría que pasaras un rato, Jolene. Quiero que veas mi casa.

—Claro.

Beth le enseñó dónde aparcar.

—¿Esa casa entera es tuya? —preguntó Jolene cuando bajaron del coche. Beth asintió.

Jolene se echó a reír.

—No eres huérfana —dijo—. Ya no.

Pero cuando llegaron al pequeño vestíbulo tras la puerta, el olor rancio y afrutado fue una sorpresa. Beth no lo había advertido antes. Hubo un silencio embarazoso mientras encendía las lámparas del salón y echaba un vistazo alrededor. No había visto el polvo en la pantalla del televisor ni las manchas en el reposapiés. En la esquina del techo del salón, cerca de la escalera, había una densa telaraña. Todo el lugar estaba a oscuras y olía a humedad.

Jolene recorrió la habitación, mirándolo todo.

—Has estado tomando algo más que pastillas, querida.

—He estado bebiendo vino.

—Me lo creo.

Beth hizo café en la cocina. Al menos allí el suelo estaba limpio. Abrió la ventana que daba al jardín y dejó entrar el aire fresco.

Su tablero de ajedrez estaba todavía puesto sobre la mesa y Jolene agarró la reina blanca y la sostuvo un instante.

—Me canso con los juegos —dijo—. Nunca aprendí este.

—¿Quieres que te enseñe?

Jolene se echó a reír.

—Sería algo para contar. —Depositó la reina de nuevo en el tablero—. He recibido clases de balonmano, squash y paddle. Juego al tenis, al golf, al brilé, y practico lucha. No necesito el ajedrez. Lo que quiero saber es lo de todo este vino.

Beth le tendió un tazón de café.

Jolene lo dejó sobre la mesa y sacó un cigarrillo. Sentada en la cocina con su vestido azul marino y su pelo afro se había convertido en el centro de la habitación.

—¿Empezaste con las pastillas? —preguntó Jolene.

—Me encantaban —dijo Beth—. Me gustan de verdad.

Jolene sacudió la cabeza dos veces, de lado a lado.

—No he bebido nada hoy —dijo Beth bruscamente—. Se supone que tengo que jugar en Rusia el año que viene.

—Luchenko —dijo Jolene—. Borgov.

A Beth le sorprendió que conociera los nombres.

—Tengo miedo.

—Entonces no vayas.

—Si no voy, no tendré otra cosa que hacer. Solo beber.

—Parece que ya lo haces de todas formas.

—Solo necesito dejar de beber y renunciar a esas píldoras y arreglar este lugar. Mira la grasa de esa cocina. —La señaló—. Tengo que estudiar ajedrez ocho horas al día, y tengo que participar en algunos torneos. Quieren que juegue en San Francisco, y quieren que aparezca en *Tonight Show.* Debería hacer todo eso.

Jolene la miró.

—Lo que quiero es una copa —dijo Beth—. Si no estuvieras aquí, me tomaría una botella de vino.

Jolene frunció el ceño.

—Hablas como Susan Hayward en esas películas.

—No es ninguna película —dijo Beth.

—Entonces deja de hablar como si estuvieras en una. Déjame que te diga lo que tienes que hacer. Ven mañana por la mañana al gimnasio de alumnos de la avenida Euclides. A las diez. Es ahí donde me entreno. Trae tus zapatillas de deporte y un par de pantalones cortos. Tienes que quitarte de encima ese aspecto abotargado antes de hacer ningún plan.

Beth se la quedó mirando.

—Siempre odié la gimnasia...

—Lo recuerdo.

Beth se lo pensó. Había botellas de vino blanco y tinto en el mueble a su espalda, y durante un momento se impacientó y deseó que Jolene se marchara para poder sacar una y descorcharla y servirse un vaso. Podía sentir el sabor en el fondo de la garganta.

—No está tan mal —dijo Jolene—. Te daré un par de toallas limpias y podrás usar mi secador de pelo.

—No sé cómo llegar.

—Toma un taxi. Demonios, ve andando.

Beth la miró, inquieta.

—Tienes que empezar a mover el culo, nena —dijo Jolene—. Tienes que dejar de estar sentada en tu propia mierda.

—De acuerdo —dijo Beth—. Allí estaré.

Cuando Jolene se marchó, Beth se tomó una copa de vino, pero no una segunda. Abrió todas las ventanas de la casa y se bebió el vino en el patio, con la luna casi llena directamente sobre el pequeño cobertizo al fondo. Soplaba una fría brisa. Tardó un rato largo con la bebida, dejando que la brisa entrara por la ventana de la cocina, agitara las cortinas, recorriera la cocina y el salón y despejara el aire de dentro.

El gimnasio era una sala de techos altos con paredes blancas. La luz entraba por las enormes ventanas de un lateral donde había una hilera de máquinas de aspecto extraño. Jolene llevaba mallas amarillas y zapatillas de deporte. La mañana era cálida, y Beth había traído sus pantalones cortos blancos. Al fondo de la sala de ejercicios un joven de aspecto compungido con un chándal gris estaba tumbado de espaldas en un banco, levantando pesas y gimiendo. Por lo demás estaban solas.

Empezaron con un par de bicicletas estáticas. Jolene puso la resistencia de Beth en diez, y la suya en sesenta. Cuando llevaban diez minutos pedaleando Beth estaba cubierta de sudor y le dolían las pantorrillas.

—Luego es peor —dijo Jolene.

Beth apretó los dientes y siguió pedaleando.

No pudo mantener el ritmo en la máquina de espalda y cadera, y el trasero le resbalaba en el banco de cuero sintético en el que tuvo que tenderse mientras levantaba pesas con las piernas. Jolene la había puesto en veinte kilos, pero incluso eso parecía demasiado. Luego estaba la máquina donde levantaba las pesas con los tobillos, lo que hizo que los músculos de las piernas se hincharan y le dolieran. Después de eso tuvo que sentarse recta en lo que le recordó una silla eléctrica y tirar de las pesas con los codos.

—Reafirma los pectorales —dijo Jolene.

—Creía que eso era un tipo de pescado.

Jolene se echó a reír.

—Confía en mí, cielo. Esto es lo que necesitas.

Beth lo hizo todo, furiosa y terriblemente sin aliento. Su furia empeoraba al ver que Jolene usaba pesos mucho mayores que ella. Pero claro, la figura de Jolene era perfecta.

La ducha posterior fue exquisita. Los chorros de agua salían con fuerza y Beth se frotó enérgicamente, eliminando el sudor. Se enjabonó a conciencia y vio la espuma dar vueltas en los azulejos blancos a sus pies mientras se enjuagaba con un chorro caliente que le daba pinchazos.

La mujer de la cafetería le tendía a Beth un plato con una hamburguesa cuando Jolene colocó su bandeja junto a la de Beth.

—Nada de eso —dijo. Agarró el plato y lo devolvió—. Nada de salsas ni de patatas.

—No estoy gorda. No me hará daño comer patatas.

Jolene no dijo nada. Cuando pasaron con sus bandejas ante las gelatinas y los pasteles de crema bávara, Jolene negó con la cabeza.

—Tú comiste mousse de chocolate anoche —dijo Beth.

—Anoche era especial. Hoy es hoy.

Almorzaron a las once y media porque Jolene tenía clase a las doce. Cuando Beth le preguntó de qué, Jolene respondió:

—Europa del este en el siglo XX.

—¿Eso forma parte de la Educación Física?

—No te lo conté todo ayer. Me estoy sacando un máster en ciencias políticas. —Beth se la quedó mirando—. *Honi soit qui mal y pense.*

Cuando Beth se levantó a la mañana siguiente, tenía agujetas en la espalda y las pantorrillas, y decidió no ir al gimnasio. Pero cuando abrió el frigorífico para buscar algo de desayunar, vio los paquetes de comida congelada y de repente pensó en el aspecto que tenían las piernas de la señora Wheatley cuando se bajaba las medias. Sacudió con repulsión la cabeza y empezó a sacar los paquetes. La idea de pollo frito y *roast beef* y pavo congelados la asqueaba; lo tiró todo a una bolsa de plástico. Cuando

255

abrió el mueble para buscar la comida enlatada, había tres botellas de Almaden Mountain Rhine delante de las latas. Vaciló y cerró la puerta. Ya se lo pensaría más tarde. Desayunó tostadas y café solo. Camino al gimnasio, tiró la bolsa con la comida congelada a la basura.

En el almuerzo Jolene le habló de un boletín del sindicato de estudiantes que incluía una lista de alumnos que hacían trabajos no cualificados a dos dólares la hora. Jolene la acompañó camino de clase, y Beth anotó dos números. A las tres de la tarde tenía a una estudiante de administración de empresas sacudiendo las alfombras en el patio trasero y a una estudiante de historia del arte limpiando el frigorífico y los muebles de la cocina. Beth no las supervisó: se pasó el tiempo elaborando variaciones a la defensa Nimzo-india.

Al lunes siguiente estaba usando las siete máquinas Nautilus y luego hizo ejercicios abdominales. El miércoles, Jolene añadió cinco kilos a cada máquina y le hizo sujetar un peso de tres kilos sobre el pecho mientras hacía abdominales. La semana siguiente, empezaron a jugar al balonmano. Beth era torpe y se quedó sin aliento rápidamente. Jolene le dio una paliza. Beth continuó obstinadamente, jadeando y sudando y a veces haciéndose daño en la palma de la mano con el pequeño balón negro. Hicieron falta diez días y unos cuantos rebotes de suerte antes de que ganara el primer partido.

—Sabía que empezarías a ganar pronto —dijo Jolene. Estaban en el centro de la cancha, sudando.

—Odio perder.

Ese día le llegó una carta de algo llamado Christian Crusade. El membrete tenía unos veinte nombres al lado, bajo una cruz grabada. La carta decía:

> *Querida señorita Harmon:*
> *Como no hemos podido localizarla por teléfono le escribimos para determinar su interés en apoyo a Christian Crusade en su próxima competición en la Unión Soviética.*
> *Christian Crusade es una organización sin ánimo de lucro dedicada a abrir Puertas Cerradas al Mensaje de Cristo,*

hemos descubierto que su carrera como alumna de una insti-
tución cristiana, el Hogar Methuen, es notable. Nos gustaría
ayudarla en su próxima competición ya que compartimos sus
ideales y aspiraciones cristianas. Si le interesa nuestro apoyo,
por favor, contacte con nuestras oficinas en Houston. Suyo en
Cristo,

Cranford Walker
Director, Christian Crusade, División Extranjera

Estuvo a punto de tirar la carta hasta que recordó que Benny le había dicho que un grupo eclesiástico le había dado dinero
para su viaje a Rusia. Tenía el número de Benny en un trocito de
papel doblado dentro de la caja de su reloj de ajedrez; lo sacó y
marcó. Benny respondió a la tercera llamada.

—Hola, soy Beth.

Benny se mostró un poco frío, pero cuando ella le habló de
la carta, dijo de inmediato:

—Acéptala. Están forrados.

—¿Pagarían mi billete a Rusia?

—Más que eso. Si se lo pides, me enviarán contigo. Habitaciones separadas, considerando su forma de pensar.

—¿Por qué pagar tanto dinero?

—Quieren derrotar al comunismo por Jesús. Son los que pa-
garon parte de mi viaje hace dos años. —Hizo una pausa—. ¿Vas
a volver a Nueva York? —su voz fue cuidadosamente neutral.

—Tengo que quedarme en Kentucky un poco más. Estoy
ejercitándome en un gimnasio, y voy a participar en un torneo
en California.

—Claro —dijo Benny—. Me parece bien.

Beth le escribió a Christian Crusade esa tarde para decir que
estaba muy interesada en su ofrecimiento y que le gustaría llevar
a Benjamin Watts como segundo. Usó el papel timbrado celeste, tras tachar «Señora de Allston Wheatley» en la parte superior
y escribir «Elizabeth Harmon». Cuando se acercó a la esquina
para echar la carta al buzón, decidió ir al centro a comprar sábanas y almohadas nuevas y un mantel nuevo para la cocina.

La luz de invierno en San Francisco era llamativa; Beth nunca había visto nada parecido antes. Le daba a los edificios una claridad de línea preternatural, y cuando subió a lo alto de Telegraph Hill y miró hacia atrás, contuvo la respiración ante la nitidez de las casas y hoteles que flanqueaban la larga calle en pendiente y el perfecto azul de la bahía más abajo. Había un puesto de flores en la esquina, y compró un puñado de caléndulas. Al volverse a contemplar la bahía, vio a una pareja de jóvenes que venían subiendo la pendiente a una manzana de distancia. Estaban claramente agotados y se detuvieron a descansar. Beth advirtió con sorpresa que la subida le había resultado fácil. Decidió dar largos paseos durante su estancia allí. Tal vez podría encontrar un gimnasio en alguna parte.

Cuando subió a la colina del torneo por la mañana, el aire seguía siendo espléndido y los colores brillantes, pero se sentía tensa. El ascensor del gran hotel estaba abarrotado. Varias personas se la quedaron mirando, y ella apartó nerviosa la mirada. El hombre de la mesa de inscripción dejó lo que estaba haciendo en el momento en que ella se acercó.

—¿Me inscribo aquí? —preguntó ella.

—No hace falta, señorita Harmon. Pase.

—¿Qué tablero?

El hombre alzó las cejas.

—El tablero uno.

El tablero uno era una sala en sí mismo. La mesa estaba encima de una tarima de tres palmos, y detrás había un tablero de exposición del tamaño de una pantalla de cine. A cada lado de la mesa había un gran sillón giratorio de cuero marrón y cromo. Faltaban cinco minutos para empezar, y la sala estaba llena de gente; tuvo que abrirse paso entre ellos para llegar a la zona de juego. Mientras lo hacía, el murmullo de las charlas se apagó. Todos la miraron. Cuando subió los escalones de la tarima, empezaron a aplaudir. Beth trató de que su rostro no reflejara nada, pero estaba asustada. La última partida de ajedrez que había jugado fue cinco meses antes, y la había perdido.

Ni siquiera sabía quién era su oponente: no se le había ocurrido preguntar. Permaneció allí sentada un momento con la mente casi en blanco, y entonces un joven de aspecto arrogante se abrió paso entre el público y subió los escalones. Tenía el pelo negro y largo y un ancho bigote. Beth lo reconoció de algo, y cuando se presentó como Andy Levitt, recordó el nombre de *Chess Review*. Se sentó, envarado. Uno de los directores del torneo se acercó a la mesa y le dijo a Levitt en voz baja:

—Puede poner ya en marcha el reloj.

Levitt extendió la mano y pulsó el botón del reloj de Beth. Ella se mantuvo firme y movió el peón de su reina, los ojos fijos en el tablero.

Hacia la mitad de la partida había gente atascando las puertas y alguien mandaba callar a la multitud y trataba de mantener el orden. Beth no había visto nunca tantos espectadores en una partida. Volvió su atención al tablero y movió con cuidado una torre a una fila abierta. Si Levitt no encontraba un modo de impedirlo, podía intentar atacar al cabo de tres movimientos. Eso, si no estaba pasando algo por alto en la posición. Empezó a cercarlo con cuidado, apartando los peones de su rey enrocado. Entonces tomó aire y plantó una torre en la séptima fila. Pudo oír en el fondo de su cabeza la voz de aquel jugador de Cincinnati años antes: «Un hueso en la garganta, una torre en la séptima fila». Miró a Levitt. Parecía en efecto que se había tragado un hueso de pollo hasta el fondo. Algo dentro de ella se llenó de júbilo al verlo tratar de ocultar su confusión. Y cuando ella siguió a la torre con su reina, una maniobra brutal en la séptima fila, él se rindió inmediatamente. El aplauso de la sala fue fuerte y entusiasta. Cuando Beth bajó de la tarima, sonreía. Había gente esperando con antiguos ejemplares de *Chess Review* para que les firmara su foto en portada. Otros querían que firmara sus programas o simples hojas de papel.

Mientras firmaba una de las revistas, miró un momento su foto en blanco y negro donde sostenía el gran trofeo de Ohio, con Benny y Barnes y unos cuantos más desenfocados al fondo. Su cara parecía fea y cansada, y recordó con súbita vergüenza que la revista con su sobre marrón había quedado arrumbada en la mesita durante un mes antes de que ella la abriera y encontrara su foto. Alguien le plantó delante otro ejemplar para que lo firmara, y ella se sacudió el recuerdo. Se abrió paso entre autógrafos por la sala abarrotada y llegó a otra multitud que esperaba ante la puerta, llenando el espacio entre la zona de juegos y el salón principal donde todavía se desarrollaba el resto del torneo. Dos directores intentaban hacer callar a la multitud para evitar molestar a las otras partidas. Algunos jugadores levantaron la cabeza enfadados y miraron en su dirección con el ceño fruncido. Era estimulante y aterrador tener a toda aquella gente apretujándose a su alrededor, empujándola con admiración.

—No entiendo nada de ajedrez, querida, pero estoy entusiasmada contigo —le dijo una mujer que había conseguido su autógrafo.

—Eres lo mejor que ha habido en el juego desde Capablanca —le dijo un hombre de mediana edad que insistió en estrecharle la mano.

—Gracias —respondió ella—. Ojalá fuera tan fácil para mí.

Tal vez lo sea, pensó. Su cerebro parecía estar bien. Tal vez no lo había estropeado.

Caminó confiada por la calle hasta su hotel bajo la brillante luz del sol. Iría a Rusia seis meses más tarde. Christian Crusade había accedido a comprar los billetes de Aeroflot para ella, Benny y una mujer de la Federación americana y pagaría sus facturas de hotel. El torneo de Moscú proporcionaría las comidas. Había estado estudiando ajedrez seis horas al día, y podía soportarlo. Se detuvo a comprar más flores: claveles esta vez. La mujer de recepción le había pedido su autógrafo la noche anterior cuando entró a cenar; se alegraría de traerle otro jarrón. Antes de partir a California, Beth había enviado cheques para suscribirse a todas las revistas que seguía Benny. Se había suscrito a *Deutsche Schachzeitung,* la revista decana de ajedrez, y a *British Chess Magazine,* y, de Rusia, a *Shakhmatni v SSSR.* También a *Échecs Europe* y al *American Chess Bulletin.* Tenía previsto jugar todas las partidas de los grandes maestros que había en ellas, y cuando encontrara las importantes las memorizaría y analizaría cada movimiento que tuviera importancia o desarrollara cualquier idea con la que no estuviera familiarizada. A principios de primavera iría a Nueva York y jugaría el Abierto de Estados Unidos y pasaría unas cuantas semanas con Benny. Las flores que tenía en la mano brillaban escarlatas, sus nuevos vaqueros y el jersey de algodón acariciaban su piel con el fresco aire de San Francisco, al fondo de la calle el océano azul se extendía como un sueño de posibilidades. Su alma cantaba en silencio al compás, dirigiéndose al Pacífico.

Cuando volvió a casa con su trofeo y el cheque del primer premio, encontró en la pila del correo dos sobres comerciales: uno era de la Federación y contenía un cheque de cuatrocientos dólares y una breve disculpa por no poder enviar más. El segundo era de Christian Crusade. Contenía una carta de tres páginas que hablaba de la necesidad de promocionar la comprensión internacional a través de los principios cristianos y de aniquilar el comunismo para el avance de esos mismos principios. La palabra «Su» aparecía en mayúsculas de un modo que inquietaba a Beth. La carta iba firmada «Suyos en Cristo» por cuatro personas. Doblado dentro había un cheque por cuatro mil dólares. Sostuvo el cheque en la mano durante mucho rato. El premio del torneo de San Francisco era de dos mil dólares, y tenía que descontar de ahí sus gastos de viaje. Su cuenta bancaria había ido menguando durante los últimos seis meses. Esperaba conseguir como máximo dos mil dólares de la gente de Texas. Por locas que fueran sus ideas, el dinero era un regalo del cielo. Llamó a Benny para darle la buena noticia.

Cuando volvió de su partido de squash el miércoles por la mañana, el teléfono estaba sonando. Se quitó la gabardina a toda prisa, la arrojó sobre el sofá y descolgó. Era una voz de mujer.

—¿Hablo con Elizabeth Harmon?

—Sí.

—Soy Helen Deardorff, de Methuen. —Beth se quedó demasiado aturdida para decir nada—. Tengo que contarte algo, Elizabeth. El señor Shaibel murió anoche. Pensé que querrías saberlo.

Beth tuvo una súbita imagen del grueso y viejo bedel inclinado en el sótano sobre su tablero de ajedrez, la bombilla pelada sobre su cabeza, y ella de pie a su lado, contemplando sus movimientos morosos, lo extraño que resultaba allí solo junto a la caldera.

—¿Anoche?

—Un ataque al corazón. Tenía sesenta y tantos años.

Lo que Beth dijo a continuación la sorprendió. Lo dijo casi sin pensarlo conscientemente.

—Me gustaría asistir al funeral.

—¿El funeral? —dijo la señora Deardorff—. No estoy segura de cuándo... Tenía una hermana soltera, Hilda Shaibel. Podrías llamarla.

Cuando los Wheatley la habían llevado a Lexington seis años antes pasaron por estrechas carreteras de asfalto atravesando poblaciones que había visto desde las ventanillas del coche en los semáforos mientras gente vestida de colores llamativos cruzaba las calles y caminaba por las aceras abarrotadas delante de las tiendas. Ahora, al volver con Jolene, era hormigón de cuatro carriles casi todo y las poblaciones eran visibles solo como nombres escritos en carteles verdes.

—Tenía pinta de ser un hijo de puta con mala leche —dijo Jolene.

—Tampoco era fácil jugar al ajedrez con él. Creo que me aterraba.

—Yo les tenía miedo a todos —dijo Jolene—. Hijos de puta.

Eso sorprendió a Beth. Imaginaba a Jolene como alguien intrépido.

—¿Y Fergussen?

—Fergussen era un oasis en el desierto, pero me asustó cuando vino por primera vez. Al final resultó ser buena gente —sonrió—. El viejo Fergussen.

Beth dudó un instante.

—¿Hubo alguna vez algo entre vosotros dos? —Recordaba aquellas pastillas verdes de más.

Jolene se echó a reír.

—Más quisiera.

—¿Qué edad tenías cuando llegaste?

—Seis años.

—¿Sabes algo de tus padres?

—Solo de mi abuela, y está muerta. En algún lugar cerca de Louisville. No quiero saber nada de ellos. No me importa si soy bastarda o por qué quisieron dejarme con mi abuela ni por qué ella decidió largarme a Methuen. Me alegro de haberme librado de todo eso. Tendré mi máster en agosto, y dejaré este estado de una vez por todas.

—Yo todavía recuerdo a mi madre —dijo Beth—. A mi padre no tanto.

—Es mejor olvidarlo. Si puedes.

Se pasó al carril izquierdo y adelantó a un camión de carbón y a dos furgonetas. Delante, un cartel verde indicaba la distancia a Mount Sterling. Era primavera, casi exactamente un año después del último viaje de Beth en coche, con Benny. Pensó en la suciedad de la autopista de Pensilvania. Esta carretera de hormigón blanco era limpia y nueva, con prados y vallas blancas y granjas a los lados.

Después de un rato, Jolene encendió un cigarrillo.

—¿Adónde irás cuando te gradúes? —preguntó Beth. Estaba empezando a pensar que Jolene no la había oído cuando contestó.

—Recibí una oferta de un bufete blanco de Atlanta que parece prometedora. —Guardó silencio de nuevo—. Lo que quieren es una negra importada para estar acorde con los tiempos.

Beth la miró.

—Creo que yo no iría más al sur si fuera negra.

—Bueno, desde luego no lo eres. Esa gente de Atlanta me pagará el doble de lo que podría ganar en Nueva York. Me encargaría de las relaciones públicas, que es algo que me sé al dedillo, y me ofrecerán una oficina con dos ventanas y una chica blanca para que me escriba la correspondencia a máquina.

—Pero no has estudiado derecho.

Jolene se echó a reír.

—Supongo que les gusta así. Fine, Slocum y Livingston no quieren a ninguna negra revisando casos. Lo que quieren es una negra limpia con un trasero bonito y buen vocabulario. Cuando hice la entrevista dejé caer un montón de palabras como «reprensible» y «dicotomía», y les encantó.

—Jolene, eres demasiado lista para eso. Podrías dar clase en la universidad. Y eres una buena deportista...

—Sé lo que estoy haciendo —dijo Jolene—. Juego bien al tenis y al golf y soy ambiciosa. —Dio una profunda calada a su cigarrillo—. Puede que no tengas ni idea de lo ambiciosa que soy. Trabajé duro con el deporte, y tuve entrenadores que decían que sería una profesional si me esforzaba.

—Eso no suena mal.

Jolene dejó escapar lentamente el humo.

—Beth, lo que quiero es lo que tú tienes. No quiero trabajar en mi revés durante dos años para poder ser una profesional de segunda fila. Eres la mejor en lo tuyo desde hace tanto tiempo que no sabes cómo es para los demás.

—Me gustaría ser la mitad de atractiva de lo que tú eres...

—Deja de darme la lata con eso —dijo Jolene—. No puedes pasarte la vida delante de un espejo. Ya no eres fea. De lo que estoy hablando es de talento. Daría mi culo por jugar al tenis como tú juegas al ajedrez.

La convicción en la voz de Jolene era abrumadora. Beth le miró la cara de perfil, con su pelo afro rozando el techo del coche, sus suaves brazos marrones que sujetaban el volante, la rabia que nublaba su rostro y no dijo nada.

—Bueno, ya estamos —dijo Jolene un minuto más tarde. Poco más de un kilómetro a la derecha de la carretera había tres edificios de ladrillo oscuro con tejados y postigos negros. El Hogar Methuen para Huérfanos.

Una escalera de madera pintada de amarillo al final de un camino de hormigón conducía al edificio. Antaño los escalones le parecían anchos e impresionantes, y la placa de latón bruñido se antojaba una severa advertencia. Ahora parecía solamente la entrada a una institución provincial de mala muerte. La pintura de los escalones se estaba descascarillando. Los arbustos que los flanqueaban estaban desatendidos, y las hojas cubiertas de polvo. Jolene estaba en el patio, contemplando los oxidados columpios y el viejo tobogán que no podían usar excepto cuando supervisaba Fergussen. Beth se quedó en el camino, a la luz, estudiando las puertas de madera. Dentro estaba el gran despacho de la señora Deardorff y los otros despachos y, ocupando un ala entera, la biblioteca y la capilla. Había dos clases en la otra ala, y más allá estaba la puerta al fondo del pasillo que conducía al sótano.

Beth había llegado a aceptar las partidas de ajedrez de los domingos por la mañana como su prerrogativa. Hasta aquel día. Todavía le atenazaba la garganta recordar el silencioso escenario tras la voz de la señora Deardorff gritando «¡Elizabeth!» y la cascada de pastillas y cristales rotos. Luego se acabó el ajedrez. En cambio, tuvo la hora y media entera de catequesis y Beth ayudando a la señora Lonsdale con las sillas y escuchándola dar las charlas. Tardaba otra hora después de retirar las sillas en escribir el resumen que le había ordenado la señora Deardorff. Lo hizo todos los domingos durante un año, y la señora Deardorff se lo devolvía cada lunes con marcas rojas y alguna sombría anotación como «Reescríbelo. Organización deficiente». Había tenido que buscar «comunismo» en la biblioteca para el primer resumen. Beth había llegado a pensar que el cristianismo debería ser otra cosa.

Jolene se había acercado y estaba de pie a su lado, los ojos entornados bajo la luz del sol.

—¿Ahí es donde aprendiste a jugar?

—En el sótano.

—Mierda. Tendrían que haberte animado. Enviarte a más exhibiciones después de aquella. Les gusta la publicidad, como a todo el mundo.

—¿La publicidad? —Beth se sentía algo mareada.

—Trae dinero.

Nunca había pensado que allí no la había ayudado nadie. Empezó a darse cuenta entonces, de pie delante del edificio. Podría haber jugado en torneos a los nueve o diez años, como Benny. Era inteligente y ansiosa, y su mente albergaba un apetito voraz por el ajedrez. Podría haber estado jugando contra grandes maestros y aprendiendo cosas que gente como Shaibel y

Ganz nunca podrían enseñarle. Girev planeaba ser campeón mundial a los trece años. Si ella hubiera tenido la mitad de sus posibilidades, habría sido igual de buena a los diez. Durante un momento toda la institución autocrática del ajedrez ruso se mezcló en su mente con la autocracia del lugar donde ahora se encontraba. Instituciones. No había ninguna violación del cristianismo en el ajedrez, igual que no la había del marxismo. El ajedrez no tenía ideología. A Deardorff no le habría hecho ningún daño dejarla jugar, animarla a jugar. Habría sido algo de lo que Methuen podría haber alardeado. Pudo ver en su mente la cara de Deardorff, las finas mejillas con colorete, la sonrisa tensa y reprobadora, el brillito sádico en los ojos. Le había encantado apartar a Beth del juego que amaba. Le había encantado.

—¿Quieres entrar? —preguntó Jolene.

—No. Vamos a buscar ese motel.

El motel tenía una pequeña piscina solo a unos pocos metros de la carretera, con algunos arces de aspecto triste. La tarde era lo bastante cálida para darse un chapuzón rápido después de cenar. Jolene resultó ser una nadadora soberbia, e hizo un par de largos sin apenas levantar una onda, mientras que Beth chapoteaba junto al trampolín. Jolene se le acercó.

—Fuimos unas cobardes —dijo—. Tendríamos que haber entrado en el edificio de administración. Tendríamos que haber entrado en el despacho.

El funeral fue por la mañana en la iglesia luterana. Había una docena de personas y un ataúd cerrado. Se trataba de un ataúd corriente, y Beth se preguntó cómo podía caber dentro un hombre del tamaño de Shaibel. Aunque la iglesia era más pequeña, el funeral fue muy parecido al de la señora Wheatley en Lexington. Tras los primeros minutos, se sintió aburrida e inquieta, y Jolene se adormiló. Después de la ceremonia, siguieron a la escasa comitiva hasta la tumba.

—Recuerdo que una vez me acojonó cuando me dijo que no pisara el suelo de la biblioteca —dijo Jolene—. Lo acababa de fregar, y el señor Schell me había enviado a recoger un libro. El hijo de puta odiaba a los niños.

—La señora Deardorff no estaba en la iglesia.

—No estaba ninguno de ellos.

La ceremonia ante la tumba fue un anticlímax. Bajaron el ataúd, y el sacerdote dijo una oración. Nadie lloró. Parecían gente en cola ante la ventanilla del cajero del banco. Beth y Jolene eran las únicas personas jóvenes, y nadie les habló. Se marcharon inmediatamente después de que terminara y recorrieron un estrecho camino en el viejo cementerio, ante las lápidas gastadas y unos arriates de dientes de león. Beth no sentía ninguna pena por el muerto, ninguna tristeza por su desaparición. Lo único que sentía era culpa por no haberle enviado nunca sus diez dólares: tendría que haberle enviado un cheque hacía años.

Tuvieron que pasar por Methuen camino de Lexington. Justo antes del desvío, Beth dijo:

—Vamos a entrar. Hay algo que quiero ver.

Y Jolene giró el coche hacia el orfanato.

Jolene se quedó en el coche. Beth bajó y se dirigió a la puerta lateral del edificio de administración. Dentro estaba oscuro y hacía fresco. Justo delante había una puerta que decía HELEN DEARDORFF, SUPERINTENDENTE. Recorrió el pasillo vacío hasta la puerta del fondo. Cuando la abrió, vio luz abajo. Descendió lentamente las escaleras.

El tablero y las piezas no estaban allí, pero la mesa en la que el señor Shaibel jugaba todavía estaba junto a la caldera, y su silla en posición. La bombilla pelada estaba encendida. Beth se quedó mirando la mesa. Entonces se sentó pensativa en la silla y vio algo que no había visto antes.

Tras el lugar donde ella solía sentarse a jugar había una especie de burda partición de tablones de madera. Allí solía colgar un calendario, con escenas de Baviera sobre las hojas con los meses. Ahora el calendario ya no estaba y toda la partición estaba cubierta de fotografías y recortes de *Chess Review,* cada uno de ellos ordenadamente pegado a la madera y cubierto de plástico transparente para protegerlo del polvo: lo único que estaba limpio en este sucio sótano. Eran fotos suyas. Había partidas impresas de *Chess Review,* y artículos de periódico del *Herald-Leader* de Lexington y el *New York Times* y de algunas revistas en alemán. El viejo artículo de *Life* estaba allí, y al lado estaba la portada de *Chess Review* donde aparecía sosteniendo el trofeo del campeonato de Estados Unidos. Llenando los espacios más pequeños había fotos de periódicos, algunas de ellas duplicadas. Debía de haber veinte fotografías.

—¿Encontraste lo que buscabas? —preguntó Jolene cuando volvió al coche.

—Y más —dijo Beth. Empezó a decir algo pero no lo hizo. Jolene metió marcha atrás, salió del aparcamiento y volvió a la carretera que conectaba con la autopista.

Cuando terminaron de subir por la rampa y salieron a la interestatal, Jolene pisó a fondo. Ninguna de las dos miró atrás. Beth había dejado de llorar y se secaba la cara con un pañuelo.

—No habrás mordido más de lo que puedes comer, ¿no? —dijo Jolene.

—No —Beth se sonó la nariz—. Estoy bien.

La más alta de las dos mujeres se parecía a Helen Deardorff. O no se parecía tanto a ella, pero mostraba todos los indicadores de una fraternidad espiritual. Llevaba un traje beis y zapatos planos y sonreía mucho de un modo totalmente vacío de sentimiento. Era la señora Blocker. La otra era gruesa y estaba un poco cohibida y llevaba un traje oscuro de flores y zapatos serios. Era la señorita Dodge. Iban camino a Houston desde Cincinnati y se habían pasado a charlar. Estaban sentadas la una al lado de la otra en el sofá de Beth y hablaban sobre el ballet en Houston y de cómo la ciudad crecía en cultura. Claramente querían que Beth supiera que Christian Crusade no era solamente una organización estrecha y fundamentalista. Y que habían venido a examinarla. Habían escrito con antelación.

Beth escuchó amablemente mientras hablaban sobre Houston y la agencia que estaban ayudando a establecer en Cincinnati, una agencia que de algún modo tenía que ver con proteger el entorno cristiano. La conversación flaqueó un momento, y la señorita Dodge intervino.

—Lo que nos gustaría realmente, Elizabeth, es algún tipo de declaración.

—¿Una declaración? —Beth estaba sentada en el sillón de la señora Wheatley, frente a ellas.

La señora Blocker continuó.

—A Christian Crusade le gustaría que hiciera pública su postura. En un mundo donde tantos guardan silencio... —No terminó la frase.

—¿Qué postura?

—Como sabemos —dijo la señora Dodge—, el avance del comunismo es también el avance del ateísmo.

—Supongo.

—No es cuestión de suposiciones —dijo la señora Blocker rápidamente—. Es un hecho. Un hecho marxista-leninista. La Palabra de Dios es anatema en el Kremlin, y uno de los objetivos principales de Christian Crusade es enfrentarse al Kremlin y a los ateos que allí se sientan.

—No tengo nada que objetar a eso —dijo Beth.

—Bien. Lo que queremos es una declaración —la voz con que la señora Blocker lo dijo recordó a Beth algo que había reconocido años antes en la voz de la señora Deardorff. Era el tono del matón avezado. Lo notó como lo notaba cuando un jugador sacaba su reina demasiado pronto contra ella.

—¿Quieren que haga una declaración para la prensa?

—¡Exactamente! —dijo la señora Blocker—. Si Christian Crusade va a... —Se detuvo, y palpó el sobre marrón que tenía sobre el regazo como si calculara su peso—. Tenemos algo preparado.

Beth la miró, odiándola y sin decir nada.

La señora Blocker abrió el sobre y sacó una hoja de papel escrita a máquina. Se la dio a Beth.

Era el mismo tipo de papel que la carta original, con su lista de nombres al lado. Beth miró la lista y vio «Telsa R. Blocker, secretaria ejecutiva» justo encima de media docena de nombres de hombres con la abreviatura «Rev.» delante. Luego leyó rápidamente la declaración. Algunas frases estaban subrayadas, como «el nexo comunista-ateo» y «una empresa cristiana militante». Alzó la cabeza y miró a la señora Blocker, que estaba sentada con las rodillas apretadas, contemplando la habitación con disgusto contenido.

—Soy jugadora de ajedrez —dijo Beth con voz neutra.

—Pues claro que lo es, querida —dijo la señora Blocker—. Y es cristiana.

—No estoy segura de eso.

La señora Blocker se la quedó mirando.

—Mire, no tengo ninguna intención de decir cosas como esto.

La señora Blocker se inclinó hacia delante y tomó la declaración.

—Christian Crusade ya ha invertido una gran cantidad de dinero... —Había un brillo en sus ojos que Beth ya había visto antes.

Se levantó.

—Lo devolveré.

Se dirigió al escritorio y buscó su talonario de cheques. Durante un instante se sintió como una pedante y una idiota. Era el dinero de los billetes de avión para Benny y para ella y para la mujer de la Federación como escolta. Pagaría la factura del hotel y los gastos incidentales del viaje. Pero al pie del cheque que le habían enviado hacía un mes, donde normalmente se escribía «alquiler» o «recibo de la luz» para indicar de qué era el dinero, alguien (probablemente la señora Blocker) había escrito «Por servicios cristianos». Beth extendió un cheque por cuatro mil dólares a nombre de Christian Crusade, y en el espacio al pie escribió: «Devolución total».

La voz de la señorita Dodge fue sorprendentemente amable.

—Espero que sepa lo que está haciendo, querida. —Parecía genuinamente preocupada.

—Yo también lo espero —dijo Beth. Su avión para Moscú partía al cabo de cinco semanas.

Contactó con Benny al teléfono al primer intento.

—Estás loca —dijo él cuando se lo contó.

—Ya está hecho. Es demasiado tarde para deshacerlo.

—¿Están pagados los billetes?

—No —dijo Beth—. No hay nada pagado.

—Hay que pagar a Intourist el hotel por adelantado.

—Lo sé. —A Beth no le gustaba el tono de Benny—. Tengo dos mil en mi cuenta corriente. Podría ser más, pero he tenido gastos con el mantenimiento de la casa. Harán falta otros tres mil más. Al menos eso.

—No lo tengo —dijo Benny.

—¿Qué quieres decir? Tienes dinero.

—¡No lo tengo!

Hubo un largo silencio.

—Puedes llamar a la Federación. O al Departamento de Estado.

—No caigo bien en la Federación —dijo Beth—. Piensan que no he hecho tanto por el ajedrez como debería.

—Tendrías que haber salido en *Tonight* y en *Phil Donahue*.

—Maldición, Benny. Ya está bien.

—Estás loca. ¿Qué te importa lo que crean esos carcamales? ¿Qué estás intentando demostrar?

—¡Benny! No quiero ir a Rusia sola.

De pronto Benny alzó la voz.

—¡Tarada! —gritó—. ¡Loca tarada de mierda!

—Benny...

—Primero no vuelves a Nueva York y luego sales con esta estupidez. Bien puedes ir sola.

—Tal vez no debería haberlo hecho. —Beth empezaba a sentir frío por dentro—. Tal vez no tendría que haberles devuelto el cheque.

—«Tal vez» es una expresión de perdedores —la voz de Benny era como hielo.

—Benny, lo siento.

—Voy a colgar —dijo Benny—. Eras una pelma cuando te conocí, y sigues siendo una pelma ahora. No quiero seguir hablando contigo.

El teléfono chasqueó. Beth volvió a colocarlo en la horquilla. La había cagado. Había perdido a Benny.

Llamó a la Federación y tuvo que esperar diez minutos antes de que se pusiera el director. Fue agradable y comprensivo con ella y le deseó lo mejor en Moscú, pero dijo que no había dinero.

—Lo que tenemos sale principalmente de la revista. Los cuatrocientos dólares es todo lo que podamos gastar.

Hasta la mañana siguiente no le devolvieron la llamada de Washington. Era alguien llamado O'Malley, de Asuntos Culturales. Cuando ella le contó el problema, se puso a decirle lo emocionados que estaban allí en el Departamento por «darles a los rusos una ración de su propia medicina». Le preguntó en qué podía ayudar.

—Necesito tres mil dólares inmediatamente.

—Veré qué puedo hacer —dijo O'Malley—. Volveré a llamarla dentro de una hora.

Pero pasaron cuatro horas antes de que lo hiciera. Beth se puso a dar vueltas por la cocina y el jardín e hizo una llamada rápida a Anne Reardon, que iba a ser la carabina exigida por Christian Crusade. Anna Reardon tenía una puntuación femenina de 1.900 y por eso al menos conocía el juego. Beth la había derrotado en algún lugar del oeste, arrasando prácticamente sus piezas del tablero. Nadie atendió al teléfono. Beth se preparó el café y hojeó algunos ejemplares de *Deutsche Schachzeitung* mientras esperaba la llamada. Se sentía casi mareada por la forma en que había dejado escapar el dinero de Christian Crusade. Cuatro mil dólares... por un gesto. Finalmente sonó el teléfono.

Era O'Malley de nuevo. No hubo suerte. Lo sentía muchísimo, pero no había presupuesto gubernamental que pudieran concederle sin más tiempo ni aprobación.

—Pero enviaremos a uno de nuestros hombres con usted.

—¿No tienen dinero para gastos menores o algo? —preguntó Beth—. No necesito fondos para socavar el gobierno de Moscú. Solo necesito llevar a algunas personas que me ayuden.

—Lo siento —dijo O'Malley—. Lo siento muchísimo.

Tras colgar, Beth salió al jardín. Enviaría el cheque a la oficina de Intourist en Washington por la mañana. Iría sola, o con quien encontrara el Departamento de Estado para que la acompañara. Había estudiado ruso y no estaría completamente perdida. Los jugadores rusos hablarían inglés, de todas formas. Podía entrenarse sola. Llevaba meses entrenándose sin nadie. Terminó el café. Llevaba entrenándose sola casi toda la vida.

Catorce

Tuvieron que permanecer siete horas en la sala de espera del aeropuerto de Orly, y cuando llegó el momento de embarcar en el avión de Aeroflot, una joven con uniforme verde oliva tuvo que sellar los billetes de todo el mundo y estudiar los pasaportes mientras Beth y el señor Booth esperaban otra hora al final de la cola. Pero se animó un poco cuando llegó a la cabeza de la fila y la mujer exclamó «¡La campeona de ajedrez!» y le sonrió de oreja a oreja suavizando sorprendentemente sus rasgos.

—¡Buena suerte! —dijo cuando Beth le devolvió la sonrisa, como si realmente lo pensara. La mujer era, naturalmente, rusa. Ningún funcionario estadounidense habría reconocido el nombre de Beth.

Su asiento estaba junto a una ventanilla, casi al fondo; tenía un grueso tapizado de plástico marrón y un pequeño tapete blanco en cada brazo. El señor Booth se sentó a su lado. Beth miró por la ventanilla el cielo gris de París mientras llovía copiosamente sobre las pistas y los aviones brillaban oscuros bajo la humedad de la noche. Sintió como si estuviera ya en Moscú. Unos minutos más tarde una azafata empezó a repartir vasos de agua. El señor Booth se bebió la mitad del suyo y luego empezó a rebuscar en el bolsillo de su chaqueta hasta sacar una pequeña petaca de metal a la que quitó el tapón con los dientes. Llenó el vaso con whisky, volvió a poner el tapón y se guardó la petaca en el bolsillo. Luego extendió el vaso hacia Beth como si fuera su deber, pero ella negó con la cabeza. No fue fácil hacerlo. Le habría venido bien una copa. No le gustaba este avión de aspecto extraño, y no le gustaba el hombre sentado a su lado.

Le había desagradado el señor Booth desde el momento en que lo conoció en Kentucky y se presentó. Ayudante del subsecretario. Asuntos Culturales. La pondría al tanto en Moscú. Ella no quería que la pusieran al tanto, sobre todo no por parte de este viejo de voz grave con su traje oscuro, sus cejas arqueadas y su risa teatral. Cuando le contó que había jugado al ajedrez en Yale en los años cuarenta, ella no dijo nada; lo había dicho como si fuera una perversión compartida. Lo que Beth quería era viajar con Benny Watts. Ni siquiera había podido contactar con Benny la noche anterior; su línea comunicaba las dos primeras veces que marcó y luego no hubo respuesta. Había recibido una carta del director de la Federación de Ajedrez Americana deseándole lo mejor y eso fue todo.

Se acomodó en el asiento, cerró los ojos y trató de relajarse, desconectando las voces rusas, alemanas y francesas que la rodeaban. En un bolsillo de su equipaje de mano llevaba un frasco con treinta píldoras verdes; no había tomado ninguna desde hacía más de seis meses, pero se tomaría una en este avión si era necesario. Desde luego, era mejor que beber. Necesitaba descansar. La larga espera en el aeropuerto le había puesto los nervios de punta. Había intentado dos veces contactar con Jolene por teléfono, pero no hubo respuesta.

Lo que necesitaba de verdad era que Benny Watts estuviera allí con ella. Si no hubiera sido tan necia y no hubiera devuelto el dinero ni hubiera tomado postura por algo que en realidad no le importaba... No era eso. No era ser una tarada negarse a que la acosaran, aceptar el farol de aquella mujer. Pero necesitaba a Benny. Durante un momento se permitió imaginar que viajaba con D.L. Townes y que los dos se alojaban juntos en Moscú. Pero eso no servía de nada. Echaba de menos a Benny, no a Townes. Echaba de menos la mente rápida y sobria de Benny, su capacidad de juicio y su tenacidad, su conocimiento del ajedrez y su conocimiento de ella. Él estaría en el asiento de al lado, y podrían hablar de ajedrez, y en Moscú después de sus partidas analizarían el juego y luego planearían cómo enfrentarse al próximo oponente. Comerían juntos en el hotel, como había hecho con la señora Wheatley. Podrían ver Moscú, y cuando quisieran podrían hacer el amor en el hotel. Pero Benny estaba en Nueva York, y ella en un avión oscuro volando hacia Europa del este.

Cuando atravesaron las densas nubes y pudo ver por primera vez Rusia, que parecía desde arriba exactamente igual que Kentucky, se había tomado tres píldoras, había dormido de manera irregular unas cuantas horas y sentía el aturdimiento irritante que solía sentir después de un viaje largo en un autobús Greyhound. Se acordaba de haberse tomado las píldoras en mitad de la noche. Había recorrido un pasillo lleno de gente dormida hasta el lavabo y se sirvió agua en un vasito de plástico de aspecto raro.

El señor Booth resultó ser una ayuda en la aduana. Su ruso era bueno, y la llevó a la cabina adecuada para la inspección. Lo sorprendente fue la naturalidad de todo: un agradable viejo de uniforme revisó casualmente su equipaje, abrió dos maletas, curioseó un poco y las cerró. Eso fue todo.

Cuando atravesaron la puerta los estaba esperando una limusina de la embajada. Recorrieron unos campos donde hombres y mujeres trabajaban a la luz del amanecer, y en un lugar más allá de la carretera Beth vio tres tractores enormes, mucho más grandes que ninguno que hubiera visto en América, cruzando lentamente un prado que se extendía hasta donde podía ver. Había muy poco tráfico en la carretera. El coche empezó a internarse entre filas de edificios de seis y ocho plantas con ventanas diminutas, y como era una cálida mañana de junio incluso con el cielo gris, había gente sentada en las puertas. Entonces la carretera empezó a ensancharse, y dejaron atrás un pequeño parque verde y otro grande y pasaron ante enormes edificios más nuevos que parecían haber sido construidos para durar eternamente. El tráfico se había vuelto más denso y había gente en bicicleta a un lado de la carretera ahora, y muchos peatones en las aceras.

El señor Booth, con su traje arrugado, se había acomodado y tenía los ojos cerrados. Beth estaba sentada en la parte trasera del coche, erguida, mirando por la ventanilla. No había nada amenazante en el aspecto que tenía Moscú: podría haber estado entrando en cualquier ciudad grande. Pero no podía relajarse por dentro. El torneo empezaría a la mañana siguiente. Se sentía totalmente sola, y asustada.

Su profesor de la universidad le había contado que los rusos bebían té en vaso mientras sostenían entre los dientes un terrón de azúcar, pero el té que servían en este gran salón venía en finas tazas de porcelana con una greca dorada. Ella estaba sentada en su silla victoriana de respaldo alto con las rodillas apretadas, sujetando la taza y un bollito duro y tratando de escuchar atentamente al director. El hombre pronunció primero unas cuantas frases en inglés y luego en francés. Luego de nuevo en inglés: los visitantes eran bienvenidos a la Unión Soviética; las partidas empezarían puntualmente a las diez cada mañana; se asignaría un árbitro a cada tablero y debía ser consultado en caso de cualquier irregularidad. No se fumaría ni se comería durante la partida. Un asistente acompañaría a los jugadores a los lavabos si surgía la necesidad. En ese caso, lo propio sería levantar la mano derecha.

Las sillas estaban en círculo, y el director quedaba a la derecha de Beth. Frente a ella estaban sentados Dimitri Luchenko, Viktor Laev y Leonid Shapkin, todos vestidos con trajes a medida y con camisa blanca y corbata oscura. El señor Booth había dicho que los rusos vestían como si sus ropas hubieran salido de un catálogo Montgomery Ward del siglo XIX, pero estos hombres iban sobriamente vestidos con caras gabardinas y abrigos grises. Estos tres solos (Luchenko, Laev y Shapkin) eran un pequeño panteón ante el que todo el mundo del ajedrez estadounidense tartamudearía con humillación. Y a su izquierda estaba Vasili Borgov. No era capaz de mirarlo, pero podía oler su colonia. Entre él y los otros tres rusos había un panteón solo ligeramente inferior: Jorge Flento de Brasil, Bernt Hellström de Finlandia y Jean-Paul Duhamel de Bélgica, también vestidos con trajes conservadores. Beth sorbió su té y trató de parecer tranquila. Había gruesas cortinas marrones ante las altas ventanas, y las sillas estaban tapizadas con terciopelo marrón con ribetes dorados. Eran las nueve y media de la mañana y fuera el día era espléndido, pero las cortinas estaban cerradas. La alfombra oriental del suelo parecía haber salido de un museo. Las paredes estaban paneladas con palisandro.

Una escolta de dos mujeres la había traído aquí desde el hotel; le había estrechado la mano a los otros jugadores y llevaban aquí sentados media hora. En la enorme y extraña habitación del hotel la noche anterior goteaba un grifo en alguna parte, y apenas había podido dormir. Llevaba vestida con su caro traje azul marino desde las siete y media, y notaba que estaba sudando; las medias atenazaban sus piernas como una pinza caliente. Difícilmente podría haberse sentido más fuera de lugar. Cada vez que miraba a los hombres que la rodeaban, le sonreían débilmente. Se sentía como una niña en una fiesta de adultos. Le dolía la cabeza. Tendría que pedirle una aspirina al director.

Y entonces de repente el director terminó su discurso, y los hombres se levantaron. Beth se puso en pie de un salto, haciendo temblar la taza en su platillo. El camarero de la blusa blanca de cosaco que había servido el té acudió corriendo a retirarla. Borgov, que la había ignorado excepto para darle un rutinario apretón de manos al principio, la ignoró ahora mientras pasaba ante ella y salía por la puerta que había abierto el director. Los demás lo siguieron, con Beth detrás de Shapkin y delante de Hellström. Mientras salían al pasillo alfombrado, Luchenko se detuvo un momento y se volvió hacia ella.

—Me encanta que esté aquí —dijo—. Tengo muchísimas ganas de jugar contra usted.

Tenía el pelo largo y blanco como un director de orquesta y llevaba una impecable corbata plateada, perfectamente anudada bajo un cuello blanco almidonado. La simpatía de su rostro era incuestionable.

—Gracias —respondió ella. Había leído sobre Luchenko en el instituto; *Chess Review* escribía sobre él con el mismo tipo de reverencia que Beth sentía ahora. Entonces era campeón del mundo, y perdió ante Borgov tras una larga partida hacía varios años.

Recorrieron el largo pasillo hasta que el director se detuvo ante otra puerta y la abrió. Borgov entró primero, y los demás lo siguieron.

Era una especie de antesala con una puerta cerrada al fondo. Beth pudo oír un sonido lejano y ondulante, y cuando el director se acercó a abrir la puerta el sonido se hizo más fuerte. No se veía nada excepto una cortina oscura, pero cuando pudo ver a su alrededor contuvo la respiración. Estaba ante un enorme auditorio lleno de gente. Así debía de ser la vista desde el escenario del Radio City Music Hall con todos los asientos ocupados. El público cubría cientos de metros, y en los pasillos había sillas plegables con grupitos que charlaban. A medida que los jugadores fueron entrando al ancho escenario alfombrado, el sonido cesó. Todos se quedaron mirándolos. Sobre la planta principal había un palco ancho con una enorme bandera roja, y detrás había fila tras fila llenas de rostros.

En el escenario había cuatro grandes mesas, cada una del tamaño de un escritorio, cada una claramente nueva y grabada con un gran tablero de ajedrez donde ya estaban colocadas las piezas. A la derecha de cada posición para las negras había un enorme reloj de ajedrez en una caja de madera, y a la derecha de las blancas una gran jarra de agua y dos vasos. Las sillas giratorias de respaldo alto estaban colocadas de forma que los jugadores fueran visibles de perfil para el público. Detrás de cada una de ellas había un árbitro con camisa blanca y pajarita negra, y detrás de cada arbitro un tablero de exposición con las piezas en su posición de apertura. La luz era brillante pero indirecta, procedente de un techo luminoso sobre la zona de juego.

El director le sonrió a Beth, la tomó de la mano y la condujo al centro del escenario. No se oyó ni una mosca en todo el auditorio. El director habló por un micrófono de aspecto anticuado. Aunque habló en ruso, Beth entendió las palabras «ajedrez» y «los Estados Unidos» y finalmente su nombre: Elizabeth Harmon. El aplauso fue súbito, cálido y estentóreo; ella lo sintió casi como una cosa física. El director la escoltó hasta la silla del fondo y la sentó ante las piezas negras. Ella se quedó mirando mientras sacaba a cada uno de los otros jugadores extranjeros para presentarlos brevemente y darles un aplauso. Luego llegaron los rusos, empezando por Laev. El aplauso se volvió ensordecedor, y cuando llegó al último de ellos, Vasili Borgov, continuó y continuó.

Su oponente en la primera partida era Laev. Estaba sentado frente a ella durante la ovación a Borgov, y ella lo miró mientras tanto. Laev tenía veintitantos años. Había una sonrisa tensa en su cara delgada y juvenil, tenía el rostro fruncido de malestar y con los dedos de una de sus finas manos tamborileaba silenciosamente sobre la mesa.

Cuando el aplauso acabó, el director, colorado de emoción, se dirigió a la mesa donde Borgov jugaba con blancas y pulsó el reloj. Entonces se acercó a la siguiente mesa e hizo lo mismo, y a la siguiente. En la de Beth les sonrió con importancia a ambos y pulsó nítidamente el botón del lado de Beth, iniciando el reloj de Laev.

Laev suspiró en silencio y movió su peón de rey a la cuarta fila. Sin vacilación, Beth movió su peón de alfil de reina, aliviada por estar solo jugando al ajedrez. Las piezas eran grandes y sólidas; destacaban con reconfortante claridad sobre el tablero, cada una de ellas centrada exactamente en su escaque original, cada una claramente recortada, limpiamente afinada, bellamente pulida. El tablero tenía un acabado mate con un borde de bronce por todo su perímetro. La silla era grande y suave, pero firme; se ajustó en ella, sintiendo su comodidad, y vio cómo Laev movía el caballo de rey a tres alfil. Ella tomó su caballo de reina, disfrutando del peso de la pieza, y lo colocó en tres alfil de reina. Laev jugó peón cuatro reina; Beth comió con su peón y dejó el otro a la derecha del reloj. El árbitro, de espaldas a ellos, repetía cada movimiento en el tablero grande. Beth seguía notando la tensión en los hombros, pero empezó a relajarse. Era Rusia y era extraño, pero seguía siendo ajedrez.

Conocía el estilo de Laev por los boletines que había estado estudiando, y estaba segura de que si jugaba peón cuatro rey en el sexto movimiento él seguiría la variante Boleslavski con su caballo a tres alfil y luego enrocaría en corto. Lo había hecho contra Petrosian y Tal en 1965. Los jugadores a veces iniciaban nuevas líneas extrañas en los torneos importantes, líneas que podían haber sido preparadas con semanas de antelación, pero a Beth le parecía que los rusos no se habrían tomado esas molestias con ella. Por lo que ellos sabían su nivel de juego era más o menos el de Benny Watts, y hombres como Laev no dedicarían mucho tiempo de preparación para jugar contra Benny. Según sus baremos, no era una jugadora importante; lo único novedoso en ella era su sexo, y eso ni siquiera era único en Rusia. Estaba Nona Gaprindashvili, no al nivel de este torneo, pero era una jugadora que se había enfrentado a todos estos grandes maestros rusos muchas veces antes. Laev esperaría una victoria fácil. Sacó el caballo y enrocó como ella esperaba. Ella se sentía confiada por las lecturas que había hecho en los últimos seis meses: era agradable saber qué esperar. Enrocó.

El juego empezó a volverse gradualmente más lento a medida que pasaron de la apertura sin ningún error y se entregaron al juego medio con cada uno de ellos sin un caballo y un alfil, y con los reyes bien protegidos y sin agujeros en cada posición. Al decimoctavo movimiento el tablero tenía un peligroso equilibrio. Esto no era el ajedrez de ataque con el que ella se había labrado su reputación en Estados Unidos: era ajedrez de música de cámara, sutil e intrincado.

Jugando blancas, Laev todavía tenía la ventaja. Hacía movimientos que contenían astutas amenazas engañosas, pero ella las evitaba sin perder ritmo ni posición. Al vigesimocuarto movimiento, encontró una oportunidad para una filigrana, abriendo una fila para su torre de reina mientras lo obligaba a retirar un alfil, y cuando la hizo, Laev la estudió durante largo rato y entonces la miró bajo una perspectiva nueva, como si la viera por primera vez. Un escalofrío de placer la recorrió. Él estudió de nuevo el tablero antes de retirar el alfil. Beth sacó la torre. Ahora estaban igualados.

Cinco minutos más tarde encontró un modo de ganar ventaja. Colocó un peón en la quinta fila, ofreciéndolo en sacrificio. Con el movimiento, tan silencioso y bonito como el que más, Laev pasó a la defensiva. No comió el peón pero se vio obligado a retirar el caballo atacado hasta la casilla delante de su reina. Ella colocó su torre en la tercera fila, y él tuvo que responder a eso. No lo estaba empujando, sino presionando suavemente. Y poco a poco él empezó a ceder, tratando de no parecer preocupado. Pero tenía que estar asombrado. Se suponía que a los grandes maestros rusos no les pasaban estas cosas jugando con muchachitas americanas. Ella lo persiguió, y finalmente llegó el momento en que pudo colocar su caballo restante en cinco reina, donde él no podía desalojarlo. Lo dejó allí y, dos movimientos más tarde, puso su torre en la fila del caballo, directamente sobre el rey de él. Él estudió la posición largo rato mientras su reloj sonaba con fuerza y entonces hizo lo que ella había esperado fervientemente que hiciera: adelantó el peón de alfil de rey para atacar a la torre. Cuando pulsó su reloj, no la miró.

Sin vacilación, ella agarró su alfil y comió su peón con él, ofreciéndolo como sacrificio. Cuando el árbitro colgó el movimiento oyó una respuesta audible por parte de los espectadores y susurros. Laev tendría que hacer algo: no podía ignorar el alfil. Empezó a pasarse los dedos por el pelo con una mano, tamborileando con las yemas de los dedos de la otra sobre la mesa. Beth se echó atrás en su asiento y se estiró. Lo tenía.

Él estudió el movimiento durante veinte minutos de reloj antes de levantarse de pronto de la mesa y tenderle la mano. Beth se levantó y la aceptó. El público permaneció en silencio. El director del torneo se acercó y le estrechó también la mano, y Beth se marchó del escenario con él en medio de un repentino y sorprendente aplauso.

Tenía que almorzar con el señor Booth y algunas personas que venían de la embajada, pero cuando entró en el enorme vestíbulo del hotel, que parecía un gimnasio alfombrado con sillones victorianos flanqueando las paredes, no estaba ahí. La señora de recepción tenía un mensaje para ella en una hoja de papel: «Lo siento muchísimo, pero me ha surgido un imprevisto y no podré escaparme. Estaré en contacto». La nota estaba escrita a máquina, con el nombre del señor Booth, también a máquina, al pie. Beth encontró uno de los restaurantes del hotel (otro gimnasio alfombrado) y consiguió pedir en ruso *blinchiki* y té con mermelada de grosella. El camarero era un muchacho de cara seria de unos catorce años, y le sirvió los pastelillos y le untó la mantequilla derretida y el caviar y la crema agria con una cucharilla de plata. A excepción de un grupo de hombres mayores con uniformes del ejército y dos hombres de aspecto autoritario con trajes de tres piezas, no había nadie más en el restaurante.

Al cabo de un momento llegó otro camarero joven con una jarra de lo que parecía ser agua en una bandeja de plata, y un vasito al lado. Le sonrió con simpatía.

—¿Vodka?

Ella negó rápidamente con la cabeza.

—*Nyet.*

Y se sirvió un vaso de agua de la jarra de cristal que había en el centro de la mesa.

Tenía la tarde libre, y podía dar un paseo por la plaza Sverdlov y el Bely Gorod y el museo en San Basilio, pero, aunque era un hermoso día de verano, no le apetecía. Tal vez dentro de un par de días. Estaba cansada, y necesitaba una siesta. Había ganado su primera partida a un gran maestro ruso, y eso era más importante para ella que nada que pudiera ver en la enorme ciudad que la rodeaba. Estaría aquí ocho días. Podría ver Moscú en otra ocasión. Eran las dos de la tarde cuando terminó de almorzar. Subiría a su habitación y echaría una cabezada.

Descubrió que estaba demasiado nerviosa por haber derrotado a Laev para poder dormir. Permaneció tumbada en la enorme cama blanda mirando el techo durante casi una hora y repasó la partida una y otra vez, buscando a veces una debilidad en la forma en que había jugado, regocijándose en otras ocasiones con uno u otro de sus movimientos. Cuando llegaba al momento en que le ofrecía su alfil decía en voz alta ¡zas! o ¡toma! Era maravilloso. No había cometido ningún error... o no podía encontrar ninguno. Él tenía aquella forma nerviosa de tamborilear los dedos sobre la mesa y fruncir el ceño, pero cuando se rindió solo parecía distante y cansado.

Finalmente, Beth descansó un poco, se puso unos vaqueros y la camiseta blanca, y descorrió las gruesas cortinas de la ventana. Ocho pisos más abajo había una especie de confluencia de bulevares con unos cuantos coches salpicando el vacío, y más allá de los bulevares había un parque repleto de árboles. Decidió dar un paseo.

Pero cuando se estaba poniendo los calcetines y los zapatos, empezó a pensar en Duhamel, con quien jugaría con blancas al día siguiente. Solo conocía dos de sus partidas y eran de hacía años. Había algunas más recientes en las revistas que había traído: debería repasarlas ahora. Y la partida de este con Luchenko estaba desarrollándose todavía cuando ella se marchó. La imprimirían y repartirían esta noche cuando los jugadores se reunieran para la cena oficial aquí en el hotel. Sería mejor que hiciera unas cuantas sentadillas y flexiones y diera el paseo en otro momento.

La cena fue un aburrimiento, pero más que eso, fue irritante. Sentaron a Beth en un extremo de la larga mesa con Duhamel, Flento y Hellström; los jugadores rusos estaban sentados en el otro extremo con sus esposas. Borgov estaba sentado en la cabecera de la mesa con la mujer con quien Beth lo había visto en el zoo de México. Los rusos se rieron durante toda la comida, bebiendo enormes cantidades de té y gesticulando, mientras sus esposas los miraban en silencio con adoración. Incluso Laev, que se había mostrado tan comedido en el torneo esa mañana, estaba exultante. Todos ellos parecían ignorar conscientemente el extremo de la mesa donde estaba Beth. Durante un rato intentó conversar con Flento, pero su inglés era pobre y su sonrisa fija la hacía sentirse incómoda. Al cabo de unos minutos de intentarlo, se concentró en la comida e hizo lo que pudo para no oír el ruido del otro extremo de la mesa.

Tras la cena el director del torneo repartió hojas impresas con las partidas del día. En el ascensor, Beth empezó a repasarlas, empezando por la de Borgov. Las otras dos fueron tablas, pero Borgov había ganado la suya. Decisivamente.

El conductor la llevó al salón por una ruta diferente a la mañana siguiente, y esta vez pudo ver la enorme multitud en la calle esperando a entrar, algunos con paraguas oscuros para protegerse de la llovizna. La llevó a la misma entrada que había empleado el día anterior. Había unas veinte personas esperando. Cuando bajó del coche y entró en el edificio, la aplaudieron. Alguien gritó «¡Lisabeta Harmon!» justo antes de que el portero cerrara la puerta tras ella.

Al noveno movimiento Duhamel cometió un error de juicio, y Beth aprovechó y clavó su caballo delante de una torre.

Lo detendría un momento mientras ella sacaba su otro alfil. Sabía por haber estudiado sus partidas que era cauteloso y fuerte en defensa; había decidido la noche antes esperar a tener una oportunidad y luego avasallarlo. Al decimocuarto movimiento tenía enfilado al rey con dos alfiles, y al decimoctavo había abierto sus diagonales. Él se protegió, usando sus caballos con astucia para contenerla, pero ella sacó la reina y eso ya fue demasiado para él. El vigésimo movimiento de Duhamel fue un intento a la desesperada por repelerla. Al vigesimosegundo se rindió. La partida apenas había durado una hora.

Habían jugado al fondo del escenario; Borgov, que jugaba contra Flento, lo hacía en la parte delantera. Cuando Beth pasó ante él entre los aplausos contenidos que daba el público mientras las partidas tenían lugar, la miró brevemente. Era la primera vez desde México que la miraba directamente, y la mirada la asustó.

Por impulso esperó un momento tras salir de la zona de juego y luego volvió a acercarse a mirar desde la cortina. El asiento de Borgov estaba vacío. Se encontraba de pie al otro extremo, mirando el tablero de exposición con la partida que Beth acababa de jugar. Tenía una mano en la barbilla y la otra en el bolsillo de su chaqueta. Fruncía el ceño mientras estudiaba la posición. Beth se dio media vuelta rápidamente y se marchó.

Después de almorzar, cruzó el bulevar y bajó por una calle estrecha hasta el parque. El bulevar resultó ser la calle Sokolniki, y había bastante tráfico cuando cruzó en un gran grupo de peatones. Algunas personas la miraron y unas cuantas sonrieron, pero nadie le habló. Había dejado de llover y era un día agradable con el sol alto en el cielo y los enormes edificios que flanqueaban la calle bajo el sol ya no tenían tanto aspecto de cárceles.

El parque era en parte bosque y a lo largo de sus senderos se veían muchos bancos de hierro con ancianos sentados. Pasó de largo, ignorando las miradas lo mejor que pudo, atravesó algunos sitios oscurecidos por los árboles, y se encontró bruscamente en una gran plaza donde crecían flores en pequeños triángulos aquí y allá. Bajo una especie de pabellón techado en el centro había gente sentada en filas. Jugaban al ajedrez. Debía de haber cuarenta tableros. Había visto a viejos jugar en Central Park y Washington Square en Nueva York, pero solo unos pocos a la vez. Aquí había una gran multitud de hombres llenando el pabellón del tamaño de un granero y sentados en las escalinatas.

Vaciló un momento ante los gastados escalones de mármol que conducían al pabellón. Dos viejos jugaban con un ajado tablero de tela en los escalones. El mayor, calvo y sin dientes, jugaba el gambito de rey. El otro usaba el contra-gambito Falkbeer contra él. A Beth le pareció anticuado, pero era claramente una partida sofisticada. Los hombres la ignoraron, y ella subió los escalones y entró a la sombra del pabellón mismo.

Había cuatro filas de mesas de hormigón con tableros pintados en la superficie, y un par de jugadores de ajedrez, todos hombres, ante cada uno. Algunos curiosos observaban los tableros. Se hablaba muy poco. Desde atrás llegaban los gritos ocasionales de los niños, que sonaban exactamente igual en ruso que en cualquier otro idioma. Caminó lentamente entre dos filas de partidas, oliendo el fuerte humo de tabaco de las pipas de los jugadores. Algunos la miraron al pasar, y en unos cuantos rostros notó el reconocimiento, pero nadie le habló. Todos eran viejos, muy viejos. Muchos debían de haber visto la revolución de niños. Generalmente sus ropas eran oscuras, incluso las camisas de algodón que llevaban puestas a pesar del buen tiempo eran grises; se parecían a los viejos de cualquier parte, como una multitud de encarnaciones del señor Shaibel, jugando partidas a las que nadie prestaría jamás atención. En varias mesas había ejemplares de *Shakhmatni v SSSR.*

En una mesa donde las posiciones parecían interesantes se detuvo un momento. Era la Richter-Rauzer, de la siciliana. Había escrito un pequeño artículo al respecto para *Chess Review* hacía unos años, cuando tenía dieciséis. Los hombres la jugaban bien, y las negras tenían una leve variante en sus peones que ella no había visto nunca antes, pero era claramente un buen movimiento. Era buen ajedrez. Ajedrez de primera clase, y lo jugaban dos ancianos con ropas de trabajo baratas. El hombre que jugaba con blancas movió su alfil de rey, la miró al alzar la cabeza y frunció el ceño. Durante un momento, Beth se sintió poderosamente fuera de lugar entre todos estos ancianos rusos con sus medias y su falda celeste y su jersey gris de cachemira, el pelo cortado y peinado al estilo de las jóvenes americanas, con zapatos que probablemente costaban lo que estos hombres ganaban en un mes.

Entonces el rostro arrugado del hombre que la estaba mirando mostró una amplia sonrisa mellada.

—¿Harmon? —dijo—. ¿Elisabeta Harmon?

—*Da* —dijo ella, sorprendida. Antes de que pudiera reaccionar, el anciano se levantó y la rodeó con sus brazos y rio, repitiendo «¡Harmon! ¡Harmon!» una y otra vez. Y entonces toda la multitud de ancianos de ropa gris la rodeó sonriendo y ansiosamente extendieron las manos para que las estrechara, ocho o diez hablándole a la vez, en ruso.

Sus partidas con Hellström y Shapkin fueron rigurosas, tozudas y agotadoras, pero nunca corrió verdadero peligro. El trabajo que había hecho en los últimos seis meses daba una solidez a sus movimientos de apertura que pudo mantener por todo el juego medio y hasta el punto en que cada uno de sus oponentes se rindió. Hellström se lo tomó muy mal y no le habló después, pero Shapkin era un hombre muy cortés y decente, y se rindió con amabilidad aunque le había derrotado de manera decisiva e implacable.

Habría siete partidas en total. Los jugadores habían recibido calendarios durante el largo discurso de orientación del primer día; Beth tenía el suyo en la mesilla de noche junto a la cama, en el cajón con su frasco de píldoras verdes. El último día jugaría blancas contra Borgov. Hoy era contra Luchenko, con negras.

Luchenko era el jugador más viejo de los presentes. Había sido campeón del mundo antes de que Beth naciera, había derrotado al gran Alekhine en una exhibición cuando era niño, había hecho tablas con Botvinnik y aplastado a Bronstein en La Habana. Ya no era el tigre de antaño, pero Beth sabía que era un jugador peligroso en el ataque. Había estudiado una docena de partidas suyas aparecidas en *Chess Informant,* algunas durante el mes que pasó con Benny en Nueva York, y su poder en ataque resultaba chocante, incluso para ella. Era un jugador formidable y un hombre formidable. Tendría que tener mucho cuidado.

Estaban en la primera mesa, en la que Borgov había jugado el día antes. Luchenko inclinó ligeramente la cabeza, de pie junto a su silla mientras ella tomaba asiento. Su traje hoy era gris perla, y cuando se acercó a la mesa ella se había fijado en sus zapatos, negro brillante y de aspecto suave, probablemente importados de Italia.

Beth llevaba un vestido de algodón verde oscuro con un ribete blanco en el cuello y en las mangas. Había dormido profundamente la noche anterior. Estaba preparada.

Pero al duodécimo movimiento Luchenko empezó a atacar: muy sutilmente al principio, con peón tres torre de reina. Media hora más tarde estaba montando un ataque con peones en el flanco de reina, y ella tuvo que retrasar lo que estaba preparando para encargarse de ello. Estudió el tablero largo rato antes de sacar un caballo para defender. No le gustó, pero había que hacerlo. Miró a Luchenko. Él sacudió levemente la cabeza, de forma algo teatral, y una fina sonrisa apareció en sus labios. Entonces extendió la mano y continuó el avance de su peón de caballo como si no le importaba dónde tuviera ella ahora su caballo. ¿Qué estaba haciendo? Beth estudió de nuevo la posición y entonces, sorprendida, lo vio. Si no encontraba una salida, tendría que comer el peón de torre con su caballo, y dentro de cuatro movimientos él podría sacar su alfil de aspecto inocente de la fila de atrás y plantarlo en cinco caballo, en su fracturado flanco de reina, y eliminar su torre de reina en el intercambio. Solo faltaban siete movimientos, y ella no lo había visto.

Apoyó los codos sobre la mesa y las mejillas contra los puños cerrados. Tenía que resolver esto. Borró de su mente a Luchenko y el abarrotado auditorio y el tictac de su reloj y todo lo demás y estudió, repasando docenas de continuaciones cuidadosamente. Pero no había nada. Lo mejor que podía hacer era aceptar el intercambio y comer su peón de torre como consolación. Y él continuaría su ataque por el flanco de reina. Lo odiaba, pero había que hacerlo. Tendría que haberlo visto venir.

Avanzó su peón de torre de reina como tenía que hacer y vio los movimientos desarrollarse. Siete movimientos más tarde él cambió la torre por su alfil, y el estómago de Beth se encogió cuando lo vio tomar la pieza con la mano y colocarla al lado del tablero. Cuando ella comió el peón de torre dos movimientos más tarde no fue en realidad ninguna ayuda real. Iba por detrás en la partida, y todo su cuerpo estaba tenso.

Detener el avance de los peones por el flanco de reina era un trabajo duro. Tenía que entregar el peón que le había ofrecido para conseguirlo, y eso hecho, él dobló sus torres en la fila del rey. No cedía. Beth hizo una amenaza hacia su rey como tapadera y consiguió intercambiar una de sus torres con la única que le quedaba. No era bueno intercambiar cuando ibas perdiendo, porque aumentaba la ventaja del otro, pero tenía que hacerlo. Luchenko cedió la pieza intercambiada sin más, y ella miró su pelo blanco como la nieve mientras tomaba la suya como intercambio, odiándolo por ello. Odiándolo por su pelo teatral y odiándolo por ir delante de ella por el intercambio. Si seguían así, se quedaría sin nada. Tenía que encontrar un modo de detenerlo.

El juego medio fue bizantino. Los dos estaban atrincherados con cada pieza apoyada al menos una vez y muchas de ellas dos veces. Beth luchó por evitar intercambios y por encontrar una cuña que pudiera llevarla a igualar; él contrarrestaba todos sus intentos, moviendo sus piezas firmemente con sus manos bellamente cuidadas. Los intervalos entre movimientos eran largos. De vez en cuando ella veía un atisbo de una posibilidad al cabo de ocho o diez movimientos, pero nunca pudo conseguir que se materializara. Él había colocado su torre en la tercera fila y la puso sobre su rey enrocado: su movimiento quedó limitado a tres casillas. Si ella pudiera encontrar un modo de atraparla antes de que quitara el caballo que la retenía... Se concentró en esa idea con todas sus fuerzas, sintiendo por un instante como si la intensidad de su concentración pudiera quemar la torre en el tablero a modo de rayo láser. Atacó mentalmente con caballos, peones, la reina, incluso con su rey. Lo obligó mentalmente a mover un peón para cortar dos de las filas de huida de la torre, pero no pudo encontrar ninguno.

Sintiéndose mareada por el esfuerzo, quitó los codos de la mesa, apoyó los brazos en su regazo, sacudió la cabeza y miró el reloj. Le quedaban menos de quince minutos. Alarmada, consultó su hoja de anotaciones. Tenía que hacer tres movimientos más antes de que cayera su bandera o la penalizarían. A Luchenko le quedaban cuarenta minutos por su reloj. No podía hacer otra cosa sino mover. Ya había pensado caballo a cinco caballo y sabía que era un buen movimiento, aunque no fuera de mucha ayuda. Movió. La respuesta de él fue la que esperaba, obligándola a retirar el caballo a cuatro rey, donde planeaba que estuviera desde el principio. Le quedaban siete minutos. Estudió atentamente y colocó el alfil en la diagonal donde estaba la torre de Luchenko. Él movió la torre, como ella sabía que haría. Beth hizo una señal al director del torneo, escribió su último movimiento en la hoja y la dobló para sellarla. Cuando el director se acercó ella dijo «Aplazamiento», y esperó a que tomara el sobre. Estaba agotada. No hubo aplausos cuando se levantó y salió del escenario.

Era una noche calurosa y tenía abierta la ventana de su habitación mientras permanecía sentada ante el ornado escritorio con el tablero, estudiando la posición aplazada, buscando formas de poner en peligro la torre de Luchenko, o usar la vulnerabilidad de la torre como cobertura para atacarlo por otro lado. Después de dos horas, el calor de la habitación se había vuelto insoportable. Decidió bajar al vestíbulo y luego dar una vuelta a la manzana, si eso era seguro y legal. Se sentía mareada: demasiado ajedrez y demasiada poca comida. Le apetecía una hamburguesa con queso. Se rio con sorna de sí misma: una hamburguesa era lo que un americano del tipo que ella pensaba que no sería nunca ansiaba cuando viajaba al extranjero. Dios, sí que estaba cansada. Daría un breve paseo y volvería a la cama. No jugaría la partida aplazada hasta el día siguiente por la noche; habría más tiempo para estudiarla después de la partida con Flento.

El ascensor estaba al fondo del pasillo. Debido al calor, varias habitaciones estaban abiertas, y cuando pasó ante una de ellas pudo oír graves voces masculinas enzarzadas en algún tipo de discusión. A la altura de la puerta echó un vistazo. Debía de ser parte de una suite porque lo que vio fue una gran sala de estar con una lámpara de cristal colgando de un techo elaboradamente moldeado, un par de sofás verdes y grandes y oscuros óleos en la pared del fondo, donde una puerta abierta conducía a un dormitorio. Había tres hombres en mangas de camisa de pie alrededor de una mesa entre los sofás. Sobre la mesa había una jarra de cristal y tres vasitos. En el centro de la mesa había un tablero de ajedrez; dos de los hombres lo miraban y hacían comentarios mientras el tercero movía las piezas especulativamente con la punta de los dedos. Los dos hombres que miraban eran Tigran Petrosian y Mijaíl Tal. El que movía las piezas era Vasili Borgov. Eran tres de los mejores jugadores del mundo, y estaban analizando lo que debía ser la posición aplazada de Borgov en su partida contra Duhamel.

Una vez, de niña, ella iba por el pasillo del edificio de administración y se detuvo un instante junto a la puerta del despacho de la señora Deardorff, que estaba extrañamente abierta. Al mirar furtivamente dentro, vio a la señora Deardorff allí de pie en la oficina exterior con un hombre mayor y una mujer, conversando, las cabezas juntas en un gesto de intimidad del que nunca había creído capaz a la señora Deardorff. Fue un shock asomarse a ese mundo adulto. La señora Deardorff tenía extendido el dedo índice y golpeaba la solapa del hombre mientras hablaba mirándolo fijamente a los ojos. Beth nunca volvió a ver a la pareja y no tenía ni idea de qué hablaron, pero nunca olvidó la escena. Al ver a Borgov en la salita de su suite, planeando su siguiente movimiento con la ayuda de Tal y Petrosian, sintió lo mismo que había sentido entonces. Se sintió irrelevante: una niña asomada al mundo de los adultos. ¿Quién era ella para presumir? Necesitaba ayuda. Pasó de largo y se apresuró hacia el ascensor, sintiéndose torpe y terriblemente sola.

La multitud que esperaba junto a la puerta lateral había aumentado. Cuando Beth bajó de la limusina por la mañana empezaron a gritar «¡Harmon! ¡Harmon!» al unísono y a saludar y a sonreír. Unos cuantos extendieron las manos para tocarla al pasar, y ella se abrió paso nerviosa, tratando de devolverles la sonrisa. Solo había dormido a trompicones la noche anterior, levantándose de vez en cuando para estudiar la posición de su partida aplazada con Luchenko o caminar descalza por la habitación, pensando en Borgov y los otros dos, las corbatas aflojadas y en mangas de camisa, estudiando el tablero como si fueran Roosevelt, Churchill y Stalin con un mapa de la campaña final de la Segunda Guerra Mundial. No importaba cuántas veces se dijera a sí misma que era tan buena como cualquiera de ellos, sentía con desazón que esos hombres con sus pesados zapatos negros sabían algo que ella no sabía y que no sabría nunca. Trató de concentrarse en su propia carrera, su rápido ascenso a la cima del ajedrez estadounidense y más allá, la manera en que se había convertido en una jugadora más potente que Benny Watts, la manera en que había derrotado a Laev sin un momento de vacilación al mover, la manera en que, siendo todavía una niña, había encontrado un error en el juego del gran Morphy. Pero todo eso carecía de sentido y era trivial comparado con lo que había visto del *establishment* del ajedrez ruso en aquella habitación donde los hombres hablaban con voz grave y estudiaban el tablero con una seguridad que parecía superarla por completo.

Lo único bueno era que su oponente era Flento, el jugador más débil del torneo. Ya estaba fuera de la competición, con una derrota clara y dos tablas. Solo Beth, Borgov y Luchenko no habían perdido ni empatado ninguna partida. Se tomó una taza de té antes de empezar, y eso la ayudó un poco. Más importante, el simple hecho de estar en esta habitación con los otros jugadores diluyó parte de lo que había estado sintiendo durante la noche. Borgov bebía té cuando ella entró. La ignoró como de costumbre, y ella lo ignoró a él, pero no era tan aterrador con una taza de té en la mano y una expresión silenciosamente apagada en su grueso rostro como lo había sido en su imaginación la noche anterior. Cuando el director llegó para escoltarla hasta el escenario, Borgov la miró justo antes de que saliera de la habitación y alzó levemente las cejas como diciendo «¡Allá vamos de nuevo!» y ella se encontró sonriéndole débilmente. Dejó la taza y siguió al director.

Conocía muy bien la errática carrera de Flento y había memorizado una docena de sus partidas. Incluso antes de salir de Lexington había decidido que para jugar contra él, si llevaba las blancas, emplearía la apertura inglesa. La inició ahora, colocando el peón de alfil de reina en la cuarta fila. Era como la siciliana invertida. Se sentía cómoda con ella.

Ganó, pero tardó cuatro horas y media y fue bastante más difícil de lo que había esperado. Él plantó batalla en las dos diagonales principales y jugó la variante de los cuatro caballos con una sofisticación que, durante un rato, fue superior a la de Beth. Pero cuando llegaron al juego medio, ella vio una oportunidad para salir de la posición y la aprovechó. Acabó haciendo algo que rara vez hacía: proteger un peón por todo el tablero hasta que llegó a la séptima fila. Eliminarlo le costaría a Flento su única pieza restante. Se rindió. Esta vez el aplauso fue más fuerte que nunca. Eran las dos y media. Beth no había desayunado y estaba agotada. Necesitaba almorzar y dormir la siesta. Necesitaba descansar antes de la aplazada de esa noche.

Tomó un almuerzo rápido de quiche de espinacas y una especie de *pommes frites* eslavas en el restaurante. Pero cuando subió a su habitación a las tres y media y se metió en la cama, descubrió que no podía dormir. Un martilleo intermitente sonaba encima de su cabeza, como si estuvieran instalando una nueva alfombra. Podía oír el sonido de las botas de los obreros, y de vez en cuando parecía que alguien había dejado caer una bola de bolos desde la altura de la cintura. Permaneció en la cama durante veinte minutos, pero no sirvió de nada.

Cuando terminó de cenar y llegó al salón de juegos estaba más cansada de lo que recordaba haberse sentido en su vida. Le dolía la cabeza y tenía el cuerpo entumecido por estar encorvada sobre el tablero. Deseó fervientemente poder haber tomado una dosis que la dejara dormida durante la tarde, poder enfrentarse a Luchenko con unas cuantas horas de buen sueño tras ella. Deseó haberse arriesgado a tomar un Librium. Un poco de desorientación mental sería mejor que esto.

Cuando Luchenko llegó a la sala de estar donde jugarían la partida aplazada, parecía tranquilo y descansado. Su traje, de estambre oscuro esta vez, estaba impecablemente planchado y le sentaba maravillosamente en los hombros. Beth pensó que debía de comprar toda su ropa en el extranjero. Le sonrió con su cortesía contenida y ella consiguió asentir y decir «Buenas tardes».

Había dos mesas preparadas para las partidas aplazadas. Una clásica terminación torre-peón en una de ellas esperaba a Borgov y Duhamel. En la otra habían preparado su posición con Luchenko. Mientras se sentaba, Borgov y Duhamel entraron juntos y se dirigieron al tablero situado en el otro extremo de la habitación en sombrío silencio. Había un árbitro para cada partida, y los relojes ya estaban dispuestos. Beth tenía sus noventa minutos de tiempo extra, y Luchenko tenía lo mismo, junto con treinta y cinco minutos más sobrantes del día anterior. Beth se había olvidado de ese tiempo de más. Eso ponía tres cosas en su contra: él jugaba con blancas, continuaba su ataque imparable, y tenía más tiempo.

El árbitro le trajo el sobre, lo abrió, mostró la hoja a ambos jugadores e hizo el movimiento de Beth. Pulsó el botón que iniciaba el reloj de Luchenko, y sin vacilación Luchenko adelantó el peón que Beth esperaba. Sintió cierto alivio al verlo hacer el movimiento. Se había visto obligada a considerar otras respuestas; ahora esas otras líneas podían salir de su mente. Al otro lado de la habitación oyó a Borgov toser con fuerza y sonarse la nariz. Trató de ignorarlo. Jugaría contra él al día siguiente, pero ahora era hora de ponerse a trabajar en esta partida, poner en ella todo lo que tenía. Borgov casi con toda certeza derrotaría a Duhamel y mañana comenzaría imbatido. Si Beth quería ganar este torneo tenía que rescatar la partida que veía delante. Luchenko llevaba la delantera en el intercambio, y eso era malo. Pero tenía aquella torre inútil con la que lidiar, y después de varias horas de estudio ella había descubierto tres maneras de usarla contra él. Si lo conseguía, podría intercambiarla por un alfil e igualar la contienda.

Se olvidó de lo cansada que estaba y se puso a trabajar. Era cuesta arriba y complicado. Y Luchenko tenía tiempo extra.

Se decidió por un plan desarrollado en mitad de la noche y empezó a retirar su caballo de reina, haciéndolo seguir un recorrido para colocarlo en rey cinco. Claramente él estaba preparado para eso: lo había analizado en algún momento desde ayer por la mañana. Probablemente con ayuda. Pero había algo que tal vez no hubiera analizado, por bueno que fuera, y que tal vez no viera ahora. Ella apartó su alfil de la diagonal en la que estaba la torre y esperó que él no viera lo que estaba planeando. Parecería que estaba atacando su formación de peones, obligándolo a hacer un avance inestable. Pero su posición de peones no le preocupaba. Quería eliminar esa torre del tablero con tantas ganas que estaba dispuesta a matar por ello.

Luchenko simplemente avanzó el peón. Podía haberlo pensado más (tendría que haberlo pensado más), pero no lo hizo. Movió el peón. Beth sintió un pequeño escalofrío. Quitó el caballo de la diagonal y lo plantó no en cinco rey, sino en cinco alfil de reina, ofreciéndoselo a la reina. Si la reina lo aceptaba, intercambiaría la torre por el alfil. Eso en sí mismo no sería bueno para ella (pagar por la torre con el caballo y el alfil), pero lo que Luchenko no había visto era que ella se comería su caballo a cambio debido al movimiento de la reina. Era precioso. Preciosísimo. Alzó la cabeza y lo miró, vacilante.

No lo había mirado desde hacía casi una hora, y su aspecto fue una sorpresa. Se había aflojado la corbata, que estaba torcida a un lado del cuello de su camisa. Tenía el pelo revuelto. Se mordía el pulgar y su cara estaba sorprendentemente demacrada.

Él dedicó media hora a la respuesta y no encontró nada. Finalmente, comió el caballo. Ella comió la torre, queriendo gritar de alegría cuando desapareció del tablero, y él comió su alfil. Entonces ella hizo jaque, él interpuso, y ella avanzó el peón hacia el caballo. Volvió a mirarlo. La partida estaría igualada ahora. La expresión elegante había desaparecido. Él se había convertido en un viejo arrugado con un traje caro, y de repente Beth advirtió que no era la única agotada por las partidas de los últimos seis días. Luchenko tenía cincuenta y siete años. Ella diecinueve. Y había hecho ejercicio con Jolene durante cinco meses en Lexington.

A partir de ese momento, la resistencia abandonó a Luchenko. No había ningún motivo posicional claro que le permitiera a ella apurarlo para que se rindiera después de comerle el caballo: en teoría la partida estaba igualada. Sus peones en la zona de la reina se hallaban fuertemente situados. Pero ahora ella se lanzó contra ellos, enviándoles sutiles amenazas mientras atacaba a su alfil restante y lo obligaba a proteger el peón clave con su reina. Cuando él hizo eso y sacó su reina para controlar a sus peones, ella supo que lo tenía. Se concentró en el rey, dedicando toda su atención al ataque.

Quedaban veinticinco minutos en su reloj y Luchenko tenía casi una hora, pero ella dedicó veinte a elaborar su ataque y luego golpeó, adelantando su peón de torre de rey a la cuarta fila. Era un claro anuncio de sus intenciones, y él pensó durante largo rato antes de mover. Ella usó el tiempo en que el reloj de él corría para elaborarlo todo, cada variante de cada movimiento que él pudiera hacer. Encontró una respuesta a todo lo que pudiera hacer, y cuando Luchenko movió por fin, desperdiciando su reina para proteger, ella ignoró la posibilidad de comer uno de los peones al ataque y avanzó su peón de torre de rey otra casilla. Era un movimiento espléndido, y lo sabía. Su corazón se regocijó con ello. Miró a Luchenko al otro lado del tablero.

Él parecía perdido en sus pensamientos, como si hubiera estado leyendo filosofía y acabara de soltar el libro para reflexionar sobre una proposición difícil. Su cara estaba ahora gris, y ella vio, sorprendida, que había mordisqueado su bella manicura del día anterior. Le dirigió una mirada cansada, una mirada con un gran peso de experiencia y toda una larga carrera de ajedrez dentro, y miró una última vez al peón de torre, ahora en la quinta fila. Entonces se levantó.

—¡Excelente! —dijo en inglés—. ¡Una hermosa recuperación!

Sus palabras eran tan conciliadoras que ella se quedó sorprendida. No supo qué decir.

—¡Excelente! —repitió él. Extendió la mano y tomó su rey, lo sostuvo pensativo un momento y lo colocó de lado en el tablero. Sonrió cansado—. Me rindo con alivio.

Su naturalidad y falta de rencor hicieron que Beth se sintiera súbitamente avergonzada. Le tendió la mano, y él la estrechó cálidamente.

—He jugado partidas suyas desde que era una niña pequeña —dijo—. Siempre lo he admirado.

Él la miró pensativo un momento.

—¿Tienes diecinueve años?

—Sí.

—He repasado tus partidas en este torneo. —Hizo una pausa—. Eres una maravilla, querida. Puede que haya jugado con la mejor jugadora de ajedrez que he visto en la vida.

Ella fue incapaz de hablar. Lo miró incrédula.

Él le sonrió.

—Te acostumbrarás.

El juego entre Borgov y Duhamel había terminado un rato antes, y los dos hombres se habían marchado. Después de que Luchenko se fuera, Beth se acercó al otro tablero y miró las piezas, que todavía estaban en posición. Las negras se hallaban reunidas alrededor de su rey en un vano intento por proteger, y la artillería blanca se lanzaba hacia la esquina por todo el tablero. El rey negro yacía de costado. Borgov jugaba blancas.

De vuelta en el vestíbulo del hotel un hombre se levantó de un salto de una de las sillas y se le acercó sonriente. Era el señor Booth.

—¡Enhorabuena!

—¿Qué fue de usted? —preguntó ella.

Él sacudió la cabeza a modo de disculpa.

—Washington.

Ella iba a decir algo pero lo dejó pasar. Se alegraba de que no la hubiera estado molestando.

Llevaba un periódico doblado bajo el brazo. Lo sacó y se lo tendió. Era *Pravda*. Ella no podía entender las letras cirílicas en negrita de los titulares, pero cuando le dio la vuelta al periódico, en la parte inferior de la primera plana aparecía una foto suya jugando contra Flento. Ocupaba tres columnas. Ella estudió el titular un momento y consiguió traducirlo: «Sorprendente fuerza estadounidense».

—Bonito, ¿verdad? —dijo Booth.

—Espere a mañana a esta hora —respondió ella.

Luchenko tenía cincuenta y siete años, pero Borgov tenía treinta y ocho. Borgov era también conocido como jugador de fútbol aficionado y una vez logró un récord colegiado en lanzamiento de jabalina. Se decía que se ejercitaba con pesas durante los torneos, usando un gimnasio que el gobierno mantenía abierto hasta tarde especialmente para él. No fumaba ni bebía. Fue maestro a los once años. Lo alarmante de jugar sus partidas de *Chess Informant* y *Shakhmatni v SSSK* era que había perdido muy pocas.

Pero ella jugaba con blancas. Debía aferrarse a esa ventaja con uñas y dientes. Jugaría el gambito de dama. Benny y ella lo habían discutido durante horas, meses antes, y finalmente habían acordado que era la manera de actuar si jugaba blancas contra él. No quería jugar contra la siciliana de Borgov, por bien que la conociera, y el gambito de dama era la mejor forma de evitarla. Podría impedírselo si le llevaba la delantera. El problema era que él no cometía errores.

Cuando cruzó el escenario para ver el auditorio aún más abarrotado de lo que creía posible, con el pasillo lleno hasta el último centímetro y gente de pie apretujada detrás de la fila trasera de asientos, y el silencio cayó sobre la enorme multitud y se volvió a mirar a Borgov, que ya estaba sentado, esperándola, se dio cuenta de que no era su implacable ajedrez con lo que tendría que enfrentarse. Le aterraba aquel hombre. Le aterraba desde que lo vio ante la jaula del gorila en Ciudad de México. Él estaba ahora mirando simplemente las piezas negras intactas, pero el corazón y la respiración de Beth se detuvieron al verlo. No había ningún signo de debilidad en esa figura, inmóvil ante el tablero, ajeno a ella o a los miles de personas que debían de estar mirándolo. Era como una especie de icono amenazador. Podría haber estado pintado en la pared de una cueva. Ella se acercó lentamente y se sentó ante las blancas. Un aplauso suave y contenido estalló en el público.

El árbitro pulsó el botón, y Beth oyó su reloj empezando a sonar. Movió peón cuatro reina, mirando las piezas. No estaba preparada para mirarlo a la cara. En el escenario habían empezado ya las otras partidas. Beth oyó los movimientos de los jugadores tras ella disponiéndose al trabajo de la mañana, el clic de los botones de los relojes al ser pulsados. Entonces todo quedó en silencio. Al mirar el tablero, ella solo vio el dorso de la mano de Borgov, sus gruesos dedos con sus hirsutos pelos negros en los nudillos cuando movió peón cuatro reina. Ella jugó peón cuatro alfil de reina, ofreciendo el peón del gambito. La mano lo rechazó, moviendo peón cuatro rey. El contragambito Albin. Estaba resucitando una antigua respuesta, pero ella conocía el Albin. Comió el peón, miró brevemente a Borgov a la cara y desvió la mirada. Él jugó peón cinco reina. Su cara se había mostrado impasible y no tan aterradora como ella temía. Beth movió su caballo de rey y él movió el de su reina. El baile continuó. Ella se sentía pequeña e ingrávida. Se sentía como una niña pequeña. Pero su mente estaba despejada, y conocía los movimientos.

El séptimo movimiento de Borgov fue una sorpresa, y quedó claro inmediatamente que era algo que había reservado para saltar sobre ella. Beth le dedicó veinte minutos, lo estudió lo mejor que pudo, y respondió con una completa desviación del Albin. Se alegró de salir de él y lanzarse en abierto. A partir de aquí pelearían a base de ingenio.

El ingenio de Borgov resultó ser formidable. Al decimocuarto movimiento tenía igualdad y posiblemente ventaja. Ella se armó de valor, mantuvo los ojos apartados de su cara, y jugó el mejor ajedrez que sabía, desplegando sus piezas, defendiendo en todas partes, buscando cualquier oportunidad de una fila abierta, una diagonal clara, un peón doblado, una clavada potencial o una horquilla o un obstáculo o un pincho. Esta vez vio todo el tablero en su mente y captó cada cambio de equilibrio en el poder que se desplegaba sobre su superficie. Cada partícula era neutralizada por su contrapartícula, pero cada una de ellas estaba preparada para descargarse si era posible y cambiar la estructura. Si ella le dejaba sacar la torre, la haría pedazos. Si él permitía que su reina moviera a la fila del alfil, la protección del rey se desmoronaría. Ella no debía permitir que el alfil diera jaque. Él no podía permitir que ella moviera el peón de torre.

Durante horas no lo miró ni a él ni al público, ni siquiera al árbitro. En toda su mente, en toda su atención solo veía estas encarnaciones del peligro: caballo, alfil, torre, peón, rey y reina.

Fue Borgov quien pronunció la palabra «Aplazamiento». La dijo en inglés. Ella miró el reloj sin comprender antes de darse cuenta de que no había caído ninguna bandera y que la de Borgov estaba más cerca de hacerlo que la suya. Le quedaban siete minutos. A ella, quince. Miró su hoja de anotaciones. El último movimiento era el cuarenta. Borgov quería aplazar la partida. Beth miró hacia atrás: el resto del escenario estaba vacío, las otras partidas habían terminado.

Entonces miró a Borgov. No se había aflojado la corbata ni se había quitado la chaqueta ni se había alborotado el pelo. No parecía cansado. Apartó la mirada. En el momento en que veía aquel rostro inexpresivo y silenciosamente hostil, se sentía llena de terror.

Booth estaba en el vestíbulo. Esta vez lo acompañaban media docena de periodistas. Estaban el hombre del *New York Times* y la mujer del *Daily Observer,* el hombre de Reuters y el de la UPI. Había dos nuevos rostros entre ellos cuando se acercaron.

—Estoy muerta de cansancio —le dijo a Booth.

—Apuesto a que sí —contestó él—. Pero le prometí a esta gente...

Presentó a los periodistas nuevos. El primero era de *Paris-Match* y el segundo de *Time.* Ella se quedó mirando al último.

—¿Saldré en portada? —le preguntó.

—¿Va a derrotarlo? —replicó él, y Beth no supo qué contestar. Estaba asustada. Sin embargo, iba igualada en el tablero y tenía algo más de tiempo. No había cometido ningún error. Pero tampoco los había cometido Borgov.

Había dos fotógrafos y posó para ellos, y cuando uno le preguntó si podía hacerle una foto delante de un tablero de ajedrez los llevó a su habitación, donde su tablero tenía todavía la posición de la partida de Luchenko. Parecía algo muy lejano ya en el tiempo. Se sentó ante el tablero para ellos, sin importarle en realidad (agradeciéndolo, de hecho), mientras ellos gastaban rollos de película por toda la habitación. Mientras los fotógrafos la estudiaban y ajustaban sus cámaras y cambiaban de lentes, los periodistas le hicieron preguntas. Ella sabía que debía estar preparando la posición de su partida aplazada y concentrándose en ella para encontrar una estrategia para mañana, pero agradeció esta ruidosa distracción.

Borgov estaría en su suite, probablemente con Petrosian y Tal... y quizás con Luchenko y Laev y el resto del *establishment* ruso. Se habrían quitado sus caras chaquetas y se habrían arremangado y estarían explorando la posición, buscando debilidades dentro de tres o diez movimientos, sondeando la disposición de piezas blancas como si fuera su cuerpo y ellos cirujanos preparados para diseccionarlo. Había algo obsceno en aquella imagen. Continuarían hasta bien avanzada la noche, cenarían junto al tablero en aquella enorme mesa de la sala de estar de Borgov, preparándolo para la mañana siguiente. Pero a Beth le gustaba lo que estaba haciendo ahora mismo. No quería pensar en la posición. Y sabía, también, que la posición no era el problema. Podía agotar sus posibilidades en unas pocas horas después de cenar. El problema era cómo se sentía ante Borgov. Era bueno olvidarlo durante un rato.

Le preguntaron por Methuen, y como siempre ella se mostró contenida. Pero uno de ellos insistió un poco, y entonces no pudo evitar contestar:

—Me impidieron jugar. Fue un castigo.

El periodista ahondó inmediatamente en eso. Parecía dickensiano, dijo.

—¿Por qué la castigaron así?

—Creo que eran crueles por principio. Al menos la directora lo era. La señora Helen Deardorff. ¿Va a publicar eso? —Se dirigía al hombre de *Time,* que se encogió de hombros.

—Eso es cosa del departamento legal. Si gana usted mañana, es posible.

—No todos eran crueles. Había un hombre llamado Fergussen, una especie de ayudante. Creo que nos quería.

El hombre de la UPI que la había entrevistado su primer día en Moscú intervino.

—¿Quién la enseñó a jugar si no querían que lo hiciera?

—Se llamaba Shaibel —respondió ella, recordando aquella pared de fotos en el sótano—. William Shaibel. Era el bedel.

—Háblenos de eso —dijo la mujer del *Observer*.

—Jugábamos al ajedrez en el sótano, después de que él me enseñara.

Estaba claro que aquello les encantaba. El hombre de *Paris-Match* sacudió la cabeza, sonriendo.

—¿El bedel le enseñó a jugar al ajedrez?

—Así es —dijo Beth, con un temblor involuntario en la voz—. El señor William Shaibel. Era un jugador estupendo. Se pasaba mucho tiempo jugando, y era bueno.

Después de que se marcharan se dio un baño, estirándose en la enorme bañera de hierro forjado. Luego se puso los tejanos y empezó a colocar las piezas. Pero en el minuto que las tuvo delante y empezó a examinar la partida, toda la tensión regresó. En París su posición en este punto había parecido más fuerte que la de Borgov, y había perdido. Se levantó de la mesa y se dirigió a la ventana, abrió las cortinas y contempló Moscú. El sol estaba todavía alto y la ciudad parecía mucho más liviana y más alegre de lo que se suponía que debía parecer Moscú. El lejano parque donde los ancianos jugaban al ajedrez era de un verde brillante, pero ella estaba asustada. No creía tener fuerzas para seguir adelante y derrotar a Vasili Borgov. No quería pensar en el ajedrez. Si hubiera habido un televisor en su habitación, lo habría encendido. Si hubiera tenido una botella de algo, se la habría bebido. Pensó brevemente en llamar al servicio de habitaciones y se detuvo justo a tiempo.

Suspiró y volvió al tablero. Tenía que estudiarlo. Tenía que tener un plan para el día siguiente a las diez.

Despertó antes del amanecer y permaneció un rato en la cama antes de mirar el reloj. Eran las cinco y media. Dos horas y media. Había dormido dos horas y media. Cerró los ojos obstinadamente y trató de volver a dormir. Pero no funcionó. La posición de la partida aplazada se abrió paso a la fuerza en su mente. Allí estaban sus peones, y allí su reina. Allí estaban los de Borgov.

Lo vio, no podía dejar de verlo, pero no tenía sentido. Lo había mirado durante horas la noche anterior, intentando elaborar algún tipo de plan para el resto de la partida, moviendo las piezas, a veces en el tablero real y a veces en su cabeza, pero no sirvió de nada. Podía mover el peón de alfil de reina o mover el caballo al flanco de rey o poner la reina en dos alfil. O en rey dos. Si el movimiento sellado de Borgov era caballo cinco alfil. Si había movido la reina, las respuestas eran diferentes. Si intentaba que el análisis de Beth fuera una pérdida de tiempo, podría haber movido el alfil de rey. Las cinco y media. Cuatro horas y media hasta la partida. Borgov tendría ya preparados sus movimientos y un plan de juego gracias a sus consultas; estaría dormido como un tronco. Del exterior de la ventana llegó un sonido repentino como una alarma a lo lejos, y ella se sobresaltó. Era solo algún tipo de ejercicio antiincendios o algo por el estilo, pero sus manos temblaron durante un momento.

Tomó *kasha* y huevos para desayunar y se sentó de nuevo ante el tablero. Eran las ocho menos cuarto. Pero incluso con tres tazas de té, no fue capaz de penetrarlo. Intentó obstinadamente que su mente se abriera, que su imaginación actuara como lo hacía tan a menudo ante un tablero de ajedrez, pero no se le ocurrió nada. No podía ver nada más que sus respuestas a las futuras amenazas de Borgov. Era pasivo, y ella lo sabía. La había derrotado en México D.F. y podía volver a derrotarla. Se levantó para descorrer las cortinas, y cuando volvía sonó el teléfono.

Se lo quedó mirando. En toda la semana que llevaba en esta habitación no había sonado ni una vez. Ni siquiera el señor Booth la había llamado. Ahora sonaba con breves estallidos, muy fuerte. Se acercó y lo atendió. Una voz de mujer dijo algo en ruso. No pudo entender ni una palabra.

—Soy Beth Harmon —dijo.

La voz dijo algo más en ruso. Hubo un chasquido en el receptor, y una voz masculina sonó tan claramente como si llamara desde la habitación de al lado.

—Si mueve el caballo, golpéalo con el peón de torre de rey. Si se decide por el alfil de rey, haz lo mismo. Luego abre la fila de tu reina. Esto me está costando una pasta.

—¡Benny! —dijo ella—. ¡Benny! ¿Cómo sabes...?

—Está en el *Times*. Aquí es por la tarde, y llevamos tres horas trabajando en ello. Levertov está conmigo, y Wexler.

—Benny, cuánto me alegro de oír tu voz.

—Tienes que abrir esa fila. Hay cuatro formas, dependiendo de lo que él haga. ¿Lo tienes a mano?

Ella se volvió a mirar la mesa.

—Sí.

—Empecemos con su caballo a 5A, donde colocas el peón de torre de rey. ¿Lo tienes?

—Sí.

—Muy bien. Hay tres cosas que puede hacer ahora. Alfil cuatro A primero. Si lo hace, tu reina se planta directamente en cuatro rey. Esperará eso, pero tal vez no espere esto: peón cinco reina.

—No veo...

—Mira su torre de reina.

Ella cerró los ojos y lo vio. Solo uno de sus peones se interponía entre su alfil y la torre. Y si él intentaba bloquear el peón, dejaría un hueco para su caballo. Pero Borgov y los otros no podían pasar eso por alto.

—Tiene a Tal y Petrosian ayudándolo.

Benny silbó.

—No me extraña —dijo—. Pero sigue mirando. Si él mueve la torre antes de que salga tu reina, ¿dónde va a ponerla?

—En la fila del alfil.

—Tú juegas peón cinco alfil de reina y tu fila queda casi abierta.

Tenía razón. Empezaba a parecer posible.

—¿Y si no mueve alfil cuatro A?

—Te paso a Levertov.

La voz de Levertov sonó en el receptor.

—Puede que mueva caballo cinco A. Es muy arriesgado. Lo tengo resuelto hasta donde te adelantas.

Ella no le había dado ninguna importancia a Levertov la única vez en que lo había visto, pero ahora podría haberlo abrazado.

303

—Dame los movimientos.

Él empezó a recitarlos. Era complicado, pero Beth no tuvo problemas en ver cómo funcionaba.

—Es maravilloso —dijo.

—Te vuelvo a pasar con Benny —dijo Levertov.

Continuaron juntos, explorando posibilidades, siguiendo fila tras fila, durante casi una hora. Benny era sorprendente. Lo había resuelto todo. Beth empezó a ver formas de acorralar a Borgov, de engatusar a Borgov, de engañarlo, de atar sus piezas, de obligarlo a compromisos y retiradas.

Finalmente, miró su reloj.

—Benny, son ya las nueve y cuarto.

—De acuerdo —dijo él—. Ve y derrótalo.

Había una multitud delante del edificio. Delante de la fachada principal habían levantado un tablero de exposición para aquellos que no pudieran entrar en el auditorio; ella reconoció inmediatamente la posición desde el coche al pasar. Allí, al sol de la mañana, estaba el peón que ella iba a mover, la fila que iba a abrir.

La multitud en la entrada lateral era el doble que la de ayer. Empezaron a entonar «¡Harmon! ¡Harmon!» antes de que ella abriera la puerta de la limusina. La mayoría eran gente mayor; varios extendieron las manos, sonrientes, los dedos tendidos para tocarla al pasar.

Ahora solo había una mesa, en el centro del escenario. Borgov estaba sentado ya cuando ella entró. El árbitro la acompañó a su asiento, y cuando Beth se sentó, abrió el sobre y extendió la mano hacia el tablero. Tomó el caballo de Borgov y lo colocó en cinco alfil. Era el movimiento que ella quería. Empujó su peón de torre un escaque adelante.

Los siguientes cinco movimientos siguieron una línea que Benny y ella habían repasado por teléfono, y Beth abrió la fila. Pero al sexto Borgov sacó su torre restante al centro del tablero y mientras ella la miraba, posada en cinco reina, ocupando un escaque que los análisis no habían previsto, Beth sintió que el estómago se le encogía y supo que la llamada de Benny tan solo había tapado su miedo. Había tenido suerte al haber llegado hasta estos movimientos. Borgov había iniciado una línea de juego para la que ella no tenía ninguna continuación preparada. Estaba sola de nuevo.

Apartó con esfuerzo los ojos del tablero y contempló al público. Llevaba días jugando aquí y todavía el tamaño resultaba sorprendente. Volvió incierta al tablero, a la torre en el centro. Tenía que hacer algo con esa torre. Cerró los ojos. Inmediatamente, la partida fue visible en su imaginación con la lucidez que había poseído de niña en la cama del orfanato. Mantuvo los ojos cerrados y examinó la posición con minuciosidad. Era tan complicada como las que había jugado en los libros, pero no había ningún análisis impreso para mostrar cuál era el siguiente movimiento o quién iba a ganar. No había peones retrasados, ni otras debilidades, ninguna línea clara de ataque para ningún jugador. El material estaba igualado, pero la torre de Borgov podía dominar el tablero como un tanque a la caballería. Estaba en una casilla negra, y ella había perdido su alfil de dama. No podía atacarla con sus peones. Tardaría tres movimientos en acercar un caballo. Su propia torre estaba atascada en su esquina. Tenía una pieza para enfrentarse a ella: su reina. ¿Pero dónde podía colocar a salvo su reina?

Tenía ahora las mejillas apoyadas en los puños, y sus ojos permanecían cerrados. La reina esperaba inofensiva en la fila de atrás, en la casilla del alfil de reina, donde estaba desde el noveno movimiento. Solo podía salir por la diagonal, y tenía tres casillas. Todas parecían débiles. Ignoró la debilidad y examinó las casillas por separado, terminando con cinco caballo de rey. Si la reina estuviera allí, él podría mover la torre y ocupar la fila con un tiempo. Eso sería catastrófico, a menos que tuviera un contramovimiento..., un jaque o un ataque a la reina negra. Pero no era posible ningún jaque excepto con el alfil, y eso sería un sacrificio. La reina de Borgov simplemente comería el alfil. Pero después de eso ella podría atacar la reina con su caballo. ¿Y dónde la pondría él? Tendría que ser en una de aquellas dos casillas oscuras. Empezó a ver algo. Podía poner la reina en una horquilla rey-reina con el caballo. Él se comería luego su reina, y ella seguiría retrasada por ese alfil. Pero su caballo estaría ahora pre-parado para otra horquilla. Le comería el alfil. No sería ningún sacrificio. Estarían de nuevo a la par, y su caballo podría seguir amenazando la torre.

Abrió los ojos, parpadeó, y movió la reina. Él puso la torre debajo. Sin vacilación, ella tomó su alfil, lo colocó para el jaque, y esperó que él lo comiera con la reina. Borgov lo miró y no movió. Durante un momento ella contuvo la respiración. ¿Había pasado algo por alto? Cerró de nuevo los ojos, asustada, y miró la posición. Él podía mover su rey, en vez de tomar el alfil. Podía interponer...

De repente, oyó su voz al otro lado del tablero diciendo una palabra asombrosa:

—Tablas.

Era como una aseveración, no una pregunta. Le estaba ofre-ciendo tablas. Beth abrió los ojos y lo miró a la cara. Borgov nunca ofrecía tablas, pero se las estaba ofreciendo a ella. Podía aceptarlas y el torneo habría terminado. Se levantarían entre aplausos y ella saldría del escenario empatada con el campeón del mundo. Algo se relajó en su interior, y oyó su propia voz si-lenciosa diciendo «¡Acéptalas!».

Miró de nuevo el tablero, el tablero real que se interponía entre ellos, y vio el juego final que estaba a punto de emerger cuando el polvo se asentara. Borgov era letal en el juego final: era famoso por ello. Ella siempre lo había odiado, odiaba in-cluso tener que leer el libro de Reuben Fine sobre el tema. Debería aceptar las tablas. La gente lo consideraría todo un logro.

Hacer tablas, sin embargo, no era ganar. Y la única cosa en su vida que a ella le encantaba sin la menor duda era ganar. Miró de nuevo a la cara a Borgov y vio con cierta sorpresa que estaba cansado. Negó con la cabeza. No.

Él se encogió de hombros y comió el alfil. Durante un breve instante ella se sintió como una tonta, pero se sacudió la impre-sión y atacó la reina con el caballo, dejando a la suya propia *en prise*. Él movió su reina adonde tenía que hacerlo y ella sacó el caballo para la horquilla. Borgov movió el rey y ella eliminó la pesada reina del tablero. Él comió la suya. Beth atacó a la torre y él la retiró una casilla. Ese era el motivo de la secuencia que empezó con el alfil, cortar el alcance de la torre obligándola a una fila menos amenazante, pero ahora que la tenía allí Beth no estuvo segura de qué hacer a continuación. Tenía que ser cuidadosa. Se encaminaban hacia un final de torre y peón: no había sitio para la imprecisión. Durante un momento se sintió atascada, sin imaginación ni propósito y temerosa de cometer un error. Cerró de nuevo los ojos. Quedaba una hora y media en su reloj: tenía tiempo de hacerlo y de hacerlo bien.

No abrió los ojos ni siquiera para ver el tiempo restante en su reloj ni para mirar a Borgov al otro lado de la mesa ni para ver a la enorme multitud que había venido a este auditorio a verla jugar. Apartó todo eso de su mente y solo se permitió el tablero de su imaginación con su intrincado engarce. No importaba realmente quién llevara las negras o si el tablero real estaba en Moscú o en Nueva York o en el sótano de un orfanato: esta imagen eidética era su terreno perfecto.

Ni siquiera oía el tictac del reloj. Mantuvo su mente en silencio y la dejó moverse sobre la superficie del tablero imaginado, combinando y recombinando las disposiciones de las piezas para que las negras no pudieran detener el avance del peón que eligiera. Ahora vio que sería su peón de caballo de rey, en la cuarta fila. Lo movió mentalmente a la quinta y escrutó la forma en que el rey negro avanzaría para bloquearlo. El caballo blanco detendría al rey amenazando un peón negro clave. Si el peón blanco avanzaba hasta la sexta fila su movimiento debía estar preparado. Tardó un buen rato en encontrar el modo, pero continuó implacablemente. Su torre era la clave, con un obstáculo amenazado (cuatro movimientos en total), pero el peón podía dar el paso. Ahora tenía que avanzar de nuevo. Era una minucia, pero era la única forma de hacerlo.

Durante un momento sintió la mente aturdida de cansancio y el tablero poco claro. Se oyó a sí misma suspirar mientras se obligaba a ver con claridad. Primero el peón debía estar apoyado por el peón de torre, y avanzar el peón de torre implicaba una maniobra de distracción sacrificando un peón al otro lado del tablero. Eso les daría a las negras una reina en tres y les costaría a las blancas la torre para eliminarla. Entonces el peón blanco, a salvo por un momento, avanzaría a la séptima fila, y cuando el rey negro se le pusiera al lado, el peón de torre blanco aparecería para clavarlo en su sitio. Y ahora el movimiento final, el avance a la octava fila para coronar.

Había llegado hasta aquí (estos doce movimientos desde la posición en el tablero que veía Borgov) siguiendo atisbos y deducciones y concretándolos en su mente. No había ninguna duda de que podía hacerse. Pero no veía ninguna forma de mover el peón a ese escaque final sin que el rey negro se lo comiera antes de coronar, como una flor que no se abriera. El peón parecía pesado e imposible de mover. No podía empujarlo. Había llegado hasta tan lejos y no había forma de seguir adelante. Era inútil. Había hecho el esfuerzo mental más fuerte de su vida, y era un despilfarro. El peón no podía coronar.

Se echó atrás en su silla, cansada, con los ojos todavía cerrados, y dejó que la pantalla de su mente se oscureciera un momento. Entonces volvió a echar un último vistazo. Y esta vez, con un sobresalto, lo vio. Él había utilizado su alfil para comerle la torre y ahora no podía detener a su caballo. El caballo obligaría al rey a apartarse. El peón blanco coronaría, y el mate se produciría en cuatro movimientos. Mate en diecinueve.

Abrió los ojos y los entornó un momento ante el brillo del escenario antes de mirar su reloj. Le quedaban doce minutos. Había tenido los ojos cerrados durante más de una hora. Si había cometido un error, no habría tiempo para una nueva estrategia. Extendió la mano y movió el peón de caballo de rey a la quinta fila. Notó una punzada de dolor en el hombro al depositarlo: tenía los músculos rígidos.

Borgov avanzó su rey para detener al peón. Ella avanzó el caballo, obligándolo a proteger. Iba a ser tal como lo había visto. La tensión de su cuerpo empezó a aflojarse, y a lo largo de los siguientes movimientos empezó a invadirla una bella sensación de calma. Movió las piezas con deliberada velocidad, pulsando el reloj firmemente después de cada movimiento, y poco a poco las respuestas de Borgov empezaron a ralentizarse. Se tomaba más tiempo entre movimientos ahora. Ella pudo ver inseguridad en la mano que levantaba las piezas. Cuando el obstáculo amenazado terminó y ella avanzó el peón a la sexta fila, le miró la cara. La expresión de Borgov no cambió, pero extendió la mano y se pasó los dedos por el pelo, alborotándolo. Un escalofrío recorrió a Beth.

Cuando avanzó el peón a la séptima fila, oyó un suave gruñido, como si le hubiera dado un puñetazo en el estómago. Tardó mucho tiempo en mover el rey para bloquearlo.

Ella esperó solo un instante antes dejar que su mano se moviera sobre el teclado. Cuando alzó el caballo la sensación de su poder en la yema de sus dedos fue exquisita. No miró a Borgov.

Cuando soltó el caballo, se produjo un silencio absoluto. Al cabo de un momento oyó un resoplido al otro lado de la mesa y alzó la mirada. Borgov tenía el pelo revuelto y había una torva sonrisa en su rostro. Habló en inglés.

—Ha ganado.

Echó atrás la silla, se levantó, y entonces extendió la mano y tomó su rey. En vez de volcarlo se lo tendió. Ella lo miró.

—Tómelo —dijo.

Empezaron los aplausos. Ella agarró el rey negro y se volvió a mirar al auditorio, dejando que el enorme peso de la ovación la cubriera. La gente del público estaba puesta en pie, aplaudiendo más y más fuerte. Ella recibió los aplausos con todo su cuerpo, sintiendo que sus mejillas enrojecían y luego las notó calientes y húmedas a medida que el estruendoso sonido la envolvía.

Y entonces Vasili Borgov se colocó a su lado, y un momento más tarde, para su completo asombro, la envolvió en un cálido abrazo.

Durante la fiesta en la embajada, llegó un camarero con una bandeja de champán. Ella negó con la cabeza. Todos los demás bebían y a veces brindaban en su honor. Durante los cinco minutos en que el embajador había estado presente, le ofreció champán y ella tomó agua con gas. Comió un poco de pan negro con caviar y respondió a las preguntas. Había una docena de periodistas y varios rusos. Luchenko estaba allí, de nuevo con buen aspecto, pero le decepcionó que Borgov no hubiera acudido.

Todavía era media tarde y no había almorzado. Se sentía ingrávida y cansada, como si no tuviera cuerpo. Nunca le habían gustado las fiestas y, aunque era la estrella de esta, se sentía fuera de lugar. Algunas de las personas de la embajada la miraban con extrañeza, como si fuera un bicho raro. No paraban de decirle que no eran lo bastante listos para jugar al ajedrez o que habían jugado cuando eran niños. Ella no quería oír nada más de aquello. Quería hacer otra cosa. No estaba segura de qué, pero quería alejarse de aquella gente.

Se abrió paso entre la multitud y le dio las gracias a la mujer de Texas que actuaba como anfitriona. Entonces le dijo al señor Booth que necesitaba un coche que la devolviera al hotel.

—Iré a por un coche y un conductor —dijo él.

Antes de marcharse, encontró de nuevo a Luchenko. Estaba con los otros rusos, vestido impecablemente y con aspecto tranquilo. Beth le tendió la mano.

—Ha sido un honor jugar con usted —dijo.

Él aceptó la mano e inclinó levemente la cabeza. Durante un momento ella pensó que iba a besársela, pero no lo hizo. Apretó la mano con las suyas.

—Todo esto —dijo—. No es ajedrez.

Ella sonrió.

—Así es.

La embajada estaba en Ulitsa Tchaikovskogo, y era un trayecto de media hora hasta el hotel, a veces atravesando un tráfico denso. No había visto casi nada de Moscú, y se marcharía por la mañana, pero no le apetecía mirar por las ventanillas. Le habían dado el trofeo y el dinero después de la partida. Había concedido sus entrevistas, había recibido sus felicitaciones. Ahora se sentía desnortada, sin saber adónde ir o qué hacer. Tal vez podría dormir durante un rato, tomar una cena tranquila e irse a la cama temprano. Los había derrotado. Había derrotado al *establishment* ruso, había derrotado a Luchenko, Shapkin y Laev, había obligado a Borgov a rendirse. Dentro de dos años podría jugar contra Borgov por el campeonato del mundo. Tenía que clasificarse primero ganando la partida de candidatos, pero podría hacerlo. Se elegiría un lugar neutral, y se enfrentaría a Borgov, cara a cara, en un encuentro de veinticuatro partidas. Entonces tendría veintiún años. No quería pensar en eso ahora. Cerró los ojos y dormitó en el asiento de atrás de la limusina.

Cuando alzó la cabeza, adormilada, estaban detenidos ante un semáforo. Delante, a la derecha, estaba el parque boscoso que veía desde su habitación. Se desperezó y se inclinó hacia el conductor.

—Déjeme en el parque.

La luz del sol se filtraba entre los árboles. La gente de los bancos parecía la misma de antes. No importaba si sabían quién era o no. Pasó ante ellos caminando por el sendero hasta el claro. Nadie la miraba. Llegó al pabellón y subió las escalinatas.

A la mitad de la primera fila de mesas de hormigón había sentado un anciano con las piezas preparadas. Tenía unos sesenta años y vestía la habitual gorra gris y la camisa de algodón del mismo color con las mangas subidas. Cuando ella se detuvo ante su mesa la miró con curiosidad, pero no hubo ninguna expresión de reconocimiento en su rostro. Ella se sentó ante las piezas negras y dijo muy despacio en ruso:

—¿Le gustaría jugar una partida?

«Para viajar lejos no hay mejor nave que un libro.»
EMILY DICKINSON

Gracias por tu lectura de este libro.

En **penguinlibros.club** encontrarás las mejores
recomendaciones de lectura.

Únete a nuestra comunidad y viaja con nosotros.

penguinlibros.club